Stefan Kutzenberger

Kilometer null

STEFAN KUTZENBERGER

KILOMETER NULL

Roman

BERLIN VERLAG

Mehr über unsere Autorinnen, Autoren und Bücher:
www.berlinverlag.de

Von Stefan Kutzenberger liegt im Berlin Verlag vor:
Jokerman

Die Arbeit des Autors am vorliegenden Buch wurde vom österreichischen Bundesministerium für Kunst, Kultur, öffentlichen Dienst und Sport gefördert.

Unser Versprechen für mehr Nachhaltigkeit
• Klimaneutrales Produkt
• FSC®-zertifiziertes Papier
• Hergestellt in Deutschland

FSC www.fsc.org
MIX
Papier aus verantwortungsvollen Quellen
FSC® C014496

ISBN 978-3-8270-1441-2

Satz: Fotosatz Amann, Memmingen
Gesetzt aus der Minion Pro
Druck und Bindung: GGP Media GmbH, Pößneck
Printed in Germany

You live your life as if it's real
LEONARD COHEN

Soweit ich zurückblicken kann, sagte Austerlitz,
habe ich mich immer gefühlt, als hätte ich keinen Platz
in der Wirklichkeit, als sei ich gar nicht vorhanden.
W. G. SEBALD

1. AUFBRUCH

DAS GRAB

Stefan Kutzenberger, der sich ein Leben lang dagegen gewehrt *km*
hatte, etwas umzubenennen, der ein geradezu körperliches Un- *4*
behagen empfand, wenn Menschen beschlossen, auf einmal anders zu heißen, wenn aus einer Anna die Klosterschwester Friederike wurde oder aus Maria im Ashram des indischen Gurus eine Madewa, wenn man bei den Pfadfindern einen Pfadfindernamen verliehen bekam oder auch wenn der Nachbarsbub Toni zu seinem 40. Geburtstag beschloss, fortan Anton genannt werden zu wollen, gerade dieser Stefan Kutzenberger starb nun unter anderem Namen. Auf der simplen Steinplatte, die sein Nischengrab verschließt, steht *Mago Dro*, etwas bizarr, aber korrekt, denn genau so stand es auch in seinen Aufenthaltspapieren, *nombre: Mago, apellido: Dro*. In den Grabstein wurden zudem der Geburts- und der Sterbetag eingraviert und erstaunlicherweise darüber hinaus ein Zusatz, der in spanischer Sprache besagt: *Hier ruht der große Schriftsteller unvergessen*. Das hätte Kutzenberger erfreut oder amüsiert, auf jeden Fall aber überrascht, denn immer weniger hatte er sich selbst als Schriftsteller gesehen, wenn er auch ursprünglich als solcher, als *escritor*, nach Südamerika eingeladen worden war. In letzter Zeit war er allerdings, so wie viele andere Flüchtlinge auch, mehr ein Lebens- oder, besser, Überlebenskünstler geworden, und ich glaube, dass es ihm gut ging, als er zur falschen Zeit am falschen Ort war, dass er glücklich war, in dem Moment, als die Kugel seinen Schädel durchschlug, sodass man vielleicht sogar sagen könnte, trotz des schrecklichen Ausgangs seines Lebens: Ende gut, alles gut.

Die Stadtregierung von Santa María einigte sich nach Rücksprache mit Marta, der Frau, die ihm zum Zeitpunkt seines Todes am nächsten gestanden hatte, auf diese Zusatzzeile der Grabplatte und bezahlte nicht nur die Gravur, sondern auch gleich das Begräbnis. Wohl nicht seiner literarischen Verdienste wegen, sondern weil man sich für die Art und Weise, wie er zu Tode gekommen war, dann doch auf gewisse Weise verantwortlich fühlte und auch ein bisschen schämte. Der nicht genannte Geburtsort wäre Linz an der Donau in Oberösterreich gewesen, der Sterbeort erübrigte sich, da er identisch mit dem des Friedhofs war, nämlich Santa María, eine Kleinstadt im Norden Uruguays, mit ihrer Schwesterstadt Santana do Livramento zusammengewachsen, doch durch eine Landesgrenze geteilt, denn Santana lag bereits in Brasilien. Die beiden Städte trennte aber mehr, nicht nur das Land, der Staat, die Nation und damit die Farbe im Atlas, Brasilien grün, Uruguay gelb, so zumindest auf der Schreibtischunterlage des jungen Kutzenberger, auf die er viel öfter gestarrt hatte als in die Schulbücher, die darauf lagen, sodass er im Laufe der Zeit ein erstaunliches geografisches Wissen erlangte, die Hauptstädte der exotischsten Länder wusste, Suva für die Fidschi-Inseln, Ngerulmud für die Republik Palau, und sicher auch Santana do Livramento und Santa María gekannt hätte, wären sie auf seiner Weltkarte verzeichnet gewesen. Es trennte die beiden Städte aber eben noch mehr als nur die Landesgrenze und die Farbe im Atlas, nämlich die Sprache: das hopsende, immer leicht kindlich wirkende Portugiesisch Brasiliens in Santana und das so stolze Spanisch der La-Plata-Region in Santa María, weichgespült mit tröstenden *Sch*-Lauten, tröstend, weil sie Kutzenberger immer an die beruhigenden Luftströme erinnerten, mit denen man kleinen Kindern den Schmerz wegzaubern mochte, *schhhhhhhhhhh*, alles wird gut – und alles wurde gut. Noch eigenartiger als die sprachliche Trennung der Zwillingsstädte aber war, dass die direkt über den Hauptplatz gezogene Grenzlinie auch eine Zeitgrenze darstellte und Santana do Livramento Santa María eine Stunde voraus war, was immer wieder zu Verwirrungen führte und es Ortsunkundigen unmöglich machte, die Stadt wieder zu verlassen, da der Busbahnhof in Santana lag und der Bus daher schon vor einer Stunde abgefahren war, wenn man dort außer Atem ankam. Oder war das nur Kutzenberger passiert, als er 1992 das erste Mal hier gewesen war? Zusammengerechnet hatten diese beiden durch eine Stunde getrennten Städte 200 000 Einwohner, waren also ähnlich groß wie seine Geburtsstadt Linz. Trotzdem war ihm Santa María wie das letzte Loch erschienen, als er damals nach dem Missgeschick mit dem Bus in etwas eisiger Stimmung mit seiner Freundin in das heruntergekommene *Hostal del Río* zurückkehrte, aus dem sie doch gerade erst ausgecheckt hatten. Sie bekamen dasselbe fensterlose Zimmer, das Bett war noch in Unordnung, und bald lagen auch ihre großen Rucksäcke wieder achtlos am Boden. Bis auf Gesichtshöhe waren die Wände mit dunkelblauem Lack angemalt, darüber in schmutzigem Weiß. In einer Ecke stand ein Ventilator, sonst gab es nur noch einen Sessel und ein kleines Tischchen, auf dem eine leere Flasche Mineralwasser der Marke *Salutaris* stand, ein paar bröselige Kekse daneben. Kutzenberger legte sich ins Bett, schaute gegen die Wand und sagte zu seiner Freundin, *Hier möchte ich nicht begraben sein*, nur um den Gedanken sofort wieder zurückzunehmen, nicht frei von Aberglauben, denn der liebe Gott hört alles, der liebe Gott sieht alles – und der liebe Gott missversteht alles. Und so war es dann auch, einem unverständlichen Drehbuch folgend, trugen ihn seine Schritte nach vielen Jahren, Umwegen und Pirouetten zurück in diese Stadt, in die man kaum zufällig gelangte, nur um ihn hier sein Schicksal vollenden zu lassen.

Das erinnert natürlich an die Ödipussage, in der es König Laios ebenso wenig gelingt, dem Fluch zu entkommen, der besagt, dass ihn sein Sohn ermorden würde, um danach die eigene Mutter zu ehelichen. Noch mehr aber ähnelt Kutzenbergers Beharrlichkeit, just der Stadt, in der er nicht begraben sein wollte, quer über den Globus ein weiteres Mal zuzustreben, der *Begegnung in Samarra*, die Somerset Maugham so nacherzählt:

Es war ein Kaufmann in Bagdad, der seinen Diener auf den Marktplatz schickte. Nach kurzer Zeit kam der Diener totenblass und zitternd zurück und sagte, Meister, als ich gerade am Markt war, rempelte mich eine Dame in der Menschenmenge an, und als ich mich umdrehte, sah ich, dass sie der Tod war. Sie blickte mich an und machte eine bedrohliche Geste. Bitte leihen Sie mir Ihr Pferd, damit ich so schnell wie möglich nach Samarra fliehen kann, wo mich der Tod niemals findet. Der Kaufmann lieh seinem Die-

ner das Pferd, und es blieb ihm nun nichts anderes übrig, als selbst einkaufen zu gehen. Am Marktplatz sah er mich stehen. Er kam auf mich zu und fragte: Warum hast du meinem Diener heute in der Früh gedroht? Ich drohte ihm nicht, antwortete ich, ich war erschrocken und überrascht. Ich hatte ihn nämlich nicht in Bagdad erwartet, wo ich doch heute Abend ein Treffen mit ihm in Samarra habe.

Es gefällt mir, wie der Tod hier plötzlich zum Erzähler, besser: zur Erzählerin wird. Denn natürlich fällt es auf, dass der Tod hier eine Dame ist, was im Spanischen auch der Fall gewesen wäre, *la muerte*, auf Deutsch dagegen unnatürlich wirkt, denn bei uns ist der Tod männlich, der Sensenmann. Aber das Gleichnis hinkt im Zusammenhang mit Kutzenbergers Geschichte ohnehin, da dieser seinem Schicksal ja nicht zu entkommen versuchte, sondern sich wahrscheinlich nicht einmal mehr an den Satz erinnerte, den er 1992 an seine Freundin gerichtet hatte. Ich weiß auf jeden Fall nicht, ob er schaudernd seiner Worte von damals gedachte, als er drei Jahrzehnte später ein weiteres Mal in dieser so entlegenen Zwillingsstadt gelandet war.

Wer ich bin? Sicher nicht der Tod und auch nicht *la muerte*, da können Sie beruhigt sein, liebe Leserin, lieber Leser. Ihr Erzähler ist harmlos, ein Mensch aus Fleisch und Blut, etwas kompliziert bekannt mit Kutzenberger, zu entfernt vielleicht, um sich hier aufzuspielen und sein Leben zu Ende erzählen zu wollen, könnte man einwerfen. Aber wer sonst sollte es tun? Freiwillige vor! Nun, sehen Sie, niemand. Es bleibt an mir, das zu vollbringen, und aus einem gewissen Pflichtbewusstsein heraus mache ich es nun eben, nicht dass Sie glauben, es macht so viel Spaß, sich jeden Tag an den Tisch zu setzen, um über einen Menschen zu schreiben, der einem die Polizei an den Hals gehetzt hat, der einen zur Flucht gezwungen hat, der einen nötigte, ein respektables österreichisches Leben gegen das eines Flüchtlings in Südamerika einzutauschen, und mit dem man nahezu nichts gemein hat, sicher nicht das Pflichtbewusstsein, manchmal erscheint es mir, als wäre ich der Letzte einer Generation, der dieses Wort überhaupt noch kennt. Was Kutzenberger nicht wissen konnte, ist, dass auch ich glücklich bin hier, überraschenderweise glücklicher, als ich es in Österreich je war. Vielleicht ist es eine vertrackte Dankbarkeit, die mich dazu bringt, aufzuschreiben, wie sich Kutzenberger und die Kugel, die sein Leben beendete, immer näher und näher kamen, so nah, bis ihre Wege einander auf höchst fatale Weise kurzzeitig kreuzten. Am Anfang der Geschichte waren sie allerdings noch durch ein Weltmeer getrennt auf zwei unterschiedlichen Kontinenten, und auch das Zimmer, in dem sie schließlich aufeinandertreffen sollten, Kutzenberger und die Kugel, war beruhigende 11.316 Kilometer Luftlinie von ihm entfernt. Doch schon schien Kutzenberger all seine Schritte so zu setzen, um diese ungeheure Distanz zu überwinden.

DIE PAARUNGEN

km 11.316 Der große Festsaal der Universität Wien war bereits voll, als Kutzenberger eintrat. Die deutschsprachige Literaturprominenz hatte sich eingefunden, große Namen waren darunter, die allergrößten freilich nicht, der Nobelpreisträger und die zwei Nobelpreisträgerinnen hatten kein Interesse an einem Austauschstipendium. Auch nicht, wenn dieses zu Ehren von Stefan Zweig vergeben wurde, dessen Todestag sich zum achtzigsten Mal jährte.

Am 22. Februar 1942 hatte sich Zweig im brasilianischen Exil an seinen Schreibtisch gesetzt und Abschiedsbriefe geschrieben, den letzten davon an seine erste Frau. Bereits der anderen Frau in den Tod verschworen, dachte er doch jener, für die er gelebt, die ihn geliebt: Friderike Maria Zweig. Dann folgte noch eine offene Seite an alle, die es wissen wollten. Er setzte unterstrichen das portugiesische Wort *Declaracão* darüber, das man streng genommen *declaração* schrieb, da es andernfalls *deklarakao* ausgesprochen wurde, was in unseren Ohren nach Kakao klingt, in den brasilianischen jedoch nach *declara cão*, was *Es erklärt der Hund* bedeutete – eine eigenartige Überschrift für die letzte Erläuterung des erfolgreichsten Schriftstellers seiner Generation. Vielleicht war es ein ultimativer subversiver Akt, eine Botschaft an die verhassten Nazi-Schergen, die seine geistige Heimat Europa in den Untergang getrieben hatten. Von Salzburg hatte er nach London flüchten müssen, wo er die Grabrede für den ebenfalls gerade noch davongekommenen Professor Freud hielt, weiter ins hektische New York, um schließlich im ruhigeren Petrópolis, eine Autostunde von Rio de Janeiro entfernt, entkräftet aufgeben zu müssen. Frieden gab es nur am unbekannten Ort, und dorthin wollte er nun mit seiner Frau Lotte aufbrechen. Natürlich würden ihm Passivität und Schwäche vorgeworfen werden, doch hatte er keine Wahl, seine Lebensenergie war aufgebraucht, zu Ende. Ein einziges Mal wollte er jetzt noch zubeißen, zumindest im Abschied den Spieß umdrehen und den Barbaren die Zähne zeigen. Vom sicheren Brasilien aus auf die Feinde Deutschlands – denn natürlich waren die Nazis das – hinzuschlagen, kam ihm zu billig vor. Das konnte jeder, noch mehr, wenn man nur noch Stunden zu leben hatte, das war kein Heldentum. Seine Kritik musste subtiler sein. Und so ermächtigte er sich als Jude des Totems der Barbaren, des Hundes, den Hitler als Herrengeschöpf bezeichnete, im Gegensatz zur jüdischen Katze. Elegant verkleidet als Lieblingstier des Führers, erklärte Zweig diesem also ein letztes Mal, dass Freiheit das höchste Gut auf Erden sei.

Dann nahm er sich die Freiheit zu gehen, auch wenn er wusste, dass es verständnisloses oder arrogantes Kopfschütteln Thomas Manns auslösen würde, bestürzte Trauer unter tapferen Weggefährten, die Freude des Nazis, für den sein Selbstmord die Bestätigung war, dass der Jud nicht auserwählt war zu überleben. Aber er hatte sich entschieden, und es war zu spät, noch daran zu rütteln, nichts konnte ihn mehr aufhalten. Der 22.02. war ein schönes Datum, neunundfünfzig Mal war es im Laufe seines Lebens an ihm vorbeigezogen, harmlos und unerkannt. Nun, beim sechzigsten Mal, einem Sonntag, war Schluss mit dem Vorüberziehen, die Zeit würde stehen bleiben, sich in der Unendlichkeit auflösen.

Am Abend zuvor hatte er dem deutschen Journalisten Ernst Feder ausgeliehene Bücher zurückgegeben, er wollte keine Schulden hinterlassen, die Miete für den Monat März lag in einem Kuvert auf dem Schreibtisch. Feder hatte er berichtet, dass er endlich den *Wilhelm Meister* beendet hatte. Für seine Zeitgenossen hatte er keine Geduld mehr, stattdessen las er in den letzten Monaten all die Klassiker wieder, die ihn begleitet hatten: Homer, Dante, Shakespeare und nun eben auch Goethe. Dante hatte den Test am besten bestanden, die *Göttliche Komödie* war das, was dem Göttlichen am nächsten kam. Dante Alighieri, der florentinische Exildichter, war ihm, dem Habsburger in Brasilien, am nächsten, er war derjenige, der nach einem lange in der Literatur verbrachten Leben übrig blieb. Schade, dass das letzte Buch, das er gelesen hatte, ein schales war.

Am Dienstag war Faschingsdienstag gewesen, Karneval in Rio! Der von allen herbeigesehnte schönste Morgen mit den leuchtendsten Farben und fröhlichsten Herzen, so glücklich, dass man sich in Brasilien jedes Jahr aufs Neue fragte, ob es danach noch einen weiteren Tag geben könnte. Die Antwort war nein, der Karneval war vorüber, keiner hörte mehr ein Lied, keiner stolzierte mehr vorbei, im Herzen nur noch Wehmut und Asche. Das war, was übrig blieb. Dementsprechend begann der Aschermittwoch mit einer Hiobsbotschaft, seinem Todesurteil: Singapur war gefallen, die Japaner einmarschiert, die Engländer auf der Flucht. Damit war der Krieg verloren, der letzte Posten der Zivilisation aufgegeben. Keine Armee der Welt konnte die Deutschen nun mehr aufhalten, noch vor Weihnachten würde Rio deutsch sein. Wozu so lange warten? Allzu ungeduldig beschloss er voranzugehen.

Stefan Zweig ordnete seine Abschiedsbriefe, legte die Declaracão obenauf, das Kuvert mit dem Geld daneben, nahm zwei Gläser, bedeckte den Boden einen Finger dick mit Veronal. Da kam Lotte ins Zimmer. Sie war siebenundzwanzig Jahre jünger als er. Natürlich stand ihr frei zu tun, was sie wollte, doch auch sie hatte sich entschieden. Bei ihrem ständigen Asthma wäre dieser Schritt das Beste, sie würde ihn begleiten. Er nahm die Flasche Mineralwasser der Marke *Salutaris*, heilsam auf Latein, ihm entging nicht die Ironie, und er musste leise lächeln. Dann füllte er beide Gläser und rührte das Barbiturat auf, kleine, weiße Kristalle. Er küsste Lotte auf die Stirn, und sie war so kalt, als wäre ein Teil ihres Wesens bereits vorausgestorben. Dann leerte er sein Glas in zwei, drei großen Schlucken und legte sich aufs Bett. Lotte betrachtete ihn zärtlich und zögerte. Sie setzte sich an die Bettkante und sah, wie ihr Stefan keine Augen mehr für sie hatte, wie er schon anderswo war, bei Friderike vielleicht oder im Wien seiner Jugend. Doch da lag sie falsch, seine liebe und treue Gefährtin, er war genau da, vor ihr, in Petrópolis, fünfzig Kilometer von Rio de Janeiro entfernt, und er, der große Europäer, fühlte, dass er in Lateinamerika angekommen war, wusste plötzlich, dass er falschgelegen hatte, Brasilien als das Land der Zukunft zu beschreiben, sah die Militärdiktatur, das ewige Unrecht zwischen Arm und Reich und all den Schattierungen zwischen Schwarz und Weiß, aber auch, dass er andererseits sehr wohl recht gehabt hatte mit der Zukunft, er war im Kontinent der Literatur angekommen. Was seine Generation in Europa begonnen hatte, würde nun in Lateinamerika weitergeführt werden. Joyce, Proust, Musil, Broch, Mann, ja, warum nicht auch Thomas Mann, der strenge Richter, der auf ihn hinabgeblickt hatte, ein Leben lang, obwohl er selbst, Mann, ein schlechterer Schriftsteller war, als er dachte, ein schlechterer Vater, als er, Zweig, Stiefvater gewesen war, was nun aber völlig bedeutungslos war, alles löste sich auf im Nichts, im Angesicht der Unendlichkeit, die sich allerdings nicht und nicht einstellen wollte. Viele zarte Saiten hielten Stefan Zweigs Seele mit dessen Körper verbunden, da ihm ein langes, erfülltes Leben bestimmt gewesen wäre, ein längeres noch als seinem Jahrgangskollegen Pablo Picasso, der erst 1973 in Frankreich sterben sollte, doch auch das war nicht mehr wichtig, eine weitere Saite gerissen, nur um klarer zu machen denn je, dass die Literatur hier, auf dem Kontinent, auf dem er im Sterben lag, weitergeführt werden würde, die zweite Hälfte des zwanzigsten Jahrhunderts gehörte Lateinamerika, bald würde Borges seine Fiktionen veröffentlichen, die Hälfte der weltverändernden Erzählungen waren bereits geschrieben, Zweig sah einen Garten, dessen Wege sich verzweigten, einen jüdischen Professor im Flugzeug nach Costaguana, kreisförmige Ruinen in Flammen, das Universum auf einer Kellerstufe, und er fühlte, dass er sich durchaus mehr hätte trauen können, den Mut, von den Fakten abzusehen, Leerstellen frei und unverzagt aufzufüllen, die Grenze zwischen Leben und Tod nicht so verbissen ernst zu nehmen, denn wozu auch, sie war es nicht wert, Menschen lebten und starben nicht, sie flossen, er sah einen Schriftsteller, der die Kugel, die ihn erschießen sollte, zum Stehen brachte, nur um Zeit zu gewinnen, sein Werk im Geiste zu vollenden. Was war hier, in Lateinamerika, nicht alles möglich! Juan Rulfo und Octavio Paz schrieben schon, Gárcia Márquez spann die Erzählungen seiner Großeltern weiter, und ohne

Scheu flogen Figuren, wenn sie wollten, vor aller Augen in den Himmel, das hätte ihm auch einfallen sollen, doch wollte er sich nicht beklagen, es war schon alles gut so, wie es war, und pling, eine weitere Saite gerissen, auf einem Bahnhofsvorplatz wurden dreitausend Menschen erschossen, João Guimarães Rosa hatte schon ein kleines Bändchen veröffentlicht, Vargas Llosa dachte fälschlich, dass sein Vater gestorben war, Bolaños Vater nicht, dass er einen Sohn zeugen würde, wieder eine Saite weniger, eine Hexe stopfte einem lebenden Menschen Kräuter in den Bauch, noch waren genug Saiten da, so dicht war Stefan Zweigs Seele mit seinem Körper verwoben gewesen, und er sah, dass Juan Carlos Onetti bereits seinen zweiten Roman mit dem schönen Titel *Niemandsland* veröffentlicht hatte, und wenngleich er spürte, wie nichtig alles war, flog leicht wie ein Windhauch ein zarter Schatten über sein Gemüt, nicht selbst auf die Idee gekommen zu sein, eine Erzählung *Niemandsland* zu nennen, denn was anderes war die Literatur als das Land zwischen den Ländern, das alle oder niemand in Beschlag nehmen konnten, *no man's land, tierra de nadie*, hier war man frei, kein Mensch konnte einen aus dem Land vertreiben, das niemandem gehörte, das war seine wahre Heimat gewesen, pling, eine weitere Saite gerissen und seine Seele ein Stückchen höher gestiegen, so hoch, dass er noch weiter sah, über die Jahrtausendwende hinaus ins einundzwanzigste Jahrhundert, das immer so unendlich weit weg geklungen hatte, eine Zeit, in der es sicher schon fliegende Autos geben würde, wie man vermutete, nicht ein von der Bergstraße in den Abgrund stürzendes Auto, das viele Hundert Meter weiter unten zerschellt, vier Tote, drei Mädchen und ein Junge, das hat es in seinem Jahrhundert auch schon gegeben, sondern andere, futuristischere, luftschiffartige Autos vor Wolkenkratzerfenstern, aber das sah er nicht im einundzwanzigsten Jahrhundert, sondern Frauennamen auf Buchdeckeln, das war, was er sah, und ein paar konnte er im Vorbeischweben entziffern, Samanta Schweblin, Fernanda Melchor, Guadalupe Nettel, Margo Glantz, Rosa Beltrán, so würde die Zukunft aussehen, und er sah, dass es gut war. Pling, nur noch wenige zarte Fäden verbanden nun Stefan Zweigs Körper mit seiner Seele, das Gift war stark, er schloss die Augen, atmete ein letztes Mal stockend ein und nie mehr aus.

Da liegt er also, dachte Lotte, die auf der Bettkante saß, da liegt er also, ihr Mann, der berühmte Schriftsteller, den die Lebenskraft verlassen hatte. Und der nun wohl bereits diesen geheimnisvollen letzten Ort wusste, das große, heilige Rätsel gelöst hatte, welches sie mit einem Schlag nicht mehr ängstigte, sondern am ehesten noch amüsierte. Was für ein Rätsel sollte denn das sein, das ohnehin alle lösen würden? Nur eben immer zu spät. Es interessierte sie nicht mehr. Plötzlich war sie sich sicher: Wir werden nach dem Sterben nichts voneinander wissen, nie mehr zusammenfinden. Aber es machte nichts, alles war unbedeutend im Angesicht der Ewigkeit, auch ein Wiedersehen mit dem vorausgegangenen geliebten Mann. Deshalb ging sie nicht zum Schreibtisch, um den letzten Brief an Friderike zu lesen. Sie fühlte sich unendlich müde. Tränen und Trauer waren vertrocknet, am ehesten erahnte sie eine gewisse Scham als letztes Gefühl. Die Scham, gelebt zu haben. Sie griff zum Glas, sprudelte das abgesetzte Pulver auf und trank es gierig. Genug gelitten, genug, da hatte Stefan recht gehabt. Wie zuvor dieser, starrte nun sie auf die Zimmerdecke, die zu derjenigen des Hauses ihrer Geburt wurde, erst dreiunddreißig Jahre war es her, nicht ein Haus an der Ringstraße der Habsburgerhauptstadt wie bei ihm, sondern in Kattowitz, Schlesien, wie auch immer Arthur Kingfisher, der legendäre UNESCO-Präsident für Literatur, die letzten Gedanken der Sterbenden vermittelt bekommen haben wollte, die er nun dem erstaunten Publikum in seiner Eröffnungsrede wiedergab.

Nur wenige Hundert Meter von Stefan Zweigs Geburtshaus entfernt, stand der mächtigste Mann der literarischen Welt im großen Festsaal der Universität Wien auf dem Podium und hielt als Auftakt des größten Autorenaustauschprogramms der Geschichte der UNESCO einen Vortrag. So hatte es mir jedenfalls Marta berichtet, auch, dass die Rede nicht sonderlich gut angekommen war. Sie hörte, wie eine Autorin vor ihr laut fragte: Wirklich, Zweig? Wer liest denn heute bitte noch Zweig? Kingfishers Vorträge, Schriften und Publikationen wurden, stimmten die Gerüchte, normalerweise von seiner deutlich jüngeren, und böse Zungen würden auch behaupten, deutlich klügeren, südamerikanischen Partnerin geschrieben. Die Idee zu diesem Event und der Text zu diesem esoterischen Eröffnungsvortrag konnten aber unmöglich von ihr gekommen sein, so altbacken und sexistisch war das alles, wie es nur einem mächtigen, alten, weißen Mann hatte einfallen können. Deutschsprachige und lateinamerikanische Autoren und Autorinnen wurden zu gemischtgeschlechtlichen Paaren zusammengewürfelt, um gemeinsam in österreichischen Top-Urlaubsdestinationen drei Wochen Kreativurlaub zu verbringen. Kingfisher erklärte, dass seine Präsidentschaft im Begriff war auszulaufen, er sich zur Ruhe setzen wolle und seine Position nicht nachbesetzt werden würde. Bevor die Analphabeten vollständig das Ruder übernähmen, sagte er, wolle er es auf seine alten Tage noch einmal richtig krachen lassen, und so hatte er die Idee zu diesem noch nie da gewesenen internationalen Schriftstellerverkehr gehabt, um Stefan Zweig als intellektuelles Symbol für den Kampf gegen jede Form der Gewaltherrschaft hochleben zu lassen.

Schriftstellerverkehr, schnaufte der bekannte österreichische Autor neben Kutzenberger, so nennt man das heute also! Kutzenberger hatte sich in die Reihe ehemaliger Deuticke-Autoren gesetzt, die er noch von früher, vor allem von den legendären Weihnachtsfeiern des in der Zwischenzeit aufgelösten Verlags kannte. Wie bei einem Familientreffen saß man nebeneinander und schwätzte, während Kingfisher vom habsburgischen Wien als vorbildlich vielsprachiger Hauptstadt eines multinationalen Staatengebildes sprach. Aber auch in den anderen Reihen wurde getuschelt, man schaute gelangweilt oder ungeduldig auf die Bühne. Über den Köpfen, an der Decke des großen Festsaals der Universität Wien, hätte man drei Schwarz-Weiß-Reproduktionen von Gustav Klimts riesengroßen Fakultätsbildern sehen können. Die Originale waren angeblich am letzten Tag des Zweiten Weltkriegs, am 8. Mai 1945, verbrannt. Drei Jahre, zwei Monate und fünfzehn Tage hätte sich das Ehepaar Zweig noch bis dahin gedulden müssen, denn nicht immer siegt das Böse. An diesem Tag der bedingungslosen Kapitulation der Wehrmacht setzten abziehende SS-Truppen das Schloss Immendorf im Weinviertel in Brand. Im großen Salon waren Kunstwerke aus dem Wiener Belvedere gelagert gewesen, um der Bombardierung und somit eben der Vernichtung durch die Flammen zu entgehen, die nun erst recht stattfand. Denn, wir wissen es, so leicht entkommt man seinem Schicksal nicht. Manchmal dann aber doch. Kutzenberger behauptet zumindest in seinem Debütroman, dass eines dieser unbezahlbaren, verschollenen Hauptwerke Gustav Klimts Jahrzehnte später aufgetaucht ist. Das Gemälde der Jurisprudenz nämlich, das von Gustav Klimt erträumte Symbol der Rechtsprechung. Zehn Jahre seines Lebens hatte er den drei Fakultätsbildern gewidmet, der Philosophie, der Medizin und schließlich, als Krönung, der Jurisprudenz. Zehn Jahre Arbeit an drei gewaltigen Leinwänden, je zwölf Quadratmeter groß, die seinen ganz persönlichen Weg in die Moderne weisen sollten, welcher naturgemäß nicht verstanden wurde. Wozu ich das erzähle? Denn niemand, nicht einmal Kutzenberger, warf auch nur einen Blick an die Decke des prunkvollen Festsaals der Universität. Man schwätzte, als wäre man auf einem Schulausflug.

Was sollen diese Paarungen, was wollen die erreichen? Die Scheidungszahlen unter Dichtern erhöhen?, wisperte die Freundin eines Autors ihrer Sitznachbarin zu. Man lachte, manche Partner beunruhigt, andere eher amüsiert.

Ich finde das nicht lustig, fuhr die Freundin des Autors fort, muss das sein? Drei Wochen mit einer südamerikanischen Schriftstellerin in einem Hotel? Soll das der Inspiration dienen? Oder die Kraft des Willens messen?

Mach dir keine Sorgen, beruhigte sie ihr Freund, du bist meine schönste und liebste Nachbarin, was soll da passieren?

Der geneigte Leser, die müßige Leserin erkennt bereits, wie ich mich winde, um keine Namen nennen zu müssen. Europäische, aber vor allem deutschsprachige Schriftsteller zu nennen, ist immer noch gewagt in Santa María. Historische Autoren wie Stefan Zweig sind möglich, außerdem starb dieser in Brasilien, verfasste sein literarisches Vermächtnis, die *Schachnovelle*, hier in Südamerika, weshalb er als südamerikanischer Autor durchgeht. Die Namen der Autorinnen und Autoren zu nennen, die bei diesem groß angelegten Austausch beteiligt waren, die Namen der anwesenden Politiker auszusprechen, auch wenn sie schon teilweise im Ruhestand waren, ist allerdings zu riskant. Hauptsächlich schreibe ich zwar für mich oder auf verquere Weise auch für den seligen Kutzenberger, doch natürlich werde ich versuchen, für das übersetzte Manuskript einen Verlag zu finden, und möchte dann die Zensur mit einer Aufzählung deutschsprachiger Autoren und Autorinnen nicht unnötig reizen. Den Festakt an der Wiener Uni zu beschreiben, ist aber notwendig, denn ohne diesen hätte Kutzenbergers Weg niemals nach Santa María geführt.

Bevor die Spannung gar zu groß werden würde, meinte Kingfisher in der Zwischenzeit, übergebe er nun an seine Wiener Kollegin. Applaus. Die Wiener UNESCO-Kollegin betrat die Bühne und schüttelte ihrem Chef artig die Hand. Und nachdem sie die Co-Finanzierung durch den Deutschen Literaturfonds, das österreichische Bundeskanzleramt und die Stadt Wien erwähnt hatte, begann die eigentliche Show.

Auf einer Leinwand wurde der Name des österreichischen Teils der ersten Paarung eingeblendet. Die Moderatorin sagte ein paar Sätze zur Biografie der Autorin und bat sie auf die Bühne. Kutzenberger hatte sie einmal auf einer Weihnachtsfeier gesehen, allerdings nie mit ihr geredet. Wie bei einer Castingshow stand sie nun auf der Bühne und wartete darauf, dass ihr Partner verlautbart würde. Es erschien eine mexikanische Fahne auf der Leinwand, und das Publikum gab zustimmende Laute von sich. Die Schriftstellerin lachte. Heißen Sie herzlich willkommen: Gabino Luna!, rief die Moderatorin, höflicher Applaus, und ein verunsichert wirkender, bärtiger Mann in Holzfällerhemd und Jeansjacke betrat mit gelb getönter Brille die Bühne. Sie umarmten einander etwas gehemmt.

Was soll denn das wirklich?, fragte Kutzenbergers Sitznachbar.

Die beiden werden die nächsten drei Wochen im luxuriösen Almwellness Hotel Pierer, nahe von Roseggers Waldheimat, verbringen, verkündete die Moderatorin. Wir sind schon gespannt, welche literarischen Früchte dieser kulturelle Austausch bringen wird! Ein Tusch vom Band und Applaus. Schriftstellerin und *escritor* verschwanden backstage, und die nächste Paarung wurde aufgerufen.

Die Reihen rund um Kutzenberger leerten sich nach und nach. Ein berühmter deutscher Autor verließ die Bühne mit einer schüchtern wirkenden Autorin aus Französisch-Guayana in einem für den Wiener Winter unpassenden weißen Sommerkleidchen. Er nahm sie bei der Hand, und sie verschwanden hinter der Bühne. Seine Frau lachte und applaudierte im Publikum. Eine intellektuell wirkende Autorin aus Berlin bekam einen nach Computernerd aussehenden japanischen Peruaner mit in ein Luxushotel in Bad Aussee.

Ich möchte auch einen Japaner, sagte eine weibliche Stimme hinter Kutzenberger.

Eine Emilie Flöge ähnelnde Autorin aus der Dominikanischen Republik stand etwas verloren neben einem deutschen Schriftsteller, der wie der große Argentinier Julio Cortázar aussah und genauso sympathisch wirkte. Ihr Ziel war die Alpen Select Lodge in Vorarlberg.

Da kostet die Nacht tausend Euro, hörte Kutzenberger den Autor neben sich sagen, der als Nächster an die Reihe kam. Ihm wurde eine kolumbianische Schriftstellerin zugewiesen, die entschieden wie ein Model aussah, aber noch von der Brasilianerin überstrahlt wurde, die wie ein Bond-Girl einen anderen ehemaligen Deuticke-Autor mit einem Kuss in Empfang nahm.

Musste das sein?, fragte dessen Freundin oder Nachbarin.

Kutzenberger wusste keine Antwort.

Jetzt sind nur noch wir zwei übrig, sagte die österreichische Autorin hinter ihm und tippte auf seine Schulter.

Er drehte sich um und sagte, vielleicht werden ja wir einander zugelost.

Sie verdrehte die Augen, und er blickte schnell wieder auf die Bühne, auf der gerade sein Name verkündet wurde, gefolgt von ein paar Sätzen zu seiner Person, erster Roman *Friedinger* im Deuticke Verlag, zweiter Roman *Jokerman* im Berlin Verlag, und der dritte Roman spielt nun wohl in Santa María! Eine blau-weiß gestreifte Flagge mit einer goldenen Sonne links oben erschien auf der Leinwand. Ihm war eine Uruguayerin zugewiesen worden. Wie konnte es sein, dass manche Länder sexy wirkten, andere weniger und wiederum andere einfach gar kein Bild evozierten? Die deutschsprachigen Autoren mussten mit neckischen oder neidischen Blicken rechnen, wenn ihnen eine Kolumbianerin oder Brasilianerin an die Seite gestellt worden war. Aber Uruguay? Kutzenberger ging vom langen Sitzen etwas steifbeinig auf die Bühne. Die ersten Reihen des großen Festsaals der Uni Wien waren beinahe leer, die Stimmung erloschen, der Programmverlauf nicht ganz durchdacht gewesen.

Marta Ferreira!, hörte er.

Eine kleine Indiofrau ging ihm strahlend in einer bunten Andentracht samt Hut, der einer Melone ähnelte, entgegen. *Es ist leichter, über sie zu hüpfen, als um sie herumzulaufen.* So hatte seine Ex-Schwägerin über kleine, stämmige Leute gescherzt, obwohl sie selbst nicht unähnlich wirkte, und Kutzenberger hatte das nie lustig gefunden. Trotzdem schoss ihm dieser Spruch nun durch den Kopf.

Stefan und Marta werden die nächsten drei Wochen im Hotel Greif in Wels verbringen!, rief die Moderatorin in die mittlerweile leeren Reihen. Niemand reagierte, und Stefan folgte Marta in den Backstagebereich. Sie nahmen einander nicht bei der Hand.

DIE ABSCHIEDE

Das letzte Mal, dass man eine Hand in der eigenen hält, das letzte Mal, dass man im Meer schwimmt, mit Freunden um die Wette läuft, ein Buch zu Ende liest, die Wolken von oben sieht, erschüttert ein Werk von Bach hört, vor Freude springend zu einem ewig langen Solo Neil Youngs Luftgitarre spielt, das letzte Mal, dass man seine Eltern sieht, seine Kinder, das letzte Mal, dass man sich in der Früh träge umdreht, um im warmen Bett weiterzudösen. Wie die meisten Menschen hatte Kutzenberger keine Ahnung, wann es das letzte Mal war, dass er diese Dinge tat. Ich hingegen schon. Deshalb werde ich die wichtigsten letzten Male klar und deutlich aussprechen, um seine Abschiede vom Leben eindeutiger und, warum nicht, auch bedeutsamer zu gestalten. Sonst wäre es ein alltäglicher Spaziergang, so aber ist es das letzte Mal, dass er den Schotterweg am Bach entlanggeht und wie immer an den Schotterweg der Kindheit denkt, den hinter der Siedlung, in der er aufgewachsen ist, der zur Post führte und auf dem ihm einmal der Großvater wegen einer schlechten Deutschschularbeit eine ernste Rede gehalten hatte, denn zumindest die Muttersprache sollte man beherrschen, wie er in seinem von niederländischen Ausdrücken durchzogenen Deutsch sagte, ohne Sprache sei man nichts, und es war das letzte Mal, dass er den Großvater gesehen hatte. Oder das letzte Mal, dass man unkontrolliert lachen muss, das letzte Mal eine Kerze ausblasen, das letzte Mal die Mutter nicht zurückzurufen, den Duft der geliebten Person bei der letzten Umarmung gierig mit der Nase aufsaugen, das letzte Mal.

km 0,012

DER NOBELPREIS

km 11.316 Im kleinen Festsaal hinter der Bühne der Universität Wien roch es gegen Ende der Veranstaltung nach verschüttetem Bier. Kutzenberger mochte sie eigentlich, seine Schriftstellerkollegen, auch wenn ihn erfahrenere Autoren immer wieder gewarnt hatten, niemandem zu trauen, denn sie seien nur freundlich, solange man nicht zu erfolgreich werde. Aber die Gefahr war in seinem Fall ohnehin nicht groß, das zeigte auch die für ihn ausgewählte Destination. Alle anderen logierten mit hippen Menschen in den teuersten Hotels der schönsten Tourismusorte des Landes, er aber fuhr mit einer quadratischen Person aus Uruguay nach Wels. Im Backstagebereich sah es nicht so aus, als ob der größte Literaturaustausch der UNESCO-Geschichte zu sehr viel Austausch führen würde, man stand neben den Leuten, die man ohnehin kannte, und nippte an seinem Getränk. Das Niveau der Unterhaltungen blieb, zumindest im österreichischen Sektor, tief, chauvinistisch, oberflächlich, die Literatur, wie immer, außen vor. Zeit, das Fest zu verlassen, dachte Kutzenberger, als er nach einem vollen Bierglas griff und nicht mehr wusste, das wievielte es war. Das Servierpersonal hatte schon mit dem Abräumen begonnen, in wenigen Stunden würde er Marta am Hauptbahnhof treffen. Er suchte den Raum ab, ob sie noch da war, in ihrer bunten Andentracht. Der Mexikaner, den die erste deutsche Autorin zugelost bekommen hatte, kam auf ihn zu.

Du bist mit Marta zusammen, richtig?, fragte er auf Englisch. Ich bin Gabino.

In einer Hand hielt er einen Teller mit Spanferkelstückchen, in der anderen ein Bier.

Kutzenberger blickte darauf, dann sagte er: Man bräuchte eine dritte Hand.

Gabino grinste etwas gezwungen und drehte sich suchend im

Kreis. Hinter ihm war ein Stehtischchen, auf dem einige leere Gläser standen. Er stellte den Teller ab und prostete Kutzenberger zu. Dieser war verlegen, es fiel ihm nichts weiter ein.

Marta ist schon gegangen, sagte der Mexikaner.

Das wollte ich auch gerade, meinte Kutzenberger. Sie sprachen noch immer Englisch.

Du hast ein Dylan-Buch geschrieben, nicht wahr?, überraschte ihn Gabino.

Ja, einen Roman, Bob Dylan kommt drin vor, seine Lieder zumindest, woher weißt du das?

Ich habe die österreichischen Schriftsteller gegoogelt, ist wohl das Mindeste, was man vor so einem Event tun kann.

Anscheinend nicht, Kutzenberger hatte auf jeden Fall niemanden gegoogelt. Aber er hatte gar nicht können, fiel ihm ein. Wir wussten ja nicht, wer unsere Partner sind, erklärte er.

Ist klar, sagte Gabino, wir waren die Überraschung. Mit Marta hast du ein ganz besonderes Los gezogen. Ich kenne sie schon lange. Nun denn, bei mir geht's morgen in die Waldheimat. Weißt du was darüber?

Der Vater des Cousins einer meiner besten Freunde ist Tierarzt dort in der Nähe, sagte Kutzenberger. Und Otto und Renate, Freunde aus der Steiermark, wohnen auch nicht weit entfernt, die würden sicher ebenso helfen, wenn du Probleme hast.

Das beruhigt mich. Ich werde mich bei dir melden, wenn ich Hilfe brauche, sagte Gabino ironisch lächelnd. Aber eigentlich wollte ich auf Peter Roseggers *Waldheimat* anspielen. Er ist faszinierend, fügte er hinzu.

Rosegger?, fragte Kutzenberger erstaunt.

Ja, natürlich, ich habe alles von ihm gelesen, was in Übersetzung zu kriegen war. Ein Heimatdichter im engsten und damit im weitesten Sinn. Frei von jedem Nationalismus. Ich glaube, dass man ihn nicht zufällig für den Nobelpreis nominiert hatte.

Rosegger?, fragte Kutzenberger wieder.

Gabino lachte. Ich merke schon, du magst ihn nicht, sagte er.

Nein, ich habe nur noch nie etwas von ihm gelesen, gab Kutzenberger unumwunden zu.

Tatsächlich? Und ich dachte, in Österreich lesen alle Rosegger.

Nun lachte Kutzenberger. Das glaube ich nicht, vielleicht in der Steiermark, in der Waldheimat, aber nicht auf der Uni.

Wer war es dann, der dich zur Literatur gebracht hat?, wollte Gabino wissen.

Kutzenberger überlegte. Zweig, ja, es war tatsächlich Stefan Zweig, sagte er schließlich, wir haben mit sechzehn in der Schule eine kleine Arbeit über einen Schriftsteller schreiben müssen, und ich habe Stefan Zweig gewählt. Das war's dann für mich. Ab dem Zeitpunkt wusste ich, dass ich mein Leben der Literatur widmen wollte.

Zweig? Kann man den noch lesen?

Ich weiß nicht, habe ich seit dreißig Jahren nicht mehr getan, aber damals hat er mich begeistert. *Die Welt von Gestern*, die *Schachnovelle*, sein *Magellan*-Buch. Das war schon alles sehr gut geschrieben und sehr klug. Vielleicht wird er ja wieder populärer, ich glaube schon, dass er wert ist, gelesen zu werden, muss es nochmals tun. Er hat mich damals zu Thomas Mann gebracht.

Den er ja, laut Kingfisher, nicht ausstehen konnte.

Richtig, das habe ich nicht gewusst. Komische Rede, nicht wahr? Wie kommt er dazu, uns zu erzählen, was Stefan Zweigs letzte Gedanken und Visionen waren?

Ja, das war in der Tat eigenartig. Wahrscheinlich war es ein Versuch, sich bei seiner Frau einzuschmeicheln. Es ist letztens zu einem ziemlichen Eklat zwischen den beiden gekommen.

Kutzenberger sah Gabino fragend an.

Du hast nichts davon gehört? Die kleine literarische Welt hat sich fast überschlagen vor Aufregung. Kingfisher ist von seiner Frau öffentlich als alter, weißer Mann gebrandmarkt worden, der nur fantasielose deutsche Romane lese und mehr Bürokrat als Literaturwissenschaftler sei. Und hinter vorgehaltener Hand soll sie auch noch gesagt haben, dass sie von nun an keine Reden und Aufsätze mehr für ihn schreiben würde. Anscheinend wollte er ihr hier mit seiner Wiener Rede beweisen, dass er sehr wohl ein Mann der Fantasie ist. Was mir aber mehr wehgetan hat als Stefan Zweigs Visionen, war diese Aufzählung lateinamerikanischer Autoren. Wie kann er sich trauen, mit so was zu kommen?

Das kann doch nur schiefgehen. Welche Namen hast du zum Beispiel vermisst?

Julio Cortázar, sagte Kutzenberger nach kurzer Nachdenkpause.

Natürlich, und wen noch, so auf den ersten Blick?

Adolfo Bioy Casares und Ernesto Sabato, zählte er nun die Autoren auf, die er während seines Studienaufenthalts in Buenos Aires sogar noch persönlich kennengelernt hatte.

Und?

Was weiß ich, es gibt ja so viele, Alejo Carpentier hätte wahrscheinlich nicht fehlen dürfen, als derjenige, der das wunderbar Wirkliche des magischen Realismus erstmals benannt hat. Denn darum ging es in Kingfishers Rede wohl, nicht?

Ja, wahrscheinlich. Rübergekommen ist für mich allerdings nur, dass sich Kingfisher mit der lateinamerikanischen Literatur nicht auskennt. Auch wenn die Frage, ob ein Habsburger Autor, der in Brasilien lebt, zu einer Form des magischen Realismus hätte finden können, durchaus spannend ist. Besonders peinlich war dann die Aufzählung dieser fünf Frauennamen als Beispiele für die Literatur des einundzwanzigsten Jahrhunderts. Als ob Kingfishers Frau ihm gesagt hätte, er müsse auch Schriftstellerinnen erwähnen, und er dann gehorsam die ersten fünf Namen aus ihrem Bücherregal eingefügt hat. Wo soll man denn da anfangen, diese Liste zu ergänzen? Gabino schaute Kutzenberger erwartungsvoll an.

Gabriela Mistral, stammelte er gehorsam, die erste lateinamerikanische Nobelpreisträgerin, das wusste er, auch wenn er nie etwas von ihr gelesen hatte.

Ja, natürlich, und?

Es war eine strenge Frage, gespannt blickte Gabino auf Kutzenberger, und dieser begann zu schwitzen, schlimmer als bei einer Prüfung auf der Uni.

Luisa Valenzuela, brachte er heraus, nicht weil er so viel von ihr gelesen hätte, sondern weil er wusste, dass eine liebe Kollegin am Komparatistikinstitut die argentinische Autorin so sehr schätzte.

Das geht aber mühsam mit dir, du musst mehr Frauen lesen!

Stimmt, sagte Kutzenberger und blickte ertappt in sein Glas.

Das ist ja keine Verpflichtung, sondern eine Freude. Du machst das für dich!

Ich lese ja eh –, versuchte Kutzenberger, sich zu verteidigen.

Doch Gabino fiel ihm ins Wort: Wie ist es dann nach Zweig mit deiner Reise in die Literatur weitergegangen?

Nach Stefan Zweig waren bei mir Thomas Mann und Hermann Hesse an der Reihe, antwortete Kutzenberger erleichtert darüber, wieder festeres Terrain unter den Füßen zu haben. Und von da an gab es kein Halten mehr: Dostojewski, Cervantes, Stendhal, Flaubert und so weiter, immer weiter. Ich würde mir wünschen, dass ich heute noch so lesen könnte wie damals.

Wie meinst du das?

Ich war damals ein großartiger Leser, aufmerksam, hoch konzentriert, habe mir alles gemerkt. Seitdem ich aber offiziell als Schriftsteller gelte, habe ich meine Unschuld verloren. Ich lese unkonzentriert und faul, lieber einfache Bücher als komplizierte. Lesen ist kein Eintauchen mehr in ein fremdes Leben, ein Buch kein heiliges Objekt mehr.

Weil du selbst eins geschrieben hast?

Nicht weil ich eins geschrieben habe, aber weil ich jetzt weiß, wie es gemacht wird.

So wie der Geschlechtsakt nicht so schön ist, wenn man nur ans Babymachen denkt?

Kutzenberger lachte. Nein, das meine ich nicht. Oder doch, ich weiß nicht. Vielleicht, weil ich weiß, wie viel Arbeit dahintersteckt. Ein ganzes Team arbeitet daran, Autor, Verlegerin, Lektor, Herstellerin, Setzer, Korrektor, Layouter, Drucker, Vertrieb, Marketing, Presse und nicht zuletzt dann Buchhändler, Veranstalter, wer auch immer beteiligt ist, damit ein Buch zum Leser oder vor allem zur Leserin kommt, da es ja viel mehr Leserinnen als Leser gibt.

Und deshalb hat das Buch an Heiligkeit für dich verloren?

Irgendwie schon. Ich weiß jetzt, dass es keine von Gott, der Muse, der Inspiration oder sonst wem diktierten Texte des reinen Geistes sind, sondern spüre den Schweiß der Arbeit dahinter. Und das mag ich nicht. Das kommt mir so amerikanisch vor, wer hart arbeitet, kann alles erreichen. Diese Logik, diese Moral behagt mir nicht. Ich möchte, dass einem die Dinge automatisch in den Schoß fallen.

Ja, das wäre schön, das mag ich auch, sagte Gabino. Und du hast schon recht, mich hat der Einblick in den Buchmarkt auch ziemlich ernüchtert. Mein erster Roman war ein überschaubarer Erfolg, und alle waren freundlich zu mir. Dann bekam ich den größten Buchpreis Spaniens, und plötzlich hat niemand mehr mit mir geredet. Hunderttausend Euro waren zu viel, da war der Neid zu groß. Seitdem ich wieder weniger erfolgreich bin, redet man wieder mit mir, aber jetzt will ich nicht mehr.

Das klingt wild. Ich dachte, dass das eher bei den Schauspielern so ist, aber auch bei uns Schriftstellern? Dafür hab ich zu wenig Einblick, weiß nicht, ob das in Österreich auch so wäre, aber alle Kollegen, die ich bisher kennengelernt habe, waren sehr nett zu mir.

Vielleicht bist du auch zu nett, um dir böse sein zu können, sagte Gabino, und Kutzenberger wusste nicht, was er antworten sollte. Nun denn, grüß Marta von mir, sagte der Mexikaner schließlich, und alles Gute!

Kutzenberger hob sein Glas, nahm einen Schluck, und als er es wieder abgesetzt hatte, war der andere verschwunden, als wäre er geflüchtet.

DIE FORMEL

km 0,012 Viele Menschen meinen, dass man den Sinn des Lebens in der so flüchtigen Gegenwart finden kann. Carpe diem, nutze den Tag, lebe den Moment. Doch das ist Blödsinn, es gibt keinen Moment. Es gibt die Vergangenheit und die Zukunft, der Wellenbug der Gegenwart ist ungreifbar, in ihm den Sinn zu suchen, kann nur im Unglück enden. Wenn Sinn im Augenblick gefunden werden kann, dann nur in einem einzigen: dem letzten. Der finale Moment des Lebens ist gleichzeitig dessen Sinn, da er nicht mehr in den ewigen Wüsten der Zeit entschwinden kann und endlich endlich wird. Er hat zwar eine Vergangenheit, ist aber seiner Zukunft beraubt, der dahinjagende Pfeil des Lebens hat seine Begrenzung gefunden und kann nun, ein einziges Mal, begriffen werden. Wie ein feuchtes Tuch, das an die Wand geklatscht wird, bleibt er, fast erschrocken und eine kurze Weile die Gesetze der Schwerkraft leugnend, an der Wand kleben, um dann zu Boden zu fallen. In diesem Moment der Aufhebung allen Seins liegt die Erfüllung, selbst dann, wenn es das Gehirn ist, das an die Wand klatscht, und nicht das metaphorische Tuch. Die tausendfach geteilte Sekunde, die ein Projektil nur braucht, um vom Stirnbein zum Hinterkopf zu gelangen (t=s/v), reicht aus, um alle Fragen zu klären und alle noch offenen Fäden zu verknüpfen. Das ist die Schönheit des Todes, deshalb sind alle Enden gut.

DIE SPOREN

Der Zug fuhr kurz nach der Station Wien-Meidling in einen Tunnel, und mit einem Schlag verschwand die winterlich graue Stadt vor dem Fenster, das sich wie durch Zauberhand von einem Moment auf den anderen in einen dunklen Spiegel verwandelte, der das müde Gesicht Kutzenbergers reflektierte. Die Beziehung zwischen ihm und Marta hatte holprig begonnen. Sie hatten einander am Morgen nach der UNESCO-Veranstaltung am Wiener Hauptbahnhof getroffen, Marta trug wieder ihre Andentracht, obwohl der Gebirgszug Tausende Kilometer von Uruguay entfernt lag. Auf seinen Reisen durch Südamerika hatte Kutzenberger sich in der Andenregion immer sehr wohl gefühlt, sich freundlich mit den Einwohnern der kleinsten Dörfer auf diversen Märkten unterhalten, auf gestampften Lehmböden geschlafen, gegrillte, mit halluzinogenen Kräutern gefüllte Meerschweinchen gegessen, Durchfall bekommen, Coca-Tee getrunken, ein Fest als Ehrengast eröffnet, Zuckerrohrschnaps gesoffen, Blicke ausgetauscht, einen Stein auf den Kopf bekommen, krachende Lautsprecher repariert, hölzern getanzt und schließlich von einem *vaquero*, *cowboy*, Kuhhirten, dessen Sporen geschenkt bekommen. Als dieser, noch betrunkener als Kutzenberger, direkt neben der Tanzfläche des Dorffests eingeschlafen war, kam eine nüchterne Indiodame in bunter Tracht auf ihn, den ausländischen Gast, zu, schaute auf die Sporen in seinen Händen und sagte: Gib sie ihm zurück! *km 4.213*

Aber er hat sie mir geschenkt, entgegnete Kutzenberger.

Er ist betrunken.

Trotzdem hat er sie mir geschenkt, als Freundschaftsbeweis.

Er ist betrunken, siehst du das denn nicht? Wenn er morgen aufwacht, hat er keine Sporen mehr, was blöd ist, weil er sie braucht. Du wirst munter und hast Sporen, die du nicht brauchst.

Und in zwanzig Jahren wirst du sie in einer Kiste im Keller wiederfinden und dich gar nicht mehr erinnern, warum du diese Dinger hast.

Gar nicht wahr, die Sporen sind für mich genauso wichtig wie für ihn. Ein Symbol für die Freundschaft zwischen mir und diesem Dorf, zwischen Österreich und Peru, zwischen Europa und Lateinamerika!

Die Frau schüttelte den Kopf, sagte irgendetwas auf Quechua und ließ Kutzenberger mit der sporenlosen Alkoholleiche allein.

Zwanzig Jahre später fand Kutzenberger beim Kellerausmisten in einer Schuhschachtel ausgebleichte Lederriemen mit metallenen Teilen daran, die in sternförmigen Rädchen mündeten. Es dauerte eine Weile, bis er erkannte, dass es sich dabei um Sporen handelte, und noch länger, bis er sich erinnerte, woher diese kamen. Kurz überlegte er, die Dinger einfach wegzuschmeißen, als ihm die prophetischen Worte der Indiodame in den Sinn kamen. Verlegen legte er die Sporen zurück in die Schachtel und trug sie in sein Büro, wo sie seitdem im Bücherregal neben dem Schreibtisch stand, wertvollen Platz wegnahm und ihn jedes Mal, wenn er sie sah, ärgerte und gleich darauf beschämte. Ob ihn Martas Andentracht daran erinnerte, wie arrogant er in Peru agiert hatte, und er, statt zu versuchen, seine Gier wiedergutzumachen, sie durch Abweisung ungeschehen machen wollte? Ich kann das nicht sagen. Wie ich generell über viele, ja, die meisten der mir oft unverständlichen Handlungen Kutzenbergers nur spekulieren kann.

DER ERZÄHLER

km 0,012

Mit vielen Beteiligten des hier berichteten Geschehens habe ich gesprochen, alle in Südamerika lebenden Zeugen dieser Erzählung habe ich zu kontaktieren und zu interviewen versucht, doch die geheimen Gedanken der Figuren und vor allem die Beweggründe unseres Protagonisten Kutzenberger, die kenne ich nicht. Nur wenige Male habe ich ihn getroffen, nur flüchtig kennengelernt, nur oberflächlich mit ihm gesprochen. Umso schwerer fallen mir die direkten Reden, die ich rekonstruieren muss, denn auch diejenigen, die ich interviewt habe, konnten sich naturgemäß nach so langer Zeit nicht mehr wörtlich an die Gespräche mit ihm erinnern. Die direkten Reden führen mir am deutlichsten vor Augen, dass ich kein Schriftsteller bin. Wie soll man einen Dialog in Schrift umwandeln? Vor allem, wenn viele dieser Gespräche in verschiedenen Sprachen geführt werden und auch das österreichische Deutsch teilweise sehr weit vom Schriftdeutsch entfernt ist. Hat man das Problem der Verschriftlichung des Gesprochenen einmal gelöst, bleibt noch immer die Frage, wie man die Dialogzeilen verbinden soll. In der Schule lernten wir, dass man nicht immer *sagte er, sagte sie* schreiben darf, es gab dann eine Wellenlinie unter die Worte und ein *WW!* an den Seitenrand, und drei WWs zählten so viel wie ein R oder G, Rechtschreib- oder Grammatikfehler also. Wobei sich das Problem mit der Wortwiederholung im Zug von Wien nach Wels aber ohnehin nicht stellt, da kaum ein Wort gewechselt wurde.

War Kutzenberger verkatert oder tatsächlich noch so verbittert, dass seine Kollegen an die touristisch schönsten Plätze Österreichs gebracht wurden und er nach Wels musste? Warum also kamen er und Marta in Wels an und waren verfeindet? Wobei das ein zu großes Wort ist – aber warum kamen die beiden an und sprachen nicht miteinander, warum gingen sie dieses

Abenteuer nicht gemeinsam an, sondern zogen sich wortlos in die überheizten Zimmer des Hotel Greif zurück?

Teure Leserin, werter Leser: Haben Sie Nachsicht mit Ihrem unerfahrenen Erzähler, ich kenne die Antworten auf diese Fragen nicht. Ich vergaß, Marta über die Zugfahrt zu befragen, da es so viele andere Dinge gab, die mir wichtiger erschienen, vor allem, da sich diese anfängliche Kälte zwischen den beiden am Ende des Aufenthalts ohnehin in eine gegenteilige Empfindung gewandelt hatte. Seien Sie also nicht zu ungeduldig mit meinem Bericht, man kann nicht alles gleichzeitig erzählen, und nach und nach wird sich der Sinn des Geschehens schon erschließen. Fragen Sie bitte nicht zu viel nach, zweifeln Sie nicht zu sehr an meinem Vermögen, das Leben von Stefan Kutzenberger erzählen zu können, denn auch der alte Vater kann ein guter Vater sein, gerade der spät zu einem Kind gekommene Mann ist oft das bessere Vorbild, eine gewisse Ruhe und Lebenserfahrung kann die Dynamik der Jugend leicht ausgleichen. Genauso ist es mit dem Text. Auch wenn dies mein erster Versuch ist, eine große Erzählung zu schreiben, so brauchen Sie mich nicht misstrauisch zu beäugen und meine Fehler zu zählen. Lehnen Sie sich ruhig zurück, vertrauen Sie mir, nehmen Sie meine freundschaftlich ausgestreckte Hand und lassen Sie sich in diese Geschichte ziehen, die nun gerade, nach dem Auftakt in Wien, im Hotel Greif in Wels gelandet ist, wo wir unsere beiden Helden kurz kopfschüttelnd beobachten werden, bevor die Erzählung nach der Überquerung eines Ozeans, einer Katastrophe in Europa und einem Neubeginn in Südamerika, wie Sie wissen, in einem verkommenen Hinterzimmer einer Pension in Santa María, nur zwölf Meter von meiner Wohnung entfernt, blutig zu Ende gehen wird.

DAS GREIF

Das Hotel Greif war einst das beste Haus am Platz. In diesem Fall am Kaiser-Josef-Platz, der als einer von drei lang gezogenen Plätzen das Zentrum von Wels bildet. Es gab hier, glaubt man den älteren Einheimischen, und warum sollte man das nicht tun, ein schönes, klassisches Kaffeehaus samt Bridge-Club und Separee, von dem man heute noch, lange nach der Schließung des Cafés, nur verschämt lächelnd oder übertrieben laut lachend erzählt. Im hinteren Bereich des Hotels war ein großer Saal, in dem winters legendäre Bälle stattfanden und jeden Herbst die Tanzschule. Im Gegensatz zum Kaffeehaus existierte der Ballsaal noch als nun Spiegelsaal genannter, überdimensionierter Frühstücksraum des Hotels, das in Wirklichkeit gar kein Hotel mehr war, sondern eine Jugendherberge. Und da es in Wels im Winter keinen Tourismus gab, am wenigsten Jugendtourismus, stand das Haus leer. Nur im obersten Geschoss, am Ende eines langen Ganges, waren zwei kleine Einzelzimmer bezogen, die Rechnung sei bitte an das Büro der UNESCO in Wien zu senden, denn die uruguayische Schriftstellerin und der Linzer Autor seien Teil eines weltweiten Austauschprogramms und hätten selbstverständlich nichts zu bezahlen. Warum man ihnen dann aber nicht größere Zimmer des verwaisten Etablissements zugeteilt hatte, zumindest jeweils ein Doppelzimmer oder gleich eine Suite, und warum die beiden täglich das kalte Stiegenhaus bis in den dritten Stock hinaufsteigen mussten, wo doch auch weiter unten genügend ansehnliche Räume frei gewesen wären, waren Fragen, die nicht mehr zu klären sind, denn das Hotel wurde, kurz nachdem die beiden ihre Zimmer wieder verlassen hatten, abgerissen, um einem Bürogebäude des Magistrats Platz zu machen. *km 11.170*

Kutzenberger wohnte im allerletzten Zimmer am Ende des

Korridors des obersten Stockwerks, musste also an Martas Tür vorbei, um zu seiner zu gelangen, wie ja oft auch die Damentoilette vor der Herrentoilette situiert ist – vielleicht damit man eindringende Lustmörder eher bemerken könnte? Kutzenberger war aber ohnehin weder zur Lust noch zum Mord prädestiniert, sondern saß frustriert und mit dumpfen Kopfschmerzen in seinem stickigen, kleinen, mit blauem Teppich ausgelegten Jugendherbergszimmer.

Er öffnete das Fenster und schaute nach unten, wo auf dem Vordach ein zerplatzter Karton Milch lag, den er nachts zuvor auf das Fensterbrett gestellt hatte, da es im Raum keinen Kühlschrank gab. Das Fenster schaute auf eine schmutzig graue Feuermauer, am Schreibtisch war es düster, obwohl es nicht einmal Mittag war. In einer Woche musste er eine Seite geschrieben haben, die neben Martas Kolumne in den *Oberösterreichischen Nachrichten* veröffentlicht werden würde. Das war alles, mehr wurde nicht von ihnen erwartet, drei kurze parallele Kolumnen über ihr Leben in Wels, jede Woche eine. Die nie ausgesprochenen Fragen, die sich dieses Projekt wohl stellte, waren, wie unterschiedlich die zwei, der Österreicher und die Fremde, auf die Stadt eingehen würden, ob ihre Erlebnisse einander ähneln würden oder widersprechen, ob sie im Bericht des jeweils anderen Erwähnung finden würden. Diese Gefahr war für Kutzenberger nicht gegeben, er hatte nicht vor, Marta öfter als notwendig zu sehen, und schon gar nicht, über sie zu schreiben. Auch wenn Kingfisher behauptet hatte, dass die Wege der Literatur geheimnisvoll waren und es durchaus sein könnte, dass diese gemeinsam verbrachten Tage in einem österreichischen Hotel Jahre später plötzlich den Ausschlag für einen monumentalen Roman geben würden.

Kutzenberger schloss das Fenster, knipste das Licht an und gleich darauf wieder aus. Dann ging er hinunter, zum Wasserkocher. Dieser stand im großen Ballsaal, in dem auf einem Bürotisch an der Wand ein kleines Frühstücksbuffet improvisiert worden war, das aus ein paar trockenen Semmeln, einem Glas Nutella, einer Thermoskanne mit Kaffee, einer Schachtel mit Teebeuteln und dem Wasserkocher bestand. Im Saal gab es eine lange Tafel, an der Marta mit einem jungen Mann fröhlich frühstückte. Es war das erste Mal, dass Kutzenberger sie ohne ihre Andentracht sah, und er musste zwei Mal hinschauen, um sie in der engen Jeans und dem grauen Sweater mit aufgedrucktem Sigel einer Universität zu erkennen. Sie trug das Haar offen und begrüßte ihn freudig.

Hi, Stefan, hattest du auch so eine wunderbare Nacht?, fragte sie auf Englisch.

Diese Frage kam so unerwartet, dass Kutzenberger sie schlichtweg nicht verstand. Wie konnte man in diesem Abbruchhotel in Wels eine wunderbare Nacht haben? Die anderen Paare des UNESCO-Programms genossen wahrscheinlich gerade in den Spa-Bereichen ihrer Wellness-Chalets Paarmassagen, dachte er, während Marta übersprudelte wie eine Champagnerflasche, dem jungen Mann an ihrer Seite zärtlich über das Gesicht streichelte und in erstaunlich flüssigem Englisch erzählte, wie sie am Abend zuvor durch die Stadt gewandert und bei einem Schloss vorbeigekommen war, dem Stadtschloss, auf dem eine Gedenktafel an Hans Sachs erinnerte.

Du weißt schon, der aus den *Meistersingern* von Richard Wagner, sagte sie zu Kutzenberger und begann tatsächlich zu singen, auf Deutsch: *All Dichtkunst und Poeterei/ist nichts als Wahrtraumdeuterei*, in langen Tönen, um gleich darauf wieder ausgelassen zu lachen und weiterzuerzählen über Hans Sachs, der mehrere Jahre lang in Wels verbracht hatte, wo ihn, den Schusterlehrling, als er auf einer Wiese in der Sonne lag, die neun Musen küssten, alle neune, und ihm eine große dichterische Laufbahn voraussagten, was sich schließlich auch bewahrheitete, weil Sachs Meistersinger wurde und der zu Lebzeiten berühmteste deutsche Poet überhaupt, so berühmt, dass Goethe später ein Gedicht über ihn schrieb und Wagner eben die Oper, kannst du dir das vorstellen, Stefan? Und wir dürfen hier sein, in Wels, dem inspirierendsten Ort Mitteleuropas, in der Stadt des Musenkusses! Sprach's und küsste den adretten jungen Mann am Frühstückstisch leidenschaftlich auf den Mund.

Es stellte sich heraus, dass er adelig war, der Frühstücksfreund, dass seiner Familie das Stadtschloss gehörte, wo am Abend zuvor ein großes Fest gefeiert worden war, auf das er die vor dem Fenster nach oben blickende Marta kurzweg eingeladen hatte, indem er ihr gedeutet hatte, zu warten, um sie dann unten abzuholen, verschwitzt im vom ausgelassenen Feiern zerknautschten und verrutschten Anzug. Der Welt gegenüber offen und wehrlos vom Champagner im Blut, nahm er sie bei der Hand und geleitete sie in die Beletage, wo sie ihm nach nur wenigen Metern im Trubel abhandenkam. Marta aber ließ sich widerstandslos in das Fest hineinziehen, trieb von Raum zu Raum, nahm dankend alle ihr angebotenen Getränke entgegen, parlierte auf Englisch, Französisch, Spanisch, Portugiesisch und auch in abenteuerlichem Deutsch, und die Gäste, die zum Großteil aus Wels kamen, enthüllten erstaunliche internationale Beziehungen, konnten Anekdoten aus Lateinamerika zum Besten geben, obwohl es ohnehin bald nicht mehr um so schnöde Dinge wie Herkunft ging, denn die Frage, woher man kommt, stellt sich nicht, wenn man im Champagnerrausch beheimatet ist, sondern die der Intimität, die dem Urknall entgegengesetzt ist, durch den ja bekanntlich alles auseinanderstrebt, was nicht gut ist, denn man will zueinanderkommen, muss gegen die Fliehkräfte des Big Bangs ankämpfen, gerade in so unruhigen Zeiten wie den gegenwärtigen, in denen alles auseinanderzufallen droht. Allerdings: Wie soll man gegen die Kraft eines explodierenden und auseinanderstrebenden Universums ankämpfen? Durch die Bildung eines Kreises natürlich! Also fassten alle einander bei den Händen und formten einen Kreis, tanzten einen Kreistanz und retteten den Kosmos, denn so war es, wer es nicht glaubt, beweise das Gegenteil. Die eine Hand, die Marta beim Kreistanz hielt, in ihrer Rechten, war die Linke des Adligen, desjenigen, der sie hinaufgebeten hatte und der auch der junge Mann am Frühstückstisch war. Sie hatte die Hand das restliche Fest nicht mehr losgelassen und schließlich bis in den dritten Stock des Hotels hinaufgebracht, den Rest des Körpers praktischerweise gleich mit, denn so konnte der Adlige erstmals hier im Hotel schlafen, was sein ausdrücklicher Wunsch war, da er als Welser in seiner Heimatstadt natürlich noch nie in einem Hotel genächtigt hatte, auch wenn er, wie so viele, im Spiegelsaal, in dem sie gerade saßen und frühstückten, zur Tanzschule gegangen war, wie er berichtete und dabei verlegen und süß kicherte, so süß, dass er einen weiteren Kuss von Marta erhielt.

Zwei Schriftsteller ganz allein in einem Hotel, das erinnert an *The Shining*, sagte er daraufhin.

Wir müssen einen *Shining*-Filmabend organisieren!, rief Marta.

Und das tat sie. Nur zwei Tage später projizierte ein Beamer aus einem Architekturbüro den Horrorklassiker von Stanley Kubrick an die Wand des früheren Ballsaals, die großen Spiegel reflektierten das immer irrer werdende Szenarium hin und her in die Unendlichkeit, und alle schrien auf vor Freude am Schrecken. *Alle*, das war eine beeindruckend bunte Mischung an Leuten aus den verschiedensten Teilen der Welser Gesellschaft, nur Kutzenberger fehlte, er erfuhr wieder einen Tag zu spät von dem Fest, nämlich als er Marta mit einem zerzausten Mann an der Frühstückstafel antraf, dem Beamer-Besitzer und Architekten, der einen Großteil der Leute mitgenommen hatte und nun auch einmal im Greif hatte schlafen dürfen, falls die beiden dazu gekommen waren.

Wo warst du denn gestern bei der Mitternachtsvorführung?, fragte Marta auf Spanisch, und es gefiel Kutzenberger, dass sie Spanisch sprach mit ihm, weil die Sprache den anderen ausschloss und somit ein Band um sie beide zog, das er bisher so nicht gespürt hatte und auch nicht gesucht. Er wusste natürlich nicht, wovon sie sprach, da er nie wusste, wovon die anderen sprachen, hatte er doch den ganzen Tag in seinem überheizten Zimmer gesessen, ohne zu schreiben, doch um zu recherchieren, wie er sich selbst sagte, während er YouTube-Clips von Jimi-Hendrix- oder Neil-Young-Konzerten schaute oder amerikanische Talkshow-Interviews mit hübschen Schauspielerinnen, die er nicht kannte.

The Shining, fügte Marta hinzu.

Er hatte den Film nie gesehen, wusste aber, dass es ein Kubrick-Werk mit Jack Nicholson in der Hauptrolle war, der einen Schriftsteller mit Schreibblockade spielte und der einen einzigen Satz in die Schreibmaschine hämmerte, Hunderte Seiten lang.

All work and no play makes Jack a dull boy, zitierte auch sogleich die plappernde Marta diesen berühmten Satz und sah ihn dabei an, als meinte sie damit ihn, als wäre *er* es, der vor lauter Arbeit und mangelndem Spiel zu einem faden Burschen geworden war. Aber was sollte er denn sonst in Wels tun, diesem tieftraurigen Inbegriff all dessen, was Kleinstädte weltweit zu Orten machte, die nur zwei Möglichkeiten ließen: Flucht oder Suizid. Es blieb nichts anderes, als sich selbst vorzuspielen, dass man arbeitete.

Marta hatte zu reden aufgehört und begonnen, den Architekten zu küssen. Kutzenberger schlich weg von der Tafel, über die frühere Tanzfläche hin zum Wasserkocher.

Du musst einmal mitkommen am Abend, kannst doch nicht immer da im Zimmer sitzen, rief ihm Marta nun zu, auf Englisch.

Das Wasser hatte noch nicht zu simmern und zischen und rauschen begonnen, und Kutzenberger blickte nachdenklich auf den orange leuchtenden Einschaltknopf des Kochers.

A watched pot never boils, sagte Marta, und Kutzenberger blickte endlich auf. Also, gehst du heute Abend mit?

Wohin?

Ich weiß noch nicht, wohin sollen wir gehen?, fragte sie den Architekten. Dieser hielt sich beide Hände vors Gesicht und schaute sie mit müden Augen verlegen zwischen den Fingern an. Ich glaube nicht, dass ich heute Abend wieder weggehen darf, ich glaube nicht, dass ich überhaupt jemals wieder ausgehen darf.

Deine Frau?, fragte Marta und lachte. Der Architekt nickte, und er machte den Eindruck, sich für immer hinter seinen Händen verstecken zu wollen.

Nun denn, dann machen eben wir zwei etwas, blieb Marta erbarmungslos fröhlich und schaute Kutzenberger strahlend an. Ich hole dich am Abend von deinem Zimmer ab.

Das nicht beobachtete Wasser kam nun auf Touren und begann, zu simmern und so laut zu zischen, dass Kutzenberger auf eine Antwort verzichtete.

DIE KUGEL

Die Geschichte der unscheinbaren Kugel zu beobachten von ihrer Geburt bis zu ihrem Tod, vom Moment ihrer Herstellung bis zu dem, an dem sie durch das Hotelzimmer zischte, um an der Wand hinter Kutzenbergers Kopf, den sie gerade durchdrungen hatte, ohne durch die Gehirnmasse des Österreichers wesentlich gebremst worden zu sein – ich verbeiße mir billige Scherze darüber –, die Geschichte dieses Projektils also zu erzählen bis zu dem Moment, als es sich so sehr in den billigen Verputz verkeilte, dass es, die Schwerkraft leugnend, einfach in der Wand stecken blieb, anstatt von dort mit einem klingenden Geräusch auf den Boden zu fallen, die Geschichte dieser Kugel nun also von Anfang bis zum Ende zu erzählen, von der Geburt in einer Patronenfabrik bis zur Erfüllung ihres Schicksals in Santa María, erscheint mir einerseits schwierig, andererseits wenig aufregend. Ich habe keine Ahnung, wo und wie Munition für Pistolen hergestellt wird, ob diese aus den USA oder Europa nach Südamerika gelangt oder ob es dort eigene Werke gibt, wie der Distributionsweg ist, wo Patronen gehandelt, wie sie gelagert werden. Gleichzeitig wäre diese Geschichte wohl auch vor allem eine des Wartens. Die Patrone wurde hergestellt, verschifft, verkauft, um dann jahrelang in einer Schublade zu liegen, bis sie endlich in eine Pistole gesteckt werden würde. Dann hieße es wieder warten, so lange, bis die Glock eines Tages in die Hand genommen, gespannt, entsichert und ausgelöst werden würde, wodurch nun erst das eigentliche, kurze Leben des Geschosses begänne, das mit Überschallgeschwindigkeit diesen kleinen Raum, die paar Meter von der Zimmertür bis zur Wand, durchkreuzte, mit allem, was ihm da im Weg stand, um schließlich im Verputz zu landen, um dort die schöne, aerodynamische Projektilform einzubüßen und flach gedrückt wie eine zertretene Cola-Dose zu enden.

km 0,012

DAS RÖSSL

km 11.169 Marta und Stefan stiegen die Hoteltreppen hinunter, um kurz darauf durch die Fußgängerzone Richtung Stadtplatz zu gehen, wo ein paar Lokale lagen. Es war kalt, Kutzenberger hatte einen von einem Großonkel geerbten, noblen dunkelblauen Wintermantel an, Marta eine dick wattierte, knallgelbe Skijacke. Geborgt von einer Frau im Welser-Volleyballteam, sagte sie.

Du spielst Volleyball?, fragte Kutzenberger erstaunt und sah skeptisch auf die deutlich mehr als einen Kopf kleinere Marta, die wie ein gelber Tennisball neben ihm auf und ab hüpfte.

Kann doch jeder, antwortete sie, man muss nur den Ball auf die andere Seite schlagen. Bereits am ersten Tag in Wels sei sie in einer Bar angesprochen worden, ob sie nicht Volleyball spielen kommen wolle. So viele liebe Leute habe sie tags darauf in der Turnhalle kennengelernt.

Pass auf, sagte Kutzenberger besorgt. Lass dich nicht zu sehr auf die Welser ein, lauter Nazis hier.

Wie kommst du denn darauf?, fragte Marta erstaunt, ich habe noch nie so viele liebe Leute an einem Ort getroffen. Freundlicher, hilfsbereiter und weltoffener geht es nicht.

Kutzenberger betrachtete die Schriftstellerkollegin skeptisch. Traue ihnen nicht, sagte er, sie haben einen rechten Bürgermeister gewählt!

Nein, Stefan, die Stadt ist so schick und sauber, es gibt so viele Lokale und Musik, die Leute sind so freundlich und fröhlich, es scheint also alles zu funktionieren.

Weil in Österreich erstaunlicherweise doch immer alles funktioniert, aber lass dich nicht täuschen, die Menschen hier sind hinterhältig.

Marta schaute ihn fragend an, und so erzählte Kutzenberger vom Stadtchef, der behauptet hatte, sein Großvater sei im KZ gewesen, nur um dann kurz danach zugeben zu müssen, dass dieser als Offizier dort Wache geschoben hatte.

Marta lachte auf, das ist ja großartig, wer immer das gesagt hat, ist einer von uns, sagte sie, er macht sich die Welt, wie sie ihm gefällt, wie Pippi Calzaslargas!

Kutzenberger brauchte einen Moment, um zu verstehen, dass sie Pippi Langstrumpf meinte, während Marta zu singen begann: *Zwei mal drei macht vier, widewidewitt und drei macht neune, ich mach mir die Welt, widewide wie sie mir gefällt …*

Es ist aber schon problematisch, wenn jeder sich die Welt so macht, wie sie ihm gefällt, warf er ein. Das ist ja der Grund, warum wir den Boden der Aufklärung unter den Füßen verlieren, das ist der Grund, weshalb wir uns so oft in diesem Gefühl der Irrealität wiederfinden. Die Menschheit hatte sich eigentlich schon darauf geeinigt, dass zwei mal drei sechs ist, dass man die Schwächsten der Gesellschaft schützen sollte, dass wir die Menschenrechte achten … Die Beispiele gingen ihm aus.

Schon, schon, sagte Marta, aber man darf nie erstarren, man muss in Bewegung bleiben. Ich traue jedem, der die Wahrheit sucht, aber niemandem, der sie meint gefunden zu haben!

Natürlich, entgegnete Kutzenberger, das ist das Wesen der Moderne, dass es die eine Wahrheit nicht mehr gibt, nur noch verschiedene Wahrheiten. Darauf habe ich selbst oft genug hingewiesen, als ich früher im Leopold Museum Führungen zum Wien um die Jahrhundertwende gemacht habe. Aber irgendein Fundament müssen wir uns schon erhalten, sonst wird es beliebig, sonst wird es gefährlich. Wie bei Orwell, fiel Kutzenberger ein neues Argument ein, da ist es doch eine diktatorische Regierung, die ähnlich wie Pippi Langstrumpf argumentiert: Zwei plus zwei ist fünf. Wer das nicht zugibt, ist ein Feind des Regimes und wird früher oder später beseitigt.

Das klingt ähnlich, da hast du schon recht, entgegnete Marta, in *1984* werden die Leute aber dazu gebracht, zu glauben, was die Regierung vorgibt. Wir dagegen sind vollkommen frei, wir glauben alles! Und mathematisch kann man zwei plus zwei ist vier ohnehin nicht beweisen.

Kann man nicht?

Nein, das beruht auf einem Axiom und keinem Beweis.

Jeder den eigenen Gedanken nachhängend, überquerten sie den Stadtplatz, auf der anderen Seite lagen in der Hafnergasse ein paar Lokale. Zielsicher steuerte Marta auf das *Stadtbeisl* zu. Und schon waren sie im Epizentrum des Welser Nachtlebens, die Bar brechend voll, die Luft abgestanden und alkoholgeschwängert, das Publikum jung und betrunken.

Ich glaube, dafür sind wir etwas zu alt, sagte Kutzenberger, doch Marta steuerte auf die Bar zu und begann, mit dem Kellner in kühnem Deutsch auszuverhandeln, welcher Shot am besten zu ihr passen würde. Es gab Kirsch, Eis, Kräuter und Sauer. Nur wenige Sekunden später hatte sie ihren knallroten Kirsch bereits geleert, und Kutzenberger roch skeptisch an seiner kleinen Flasche giftgrünem Sauer, während Marta sich ins Geschehen stürzte, wo ein Sektkübel mit Red Bull und Vodka in ihren Händen landete.

Der rote Stier!, rief sie. Ein Stierkampf, nur weil ich Spanierin bin?

Kutzenberger hörte diese letzten Worte und rief dazwischen: Du bist doch keine Spanierin, Marta!

Wie kann man nur so engstirnig sein?, fragte sie lachend in Richtung der belustigt zusehenden Welser Jugend und deutete auf Kutzenberger. Dann ergriff sie eine Dose Red Bull, nahm einen kräftigen Schluck, um sie sogleich wieder mit Vodka aufzufüllen, trank nochmals zwei Schlucke, füllte die Dose wieder auf und wiederholte die Prozedur waghalsig ein drittes Mal.

Gespannt beobachtete man ihre Zeremonie, und der Kreis um sie herum wurde enger.

Seitdem Zeus, verwandelt als Stier, das wunderschöne Mädchen Europa entführt hat, liegt es an den Schriftstellerinnen, den Stier zu besiegen, ihr wisst das, sagte sie auf Englisch, und alle jubelten zustimmend, obwohl im *Stadtbeisl* wahrscheinlich noch nie jemand über Literatur geredet hatte, obwohl die Berufsschüler hier noch nie freiwillig Englisch gesprochen hatten und obwohl Martas Ausführungen nicht einmal Sinn ergaben. Hemingway war bisher der bekannteste Stierkämpfer unter den Autoren, sagte sie. Und jetzt ich, fügte sie jubelnd hinzu, nahm die Dose und leerte sie in großen Schlucken.

Die dicht gedrängten Menschen um sie herum applaudierten. Kutzenberger wäre so eine Inszenierung, so ein Sich-in-den-Vordergrund-Spielen, so eine peinliche Pseudo-Intellektualität normalerweise extrem unangenehm gewesen, cringe, würden seine Töchter dazu sagen. Einen Terminus für dieses Gefühl hatte er erstmals während seiner ersten Südamerikareise 1992 kennengelernt, *vergüenza ajena*, sagt man auf Spanisch dazu. Warum das deutsche Wort *Fremdschämen* erst Jahrzehnte später geprägt wurde, wäre eine Studie wert. Schämte man sich im Deutschsprachigen bis ins einundzwanzigste Jahrhundert nicht für die Peinlichkeiten des anderen? Wurde die fremde Peinlichkeit bisher einfach als Humor abgebucht? Egal, denn in diesem Fall fühlte er ohnehin nicht die Fremdscham, sondern, ganz im Gegenteil, Bewunderung für Marta, wie sie sich hier voller Energie und Lebenslust, ohne jede ironische Distanziertheit oder Absicherung, einfach ins Geschehen warf und eine Bar voller betrunkener Jugendlicher mit geisteswissenschaftlichen Inhalten in den Bann zu ziehen vermochte.

Jetzt hat die alte Dame tatsächlich den Stier vernichtet, habt ihr das gesehen?, rief sie in die begeisterte Menge und hielt die leere Dose in die Höhe.

Du bist doch keine alte Dame, sagte ein stark geschminktes Mädchen im bauchfreien, schwarzen Top.

Sehr lieb von dir, entgegnete Marta und legte ihr zärtlich die Hand auf die Wange. Ich dachte an Hemingways alte Dame, die in seinem Stierkampfbuch auftaucht, um mit ihren naiven Fragen seine Allwissenheit umso mehr glänzen zu lassen. Und nach ein paar Hundert Seiten beschließt er dann plötzlich, dass er die alte Dame nicht mehr braucht, und wirft sie einfach raus. Aus dem Buch! Das lassen wir uns nicht gefallen. Sprach's und wiederholte ihre Red-Bull-Vodka-Zeremonie. Wir sind alle alte Damen, und wir sind alle junge Mädchen!, rief Marta in die Menge, die ihr belustigt folgte und zustimmend grölte. Und jetzt müssen wir die Entführung der Europa nachspielen, verkündete sie, berstend vor Energie. Ein Großteil der Bar hatte sich in der Zwischenzeit ihr zugewandt, und schon war sie dabei, die Rollen aufzuteilen: Wir brauchen einen Zeus, der sich in die wunderschöne phönizische Prinzessin namens Europa verliebt. Und dann brauchen wir seine Frau, Hera. Die kennt natürlich ihren Mann, der ständig irgendwelchen jungen Mädchen, Prinzessinnen, Elfen oder Nymphen nachläuft, und überwacht ihn deshalb streng. Zeus ist aber nicht blöd und verwandelt sich einfach in einen herrlichen, weißen Stier. So entkommt er seiner eifersüchtigen Frau und kann Europa, die Prinzessin, entführen. Also, wer möchte den Stier spielen? Wer die Frau? Wer die Prinzessin?

Europa ist nach einer Prinzessin benannt?, hörte Kutzenberger eine Stimme neben sich fragen.

Das ist interessant, das hab ich nicht gewusst, antwortete eine andere.

Martas Wissensvermittlung schien erstaunlicherweise zu funktionieren, auch wenn sie es auf reines Gaudium angelegt hatte. In der Zwischenzeit knieten schon zwei Burschen auf allen vieren am von Schneematsch und Bier nassen Fußboden, während sich zwei Mädchen auf sie setzten. Vergesst nicht, ihr seid Götter, griechische Götter!, rief Marta. Das war ja eine Religion und wurde erst später zur Sage, wie letztlich alles zu Literatur wird, fügte sie mit einem Seitenblick auf Kutzenberger hinzu. Und dann wieder laut: So, und jetzt überlegt euch, wie die Geschichte weitergehen soll, uns sind keine Grenzen gesetzt, alles kann passieren! Was für Glück habt ihr, auf einem Kontinent zu leben, der nach einer Prinzessin benannt ist! Mein Kontinent heißt wie ein italienischer Kaufmann. Mittlerweile hatte sich das Schauspiel der Stiere und Prinzessinnen am schmierigen Lokalboden verselbständigt. Nun denn, sagte Marta zufrieden zu Kutzenberger, lass uns gehen, die können hier ohne uns weitermachen.

Und schon ließen sie die stickige, dunkel-dröhnende Bar hinter sich und gingen hinaus auf die Gasse, wo die plötzliche Stille, die frische Luft und klirrende Kälte den Eindruck erweckten, als wären sie in einer anderen Welt gelandet.

War Amerigo Vespucci tatsächlich Kaufmann?, fragte Kutzenberger. Ich dachte, der war Kartograf.

Ja, Vespucci, sagte Marta, ein schwerer Fall. Er war weder Kaufmann noch Kartograf, oder vielleicht war er beides. Man weiß nicht, als was, warum und wann genau er nach Brasilien gelangte. Auf jeden Fall war er kein Flottenkommandant, sondern ein einfacher Mann der Besatzung und – wichtiger – ein besserer Schriftsteller als Columbus. Das reichte, um den Kontinent nach ihm zu benennen, großartig, nicht?

Tatsächlich? Ich glaube, in der Schule haben wir gelernt, dass er Kartograf war. Sicher aber nicht, dass er wegen seiner schriftstellerischen Leistung unsterblich geworden ist.

So war es auch nicht, da habe ich übertrieben. Er hat ja auch kaum was geschrieben, zwanzig, dreißig Seiten sind von ihm überliefert. Aber in einer dieser kleinen Schriften schreibt er über die paradiesischen Zustände an der Küste Brasiliens, das damals Land der Papageien genannt wurde, weil man vermutete, dass die Papageien eine Nähe zum Paradies anzeigten.

Davon habe ich mal gehört, sagte Kutzenberger, die Papageien sind die Engel, die durch den gewaltigen Luftzug mitgerissen wurden, der entstand, als Gott den aufbegehrenden Engel Luzifer in die Hölle schleuderte.

Ja, der Engelsturz. Lieb, die Vorstellung, dass die Papageien auf der Erde gestrandete Engelchen sind, nicht?

Kutzenberger schmunzelte und musste an eine betörende Brasilianerin denken, die ihm diesen Mythos einmal in einem Hinterzimmer des Weißen Hauses erzählt hatte, wo sie eingestiegen waren, um den Präsidenten der USA zu ermorden. Erstaunlich eigentlich, dass dies tatsächlich geschehen war. Und trotzdem begleitete ihn das Gefühl, nie etwas Außergewöhnliches erlebt, mit dem Leben noch nicht einmal richtig begonnen zu haben.

Vielleicht war aber der Name *Terra dos papagaios* einfach zu umständlich, fuhr Marta fort. So setzte sich das knappere *Mundus Novus*, das ein engagierter Drucker auf die Titelseite von Vespuccis Bericht gesetzt hat, als praktikabler durch.

Das ist der Grund, dass man die Neue Welt nach ihm benannt hat?

Wahrscheinlich. Die Erkenntnis des Columbus, dass man mit dem Schiff gen Westen Indien erreichen konnte, hat ja eigentlich nur die Kaufleute interessiert und die Welt streng genommen kleiner statt größer gemacht. Die Bemerkung Vespuccis allerdings, dass es sich bei Brasilien nicht um eine kleine Insel vor China oder Indien, sondern um eine Neue Welt handelt, ist da schon aufregender. Noch dazu, wenn in dieser Welt paradiesische Zustände herrschen und die nackten Frauen größte Sinnlichkeit ausstrahlen, wie Vespucci pikant geschildert hat. Das sorgte natürlich für mehr Furore als die gestammelten Berichte der analphabetischen Matrosen oder die trockenen Faktendarstellungen der bürokratischen Bordschreiber der anderen Expeditionen. Ich bleibe dabei: Amerika wurde deshalb nach Amerigo Vespucci benannt, weil er ein besserer Autor war als Christopher Columbus. Es ist doch schön, wenn man weiß, dass man auf dem Kontinent der Schriftstellerei geboren ist.

Noch während Marta das sagte, öffnete sie die Tür zur nächsten Bar.

Im Musikpub *Rewü* fand gerade ein Quiz statt, und anders als zuvor wurde Marta sofort erkannt. Menschen an verschiedenen Tischen riefen sie zu sich, Marta komm zu uns, mit dir werden wir gewinnen! Nach nur einer Woche in der Stadt schien sie bereits eine Berühmtheit zu sein. Sie lachte, hängte ihre gelbe Daunenjacke an den Haken und glich so nun nicht mehr einem Tennisball. Kutzenberger warf seinen Wintermantel darüber und folgte ihr zu einem Stehtisch, an dem zwei Paare standen.

Stefan, das sind Volleyballfreunde, sagte sie auf Deutsch. Man begrüßte einander artig, und schon verkündete der Quizmaster die nächste Frage.

Ich habe keine Ahnung, wie diese Frage lautete, und auch die folgenden kenne ich naturgemäß nicht. Gewiss könnte ich einfach welche erfinden und dann atmosphärisch ausgeschmückt ausführen, wie Marta mit den Kenntnissen der entlegensten Fachgebiete überraschte, aber wozu hier, am anderen Ende der Welt sitzend, sich eine stickige Bar in Wels vorstellen, die ungefähr so aussah wie die Lokale im Linz der 80er-Jahre, in denen Kutzenberger als Teenager begonnen hatte, abends auszugehen. Die Stimmung war freilich besser als damals in seiner Jugend, man kannte einander im Lokal, rief sich neckende und witzige Bemerkungen über alle Köpfe hinweg zu und war hier, um eine gute Zeit zu verbringen, und nicht, um völlig aussichtslos zu hoffen, vielleicht neue Menschen kennenzulernen, womit natürlich Mädchen gemeint waren. Was freilich niemals passiert war und auch weiterhin niemals passieren würde, so ungeschickt, wie sich Kutzenberger selbst hier beim Pubquiz noch anstellte, wo er, anstatt sich zu unterhalten und Spaß zu haben, verzweifelt versuchte, besser als Marta zu sein, und einen unsympathisch verkrampften Eindruck hinterließ.

Als sie später erhitzt das Pub verließen, wurden sie in der kalten Winterluft schlagartig wieder nüchtern. Kutzenberger genoss die plötzliche Ruhe. Ohne darüber gesprochen zu haben, gingen sie nicht zurück zum Hotel, sondern den Stadtplatz hinab Richtung Ledererturm.

Vor dem Rathaus fragte er: Wie machst du das nur, dass du in so kurzer Zeit ganz Wels kennengelernt hast, alle Leute hier liebenswert erscheinen und alle dich lieben?

Sie strahlte ihn von unten an, und erstmals sah er ihre vollen, elegant geschwungenen Lippen und blendend weißen Zähne, die frech, etwas verdreht, aufblitzten, was es fast unmöglich machte, diesen Mund nicht unwiderstehlich zu finden.

Marta lachte und sagte dann: Du stellst Fragen! Wie kann man hier *nicht* Leute kennenlernen? Wir sind ja schon fast eine Woche in Wels, man geht aus, trifft Menschen, redet mit ihnen, sie stellen einem neue Menschen vor und diese wieder weitere und so fort, hätten wir mehr Zeit, würden wir bald alle Welserinnen und Welser kennen.

Wie kannst du aber ausblenden, dass man hier fremdenfeindlich und rechtsradikal ist?, blieb Kutzenberger skeptisch.

Ich bin doch selbst fremd, sagte Marta, und noch kein einziger Mensch hat auch nur ein Wort gegen mich gesagt. Ich verstehe nicht, woher du deine Informationen hast? Geh doch einmal mit offenen Augen durch die Stadt! Hier wird dich kein Mensch böse anschauen.

Das Wahlergebnis spricht aber eine andere Sprache, blieb Kutzenberger hartnäckig.

Jetzt vergiss mal die Zahlen, schau dich um, hier kann man wunderbar leben! Sogar die Kälte stört mich nicht mehr, wir haben es ganz großartig erwischt, ein ganzes Hotel für uns allein!, rief sie, und eine gefrorene Atemwolke wehte um ihren Mund wie eine Sprechblase in einem Comic, und Kutzenberger schien es, als ob er sie gar nicht hörte, sondern den Text aus der Sprechblase ablas. Er hatte zu viel getrunken.

Wir sollten noch auf ein letztes Bier gehen, sagte Marta.

Denkst du, es hat noch was offen?, fragte Kutzenberger.

Das *Black Horse* ist immer geöffnet, da gehen wir hin.

Und Kutzenberger folgte ihr, die zielsicher wie eine Einheimische durch das mittelalterliche Stadttor im Ledererturm trat, dann rechts bis zu den verspielten Türmen des Medienkulturhauses ging, dann links, am alles überragenden Maria-Theresia-Hochhaus vorbei.

Ich möchte da hinauf und den Blick über die Stadt genießen, sagte sie.

Ja, das wäre sicher schön, untertags kann man wahrscheinlich bis zu den Alpen sehen.

Ich möchte aber jetzt hinauf, im Dunkeln, die Lichter der Stadt beobachten.

Das wird wohl nicht gehen.

Wie kannst du nur so leben?, fragte Marta ehrlich entsetzt. Denk an den Stadtchef hier, mach dir die Welt, wie sie dir gefällt! Wir wollen auf das Hochhaus, also machen wir uns eine Welt, in der wir auf das Hochhaus können, anders ist das völlig witzlos, anders wird doch alles sinnlos, da müsste man ja verzweifeln!

Sie ging weiter, vorbei am alten Schlachthof, über die Gleise der Almtalbahn und dann rechts die Straße hinauf.

Und das Hochhaus? Willst du nun doch nicht hinein?, fragte Kutzenberger verwirrt.

Aber es schlafen doch alle, Stefan. Willst du die Leute rausläuten? So machst du dir in der Tat keine Freunde. Da vorne ist das *Caballo negro*, sagte sie, das *Black Horse*, das früher *Schwarzes Rössl* geheißen hat, wusstest du das?

Ich wusste nicht einmal, dass das Pub existiert, antwortete Kutzenberger leicht gereizt.

Du hast es auch nie gesucht, sagte Marta streng. Man muss die Stadt finden! Und dann setzte Marta zu ihrem literarischen Credo an. Voller Pathos der romanischen Welt führte sie aus, wie sich Schriftsteller ihre Welt erschrieben, wie alles zu Literatur würde und Literatur zu allem, da wir in einem Universum der Zeichen lebten und es deshalb kein Außerhalb geben konnte.

Kutzenberger schritt, Rauchwolken ausatmend und ohne ihre Rauchwolken zu lesen und deshalb wahrscheinlich auch ohne viel zu verstehen, neben Marta her, während sie ihm ausbreitete, dass sie beide auserwählt worden seien, Wels, und damit die Welt, in die Literatur hineinzuschreiben.

Im *Black Horse* saß nur mehr ein einziger Gast zusammengesunken am Stammtisch, während der Wirt gerade den Geschirrspüler ausräumte. Marta wurde von ihm mit einem ungelenken Küsschen über die Theke hinweg begrüßt.

Gottfried geht es heute nicht so gut, vielleicht kannst du dich ja kurz um ihn kümmern, sagte er auf Deutsch.

Marta schien sofort zu verstehen und setzte sich zu der Gestalt am Stammtisch.

Was hat er?, fragte Kutzenberger mit einer Kopfbewegung dorthin.

Nichts, antwortete der Barkeeper, zu viel getrunken, jetzt will er seine Freundin anrufen, dass er heute nicht mehr zu ihr kommen kann. Ich weiß nicht, ob es eine gute Idee ist, um zwei Uhr früh wo anzurufen, aber Marta wird sich schon um ihn kümmern.

Woher kennst du Marta?

Von hier, sie kommt ja immer mit der Volleyballgruppe nach dem Training her. Sie ist großartig.

Warum?

Kennst du sie nicht? Ich dachte, ihr kennt euch, weil ihr zusammen reingekommen seid.

Ja, ja, ich kenne sie schon, wir wohnen im selben Hotel, aber ich war noch nie aus mit ihr.

Ah, du bist also der andere Schriftsteller aus dem Greif! Ich hab schon von dir gehört. Schön, dass du auch mal vorbeischaust. Was darf's sein?

Kutzenberger entschied sich für ein Freistädter vom Fass und bereute seine Entscheidung nicht, so flüssig, süffig und verzeihend ließ sich das Bier trinken.

Nun, Marta ist einfach großartig, nahm der Wirt den Faden wieder auf, wenn man mit ihr Zeit verbringt, hat man das Gefühl, etwas Märchenhaftes zu erleben. Sie weiß so viel, ist aber nie belehrend, wenn sie über Literatur spricht, ist es wie ein Abenteuer, und wenn sie zu einem Abenteuer anstachelt, ist das wie Literatur. Ich habe noch nie so eine freie, gescheite und schöne Frau gesehen, und du darfst mit ihr im Hotel wohnen!

Kutzenberger verzichtete auf eine Antwort, trank noch einen Schluck Bier und lehnte sich seitwärts an die Bar, um besser zum Stammtisch blicken zu können, wo sich Marta um den Betrunkenen kümmerte. Dieser suchte im Handy nach der Telefonnummer seiner Freundin. Sein Rausch war so groß, dass er nur mehr Englisch sprach, alle deutschen Worte weggesoffen, wie er selbst sagte, sodass nur mehr die paar fremdsprachigen Vokabeln der Berufsschule übrig blieben, mit denen er sich aber tapfer schlug und Marta sein ganzes Leben erzählte. Er sei Elektriker, verdiene ganz gut, aber am meisten habe er als Snowboarder verdient, als er in den 90er-Jahren, gleich nachdem die FIS den Sport als Disziplin akzeptiert hatte, im Weltcup mitgefahren und in der ganzen Welt unterwegs gewesen sei und sogar Rennen gewonnen habe. Über Snowboarden konnte er gut reden. Jetzt müsse er aber seine Freundin informieren, dass er heute nicht mehr zu ihr komme. Das sei schwieriger. I cannot find her number!, rief er verzweifelt.

Marta griff zärtlich, aber bestimmt nach seinem Mobiltelefon. Wie heißt sie denn?

I can't remember!, klagte der Snowboarder und begann zu weinen.

Da schaltete sich der Barkeeper als Retter ein: Gotti, du bist doch mit der Sabine aus Gunskirchen zusammen, nicht?

Yes, Sabine, yes, you're the best, I love you! Sabine is my girlfriend! From Gunskirchen!, rief er und dann wieder gefasster, aber noch immer unendlich besoffen, zu Marta gewandt: Sabine is her name. Er griff zu seinem Telefon und rief Sabine an. Nach kurzer Zeit war sie am Apparat, und er versuchte, mit ihr zu reden, doch es kamen nur einzelne englische Wörter aus ihm heraus. Schließlich gab er entkräftet auf und drückte Martha das Handy in die Hand: You talk to her, she doesn't understand English.

Kutzenberger musste lachen, der Barkeeper blieb ernst: Gottlieb ist ein ganz ein Lieber, er hat's nicht leicht. Es schwang darin mit: Du sollst ihn nicht auslachen, und Kutzenberger verstand.

Marta, von der er bis vor Kurzem nicht gewusst hatte, dass sie Deutsch konnte, gab in der Zwischenzeit Sabine zu verstehen, dass ihr Freund heute nicht mehr zu ihr kommen werde.

Du darfst nicht warten, bis Gotti zu dir geht, sagte sie. Daraufhin lauschte sie intensiv der Antwort Sabines und nickte immer wieder. In schönem, getragenem Deutsch warf sie ein: Du musst das Leben nicht verstehen. Ganz leise konnte man die blecherne Stimme Sabines aus dem kleinen Mobiltelefon hören, während Gottlieb mit dem Kopf auf der Tischplatte eingeschlafen war. Auch der dich liebt, besitzt dich nicht, sagte Marta, und: Du musst nicht bangen. Es folgte ein längerer Monolog Sabines. Schließlich war wieder Marta an der Reihe und überraschte Kutzenberger und den Barkeeper mit dem schönen Satz: Du musst das Leben nicht verstehen, dann wird es werden wie ein Fest. Sabine antwortete etwas, Marta nickte, Gottliebs Telefon in der Hand, und blickte so konzentriert, als würde sie ihre Gesprächspartnerin vor sich haben. Dann sagte sie leise und vorsichtig, aber bestimmt: An diesem Morgen nach der Nacht, machte eine kleine Pause und vollendete dann mit einer Frage: Ist das der Eingang in ein neues Leben? Sabine antwortete, und der Barkeeper schenkte zwei Gläser Johnnie Walker Black Label ein, schob eines vor Kutzenberger und prostete ihm stumm zu. Kutzenberger verbeugte sich dankend und nahm einen Schluck, es war ein rauchiger, getorfter Whisky, doch verstand er nicht besonders viel davon.

Dann hörten sie Marta abschließend sagen: de nada, buenas noches. Sie legte das Handy auf den Tisch neben Gottliebs Kopf und blickte zur Bar.

Und?, fragte der Barkeeper.

Ich glaube, alles wird gut, sagte sie auf Englisch.

Seit wann kannst du Deutsch?, wollte Kutzenberger wissen.

Marta lachte. Ich kann doch gar nicht Deutsch, nicht mehr viel zumindest. Als Schülerin wollte ich unbedingt Rilke im Original lesen und habe selbst seine Gedichte übersetzt. So habe ich Deutsch gelernt, ich verstand damals ziemlich viel. Doch letztlich ist es eine zu schwere, eine aussichtslose Sprache eigentlich, es ist nicht möglich, sie fehlerfrei zu sprechen.

Das stimmt, sagten Kutzenberger und der Barkeeper gleichzeitig.

Marta stand auf, ging zur Bar, wo sie ebenfalls einen Whisky eingeschenkt bekam. Mögen unsere Mütter Unsterbliche geboren haben, sagte sie und prostete den beiden Männern zu.

Kutzenberger wusste nicht, ob es sich dabei um einen lateinamerikanischen Trinkspruch handelte, einen Fluch oder einen tiefen Wunsch.

Was machen wir jetzt mit Gottlieb?, fragte der Barkeeper.

Gottlieb, so ein schöner Name, sagte Marta, Theophilos, Amadeus, wie Mozart.

Was machen wir jetzt mit unserem Mozart?, wiederholte Kutzenberger sarkastisch.

Sei lieb zu ihm, wies ihn Marta zurecht, du kennst ihn doch nicht einmal.

Du doch auch nicht.

Doch, Sabine hat viel über ihn erzählt. Ich glaube nicht, dass sie noch lange ein Paar bleiben, sie passen nicht zusammen.

Du hast ihr das ja ziemlich deutlich gemacht.

Ja, manchmal ist es gut, wenn eine Stimme von außen kommt, ich glaube, bald werden beide anders glücklich werden.

Wie lang sind sie schon zusammen?, fragte Kutzenberger den Barkeeper.

Dieser zuckte mit den Schultern und sagte: Keine Ahnung, vielleicht drei Wochen. Sie lachten. Drei Wochen auf einem Sommercamp in der Schulzeit können das ganze Leben verändern, drei Wochen mit über vierzig bedeuteten wahrscheinlich nicht besonders viel.

Gibt es hier ein Bett?, fragte Kutzenberger.

Oben schon, antwortete der Barkeeper, aber da schläft bereits der Lichttechniker, eine lange Geschichte.

Erzähl sie, forderte ihn Marta auf. Doch er schüttelte den Kopf, das sei zu kompliziert und weder lustig noch spannend.

Jede Erzählung ist ein Geschenk, eine Liebeserklärung, sagte Marta. Du liebst uns nicht.

Der Barkeeper lächelte melancholisch. Natürlich liebe ich euch, ich erzähle euch aber eine andere Geschichte, nämlich wie ich zu dem Schlüssel der Wohnung gekommen bin, in der Gottlieb und ich heute schlafen werden. Und er begann ausführlich über seinen Kindergartenfreund Fred zu erzählen, auf dessen Foto hinter der Bar er deutete, das diesen als Erwachsenen zeigte. Langweile ich euch?, fragte er nach einer Weile. Doch das tat er nicht. Kutzenberger verfolgte die Windungen dieser lebenslangen Freundschaft gebannt, hoffte innigst auf einen glücklichen Ausgang, doch von Anfang an hing der Geruch des Tragischen über der Geschichte. Fred ist tot, sagte sich Kutzenberger, warum sonst sollte man ein Foto seines Freundes aufhängen?

Der Barkeeper erzählte weiter, wie sich ihre Leben entfernten und wieder annäherten und dann wieder entfernten und annäherten, nur um nach einer längeren Entfremdung sich in intensivster Freundschaft wiederzufinden. Er sprach sehr gut Englisch, doch als ihm das Wort für Vergänglichkeit nicht einfiel, überzeugte ihn Marta, dass er ruhig in seiner Muttersprache weitersprechen dürfe, sie werde schon genug verstehen und liebe den Klang des oberösterreichischen Deutsch so sehr. Nach einer längeren Zeit der Entfremdung kamen sich die beiden Kindheitsfreunde in den letzten Jahren also wieder näher und waren unzertrennlich, sie beschlossen, diese Bar gemeinsam zu führen, und erlebten, wie daraus ein bald nicht mehr wegzudenkender Fixpunkt des Welser Nachtlebens wurde, ein Ort, an dem man sich, quer durch alle Gesellschaftsschichten, traf und austauschte, es war, wie wenn ein Traum wahr geworden wäre, die schönste Zeit in ihrem Leben. Und eines Tages kam Fred nicht zur Arbeit. Das war's. Man fand ihn tot in der Badewanne, eingeschlafen und ertrunken. Meine Mama hat mich immer gewarnt, nicht ein Vollbad zu nehmen, wenn ich zu müde bin, sagte der Barkeeper. Weil man dann einschlafen und ertrinken würde, und ich habe immer gesagt, was für ein Blödsinn, man wird doch munter, wenn man plötzlich Wasser statt Luft einatmet. Anscheinend doch nicht.

Und das ist der Schlüssel zu seiner Wohnung?, fragte Marta nach längerem Schweigen.

Ja, sagte der Barkeeper. Er sei gerade dabei, die Wohnung des Freundes auszuräumen, eine schmerzliche, melancholische, manchmal auch lustige, meist aber schlicht lästige Angelegenheit. Alles, was irgendwie von Wert sein könnte, sei es emotional oder auch tatsächlich finanziell, wobei sein Freund sehr wenig besessen habe, was als wertvoll bezeichnet werden könnte, ordne er nun in der Wohnung auf verschiedene Stapel, was danach damit geschehen sollte, sei noch unklar. Es sei alles noch zu frisch, kaum einen Monat her.

Kutzenberger schaute betreten, was sollte man da schon sagen? Marta streichelte dem Barkeeper über die Wange, und dieser nahm ihre Hand und drückte sie.

Also, sagte er schließlich, ich mache hier zu, und wir tragen Gotti gemeinsam ins Hochhaus.

Und so kam es, die beiden Männer nahmen den nahezu bewusstlosen Gottlieb in ihre Mitte und zerrten ihn wankend die Straße hinab bis zum Maria-Theresia-Hochhaus. Dort öffnete der Barkeeper die Eingangstür, rief den Lift und drückte auf den obersten Knopf. Als sie Gotti ins Bett gelegt hatten, traten alle drei auf den Balkon und blickten überwältigt über die Lichter und Häuser und Türme von Wels.

Kutzenberger hatte Tränen in den Augen. Wegen der atemberaubenden Aussicht über sein Heimatland, wegen des toten Freundes, aber vor allem wegen Martas Glauben an das Leben oder die Literatur, wobei das doch immer ein und dasselbe war. Er war sich sicher, dass sie es auf mysteriöse Weise ermöglicht hatte, dass sie nun hier, im obersten Stockwerk des ehemals höchsten Hochhauses Österreichs, stehen konnten. Und schon legte sie ihre warme, weiche Hand auf seine kalte, die das noch kältere Eisengeländer des Balkons umklammert hielt, und drückte sie innig.

Siehst du, sagte sie leichthin auf Spanisch, und er nickte.

DIE PISTOLE

Die Geschichte der metallenen kalten Kugel, die Kutzenberger tötete, ist zu kurz, um sie zu erzählen, wäre zu Ende, bevor man ihren Knall hätte vernehmen können. Da ist die Story der Glock aufregender, noch dazu, wo die Pistole *Made in Austria* war, ein österreichisches Qualitätsprodukt, verantwortlich für den Tod des Österreichers, der vielleicht auf eine eigentümliche Art sogar stolz darauf gewesen wäre, dass es Waffen aus seinem Heimatland waren, die in den Bandenfehden Santa Marías verwendet wurden. Denn Kutzenberger war nicht frei von Patriotismus, wunderte sich selbst, warum er bei einem Tennismatch aufgeregt und voller Adrenalin dem Österreicher die Daumen hielt, auch wenn er diesen doch nicht kannte und der Gegner sympathischer wirkte. Dass Gaston Glock also Anfang der 1980er-Jahre eine Präzisionspistole aus Kunststoff erfunden hatte, die es in kürzester Zeit schaffte, zur am weitesten verbreiteten Waffe der US-amerikanischen Polizei zu werden, hätte ihn durchaus erfreut oder zumindest mit einem kleinen rot-weiß-roten Stolz erfüllt. Auch wenn die Philosophie des Waffenwerks wohl seiner Weltsicht entgegengesetzt war, das Unternehmen Steuern hinterzog, der FPÖ nahestand, das Töten in den Straßen der USA stärker beschleunigte als jede Erfindung in den Jahrzehnten zuvor und darüber hinaus den Staatsvertrag brach, indem es Waffen in kriegführende Länder verkaufte. Trotzdem hätte er stolz jedem, der es wissen wollte, erklärt, dass *Glock* in amerikanischen Rap-Songs zum geflügelten Wort geworden war, es bis zum meistgenutzten Reim geschafft hatte und sich im Slang mit praktisch allem zu hübschen Versen paaren konnte: *Glock – cop – cock – stop – clock – block – sock*, und je nach Betonung auch *shot* und natürlich: *fuck*. Aber auch die Geschichte, wie sich Kutzenberger und die Glock immer näher kamen, bis sie einan-

km 0,012

der für wenige Augenblicke im selben Raum gegenüberstanden, Momente, die seine letzten sein sollten, wäre schwer zu erzählen und hätte mehr mit Glauben als mit Literatur zu tun.

DAS CREDO

Marta breitete Stefan ihr Glaubensbekenntnis der Literatur aus, *km*
ich bezweifle, dass er es erfasste. Später veröffentlichte sie es als *11.170*
letzte ihrer drei Kolumnen vor einer verwunderten Leserschaft in den *Oberösterreichischen Nachrichten*:

Nur einen Weg kann es geben, die Stadt wahr werden zu lassen, nämlich den, den es schon immer gab: Die Schriftstellerin setzt sich hin und schreibt. Sie muss die Kraft aufbringen, allein zu sein, stark genug, um nach innen zu blicken. Sie hält die Augen geschlossen. Was sieht sie? Sie sieht sich selbst, natürlich, was sonst sollte in ihr sein? Dann aber beginnt sie, vage die Silhouette eines mittelalterlichen Turms zu erahnen, hinter dem sich ein gewaltiges Hochhaus in den grauen Himmel hebt. Ihr Wunsch war immer gewesen, in diesem Hochhaus Aufnahme zu finden, von ganz oben nach unten blicken zu dürfen. Dann sieht sie das Stadtschloss, mit einer Gedenktafel für Hans Sachs, dieser sei hier von allen neun Musen geküsst worden. Sie ist in der Stadt des Musenkusses. Im Schloss brennen Lichter, Fenster stehen offen, Silhouetten blicken herab, Musik lässt sich vernehmen, ein Fest. Sie blickt nach oben, jemand deutet ihr, zu bleiben, und taucht kurz darauf bei ihr auf. Gemeinsam betreten sie das Gebäude, sie ist angekommen im Herzen der Stadt, im Schloss, wie eine Prinzessin. Die Gründung der Stadt ist geschafft, sie wird nun weiterwachsen, Teil ihrer selbst werden. Wieder auf der Straße erkennt die Schriftstellerin, dass sie allein ist, während man im Schloss feiert, sind die Wege leer. Sie ist so allein, dass es keine Spuren gibt, denen sie folgen könnte. Mutig macht sie den ersten Schritt, hinaus auf den Stadtplatz, dann den zweiten. Der Turm hat ein Tor, durch das man gehen kann, genau das tut sie. Sie hat nun so viele Schritte gemacht, dass sie bereits ein Stück des Weges gegangen ist, sie weiß es, sie weiß, dass sie einen Teil des Weges gegangen ist, vor ihr muss nun der Rest des Weges liegen, es liegt an ihr, ihn zu gehen. Beharrlich und heiter schreitet sie die menschenleere, dunkle Straße entlang, über einen einsamen Schienenstrang, der auf einer Brücke über den Fluss führt, der wellenlos die Hügel der anderen Seite von der Ebene trennt.

Noch existiert das alles nicht. Auch wenn die Stadt das größte Spital des Umlands hat, mehr Ärzte, Magistratsbedienstete und Kaufleute als in allen anderen Ortschaften der Umgebung hier arbeiten, noch existiert das alles nicht. Die Stadt wird so lange kein echtes Leben haben, bis die Schriftstellerin der Menschheit verrät, wie und was die Stadt ist, bis sie herausgefunden hat, wie die Leute sind, die hier wohnen. Es ist notwendig, dass sie um sich blickt und berichtet, was sie sieht, was sie erlebt, was sie ersinnt. Sie muss die schwere Aufgabe stemmen, das Schwingen der Seele der Stadt zu spüren. Wie sonst sollte man es wissen? Wenn sie ihr Buch hartnäckig und fröhlich vorantreibt, dann wird Straßenzug um Straßenzug zaghaft entstehen, und die Einwohner werden in wunderbarer Weise beginnen, sich der Beschreibung der Schriftstellerin anzunähern. Weil, wenn wir ehrlich sind, und wir wollen immer ehrlich sein, sind es nie die Romane, die die Städte beschreiben. Es sind die Städte, die beginnen, sich den großen Romanen anzugleichen, und nichts anderes als einen großen Roman verdient die Stadt, nichts anderes als einen großen Roman will die Schriftstellerin der Welt schenken. Der Roman gibt nur vor, die Stadt zu beschreiben. In Wirklichkeit erfindet er sie.

DER HUT

km 7

Als Kutzenberger in der von Juan Carlos Onetti erfundenen und von Juan María Brausen gegründeten Stadt Santa María Unterschlupf gefunden hatte, seine Flucht zu Ende war und sein Ende nah, wollte er sich in einem Laden in der Nähe des Freibads einen Strohhut kaufen. Seine Kopfgröße 60 war nicht ausgestellt, und die Verkäuferin musste den Hut aus dem Lager holen. Als er allein im Geschäft stand und wahllos verschiedene Hüte in die Hand nahm, sprach ihn plötzlich eine Stimme an: Nicht alles anfassen hier!

Erschrocken blickte er sich um und sah eine alte Frau in einem Rollstuhl im hintersten Winkel des Raums sitzen, als hätte man sie dort vergessen. Sie klang aber überhaupt nicht schutzlos oder verloren, sondern, ganz im Gegenteil, ziemlich resolut und selbstbestimmt.

Sie wissen doch, dass Ihre Hutgröße nicht ausgestellt ist, wozu müssen Sie dann alles antatschen? Glauben Sie, das macht die Hüte besser? Sind Sie Jesus, der mit seinen Händen die Dinge segnen kann? Nein, Sie machen alles nur fettig und speckig und dreckig, und wenn das alle tun, kann ich die Hüte gleich verschenken.

Kutzenberger legte ertappt den Hut zurück, musste aber über diesen unerwarteten Angriff der alten Frau lächeln. Dann sagte er: Entschuldigen Sie bitte.

Ja, ja, entschuldigen Sie, entschuldigen Sie, auch nur so dahergeredet, Sie meinen es ja gar nicht, ist Ihnen doch völlig egal, was aus den Hüten wird, sobald Sie das Geschäft verlassen haben. Und dann, nach einer kurzen Pause, plötzlich in ganz anderer, versöhnlicher Tonlage: Woher kommen Sie denn? Sind Sie Flüchtling?

Kutzenberger hatte es sich bereits abgewöhnt, darauf zu bestehen, UNESCO-Stipendiat zu sein. Er war zum Flüchtling geworden, also nickte er.

Sie Armer, es muss ja fürchterlich sein, alles verloren zu haben, sagte die Frau nun milde. Haben Sie Frau, Kinder, Eltern? Sind alle hier? Er musste verneinen, nein, er sei allein hier, nur er sei in Santa María gelandet.

Aber Sie haben Kinder?

Ja, ja, er habe Kinder, zwei Töchter. Deshalb bin ich ja hier im Geschäft, sagte er plötzlich lächelnd, ich habe die beiden immer gezwungen, einen Hut zu tragen, wenn im Hochsommer die Sonne herunterbrannte. Daran habe ich denken müssen, als ich Ihr Geschäft gesehen habe. Ich muss nun wohl mit gutem Beispiel vorangehen und auch einen Hut tragen, nicht? Die Mädels werden mich jetzt noch für all die Hüte ihrer Kindheit hassen.

Leben sie noch, die Töchter?, fragte die Frau unvermittelt, und Kutzenberger war erschrocken, er stockte, wusste es nicht, war der Frage so gut wie möglich aus dem Weg gegangen, hatte sie, sobald sie am Horizont seiner Gedanken erschien, immer sofort unterdrückt. Er war ein wahrer Meister geworden im Nicht-an-seine-Kinder-Denken, ständig wachsam, sich ja keine Unachtsamkeit der Gedanken zu erlauben, sodass er dieser Frage nun völlig unvorbereitet gegenüberstand.

Die alte Frau erwartete aber ohnehin keine Antwort, schaute ihn streng an und sagte: Das ist das Wichtigste! Ich habe auch Töchter und Enkelinnen, alle brav, alle noch am Leben. Bald habe ich es geschafft, ein bisschen müssen sie noch durchhalten, dann bin ich weg, und sie können tun, was sie wollen – aber zuerst gehe ich! Das ist das Wichtigste, wiederholte sie.

Da hatte sie wohl recht, doch was konnte er tun? Er hatte nun einmal keine Ahnung, was genau in Europa geschehen war und ob noch irgendjemand seiner Familie lebte oder nicht. Verwirrt verzichtete er darauf, etwas zu sagen.

Die Frau wartete kurz und erzählte ihm, als keine Antwort kam, eine Geschichte: Ein Mann in der Umgebung war Lotto-Millionär geworden. Und wie alle Neureichen ließ er sich eine geschmacklose Villa bauen. Dann beauftragte er einen Künstler, ihm ein Familienwappen zu gestalten. Dieser überlegte lange und schrieb schließlich in großen Lettern auf die Hauswand:

Es stirbt der Großvater
Es stirbt der Vater
Es stirbt das Kind

Der neureiche Millionär war außer sich vor Zorn, brüllte den Künstler an, was das solle, ob er ihn verfluchen wolle, und jagte ihn davon. Der Künstler sagte zu seiner Verteidigung aber nur: Das ist das Wichtigste.

Kutzenberger brauchte einen Moment, um zu verstehen, was die Moral der Geschichte war. Die alte Frau erklärte sie aber ohnehin bereits.

Natürlich hatte der Künstler recht: Das ist das Wichtigste. Es ist das Wichtigste, dass die Generationenfolge eingehalten wird, alles andere ist unbedeutend.

Da kam die Verkäuferin mit Kutzenbergers Strohhut, Größe 60, aus dem Lager zurück. Lass doch den Mann in Ruh, Oma, sagte sie, und die alte Frau lachte laut und derb auf und sagte nur: Ja, ja, wenn du mich in Ruh lässt, dann lass ich die anderen auch in Ruh.

Ich hoffe, sie war nicht allzu garstig zu Ihnen, meine Oma, sagte die Enkelin, setzte Kutzenberger den eleganten Hut auf den Kopf und führte ihn zum Spiegel. Er war zufrieden, zahlte und verabschiedete sich. Als er der alten Frau zuwinkte, rief sie ihm hinterher: Nicht vergessen, das ist das Wichtigste! Als ob er irgendetwas dazu beitragen könnte.

Diese Begegnung und die Geschichte des Neureichen hatten Kutzenberger stärker berührt, als er es sich anfangs zugab. Ich glaube – Kugel hin, Kugel her –, dass sein Ende hiermit besiegelt war. Wie ein Parasit begann die Wehmut, an ihm zu fressen. Erstmals gestattete er sich, über das Schicksal seiner Familie nachzudenken, und er meinte zu erkennen, dass es nicht die Ungewissheit war, die schmerzhaft nagte. Die bloße Tatsache, Kinder zu haben, hatte sein Glück in Gefangenschaft genommen. Tatsächlich, es war, als ob ein Geiselnehmer gleich nach der Geburt der Töchter seinem Glück die Pistole angesetzt hätte. Noch lebte es zwar, doch er konnte nichts mehr dazu beitragen und nur hoffen, dass der Geiselnehmer nicht abdrückte.

Macht man ein Loch in mich, fließt reine Liebe heraus, Liebe zu meinen Kindern, sagte er an jenem Abend etwas pathetisch zu Marta. Als kurz darauf ein Loch in seinen Körper geschossen wurde, war es freilich vor allem Scheiße, die aus ihm herausquoll, so unglücklich hatte die Kugel ihn im Unterleib getroffen. Völlig überrascht starrte er mit weit aufgerissenen Augen seinen Angreifer an, fasste nicht, was gerade geschah, oder ahnte vielleicht doch endlich die Auflösung der Frage, die ihn immer wieder beschäftigt hatte: Wo er nämlich die Wandlung von Körper in Leiche vollziehen würde. Den Leib, den er über fünfzig Jahre in einer kaum zu entziffernden Linie über den Globus getragen hatte, würde er nun hier, in Santa María, für immer ablegen, just an jenem Ort, an dem er, wie er vor drei Jahrzehnten festgehalten hatte, nicht begraben sein wollte. Als er seinen Angreifer mit weit geöffneten Augen anstarrte, fiel ein zweiter Schuss, und diesmal waren es Knochensplitter und Hirnmasse, die sich auf den abblätternden Kalkfeldern der Wand hinter ihm verteilten, mit erstaunlich wenig Blut, aber sicher keiner Liebe vermischt.

DER FLUG

Drei Monate nach Wels war Kutzenberger von der UNESCO zu einem Gegenbesuch bei Marta in Santa María eingeladen worden. Auf einem großen Schiff den Ozean in zehn Tagen zu überqueren, erschien ihm eine reizvolle und ehrliche Art des Reisens, vor allem, da er wusste, dass ihm die Gefahren und Entbehrungen der frühen Entdecker erspart bleiben würden, und das Bild, das er vor Augen hatte, eher dem glänzenden Luxus der *Titanic* entsprach. Natürlich, Klimaschutz ist immer gut, ausgezeichnet, sagte er der Dame im UNESCO-Büro und bekam kurz darauf ein Schiffsbillett zugeschickt für eine Reise von Lissabon nach Montevideo in einer Außenkabine. Die Anreise zum Hafen solle er bitte selbst organisieren, die Rechnung, Überweisungsbestätigung und Fahrkarten gut aufheben und am Ende einfach mit der Schlussabrechnung einreichen. Er hätte also wahrscheinlich auch mit der ersten Klasse im Zug drei Tage durch Europa fahren können oder 42 Cent Kilometergeld für die Fahrt im Privatwagen verrechnen, aber er entschied sich für einen Flug als schnellere und günstigere Lösung. Zu seinem Erstaunen sah er, dass die Maschine von Wien nach Lissabon ein großes Langstreckenflugzeug war, drei Sitze, Gang, drei Sitze Mittelreihe, Gang und wieder drei Sitze. Er saß im linken Block rechts außen und bewunderte den großen Bildschirm an der Rückseite der Vorderlehne. So würde es schwer werden, seinen Vorsatz einzuhalten: während der Reise nur Bücher, keine Filme. Weitere Vorsätze waren, so viel wie möglich zu schreiben, kein Alkohol, wenig Fleisch und regelmäßig Sport, er war schließlich bereits fünfzig, und Schriftsteller konnten sich nicht mehr an Hemingway orientieren oder, passender, da er ein Buch von ihm im Reisegepäck hatte, Juan Carlos Onetti, der mit einer geladenen Pistole unter dem Kopfpolster im Bett gelegen und Whisky ge-

km 11.326

trunken hatte. Wenngleich auch dazu eine gewisse Konsequenz gehörte, die Kutzenberger nicht hatte, denn statt zum Roman des Uruguayers zu greifen, durchstöberte er bereits vor dem Start das umfassende Bordprogramm. Im Alter zu reisen, macht keinen Spaß, man ist schon so sehr zu sich selbst geworden, dass man das Neue nicht mehr wahrnehmen kann.

Die Stewardess bat um Aufmerksamkeit, die niemand ihr schenkte, und begann mit ihrer Pantomime. Die Sicherheitsanweisungen im Flugzeug erinnerten immer mehr an die rituellen Handlungen eines Priesters. Niemand verstand mehr, was sie ursprünglich bedeutet hatten, nur noch einzelne Worte drangen bis ins Bewusstsein vor, *Druckabfall in der Kabine … Sauerstoffmasken … mitreisende Kinder … Schwimmwesten unter dem Sitz … falls erforderlich, rote Mundschläuche.* Diese Formeln wurden so lange wiederholt, von Generation zu Generation weitergegeben, bis ihr Sinn vollständig verlustig gegangen sein würde. Zum Ritus geworden, der als gutes Omen vor jedem Flug wiederholt werden musste. Die Stewardess führte einen durch Unglück, Desaster und Tod so wie der Priester, nur dass sie nicht den genialen Trick der Kirche anwenden konnte, alles ins Gegenteil zu verdrehen: Der Tod ist das Leben, der Absturz die Auferstehung, der Letzte der Erste. Ihr blieb nur eine rote Trillerpfeife auf einer gelben Schwimmweste als Hoffnung und Symbol, bis eines Tages Trillerpfeifen angebetet werden würden. Noch war man aber nicht so weit, man befand sich ganz am Beginn dieser Entwicklung, noch war die wörtliche Bedeutung der Liturgie zu verstehen, auch wenn sich niemand die Mühe machte, das zu tun, und die Stewardess die Schwimmweste unbeobachtet einrollte und wieder in einem der Handgepäckfächer verstaute.

DER MÖRDER

Die Geschichte der Pistole, die Kutzenberger töten sollte, zu erzählen, scheint mir nicht praktikabel, wer will schon einen Bericht über ein Ding hören, das nicht einmal das Zeug zu einem Symbol hatte, einfach dafür stand, was es war: eine tödliche Faustfeuerwaffe. Sinnvoller wäre es wohl, beim Menschen zu bleiben und sich genauer anzusehen, wie sich Kutzenberger und sein Mörder unausweichlich annäherten, wie die beiden Männer, die zu Beginn der Geschichte noch durch einen riesigen Ozean getrennt waren, sich auf zwei verschiedenen Erdteilen und Hemisphären befanden, keine Ahnung voneinander hatten (was streng genommen bis zum Schluss galt), und sich trotzdem langsam, aber stetig immer näher kamen, so lange, bis sie schließlich in einem Hinterzimmer in Santa María aufeinandertrafen, sich einen verwirrten Augenblick lang ansahen, bis die Kugel auf ihre einzige und kurze Reise durch Kutzenbergers Kopf geschickt wurde.

km 0,012

War nicht soeben die Rede davon, dass die erste Kugel ein Bauchschuss gewesen, dass Scheiße statt Liebe aus ihm herausgequollen war? Und erst die zweite Kugel dann die Hirnmasse an die Wand spritzen ließ? Ja, so war es. Wollte man die Geschichte der tödlichen Kugel erzählen, dann wäre es nämlich die Geschichte der zweiten Kugel, die der Mörder an jenem Tag abgefeuert hatte. Seien Sie bitte nicht ungeduldig, nachsichtige Leserin, gütiger Leser, und auch nicht pedantisch, denn im Leben verbinden sich die einzelnen Fäden der Geschichten oft nicht so perfekt wie in einer Erzählung. Dem Leben sieht man das nach, einem Roman nicht, das habe ich in der Zwischenzeit gelernt. Genauso kann sich das Leben die unglaublichsten Zufälle leisten, selbst bizarrere Fügungen als in der biedersten Waschmittelwerbung (wo der Sohn mit einem Grasfleck vom Fußballspielen heimkommt, und die Freundin der Mutter, die gerade mit dieser bei Kaffee und Kuchen sitzt, hat zufällig das passende Vollwaschmittel in ihrer Handtasche dabei). Während sich das Leben und die Werbung also solche Abstrusitäten erlauben können, ist das der Literatur, dem Roman verwehrt. Sollten einige Fäden unserer Erzählung dementsprechend lose bleiben, so nehmen Sie dies bitte, geachteter Leser und geschätzte Leserin, als Beweis ihrer Wahrhaftigkeit. Die meisten Handlungsstränge fügen sich allerdings ohnehin verdächtig gut zusammen. Auch wenn ich ein Anfänger im Erzählen einer großen Geschichte bin, wie ich Ihnen bereits freimütig gestanden habe, weiß ich sehr wohl, was ich hier tue. Vertrauen Sie mir und nörgeln Sie nicht wie das kleine Kind auf dem Rücksitz: Sind wir schon da? Nein, wir sind noch nicht da, wir haben noch eine lange Reise vor uns.

DER SITZNACHBAR

Schon vor dem Start der Reise von Wien nach Lissabon fand sich Kutzenberger im Gespräch mit seinem Sitznachbarn im Flugzeug wieder, ohne sagen zu können, wie die Unterhaltung begonnen hatte. Er komme gerade vom Begräbnis seiner Ex-Schwiegermutter, erzählte der große, stattliche Mann neben ihm in etwas eingerostetem Deutsch. Es habe ihn sehr verwundert, warum ihn die Zeremonie für eine Frau, die er nie gemocht und die ihn offen verachtet habe, so sehr berühren konnte. An der Seelenmesse könne es nicht gelegen haben, die sei von einem Pfarrer in noch schlechterem Deutsch als seinem, mechanisch und, ja, seelenlos abgespult worden. Die anderen hätten erstaunlich wenig geweint, sie sei wohl allgemein nicht sehr beliebt gewesen, seine Ex-Schwiegermutter, obwohl Tränen freilich ein unzureichendes Maß für Trauer oder Sympathie seien, denn es sei ja gerade er gewesen, dessen Leben sie aktiv zu zerstören getrachtet habe, der völlig unkontrolliert geheult habe, so sehr, dass ihm skeptische Blicke quer durch die Kirche zugeworfen worden seien, sogar von seiner Ex-Frau und seiner Tochter, derentwegen er die Reise von Lissabon nach Wels angetreten, auch wenn er beide seit einem Jahrzehnt nicht gesehen habe. *km 10.959*

Wels?, fragte Kutzenberger.

Ja, Wels.

Vierzehn Jahre lang habe er in Wels gelebt, antwortete sein Sitznachbar, bis er die Stadt vor nun auch schon wieder dreizehn Jahren verlassen habe. Sieben dieser vierzehn Welser Jahre sei er mit einer Frau verheiratet gewesen, die er in den 90er-Jahren in einem Ferienclub an der portugiesischen Algarve-Küste kennengelernt habe.

In einem Ferienclub?

Ja, ich habe dort als Pizzabäcker gearbeitet.

Eine Tätigkeit, der er, wie er weiter erzählte, in der Zwischenzeit wieder nachging. Rein äußerlich hatte sich in den letzten nahezu dreißig Jahren somit wenig geändert: Er war damals lediger Pizzabäcker im Club Sol gewesen und war nun auch wieder alleinstehend und Pizzabäcker im Club Sol. Seine Frau war in jenem Club auf Maturareise gewesen, eine ganze Schulklasse mit jungen, hübschen Österreicherinnen, doch sie war die fröhlichste, ausgelassenste, sah ihm jeden Abend beim Werfen des Pizzateigs zu, forderte ihn auf, höher zu werfen, den Teig noch dünner zu ziehen, und flirtete offensiv mit ihm, der sich das gerne gefallen ließ. Eines Nachts suchte er nach Dienstschluss die umliegenden Bars und Diskotheken nach ihr ab, ergebnislos. Am letzten Abend ihres Aufenthalts allerdings duckte sie sich unter dem Tresenbrett durch, umarmte ihn vor der strahlenden Hitze des Pizzaofens, küsste ihn auf den Mund und verabschiedete sich mit den Worten: Warte auf mich! Mehrere Tage und Wochen verwirrte ihn das, und heute kann er sagen, dass er in jener Zeit am heftigsten in dieses stürmische Mädchen verliebt gewesen war, damals also, als er so gut wie nichts von seiner zukünftigen Frau gewusst hatte, durch einen halben Kontinent von ihr getrennt war, sich an ihr Aussehen kaum mehr erinnernd.

Wie er ja soeben am Begräbnis ihrer Mutter habe beweisen können, hätten Gefühle nie mit dem Gegenüber zu tun, sondern immer nur mit einem selbst. Spätestens am Ende des damaligen Sommers habe er die Österreicherin dann doch wieder vergessen gehabt, sodass ein Jahr später, als plötzlich ein Mädchen am Tresen gestanden und *Höher* gerufen habe, *Wirf die Pizza höher*, er das gar nicht als Zitat vom Sommer zuvor erkannt habe.

Am Ende des Abends schlüpfte das Mädchen allerdings unter dem Tresenbrett durch, um ihn unvermittelt auf den Mund zu küssen, und da konnte er sich nun sehr wohl wieder erinnern, dass sie die Frau war, die ihm ein Jahr zuvor nach ihrer Abreise den Schlaf geraubt hatte. Das tat sie diesmal gleich in der ersten Nacht, die Freundin, mit der sie den Urlaub in Portugal gebucht hatte, allein im Doppelzimmer zurücklassend. Sie war so ein fröhlicher Wirbelwind, dass er nicht zwei Mal überlegte, als sie ihn einlud, nach der Saison zu ihr nach Österreich, nach Wels, zu kommen. Dort musste er allerdings rasch erkennen, dass nicht nur das Wetter anders war als an der Algarve, sondern auch die Frau. Sie hatte einen Ordnungszwang, der vor nichts haltmachte, nicht einmal über Nacht durften die Socken vor dem Bett am Boden liegen bleiben. So gut er konnte, versuchte er, sich an die neuen Regeln zu halten: das Putztuch nach jedem Gebrauch in der Mitte gefaltet über den Wasserhahn hängen, seine Bücher vom Deutschkurs bei jeder Lernpause vom Tisch entfernen. Lange würde er das nicht aushalten, erkannte er bald, von der anfänglichen Verliebtheit war nichts mehr übrig. Doch es war zu spät, seine Freundin schwanger. Sie heirateten, dem Druck ihrer und seiner Eltern nachgebend, da waren sich die Familien einig. Die Hochzeit war beschwingt und ausgelassen, seine portugiesischen Freunde machten das Beste aus der teuren Reise nach Österreich, tanzten, scherzten, musizierten, hatten ungezwungenen Spaß, und seine Frau amüsierte sich mittendrin. Vielleicht geht es ja doch, dachte er. Aber es ging nicht. Die Ehe war die liebloseste Zeit seines Lebens. Bei der Kindeserziehung hatte er kein Wort mitzureden, und als Pizzabäcker in einem Kebabstand in der Fußgängerzone verdiente er so wenig, dass er auch an den Wochenenden arbeiten musste, um seine kleine Familie ernähren zu können. Ständig dachte er an Trennung, doch war der unausgesprochene Druck seiner weit entfernt lebenden Eltern zu groß. Er wollte es ihnen nicht antun, die erste Familie im Dorf zu sein, in der es eine Scheidung gab. Und dann war es von einem Tag auf den anderen, sieben Jahre nach seiner Ankunft in Wels, trotz allem vorbei: Eines Nachts kam kurz vor Geschäftsschluss ein hübsches Mädchen herein und bestellte eine Pizzaschnitte. Während diese im Ofen aufgewärmt wurde, sprach er ein bisschen mit ihr, nichts Besonderes, dass es zu kalt war für die Jahreszeit, sie im *Stadtbeisl* gewesen war und nun vielleicht noch ins *Black Horse* gehen würde. Jedenfalls war es ein freundliches Gespräch, heiterer, als er es gewohnt war, und als sie sich mit ihrer Pizzaschnitte in der Hand nochmals kurz umdrehte, um ihm zuzuwinken, spürte er, wie falsch sein Leben lief, so falsch, dass sogar das Gespräch mit einer unbekannten Kundin mehr Herzlichkeit ausstrahlte als die sieben Jahre seiner Ehe zusammen.

Am nächsten Abend kam das Mädchen wieder. Sie war vielleicht Anfang zwanzig, er selbst auch noch unter dreißig. Sie bestellte nichts, sondern fragte ihn unumwunden, ob sie ihn einmal von hier abholen könnte, um gemeinsam spazieren zu gehen, sie hätte am Tag zuvor nach dem Gespräch so ein gutes Gefühl gehabt, und das passiere viel zu selten. Am Freitag habe er am Nachmittag frei, sagte er, sehr gern könne sie ihn dann für einen Spaziergang abholen. Und das tat sie. Sie traten auf die Fußgängerzone hinaus, bereits in ein Gespräch vertieft. Mit jeder seiner Aussagen brachte er sie zum Lachen. Wie er das genoss!

Es sei doch das Wichtigste, seinen Partner zum Lachen zu bringen, nicht wahr?, fragte der Sitznachbar ihn, Kutzenberger, im Flugzeug. Plötzlich habe das Mädchen auf der Welser Fußgängerzone ihren Arm um ihn geschlungen und sich ganz eng an seine Seite geschmiegt. In diesem Moment habe er seine Schwiegermutter erspäht.

Er versuchte, sich zu befreien, doch war es zu spät, sie hatte ihn bereits entdeckt, zu groß und auffällig war er. Mit stechendem Blick kam die Schwiegermutter direkt auf ihn zu. Als sie sich gegenüberstanden, schüttelte sie verächtlich den Kopf und ging wortlos weiter. Er hatte das Gefühl, sie hätte ihm ins Gesicht gespuckt. Als er heimkam, steckte der Schlüssel von innen, und er konnte die Tür nicht öffnen. Auf sein Läuten und Klopfen und Schreien und Flehen reagierte nur ein Nachbar, der ihn aufforderte, ruhig zu sein. Die folgenden Tage verbrachte er bei einem Freund, und das nächste Mal, dass er von seiner Frau hörte, war, als er ein großes Kuvert mit den Scheidungspapieren zugesandt bekam. Sein Freund, ein junger, in Österreich aufgewachsener Türke, meinte daraufhin, das ganze Treffen mit diesem Mädchen sei arrangiert gewesen, eine Falle. So konnte ihm seine Frau die Schuld am Scheitern der Ehe zuschieben, ohne viel argumentieren zu müssen. Er überlegte diese Möglichkeit, hatte aber noch immer keine Antwort darauf gefunden. Auch wenn ihm seine Frau vor Gericht klarmachte, dass er sich nicht um das Kind kümmern müsse, dass sie sogar begrüßen würde, wenn er so wenig wie möglich Kontakt mit der Tochter hätte, sie allein das pünktliche Eintreffen seiner Überweisungen verlangte, sonst nichts, wenn ihm also von seiner gesamten Schwiegerfamilie nahegelegt wurde, doch endlich Österreich zu verlassen, zu seinem eigenen Vorteil, so blieb er weitere sieben Jahre Pizzabäcker im Kebabstand in der Fußgängerzone. Ob er sich dabei stoisch, stur oder stupid zeigte oder einfach das Gegenteil von dem tun wollte, was seine Frau von ihm erwartete, wusste er nicht. Weitere sieben überwiegend freudlose Jahre im tendenziell ausländerfeindlichen Wels, in dem man keine großen Unterschiede zwischen Türken, Afghanen oder eben ihm machte.

Eines Tages, lange nach der Scheidung, sah er in der Neustadt, wo er nur selten war, das Mädchen von damals auf der Straße. Er folgte ihr, ohne sich zu erkennen zu geben. Sie sah härter aus, als er sie in Erinnerung hatte, mit gröberen, fast vulgären Gesichtszügen. Waren das die paar Jahre, die sie älter geworden war, oder war er damals so ausgehungert gewesen nach menschlicher Wärme, dass er jede, die ihn freundlich ansah, gleich zu einer jungen Göttin stilisierte? Sie war nicht unhübsch, gar nicht, ein dunkler Typ, sah fernöstlich aus, ob sie einen Akzent gehabt hatte, hätte er bei seinen eigenen schlechten Deutschkenntnissen nie feststellen können. Vielleicht war es tatsächlich eine Falle gewesen, aber nicht seiner Frau, sondern von seinen Freunden im Kebabladen, die ihn nicht länger hatten leiden sehen wollen? Sie hatten ihn gern, das wusste er, sie wollten ihn nicht loswerden. Vielleicht gab es ja einen dritten Weg, zwischen Bleiben und Gehen.

Er habe lange über diese Frage nachgedacht, stelle sie sich eigentlich immer noch regelmäßig, wisse aber keine Antwort darauf, erklärte er Kutzenberger neben ihm.

Schließlich war er wieder zu seinem alten Arbeitgeber an der Algarve zurückgekehrt. Statt Anfang zwanzig war er nun Mitte dreißig. Es war der ideale Platz für einen Neuanfang, alles war vertraut und frisch zugleich, für manche war er der Neue, für andere der Alte. Er genoss es, sich endlich wieder genau und präzise in seiner Muttersprache ausdrücken zu können, Wortwitze zu machen, Schlagfertigkeit zu beweisen. Andererseits freute er sich auch darüber, seine neuen Sprachkenntnisse den deutschen Touristinnen zu demonstrieren, und bald war die dumpfe Schwere, die ihn in Österreich auch dann begleitet hatte, wenn er ungezwungen mit seinen Freunden scherzte, vom heißen portugiesischen Sommer, den dröhnenden Bässen der Club-Anlage und einer spanischen Animatorin für Kinder aufgelöst. Den Winter über arbeitete er in einer Pizzeria in Lissabon, wohnte am wunderschönen Largo da Graça, blickte oft von der Aussichtsterrasse über die Hügel der melancholischen Hauptstadt, die er zuvor kaum gekannt hatte, und beschloss, dass es ruhig so weitergehen konnte.

DAS SCHWEIN

km 56

Kutzenberger hat nach langer Flucht am Ende seines Lebens Frieden gefunden, soweit man das von außen beurteilen kann. Am Markt von Carpio, einem kleinen Dorf in den Bergen hinter Santa María, hockte er sich eines Tages in der letzten Woche vor der Begegnung mit der Glock zwischen zwei Gemüsestände und streichelte ein dort angebundenes kleines Schwein. Er spürte eine Verbindung zwischen sich und dem, wie es ihm schien, freundlich lächelnden Tier mit den harten schwarzen Borsten, das zärtlich mit der Schnauze seine ausgestreckte Hand anstupste und ableckte. Oft hatte er betont, dass er nach den chinesischen Sternzeichen Schwein war, das beste Sternzeichen, wie er sagte, da das Schwein immer etwas zu essen finden würde. Oberflächlich gesehen ist das Schwein tatsächlich ein feines Zeichen, man sagt ihm nach, fröhliche Gesellschaften zu lieben, gutes Essen und Trinken, und dass es eine Menge Freunde hat, da es niemals maßregelt oder kritisiert. Das Schwein ist hilfsbereit und großzügig und, für einen Menschen der Literatur nicht unwichtig, belesen, wissensdurstig und wortgewandt. Mit dem Sternzeichen seines eigenen Kulturraums, der Jungfrau, konnte Kutzenberger dagegen nie viel anfangen. Die Jungfrau sei pedantisch und schulmeisterlich, so stand es auf dem Würfelzucker. Und das waren die positiven Eigenschaften. Nun kniete er aber vor einem niedlichen Schwein und streichelte es, als ihm plötzlich ein Schlag auf den Rücken kurz den Atem nahm. Erschrocken drehte er sich um und sah eine alte Frau in Andentracht, die ihm ihren Stock übergezogen hatte.

Was tust du da?, fragte sie.

Ich? Nichts, ich rede nur mit dem Schwein.

Ein Schwein redet nicht. Es hat keinen Mund.

Kutzenberger lachte. Natürlich hat es das, wie sonst sollte es essen?

Der Mund ist zum Reden da, stellte die Indiofrau klar.

Kutzenberger überlegte, ob er sich tatsächlich auf dieses Gespräch einlassen, auf die anderen, animalischeren Funktionsweisen des Mundes hinargumentieren sollte, entschied sich jedoch dagegen. Er lächelte die Frau an und warf einen letzten, zärtlichen Blick auf das borstige Ferkel.

Ich habe schon einen Mund, rede aber seit fünfzig Jahren nicht mit meiner Tochter, verkündete die alte Dame schließlich. Kutzenberger war nicht klar, was das genau mit dem Schweinchen zu tun hatte, vermutete aber, dass die Tochter jung gestorben war und die Mutter das auch nach vielen Jahrzehnten nicht hatte verarbeiten können. Was sollte er darauf bloß sagen? Weil aber auch die Frau schwieg, erwiderte er schließlich das Offensichtliche: Das tut mir leid.

Ich habe sie ins Kloster gesteckt, erklärte die Alte nun.

Vor einem halben Jahrhundert hatte sie ihre Tochter nackt im Badezimmer mit einem Automechaniker, der durch das Fenster eingestiegen war, erwischt. Mit einem Wischmopp schlug sie dem jungen Mann so hart auf den Rücken, dass dieser stürzte und den Rest seines Lebens gelähmt war. Die Tochter aber zerrte sie noch am selben Tag zum Bahnhof, fuhr mit ihr in das weit entfernte Tal ihrer Kindheit und steckte sie in das Kloster, in dem sie selbst zur Schule gegangen war. Seitdem war sie nicht dorthin zurückgekehrt, hatte nie mehr die Reise in ihr Heimatdorf angetreten, nie wieder ihre Verwandten gesehen und von ihrer Tochter nie wieder gehört. Jetzt war sie siebzig Jahre alt, und es verging kein Tag, an dem sie ihre Tochter nicht so sehr vermisste, dass sie vor Schmerzen kaum essen konnte.

Warum sie denn gar so hart reagiert hätte, als sie das Mädchen mit dem jungen Mann entdeckte?, fragte Kutzenberger bedacht.

Ich hatte Angst, sie zu verlieren, sagte die alte Frau.

Aber so haben Sie sie doch auch verloren!

Ich weiß, sagte die alte Frau, aber jetzt brauche ich keine Angst mehr davor zu haben.

DIE DÄNIN

Kutzenbergers Sitznachbar im Flugzeug nach Lissabon erzählte, dass er im zweiten Sommer, nachdem er Wels verlassen hatte, eine große, schöne, blonde Dänin im Club Sol kennengelernt hatte. Sie war dreißig Jahre alt und mit ihren Eltern auf Urlaub, die sie im Laufe des Jahres viel zu selten sah, da sie beruflich sehr oft reisen musste. Die Eltern schienen nichts dagegen zu haben, dass er kurzerhand ins Zimmer ihrer Tochter zog. Sie frühstückten täglich gemeinsam, wie eine Familie auf Sommerurlaub, nur dass er am Vormittag zur Arbeit musste, den Teig für Dutzende Pizzen vorbereiten. Tapfer ertrug er die Sticheleien seiner Kollegen, die das Bett machen mussten, in dem er die süßen Nächte verbrachte. Er fühlte sich wohl, so unverhofft in dieser freundlichen und warmen Familie gelandet zu sein. Sie unterhielten sich flüssig auf Englisch, der Vater sprach auch Deutsch und erzählte ihm abends an der Bar Anekdoten aus seinem Leben als erfolgreicher Computerprogrammierer. Bist du sehr reich?, fragte Kutzenbergers Sitznachbar seinen zukünftigen Schwiegervater wie ein Kind. Es geht gut, antwortete der. In Dänemark zahlen wir so viel Steuern, dass niemand wirklich superreich ist, aber ich könnte jederzeit zu arbeiten aufhören, und unsere Tochter hätte noch immer genug. Was wichtig ist, denn bei ihr kann man ja nicht wissen, wie es weitergehen wird. Als der Portugiese verständnislos schaute, erklärte der Däne: Sie ist Sportlerin, hat sie dir das nie erzählt? Sie wird nicht ewig weitermachen können. Wie schon bei der Österreicherin, folgte Kutzenbergers Sitznachbar also auch seiner neuen Freundin nach der Saison in ihr Heimatland. Doch diesmal fühlte sich alles richtig an. Sie genossen jeden Moment zusammen, wohnten in einer schönen hellen Wohnung in Vesterbro, einem der angesagtesten Stadtteile Kopenhagens.

km 10.440

Kennen Sie Dänemark?, fragte der Sitznachbar Kutzenberger plötzlich.

Dieser nickte. Auch ich war einmal mit einer Dänin zusammen, sagte er.

Dann kennen Sie ja vielleicht sogar meine Ex-Frau. Der Portugiese nannte den Namen.

Kutzenberger schüttelte den Kopf.

Sie war eine berühmte Handballspielerin, sagte der Sitznachbar, die berühmteste ihrer Generation, und das in diesem so handballverrückten Land. Olympia- und Weltmeisterschaftsmedaillen, nationale Pokale und internationale Plaketten häuften sich in einem extra dafür eingerichteten Zimmer ihrer Wohnung. Eine Zeit lang beschränkte er sich ganz darauf, ihr Partner zu sein, sie reisten von Turnier zu Turnier, New York und Dubai, eine Europameisterschaft in Frankreich, mit Gold retour, die teuersten Hotelsuiten und spartanischsten Sportcamps, er lernte jede Turnhalle Dänemarks kennen und wurde selbst zu einer kleinen Berühmtheit, so oft war sein nägelbeißendes Gesicht im nationalen Fernsehen eingeblendet und steckte seine überschäumende Freude nach einem Tor seiner Freundin ganz Dänemark an. Kurz darauf wurde diese Freundin seine Frau und er zum geschätzten Schwiegersohn seiner Schwiegereltern. Er genoss die unbeschwerte Zeit und machte sich keine Gedanken, ob diese für immer so weitergehen konnte. Eines Tages aber verletzte sich seine Frau am Knie. Und auch wenn sie nach der Operation und Rehabilitation wie besessen trainierte, sie fand nicht mehr zurück zu alter Stärke und ging im ohnehin fortgeschrittenen Sportlerinnenalter von dreiunddreißig Jahren in Pension. Wie Jesus, scherzte sie. Doch eine Auferstehung war ihr nicht vergönnt, und das Scherzen verging ihr bald. Seine Frau fiel im Ruhestand in ein tiefes, schwarzes Loch. Es war nicht der Ruhm, den sie vermisste, diesen hatte sie immer wie eine zu ertragende Nebenwirkung des Erfolgs stoisch hingenommen, während er, der Sitznachbar von Kutzenberger, es genossen hatte, auf der Straße erkannt zu werden. Es war der Zusammenhalt im Team, das blinde Vertrauen, dass die Mitspielerin im richtigen Moment an der richtigen Stelle stehen würde, die Freundschaften abseits des Platzes und dann vor allem das Adrenalin. Nachdem sie fast zwanzig Jahre lang Turniere gespielt, sich regelmäßig im Adrenalinrausch so konzentriert hatte, als gäbe es auf der ganzen Welt nichts Wichtigeres als den nächsten Pass, musste sie herausfinden, dass es tatsächlich nichts Wichtigeres gab. Das Leben abseits des Spielfelds entpuppte sich als leer. Seine Frau wurde wortkarg und missmutig. Er versuchte alles, um sie aus diesem Loch zu ziehen, gab ihr seine gesamte Kraft und Liebe, doch es reichte nicht, die unbeschwerte Leichtigkeit vergangener Tage war dahin. Schließlich nahm sie einen Job im Sportmanagement an, raffte sich jeden Tag auf und ging ins Büro. Doch nur kurze Zeit später gab sie entkräftet auf. Es gab so viel Verlogenheit in diesem Beruf, da wollte sie nicht hineingezogen werden. Weil sich ihre Stimmung nicht änderte, hatte Kutzenbergers Sitznachbar eines Tages vorgeschlagen, eine Zeit lang nach Portugal zu gehen, vielleicht würde ihr das neue Umfeld helfen. Doch das tat es nicht. Nach ein paar Wochen fand er einen Zettel auf dem Lissabonner Küchentisch: *Entschuldigung. Ich kann nicht mehr. Ich muss nach Hause und kann dich nicht weiter mit nach unten ziehen. Bitte bleib hier, bis du wieder von mir hörst.* Das nächste Mal, dass er von ihr hörte, war, als ein großes Kuvert mit den Scheidungspapieren eintraf. Sein Schwiegervater sagte ihm am Telefon unter Tränen, dass er auch nicht weiterwisse, seine Tochter lasse sich nicht helfen und breche mit all den Menschen, die ihr nahestünden, um diese zu schützen, wie sie meinte, und nicht in die dunkle Tiefe mitzuziehen, in der sie sich befand. Denn das würde sie ihrem größten Feind nicht wünschen. Als ob seine zärtliche, liebe, schöne, starke, fröhliche, hilfsbereite, mitfühlende, wunderbare Tochter auch nur irgendwo auf Erden einen Feind haben könnte. Dieser saß allein in ihr. Und wahrscheinlich konnte sie ihn auch nur allein besiegen.

Anfangs telefonierte Kutzenbergers Sitznachbar noch regelmäßig mit dem Schwiegervater, doch dann starb seine eigene Mutter. Sie starb an einer besonders aggressiven Form von Hautkrebs, der auf der linken Pobacke seinen Anfang genommen hatte. Sein Vater kam darüber nicht hinweg. Wie hatte ich nur aufhören können, auf ihren Po zu schauen!, rief er immer wieder. Mit einem einzigen Blick hätte er das sich rasant verändernde Muttermal rechtzeitig entdecken können. Fünfzig Jahre zuvor hatte er denselben Po ja wie ein Weltwunder angebetet, den einzigen Frauenpo, den er jemals nackt zu Gesicht bekommen hatte. Gott hatte ihn gestraft, weil er die Schönheit der Schöpfung für gegeben genommen hatte. Und noch mehr hatte er für gegeben genommen: das Essen seiner Frau nämlich. Auch dieses war mit ihr aus seinem Leben verschwunden. Ein paar Wochen lang ging er drei Mal täglich ins Gasthaus, bis er beschloss, dass nichts an die Küche seiner Frau heranreichen konnte, er sich ins Bett legte und es nicht mehr verließ, bis er kurze Zeit später gestorben war. Die Todesursache war ein komplizierter Satz mit vielen lateinischen Begriffen. Gebrochenes Herz, übersetzte der Hausarzt. Da ihm sein Vater noch am Sterbebett das Versprechen abgerungen hatte, ein guter Christ zu bleiben (er hatte anscheinend bis zum Schluss nicht bemerken wollen, dass sein Sohn dies schon seit der Schulzeit nicht mehr war), organisierte er, der Sitznachbar, ein großes katholisches Begräbnis samt Aufbahrung und mehreren Seelenmessen. Warum mussten ihn alle, die er liebte, verlassen? Wie kam sein Vater dazu, nur Wochen nach seiner Mutter einfach kampflos das Feld zu räumen? War er niemand, für den es sich gelohnt hätte, weiterzuleben? Zwar erfüllte ihn, den Sitznachbarn von Kutzenberger, damals zuerst unsagbare Trauer, doch verwandelte sich diese nach und nach in Wut, die sich mit jedem Tag, den er allein in der Wohnung seiner toten Eltern verbrachte, steigerte, sich gegen alle richtete, die ihm in die Quere kamen, gegen sein ganzes Leben und schließlich gegen sich selbst. Dann war das bürokratische Labyrinth, das ein Todesfall mit sich führt, überwunden, die elterliche Wohnung, die auch die Wohnung seiner Kindheit und Jugend gewesen war, ausgeräumt und an den Vermieter übergeben.

Er aber habe einen Teil des kleinen Erbes genommen und sei nach Indien geflogen, so Kutzenbergers Sitznachbar im Flugzeug, während unter ihnen der in der Sonne glitzernde Schnee des Alpenhauptkamms majestätisch vorbeizog und sie ihrem Zielflughafen immer näher kamen.

DAS ZIMMER

km 0

So einfach das Konzept auch klingt, zu beobachten, wie die beiden Protagonisten dieses Berichts, der Mörder und der Ermordete, sich einander nach und nach annäherten, lassen Sie sich versichert sein: Es gibt nichts Einfaches in einer Erzählung. Gerade das Geradlinige ist die größte Geißel der Geschichte, ein Grauen, dem nicht beizukommen ist, da kann man noch so viele Linien an die Wand kritzeln. Das Problem ist, dass es Geschichte nur im Plural geben kann, es gibt niemals nur eine einzelne, sondern immer viele Geschichten, unzählige sogar, die einander unweigerlich ständig kreuzen, berühren, widersprechen, bestärken und wieder aufheben. Erst im Blick zurück meint man, einen Lebenslauf erkennen zu können, und das ist gar nicht so falsch, denn das Leben kann nur rückwärts verstanden werden. Geschrieben und gelebt werden muss es aber blöderweise nach vorne.

Ich lasse die Idee bleiben, Kutzenberger und seinen Mörder aufeinander zugehen zu lassen, mit sich immer verändernden Aufenthaltsorten, die Wege des Lebens, sich windend wie ein losgelassener Wasserschlauch. Konzentrieren wir uns stattdessen auf den die halbe Erde umrundenden Kutzenberger und das Zimmer in Santana. Das Zimmer ist statisch, das erleichtert die Messung der Distanzen. Oder sollte ich den Blick des Erzählers doch lieber auf die Geschichte der Glock fokussieren?

Wie der Waise Nacho das Gesetz brach, vor dessen langem Arm flüchtete, und welch weitreichenden Entschluss er fasste

km 8.185 Der Mann im eleganten Anzug legte seine *New York City Metro-Card* auf die Markierung, es piepste, und die Schiebetüren öffneten sich. Nacho wusste genau, wann er sich nun annähern musste, um so dicht wie möglich hinter ihm, ohne ihn zu berühren, durch die Türen zu gleiten, bevor sie sich wieder schlossen. Das Gedränge an diesem Dienstagmorgen war so dicht, dass es nicht weiter auffallen sollte. Schon war er direkt hinter dem Mann, auch frühmorgens war es an jenem Spätsommertag bereits warm genug, um auf einen Mantel verzichten zu können, er war ihm so nah, dass er sein Aftershave roch, nun ein synchroner Schritt, um wie ein einziger beleibter Mensch die Barriere in das legendäre und chaotische New Yorker *Subway System* überwunden zu haben. Doch kaum war er auf der anderen Seite, drehte sich der Mann um und schrie: Hold, a turnstile jumper! Das verstand er, ein Drehkreuz-Springer, auch wenn es an dieser Station gar keine Drehkreuze gab, sonst wäre er ja drübergesprungen und hätte sich nicht so kompliziert durchschlängeln müssen. Niemand kümmerte sich um den Schrei des aufgeregten Geschäftsmanns, der ihn nun am Handgelenk hielt und weiter brüllte: Hey, help me, a turnstile jumper! Nacho sah ihn fast belustigt an, was hatte dieser Weiße davon, so einen Wirbel zu veranstalten, nur weil sich jemand die 1,50 Dollar gespart hatte? Er lächelte den immer erregter um Hilfe schreienden Mann an, wollte ihn freundlich beruhigen, doch fand er nicht die richtigen englischen Vokabeln dafür. Deshalb riss er sich schließlich mit einer ruckartigen Bewegung los und wollte ruhig und anonym die Rolltreppe hinunter zur Untergrundbahn nehmen, als plötzlich aus dem Nichts zwei Polizisten auf ihn zustürmten. Get down, get down, brüllten sie. Ohne zu überlegen, sprang Nacho auf die Polizisten zu und stürzte zwischen den beiden genauso geschickt durch wie zuvor durch die Schiebetür, und auch hier gelang es ihm, auf der anderen Seite zu sein, bevor sie den Spalt schließen konnten. Als sich die Cops umgedreht hatten, war er bereits auf der Rolltreppe, stieß eine Afroamerikanerin in grauem Kostüm zur Seite und sprang ein paar Stufen hinab. Hinter sich hörte er lautes Schreien, Leute vor ihm drehten sich um, und ein übergewichtiger Mann in einem langen Staubmantel stellte sich ihm mit aller Absicht in den Weg. Mit einem Satz sprang er auf den Mittelsteg zwischen den beiden Rolltreppen und rutschte hockend am blank polierten Metall hinab. Nach wenigen Metern hielt ihn ein Eisenknauf schmerzhaft auf. Die Polizisten riefen immer lauter, und ohne sich umzudrehen, wusste er, dass sie ihn fast eingeholt hatten. Mit einem gewagten Hechtsprung stürzte er sich weiter und purzelte über die Antirutschknäufe, bis er am Ende wie über eine Schanze abhob und, sich überschlagend, am Boden aufkam. Ohne zu überprüfen, ob er sich etwas gebrochen hatte, sprang er auf und rannte den Bahnsteig entlang zum hinteren Ausgang. Die Passanten ließen ihn unbehelligt vorbei, die bellenden Befehle der Polizisten waren bereits weit weg. Am Ende des Bahnsteigs wagte er erstmals, sich kurz umzublicken. Er sah nur einen der Polizisten, dieser rief nicht, sondern sprintete, so schnell er konnte, den Bahnsteig entlang und kam viel zu schnell näher. Nacho drehte sich um und stürzte auf die Rolltreppe zu, die ihn, so Gott wollte, zu einem Ausgang mit Drehkreuzen brachte, über die er leicht springen konnte. Wären oben automatische Schiebetüren, wäre er gefangen. Auf der Rolltreppe waren etwas weniger Leute als beim Hinabfahren, alle standen brav auf der rechten Seite, *stand right, walk left* stand geschrieben, das galt wohl auch für run left, mit großen Schritten übersprang er jede zweite Stufe, die Oberschenkel brannten, nicht vom Sturz, sondern von der Anstrengung. Doch er war zäh, das wusste er, zwar eigentlich kein Sprinter, dafür aber schmerzresistent, er konnte durchbeißen, egal, wie sehr die Muskeln zu zerspringen drohten, egal, wie sehr die Lunge stach, er spürte Blut im Mund, vielleicht war es auch die Lunge, die zersprang, und der Muskel, der stach. Stop, stop him!, hörte er hinter sich. Ein paar Leute drehten sich um, sahen ihn und den hinter ihm herjagenden Polizisten, ignorierten aber beide. Sie wollten rechtzeitig zur Arbeit, sonst nichts. Oben angekommen, hieß es, sich im Moment zu entscheiden, rechts oder links, er kannte diese Station nicht, war noch nie so weit im Süden Manhattans gewesen, wo nur Anzugträger und Damen in feinen Kostümchen in ihre Büros zu eilen schienen, es war auch blöd gewesen herzufahren, aber angeblich gab es hier Elektroshops, und Chico hatte gesagt, dass er in einem Dominikaner-Geschäft alte Videorekorder abholen könne, um diese dann zu verhökern. Doch wer brauchte heutzutage, wo es DVD-Player gab, noch Videorekorder? Wie hätte er diese quer durch New York getragen? Zu spät, sich diese Fragen zu stellen, jetzt hieß es nur rechts oder links. Oder geradeaus, sah er, auch geradeaus gab es einen Gang, diesen wählte er. Kaum konnten ihn seine Beine noch tragen, die Muskeln waren am Ende, völlig blau, sauerstofflos, ausgepowert, doch da ihn sein Körper im Stich ließ, übernahm einfach sein Wille, denn seine Mutter hatte nicht ganz Südamerika durchquert, von Chile bis an die Grenze zur USA, sie hatte nicht so viele Entbehrungen auf sich genommen, sie hatte nicht ihr Leben gelassen, nur damit er sich beim Schwarzfahren erwischen ließ, um die ganze Reise wieder retour antreten zu müssen. Über die Grenze nach Mexiko, nach Santa Teresa, wo seine Mutter in einer riesigen Werkshalle in der Wüste Elektrogeräte zusammengesetzt hatte, Fernseher und, ja, Videorekorder, erst jetzt sah er die Ironie, seine Mutter hatte an der Grenze zu El Paso Videorekorder zusammengeschraubt, um ihn in das Land der Verheißung, das Land der Freiheit, das Paradies auf Erden, in die USA zu bringen, nur damit er dann beim Versuch, so einen Videorekorder zu verkaufen, den kein Mensch mehr brauchte, wieder dorthin abgeschoben werden würde. Oder noch weiter, bis zurück nach Chile, wo seine Mutter in einem Dorf geboren worden war, das in ein Loch gefallen ist, das tiefste Loch der Welt, das größte Kupfervorkommen überhaupt, so wertvoll, dass es alles Leben mit nach unten riss. Er konnte sich noch vage an den giftigen Nebel seiner Kindheit erinnern, die fahlen Menschen, die brennenden Augen, das Husten seines Vaters, der ein guter Mann war, nicht trank, nicht schlug, hart arbeitete, aber nicht fortwollte, denn seine Familie war von hier, aus der Ortschaft, die nun ein Loch war, was natürlich die gelben, roten, grünen Dämpfe nicht davon abhielt, ihn zu vergiften, immer stärker wurde der Husten, immer schwächer klang Papa, bis er eines Tages erlosch, und bevor das Loch auch sie hineinziehen konnte, lief seine Mutter davon, mit einem Wochenlohn in der einen und ihm in der anderen Hand. So begann die große Reise, er konnte sich an die Wüste, die Berge, den Urwald, das Meer und wieder an Berge erinnern, dazwischen Reis, Bohnen und Mais, manchmal mit einer scharfen Soße, oft aber trocken und alt. Und dann waren sie wieder in der Wüste, und dort blieben sie, Santa Teresa, einen Steinwurf von El Paso entfernt, das auf der anderen Seite des Zauns lag, in den USA, dem Land des Überflusses, dort, wo die Reise ihr Ende haben würde, aber zuvor musste seine Mutter noch arbeiten, etwas Geld verdienen. Das tat sie, sie aßen weiterhin Reis und Bohnen, hatten dafür aber eine Hütte, ein Zimmer, ihre Nachbarin sogar eine Wohnung, in der man von einem Zimmer in das andere gehen konnte, zwei Zimmer in einer Wohnung! Das hatte er zuvor noch nie gesehen. Hier durfte er bleiben, während seine Mutter in der Maquiladora arbeitete, also den ganzen Tag, die Nachbarin sollte auf ihn und ein paar Kinder aufpassen, wenn sie von der Schule gekommen waren, aber eigentlich liefen sie einfach draußen herum, bis sie abends von ihren ermatteten Müttern eingesammelt wurden. Manchmal wurde ein Kind nicht abgeholt, das verschwand dann nach ein paar Tagen. Und schließlich traf es auch ihn. Seine Mutter kam nicht zurück. Er musste bei der Nachbarin übernachten. Auch am nächsten Tag blieb seine Mutter verschwunden, und er wurde in ein Heim gesteckt. Dort blieb er, bis er alt genug war, um sich allein durchzuschlagen. Er schloss sich einer Straßenbande an, zog plündernd durch die Straßen, lernte, aus einer kleinen Metallpfeife brennendes Gift so tief in die Lunge zu ziehen, bis in seinem Kopf Farben explodierten und dieser ganz leicht wurde, er fickte ein bewusstloses Mädchen hinter der Bar mit dem Flipperautomaten, fickte ein betrunkenes Mädchen in einem verrosteten VW-Bus, fickte ein kicherndes Mädchen im Bett des Schuldirektors, fickte ein schreiendes Mädchen am Klo des Stadions, fickte ein weinendes Mädchen hinter einem Auto, fickte ein stöhnendes Mädchen auf dem Sofa eines Freundes, wurde gefickt bei der Tankstelle und lernte, dass er von den Lastwagenfahrern Geld verlangen konnte, wenn er sich ficken ließ. El Flaco tat es auch, gemeinsam gingen sie zu den Tankstellen am Stadtrand, hinter das Gebüsch, El Flaco gefiel es, doch wollte er es nicht zugeben, Nacho ließ es geschehen, es tat nicht weh. Dazwischen überfielen sie Frauen auf der Straße oder brachen in die Häuser der Reichen ein. Und irgendwann hatten sie übertrieben, hatten eine alte Hexe am Stadtrand erschlagen, ein Freund war sich sicher gewesen, einen Goldschatz bei ihr zu finden, zu viert waren sie hingegangen, zur Hütte im Sumpf neben dem Fluss, hatten der Frau gedroht, doch sie wollte nicht zugeben, dass sie unermesslich reich war, wollte das Versteck des Schatzes nicht preisgeben, also schlugen sie auf die Alte ein, immer wieder, wie im Blutrausch waren sie, konnten gar nicht aufhören, auf die Hexe einzudreschen, bis diese aufhörte zu röcheln und in einer Blutlache liegen blieb. El Flaco und er beschlossen, dass das ein Zeichen war, sie mussten die Stadt verlassen und sollten es endlich wagen, die Grenze zu überqueren. Also brachen sie auf, lange Märsche durch die nächtliche Wüste, an einer bestimmten Stelle über den Zaun und weitere lange Märsche durch die Nacht, diesmal die amerikanische Nacht. Nacho war stärker als El Flaco, der hinter den Büschen der Tankstellen zäher war als hier in der Wildnis, seine Schuhe scheuerten ihn wund, mit blutenden Füßen schleppte er sich vorwärts, bis er nicht mehr konnte. Aus. Hinter einem vertrockneten Busch setzte er sich auf die Erde und sagte nur: Hier, nimm mein Wasser. Nacho blieb stehen und blickte auf ihn, auf die offenen Füße, das so vertraut verschmitzte Gesicht, das sogar jetzt noch ironisch lächelte. Passt schon, *mano* – Bruder –, sagte der einzige Freund, den er je hatte, geh weiter. Aber wie konnte er weitergehen? Andererseits: Wie konnte er stehen bleiben? Hier, mitten in der nächtlichen Wüste, die in ein paar Stunden zu einem flirrenden Backofen werden würde. Passt schon, wiederholte El Flaco, fünfzig Prozent Ausfall ist normal, freu dich, du wirst es schaffen. Sollte er El Flaco tatsächlich hinter dem verdorrten Busch, der nicht einmal mehr in der ersten Morgenstunde Schatten spenden würde, zurücklassen? Damit er, wie ein Stück Leder vertrocknet, hier enden würde? Aber was war die Alternative? Die beiden Freunde schauten einander wortlos in die Augen. Dann nickte Nacho kaum merklich, griff nach El Flacos Wasserflasche, drehte sich um und ging in die Nacht. Als er im Morgengrauen des übernächsten Tages die Lichter einer Siedlung erblickte, kamen ihm das erste und letzte Mal während der ganzen Reise die Tränen, und er wusste nicht, ob es Tränen der Erleichterung oder Tränen der aufgestauten Trauer waren.

Ein Jahr später war er in New York. Und nicht, um hier wegen Schwarzfahrens verhaftet zu werden. Er hörte schnelle Schritte hinter sich und beschleunigte noch einmal, die letzte Kraft holte er aus seinen Beinen, vor ihm tauchten die Drehkreuze auf, ja, es waren Drehkreuze, keine Schiebetüren, er konnte darüberspringen, das war sein Glückstag, er war unbesiegbar, nichts konnte ihn aufhalten, sogar die Videorekorder würde er verkaufen. Er schlängelte sich an einem Mann mit einem großen orangen Umschlag in der Hand vorbei und hüpfte routiniert über die Barriere, fast wirkte es, als wäre sie gar nicht da. Hinter ihm rief der Polizist, umsonst, Nacho war bereits bei der Stiege, hinauf in die Freiheit. Ein großer Platz empfing ihn, rundherum Wolkenkratzer, Menschenmassen bahnten ihren Weg in die Büros, nur mehr ein paar Schritte, um sich im Gewirr unsichtbar zu machen. Rechts vor ihm war ein Gebäude, in das besonders viele Leute strömten, dort könnte er versuchen hineinzukommen, um dann durch einen Hinterausgang zu entwischen. Er sah, dass vor dem Eingang Uniformierte standen und Kontrollen durchführten, scharf bog er nach rechts ab, lief die Häuserwand entlang, einer kleinen Gasse zu, schon bog er dort ein, hier war es dunkler, die Wolkenkratzer so hoch, dass man kaum mehr den Himmel sehen konnte. So glatt poliert die Welt am Platz war, so verkommen sah ihre Rückseite in diesem Durchgang aus. Er blieb stehen, beugte sich hechelnd hinab, sein Magen krampfte sich zusammen, alles drehte sich, sein ganzes Blut war in den Beinen, es pfiff in den Ohren, und noch etwas war in seinen Ohren, ein Schrei, ein Befehl: Nieder, Hände hoch, auf den Boden! Was nun? Er drehte sich um und sah den Polizisten, der ihn verfolgt hatte, mit gezückter Pistole. Er brüllte ihm weiterhin Befehle zu, doch Nacho sah, dass der Mann genauso wie er Probleme hatte, sich auf den Beinen zu halten. Zwischen den herausgepressten Worten schnappte er mühsam nach Luft und starrte ihn mit Angst in den Augen an, tatsächlich, der Polizist hatte Angst vor ihm. Don't shoot!, rief er, der Polizist, nicht Nacho, der seine Hände folgsam in die Höhe gehoben hatte. Nacho rührte sich nicht, und der Uniformierte stand ihm mühsam nach Luft hechelnd gegenüber. Seine Pistole bebte auf und ab. So wird er mich nicht treffen, dachte Nacho. Mit einem Sprung könnte er bei ihm sein, die Pistole greifen und sie dem von der Verfolgungsjagd völlig erschöpften Polizisten mit einer gezielten Drehbewegung entreißen. Dann hätte er ein paar Sekunden Zeit zu schießen. Doch der Schuss wäre laut, würde von den Uniformträgern vor dem Wolkenkratzer gehört werden. Sie würden sofort in die Gasse stürmen. Langsam drehte er den Kopf nach hinten, um zu sehen, ob es eine Fluchtmöglichkeit gab. Der Polizist schrie: Don't move! Nacho drehte sich wieder zu ihm, hatte genug gesehen, es war eine Sackgasse, nicht einmal das, er stand in einer etwas tieferen Liefereinfahrt. Würde er den Polizisten erschießen, wäre sein Problem nur für kurze Zeit gelöst. Sich auf eine weitere Verfolgungsjagd einzulassen, war aussichtslos, die Sicherheitstypen hätten ihn innerhalb weniger Meter eingeholt. Aber er hätte dann eine Waffe, dachte Nacho, er könnte auf sie schießen. Doch auch das war keine Lösung, sofort würde er niedergestreckt werden, auch die Wachmänner hätten natürlich Pistolen. Der Polizist sagte wieder etwas, sein Atem hatte sich bereits etwas beruhigt, Nacho musste sich schnell entscheiden, wollte er seinen Vorteil nutzen. Noch war er sich sicher, den Kampf um die Pistole gewinnen zu können, doch mit jedem Atemzug wurde der Polizist stärker und ruhiger, er musste handeln. Der Schuss würde gehört werden, da gab es keine Hoffnung. Statt ausgewiesen würde er angeklagt werden, noch dazu wegen Polizistenmords, das war nicht gut. Aber wie ein Hund jenseits der Grenze ausgesetzt zu werden, auch nicht. Er musste es wagen, ein Sprung, ein Schuss und dann hinauslaufen auf den

Platz und hoffen, in der Menge untertauchen zu können, bevor die Sicherheitsmänner ihn sehen würden. Der Polizist schrie ihm wieder einen Befehl zu. Vom Platz hörte er keine Geräusche, es herrschte gespenstische Stille. Ohne jedes Anzeichen, sich bewegen zu wollen, stand er plötzlich neben dem Polizisten, und bevor dieser wusste, was passiert war, spürte er, wie sich seine Handgelenke nach hinten drehten, ein stechender Schmerz fuhr in seine Arme, er ließ die Pistole los, ging sofort in die Knie und hielt seinem Angreifer die wehrlosen Handflächen entgegen: Don't shoot! Doch Nacho hatte sich entschieden, er würde schießen. Seine Mutter war nicht gestorben, damit er wieder im elenden Santa Teresa auf der falschen Seite des Zauns vegetieren müsste, er würde die Videorekorder verkaufen und eines Tages selbst ein Elektrogeschäft besitzen. Sie wäre stolz auf ihn gewesen. Einige Wochen nach ihrem Verschwinden war sie auf einer Müllhalde aufgetaucht, mit abgeschnittenen Händen, wer machte so etwas?, erwürgt und alle Körperöffnungen so brutal zerstört, dass man nicht wusste, ob es Menschen waren, die ihr das angetan hatten. Vielleicht habe man auch eine Ratte in sie eingeführt, die sich den Weg nach innen freibeißen wollte, hatte Nacho auf der Polizeistation hören müssen. Und einer der Polizisten hatte daraufhin gelacht. Er drückte ab.

Den Schuss der Glock, seiner Glock, sollte er niemals vernehmen, und nicht nur er, auch sonst niemand konnte den peitschenden Knall aus der Lieferzufahrt des World Trade Centers über den Platz jagen hören, denn noch bevor der Polizist wie ein Sack nach hinten gefallen war, erreichte Nacho der Schall der größten Explosion des neuen Jahrhunderts. Es war Dienstag, der 11. September 2001, vierzehn Minuten vor neun Uhr Eastern Standard Time. Die Weltgeschichte hatte Nacho gerettet und dabei, wie im Vorbeigehen, Kutzenbergers Schicksal besiegelt. Die Waffe, die ihn töten würde, war ihm einen Schritt näher gekommen.

DER GURU

km 15.613 Als wäre er von einer brennenden Kugel durchbohrt worden, wüteten der Schmerz und Hass in ihm, sagte Kutzenbergers Sitznachbar im Flugzeug nach Lissabon. Immer wieder geriet er während seiner Reise durch Indien in Streit und Raufereien mit anderen Rucksacktouristen, aber auch, gefährlicher, mit einer Straßengang in Mumbai und einem Drogenhändler in Goa. Eines Tages erblickte er in einem Café das Poster eines meditierenden Gurus, der die Augen so sehr nach oben verdreht hatte, dass man nur noch das Weiße sah. Das faszinierte ihn. Er erkundigte sich und fand heraus, dass der Ashram des Gurus im Norden Indiens lag, nicht unweit von Rishikesh, wo einst die Beatles Erleuchtung gesucht, Streit gefunden und ganz wunderbare Songs geschrieben hatten. Eben dorthin in den Norden war also Kutzenbergers Sitznachbar gereist, lange Tage in der dritten Klasse überfüllter Züge auf alten, von der englischen Kolonialmacht verlegten Schienensträngen. Als er endlich angekommen war, fragte er nach dem Guru und wurde zu einem schmucklosen, kleinen Haus aus nackten Betonwänden geführt. Das baufällige Gebäude bestand aus einem einzigen Zimmer, in dem sich Leute bis zur offenen Tür anstellten, um dem Guru, der auf einer niedrigen Bretterbühne auf einem Thron saß, die Füße zu küssen. Bevor der Portugiese eine Entscheidung treffen konnte, stand er schon in der Schlange und rückte Stück für Stück vor. Als es an ihm war, die Füße des greisen Mannes zu küssen – das Foto des jungen meditierenden Gurus war offensichtlich sehr alt gewesen –, brachte er es nicht zustande. Gehemmt stand er vor dem ihn neugierig aus wachen Augen anblitzenden Heiligen. Niemand sagte etwas, bis er schließlich das Schweigen brach: Entschuldigen Sie bitte, in meiner Kultur küsst man keine Füße. Der Guru reagierte nicht, und er hatte das Gefühl, nicht verstanden worden zu sein. Doch bevor er den Satz wiederholen konnte, fragte der alte Mann so wie er auf Englisch: Was macht man in deiner Kultur? Man umarmt einander, sagte er. Da stand der Guru mühsam auf, deutete ihm mit einer Handbewegung, auf die Bühne zu kommen, und umarmte ihn. In diesem Moment hatte Kutzenbergers Sitznachbar unkontrolliert zu weinen begonnen, und unaufhörlich waren die Tränen über sein Gesicht geströmt, ohne dass die Menschen in der langen Reihe hinter ihm ungeduldig wurden. Er wusste nicht, wie ihm geschah, am ehesten konnte man es mit einem überwältigenden Gefühl der Liebe erklären. Es war aber nicht er, der liebte, es war er, der geliebt wurde. Wie ein einsamer Wanderer, der nach langer, langer Zeit endlich nach Hause kam und den vertrauten Geruch seiner Wohnung in der Nase spürte, wie ein Kind, das sich furchtsam in die offenen Arme der Eltern rettet, fühlte er sich. Bedingungslose Liebe strömte in ihn ein und die Tränen aus ihm heraus. Nur langsam normalisierte sich seine Atmung wieder, hörte das herzzerreißende Schluchzen auf, das den Raum erfüllt hatte, zu lange schon hatte er nicht mehr geweint, nicht einmal am Begräbnis seiner Eltern. Schließlich trocknete er die Tränen und sagte: Danke. Noch nicht, antwortete der Guru. Du bist so voller Wut, dass ich deinen Schmerz nicht lösen kann. Was soll ich tun?, hatte der Portugiese damals gefragt, erzählte er nun Kutzenberger, während die Stewardess sie nach Getränkewünschen fragte.

Er bestellte ein Bier, Kutzenberger nickte: Ich auch. Der Flug war ja streng genommen nur die Anreise zur eigentlichen Reise, ein Bier sollte also noch erlaubt sein. Beide tranken einen großen Schluck direkt aus der Dose.

Der Guru schickte mich zu einem berühmten Ashram mehrere Tausend Kilometer in den Süden, fuhr der Portugiese fort. Dort sollte ich einundzwanzig Tage meditieren und dann zurückkommen. Der Ashram war riesig, voller internationaler Gäste und für indische Verhältnisse sehr teuer. Ich hatte mir vorgestellt, lange erklären zu müssen, was ich wollte, sagte er nach einem weiteren Schluck Bier, doch bereits beim Einchecken habe er eine laminierte Seite in die Hand gedrückt bekommen, wie die Speisekarte einer Strandbar. Das teuerste Produkt war die *21 day meditation*, und diese wählte er. Der Stundenplan war erbarmungslos, bis zu acht Stunden Meditation am Tag, immer gut geführt von einem Mönch auf der Bühne, der dem vollen Saal über krachende Lautsprecher Anweisungen für Atemrhythmus, innere Bilder und Sitzpositionen gab.

Eines Tages, nach einer Stunde Hechelatmung, brach er, Kutzenbergers Sitznachbar, zusammen, war dabei, verrückt zu werden, kroch auf allen vieren schreiend nach vorn zur Bühne, wo er sich wie ein Hund im Staub wälzte. Die Meditierenden betrachteten ihn unbeeindruckt oder ignorierten ihn. Es war eine extreme Situation, sagte er, er habe genau gefühlt, wie sein Verstand sich von ihm entfernte, doch sei es ihm gelungen, die ganze Zeit über auf Tuchfühlung mit ihm zu bleiben und ihn schließlich wieder zurückzuholen.

Der Mönch rief ihn, nachdem der Anfall vorüber war, zu sich. Du bist fertig, sagte er.

Aber es sind doch erst zwölf Tage vergangen!

Das macht nichts, du bist fertig. Also fuhr er wieder, ohne das Geld für die letzte Woche zurückbekommen zu haben, in den Norden. Er stellte sich in die Schlange, einer nach dem anderen küsste dem Guru die Füße. Als er an der Reihe war, raffte sich der alte Meister mühsam auf und umarmte ihn.

Gut, sagte er. Deine Wut wurde gebrochen, nun können wir den Schmerz auflösen. Gehe in den Park und lache vierzig Minuten lang.

Er ging also in den Park und begann, zaghaft zu lachen. Hohoho, wie der Weihnachtsmann, und dann lauter und befreiter. Irgendwann konnte er nicht mehr, er fühlte sich erschöpft, aber leicht und unbekümmert. Am nächsten Tag wartete er wieder auf den Guru.

Als er an der Reihe war, blieb dieser sitzen und fragte: Du bist immer noch da? Du bist doch fertig, geh heim.

Also flog er heim.

Eine Zeit lang unterrichtete er in Lissabon Lachyoga, doch die so mystische Erfahrung in Indien verblasste nach und nach. Er hatte das Gefühl verloren, eine universelle Liebe berühren zu können, und kam sich immer mehr wie ein Scharlatan vor. Deshalb ließ er die Yogaklassen bleiben und begann wieder als Pizzabäcker in seinem alten Club. Jeden Sommer verbrachte er dort, die restlichen sechs Monate auf Reisen.

Seine dänische Ex-Frau hatte sich schließlich erholt. Sie war Handballtrainerin für Kinder mit Downsyndrom geworden und liebte ihren Job. Ab und zu hatten sie miteinander telefoniert, dann, vor ein paar Jahren, war sie dem Angebot, Trainerin der Damennationalmannschaft eines südamerikanischen Landes zu werden, gefolgt. Bedauerlicherweise war seitdem der Kontakt abgerissen. Er liebte sie immer noch, sie war ein guter Mensch.

Von seiner österreichischen Ex-Frau hatte er dagegen nie wieder gehört, bis die Todesanzeige der Schwiegermutter kam. Als er beim Begräbnis auftauchte, fragte ihn seine Ex-Frau, ob er da sei, um zu sehen, dass man ihre Mutter wirklich begrub. Er musste lachen. Sie hatte ihn zum Lachen gebracht! Seine Tochter war kein Mädchen mehr, sondern eine Frau. Sie hatten einander wenig zu sagen, doch sie versprach, im Sommer einmal in den Club zu kommen.

Wir werden sehen, sagte er zu Kutzenberger. Jetzt sei er übrigens mit einer Russin zusammen, mit der er bereits drei Winter lang gemeinsam reise. Eine starke Frau, sie schlägt mich, wenn ihr etwas nicht passt, schloss er seinen Bericht.

Der Kapitän des Flugzeugs meldete sich über die Bordlautsprecher: Auf der linken Seite können Sie den Mont Blanc erkennen. Und tatsächlich sah man durch das kleine Flugzeugfenster den höchsten Gipfel Europas imposant in der Sonne strahlen.

Nur etwas mehr als eine Stunde brauchte es also, 762 Kilometer in einem Flugzeug, um ein ganzes Leben zu erzählen. Die beiden nahmen nochmals einen kräftigen Schluck Bier, bevor sie sich in das Bordprogramm vertieften, die Kopfhörer aufsetzten und unterschiedliche amerikanische Filme auswählten, Kutzenberger eine Romantic Comedy, die zwar unglaublich schlecht war, ihm aber trotzdem Tränen der Rührung in die Augen trieb, und sein Sitznachbar einen brutalen Thriller mit langen Verfolgungsjagden und Schießereien in der U-Bahn von New York.

2. ANBRUCH

DIE ÜBERFAHRT

km 9.107

Nachdem Kutzenberger in Lissabon angekommen war, nahm er nicht die U-Bahn, sondern leistete sich ein Taxi zum Hafen. Während ich ihm im Flugzeug noch einen gesprächigen Sitznachbarn angedichtet habe, kann ich das auf dem Schiff nun nicht mehr tun. Die Aura der Einsamkeit, die ihn in Südamerika begleiten sollte, begann schon an Bord des luxuriösen Dampfkreuzers, auf dem dreitausend Menschen der Mode folgten, den Ozean per Schiff statt im Flugzeug zu überqueren. Und wieder einmal zeigte sich: Einsamkeit tritt dann am stärksten auf, wenn man unter vielen ist.

Kutzenberger wollte an Bord so viel wie möglich arbeiten, um dann den Monat in Südamerika unbeschwert genießen zu können. Auf seinem Laptop waren Transkriptionen der Briefe und Postkarten Egon Schieles gespeichert, über tausend Seiten, aus denen er die aussagekräftigsten für eine Buchpublikation auswählen sollte. Außerdem hatte er für seine Seefahrt *Don Quijote* mitgenommen, um in die spanische Sprache einzutauchen und sich am unverwüstlichen Optimismus des alten Ritters ein Vorbild zu nehmen. Und siehe da, Kutzenberger, der große Aufschieber, der schon in der Volksschule immer erst im allerletzten Moment mit den Hausaufgaben fertig geworden war, zeigte sich plötzlich fleißig und ausdauernd. Gleich nach dem Frühstück setzte er sich an den kleinen Schreibtisch seiner Kabine, blickte durch das Bullauge auf die ewig gleiche Horizontlinie zwischen der hellblauen Fläche des Himmels und der dunkelblauen Fläche des Ozeans und begann zu arbeiten. 1485 Dokumente von Egon Schiele galt es zu sichten. Wenn ihm eine Transkription fraglich erschien, konnte er am Computer einen Scan des Originaldokuments aufrufen, was aber meistens nichts brachte, da die wie kalligrafiert wirkende Handschrift, das Kurrent des neunzehnten Jahrhunderts, und auch die Orthografie Schieles von so großer persönlicher Kreativität und Freiheit zeugten, dass sie kaum entzifferbar war. Die Verständnisprobleme lagen aber ohnehin nicht in der Form der Briefe begründet, sondern in deren Sinn, der oft nur erahnbar war und sofort wieder entglitt, wenn man ihn greifen wollte, so vieldeutig und vage erschienen seine Gedanken, selbst wenn es nur um Alltägliches ging.

Um sich von dieser Mühe zu erholen, begab sich Kutzenberger nachmittags in den großen Salon, setzte sich auf einen bequemen Lehnstuhl und las im *Don Quijote*, nur um dort die gleiche Bewegung zu verspüren: Cervantes' Spanisch war ihm zu fremd, um flüssig verstanden zu werden, zu weit weg. Da er das Buch aber gut kannte, las er trotzdem fasziniert weiter, wenngleich immer das Gefühl blieb, die Bedeutung nicht ganz fassen zu können, nur zu erahnen, was vor sich ging, er nicht ganz gleichberechtigter Zuseher des Geschehens war, sondern die Ereignisse nur durch eine Wand aus Nebel verfolgen durfte oder sie wie die Rückseite eines Wandteppichs wahrnahm, die zwar das Bild der Vorderseite zeigte, aber spiegelverkehrt und entstellt voller kreuz und quer gespannter Fäden. Bis zu einem gewissen Grad genoss er das Gefühl, am gemeinsamen Lektüreerlebnis der *Don Quijote*-Lesenden nicht teilhaben zu dürfen, dass er ganz allein, auf Zehenspitzen stehend, über den Zaun blicken musste, um exklusiv einen individuellen Ausschnitt des Spektakels mitzuverfolgen. Denn natürlich kann sich der im Abseits Stehende auch privilegiert fühlen, nicht nur auf der anderen Seite des Bretterzauns, auch im Fußball war er doch der Erste, am nächsten zum Tor. Nur, auf lange Sicht wird niemand mehr mit ihm spielen wollen.

Diese Einsamkeit, die Kutzenberger verspürte, war am Anfang der Reise noch freiwillig gewählt und Teil der Aufregung, eine Seefahrt nach Südamerika zu machen. Hätte er sich ganz dem Bordleben gewidmet, samt Konzerten der angeblich berühmten Werner-Schwestern, Gemeinschaftstänzen und Kino, wäre viel von diesem Zauber, den er sich einbildete zu spüren, verloren gegangen. Wenn schon nicht der Zauber der ursprünglichen Entdeckungsfahrten, denn diese bestanden vor allem aus Not,

Entbehrungen und grausamen Hierarchien, so vielleicht doch dem der Auswanderer, obwohl auch darin keine Romantik liegen konnte, als Ire vor der Kartoffelpest oder als Jude vor dem Holocaust zu flüchten, vielleicht hatte er eher die *Titanic* Leo DiCaprios vor Augen, nur dass er keine Kate Winslet zeichnen konnte, sondern auf die zweifelhafte Gesellschaft des österreichischen Malers und des spanischen Ritters angewiesen war.

Diese gespielte Einsamkeit hatte etwas stilisiert Lustvolles, war allerdings bereits mit allen Ingredienzien der darauffolgenden echten durchzogen: Er hatte das Gefühl, seine Sprache reiche nicht mehr aus, um auf Bedeutungen verweisen zu können. Seine Sprache passte hier, mitten auf dem Ozean, nicht mehr zu der ihn umgebenden Welt, der Schlüssel der Worte sperrte immer schlechter. Würde er irgendwann einmal gar nicht mehr weiterhelfen? Und was dann? Er sprach in diesen zwei Wochen der Überfahrt nur mit dem Personal, durchaus freundlich, sogar heiter, blieb dabei aber immer nur an der Oberfläche, die der Situation angemessen war. Es war nicht mit Absicht, dass er bei den Dutzenden Mahlzeiten, die er im großen Speisesaal einnahm, nie eine Unterhaltung anfing, er war einfach zu ungeschickt, ein Gespräch zu beginnen, legte zu viel Wert auf den ersten Satz, hatte Angst, klischeehaft oder geistlos zu wirken: Hoher Wellengang gestern, konnten Sie schlafen? Oder: Ich höre, Sie sprechen Deutsch, woher kommen Sie? Wunderbare Möglichkeiten, um ins Reden zu kommen, aber die Schlüssel seiner Sprache sperrten nicht nur in Bezug auf alte Texte nicht mehr so gut.

Plötzlich tauchte Land auf, wie das *tierra!* von Columbus' Matrosen Rodrigo de Triana, einem der Juden, die angeheuert hatten, um sich vor der spanischen Inquisition zu retten. Nun, im einundzwanzigsten Jahrhundert, war es der Kapitän persönlich, der die Nachricht, Land sei in Sicht, durch die Bordlautsprecher verbreitete, und alles strömte aufs Oberdeck, um bei herrlichem Wetter die Ostküste Uruguays und die mächtige Mündung des Río de la Plata zu bestaunen, die so weit war, dass sie kaum vom Ozean zu unterscheiden war. Doch statt in den Silberfluss, dem auch Karl May ein Buch gewidmet hatte, einzufahren, wurde das Schiff unmerklich langsamer. Die Reisenden hatten ohnehin bereits ihr Interesse an der Landlinie am Horizont verloren und waren wieder unter Deck in einem der Restaurants, Cafés, im Wellness-Bereich, in der Kajüte oder bei einem der vielen Animationsprogramme. Bevor bemerkt wurde, dass das Schiff stillstand, fiel etwas anderes auf: Das Internet war ausgefallen. Ja, man wisse das, an der Lösung des Problems werde gearbeitet, einen Augenblick Geduld, bitte, wiederholte das Personal auf die unzähligen Fragen. Kurz darauf dieselbe Botschaft für alle über die Bordlautsprecher. Es wurde Abend, noch immer kein Internet, und das Schiff stand weiter still.

Ob die beiden Ereignisse zusammenhingen? Gerüchte kamen auf, erreichten beim Abendessen auch den Tisch von Kutzenberger: Es habe einen Putsch gegeben, der Hafen von Montevideo sei gesperrt. Blödsinn, Uruguay sei eine stabile Demokratie, ein Erdbeben habe die Hafeneinfahrt aufgeworfen. Aber nicht doch, dann hätten wir sicher einen Tsunami erlebt. Ein unbekanntes Virus wüte in der La-Plata-Region, man überlege, woanders anzulegen. Nein, das Virus sei schon auf dem Schiff, ihnen werde die Einfahrt verwehrt, da sie eine geheimnisvolle Krankheit an Bord hätten, Leute seien doch während der Reise verschwunden, das sei doch offensichtlich, könne man sich denn nicht erinnern an die Familie am großen Tisch beim Eingang, wo sei die zum Beispiel geblieben? Weg, richtig, weil sie in eine Quarantänestation gesteckt worden sei, niemand habe davon erfahren, um Panik zu vermeiden.

Panik brach aus. Keine Panik, sagte der Kapitän in verschiedenen Sprachen, *no panic*, wir haben alles unter Kontrolle und warten bloß auf die Einfahrtsgenehmigung in den Hafen von Montevideo, wahrscheinlich müsse man aber noch eine Nacht lang an der Küste vor Anker liegen.

Das Kapitel über die Seele des Buddhisten

km
∞

Als sich die zarten Saiten, die Kutzenbergers Körper mit seiner Seele verbanden, lösten, stieg diese zu den Wolken auf, um gleich darauf wieder hinab zur Erde zu sinken, wo sie sich in einem engen, dunklen, feuchten, dicht belegten Kerker wiederfand, was sie, die Seele, mit einem behaglichen Schauer ihres neuen, kleinen, ungeborenen Körpers goutierte, womit sie bereits die vorangegangene Inkarnation als Kutzenberger, der zeit seines Lebens klaustrophobisch veranlagt gewesen war, vergessen hatte. Drei Monate lang hatte der Schweineembryo ohne Seele in der Gebärmutter gelegen, nun waren Geist und Körper endlich vereint, und nach weiteren drei Wochen und drei Tagen würde das kleine Borstentier mit seinen acht Geschwistern das Licht der Welt erblicken. Kutzenberger hatte anscheinend ein gutes Leben gelebt, hatte versucht, sich in seine Mitmenschen hineinzuversetzen, der andere zu sein, was ihn oft konfliktscheu und meinungslos hatte wirken lassen, denn es war Stärke und Schwäche zugleich, sein Gegenüber zu verstehen, die andere Seite oft besser zu fühlen als seine eigene, die sich immer mehr auflöste. Es war selten eine eigene Meinung in ihm gewesen, und das in einer Zeit, in der Meinung alles war, je stärker die Meinung, desto stärker die Persönlichkeit, sodass er eigenartig eigenschaftslos gewirkt hatte, wie ein Träumer, von einem anderen geträumt. Als Jugendlicher hatte er gedacht, dass jeder so fühlte wie er, doch als er sich einem Freund anvertraute und sah, wie befremdet oder gar erschrocken dieser reagierte, als er ihm von der unendlichen Leere in sich erzählte, erkannte er, dass er zur Einsamkeit verdammt war. Und so lernte er, Mensch zu spielen, Sohn, Bruder, Schüler, Freund, Student, Ehemann, Vater, Onkel, Reiseleiter, Bibliothekar und – wie stand es im Klappentext seiner Bücher? – Schriftsteller, Literaturwissenschaftler und Kurator. Eine Rolle nach der anderen lernte er darzustellen, und die meisten spielte er gut, da er wusste, was sein Gegenüber empfand, da er wusste, wie eine Figur in einem Buch reagieren würde. Nur was er selbst fühlte, vermochte er nicht zu benennen und erachtete das als einen entsetzlichen Makel, statt zu erkennen, dass, wie immer, nichts und alles ein und dasselbe waren, dass der, der nichts fühlte, gleichzeitig alles spürte und dadurch dem Universum sehr nah war, was ihm die Reinkarnation als Schwein einbrachte, denn besser ging es kaum, nur die Hirschkäfer und Schmetterlinge waren der Erlösung aus dem Rad der Zeit oft näher, da sie bereits auf Erden die Wiedergeburt probten und ihr Leben tauschten, mal Larve, mal Puppe, mal Flugwesen waren. Trotzdem war es freilich schöner, ein glückliches Schwein zu sein, das fröhlich mit dem Rüssel nach Hirschkäferlarven suchte, immer etwas zu essen fand, ohne je in den Krieg ziehen zu müssen. An den eigenartigen Krieg, den Kutzenberger in seinen letzten Monaten hatte erleben müssen, konnte sich seine Ferkel-Seele nicht erinnern, ebenso wenig an die Zeit davor. Das Schweinchen tollte mit seinen Geschwistern fröhlich quiekend in einem eingezäunten Garten eines kleinen Bauernhofs in den peruanischen Anden herum, wühlte in der Erde, auf dass kein einziger Grashalm mehr wuchs, und freute sich über die Sonne, den Wind, den Regen, das Leben.

Eines Tages nahm es die alte Bäuerin mit auf den Markt, band es mit einem groben Strick an einen Pflock und bot es feil. Doch niemand wollte das kleine Schwein mit den schwarzen Borsten kaufen, niemand beachtete es, allein ein europäischer Tourist kniete sich nieder, um es zu streicheln, und eine Sekunde lang kam ihm, dem Schwein, diese Person eigenartig vertraut vor, sodass es mit seiner Schnauze gegen dessen ausgestreckte Hand stupste und sie zärtlich ableckte. Der weiße Mann sah es gutmütig an, und das Ferkel blickte neugierig, irgendetwas erahnend, zurück. Da traf den Mann ein Stockschlag der Bäuerin auf den Rücken. Erschrocken sprang er auf, begann ein Gespräch mit ihr, und schon hatte das Schweinchen ihn vergessen. Am nächsten Markttag war es nicht ein Tourist, der an ihm Gefallen fand, sondern ein Lastwagenfahrer, der ein Spanferkel für den ausschweifend zu feiernden fünfzehnten Geburtstag seiner Tochter suchte, das Schweinchen als nicht zu groß und nicht zu klein befand und kaufte.

Als das Schlachtermesser seine Kehle durchschnitt, lösten sich die zarten Saiten, die den Körper des jungen Schweins mit seiner Seele verbanden, und diese stieg auf und auf, um sich nie mehr hinabzusenken, denn ein richtigeres Leben als ein heiter im Dreck wühlendes Ferkel kann man nicht führen, das musste belohnt werden. Das sich mächtig drehende Rad der ewigen Wiederkehr kam zu stehen, und im Universum tat sich ein mit rotem Samt bezogener Spalt auf, durch den die Seele Kutzenbergers wie ein sanfter Luftzug hindurchglitt, um sich im selben Moment in der wohligen Unendlichkeit des Lichts aufzulösen.

DIE GERÜCHTE

km 457 An Bord der *Volendam* gingen die Passagiere zu Bett, frühstückten, und immer noch lag man vor der Küste, zu weit weg, um Einzelheiten zu erkennen. Die Gerüchte begannen, sich zu wiederholen, und hatten dadurch bereits etwas an Kraft eingebüßt, waren nur mehr ausgeschmückte Zitate, die Panik blieb aus.

Kutzenberger arbeitete weiter, welche Ironie, noch nie war er so fleißig gewesen wie jetzt, just bei der Arbeit an einem Projekt, das er nie mehr abgeben sollte. Wäre es sinnvoller gewesen, die letzten Lebensmonate faul zu verbringen? Mit Schnaps und Serien statt Schiele und Cervantes? Mit Rotwein statt Tafelwasser, Rindfleisch statt – nun ja, Fleisch hatte er ohnehin gegessen, so vorbildlich er sich sonst an das hielt, was er sich vorgenommen hatte, das Ziel *weniger Fleisch* schaffte er an Bord nicht, ein einziges Mal hatte er die vegetarische Option gewählt, als noch üppige Menüs serviert worden waren, und hatte es bereut.

Am dritten Tag stieg die Unruhe wieder an, der Kapitän blieb stumm, das offensichtlich ahnungslose Personal versuchte, zu beschwichtigen, ohne Erfolg. Neue Gerüchte kamen auf: In der Nacht würden Einzelne abgeholt werden und an Land gebracht. Die Reichen. Man müsse nur zahlen, dann dürfe man von Bord gehen. Nein, die Sterbenskranken, sie würden in eine Klinik überführt werden – oder die Gesunden, nur diese wenigen, alle anderen seien infiziert, auch wir! Nein, nein, es sei umgekehrt, Leute würden an Bord gebracht, Spione eingeschleust, um unsere politische Gesinnung auszukundschaften, nur diejenigen dürften einreisen, die dem neuen Diktator von Uruguay zu Gesicht ständen. Blödsinn, was man nachts hörte, seien Boote, die uns mit Frischwasser und Nahrungsmitteln versorgen würden.

Wieder vergingen ein Tag und eine Nacht, dann nochmals,

und plötzlich war die Gewissheit da, wie auch immer diese an Bord gelangt war, plötzlich wusste man, wussten alle, warum das Schiff nicht weiterfahren durfte: Sie waren Flüchtlinge. Man wollte sie hier nicht.

Was war in Europa passiert?

Keine Ahnung, wie auch, ohne Internet. Man sprach von *der Katastrophe.*

Eine Katastrophe – politisch? Gesundheitlich? Eine Naturgewalt?

Sicher politisch, bei all diesen rechtspopulistischen Politikern sei es nur eine Frage der Zeit gewesen bis zur Explosion, und bei all diesen Linksradikalen verwundere es, dass es nicht schon früher gekracht hatte. Aber nein, es sei die Natur, zu lange habe die zivilisierte Menschheit so getan, als habe man alles unter Kontrolle, dabei könne die Natur uns wegpusten, wann immer sie wolle, man habe sich zu weit aus dem Fenster gelehnt, das hätten wir nun davon.

Wenn wir aber Flüchtlinge sind, warum lässt man uns dann nicht anlegen?

Es seien noch Hunderte, Tausende weitere Schiffe unterwegs, man könne da keine Ausnahme machen, wenn man einmal anfange, wäre kein Ende in Sicht.

Gibt es Verhandlungen?

Mit dem Kapitän, ja, der bemühe sich sehr.

Die Botschafter auch?

Die würden nichts bringen, denn zu Europa gebe es keinen Kontakt, gar keinen, man wisse nichts. Kein Internet, kein Telefon, nicht einmal eine Flugverbindung.

Seit 1492 war es das erste Mal, dass die Alte und die Neue Welt vollständig voneinander getrennt waren. Dann die Nachricht: Aus, es ist definitiv, Uruguay nehme keinen einzigen Flüchtling auf, auch nicht die Alten und Kranken, dann könnte ja jeder kommen. Schließlich der Kapitän über die Bordanlage: Wir müssen zurück nach Europa. Wir wissen allerdings nicht, was uns dort erwartet.

Ein paar Menschen sprangen über Bord. Sie wurden von Rettungsbooten wieder aufgesammelt. Ein Mann blieb verschwunden. Am Abend gab es eine Andacht für ihn, man fühlte ein überraschend warmes Gemeinschaftsgefühl.

Nur Kutzenberger empfand keine Zugehörigkeit zu diesem Kollektiv der Flüchtlinge, er war kein Flüchtling, er war UNESCO-Stipendiat, er konnte Spanisch und Portugiesisch, was sollte das, man wartete auf ihn, Marta wartete auf ihn. Aber natürlich wartete auf jeden jemand, das war kein Argument. Und dann wurde die Schiffsschraube gestartet, und man machte sich auf den Rückweg, auf ins alte Europa, ohne die Neue Welt betreten zu haben.

Nach zwei Tagen Seereise allerdings tauchten am Horizont Dutzende kleine schwarze Punkte auf, die immer größer wurden, zu riesengroßen Kreuzfahrtschiffen mit jeweils Tausenden Personen an Bord anwuchsen. Man stoppte die Motoren, die Schiffe trieben aufeinander zu. Alle Satellitenkommunikation war ausgefallen, keine Wetterdaten, keine Satellitennavigation, kein Fernsehen. Der Funk zwischen den Schiffen in Sichtweite funktionierte allerdings. Man tauschte Informationen aus. Europa zu erreichen, sei unmöglich, zurückzukehren Selbstmord, sagten die Entgegenkommenden. Montevideo sei zu, sämtliche brasilianischen Häfen auch, hieß es von Kutzenbergers Schiff. Von Buenos Aires im Süden die ganze Küste hinauf bis in die Karibik, bis nach Cartagena, niemand wollte den Anfang machen, ein Fass ohne Boden zu öffnen.

Warum teilt man uns nicht auf? So viele sind wir auch wieder nicht, das wäre doch zu bewältigen!

Ja, man diskutiere, hieß es, arbeite politisch und diplomatisch über den Schiffsfunk an so einer Lösung.

Ein paar Tage lang trieb man im Meer, Dutzende Schiffe im Gesichtsfeld von Horizont zu Horizont. Was nun? Man konnte sie nicht für immer hier herumdriften lassen. Wasser und Nahrung wurden bereits seit Tagen rationiert. Man würde sie doch nicht dem Hungertod aussetzen?

Kutzenberger arbeitete beharrlich an seiner Buchausgabe der Briefe Schieles und las *Don Quijote*. Das erinnert mich an Sokrates, der, als man ihm den Schierlingsbecher servierte, Persisch lernte. Warum studierst du die fremde Sprache?, fragte ihn der

Gefängniswärter, du wirst gleich sterben! Ich werde Persisch lernend sterben, antwortete der Philosoph. Ähnlich sinnlos oder auch weise erscheint mir Kutzenbergers Festhalten an seinen Vorsätzen, vor allem, da er sich all die Jahre zuvor nie an Vorsätze gehalten hatte.

Dann kam die Meldung: Costaguana würde ein paar Schiffe aufnehmen.

Wie viele?

Man wusste es nicht. Kutzenbergers Schiff lag der südamerikanischen Küste am nächsten, der Kapitän reagierte schnell und steuerte Novilla an, nicht die alte Hauptstadt Sulaco, sondern den modernsten Hafen. Dieser Schachzug machte sich bezahlt, es warteten zwar schon ein paar Schiffe vor ihnen, doch das war nichts gegen die Flotte, die sich innerhalb der nächsten Tage in ihrem Rücken bildete. Sie bekamen das Okay, sie würden anlegen dürfen, doch es würde dauern. Und das tat es.

Kutzenberger hatte Glück mit seiner Einzelkajüte, die Zimmerbelegung blieb bestehen, die Privilegierten blieben privilegiert. Das Essen aber wurde standardisiert, zum Frühstück gab es weißen Toast mit roter Marmelade, mittags weich gekochte Nudeln mit Tomatensoße und abends wieder Toast, diesmal mit einer Scheibe Käse oder grauem Schinken.

Seit dem Ausfall des Internets war es zu einem Ansturm auf die Bordbibliothek gekommen. Die lesefreudigen Gäste kämpften regelrecht um jedes Buch, wobei die Literatur trotzdem ein Minderheitenprogramm blieb und viele lieber vor sich hin starrten, als einen Roman in die Hand zu nehmen. Gleichzeitig begannen sich auf dem Schiff unerwartete Freundschaften zu bilden, als wäre man unbeschwert auf Urlaub, spielte man lauthals lachend Kartenspiele oder Würfelpoker. Es kam aber auch zu gruppendynamischen Spannungen, die sich regelmäßig in Schreiduellen, noch nicht aber in Handgreiflichkeiten entluden. Auch Liebschaften und Eifersuchtsaffären entwickelten sich gewiss, von denen aber Kutzenberger wie immer nichts mitbekam.

Er war zufrieden mit dem Essen und zufrieden mit seinem *Don Quijote*, der unerschöpflich wie ein Ozean war und deshalb so gut auf dieses Schiff passte. Vor allem auf Spanisch gelesen, konnte es nicht schaden, wieder von vorne zu beginnen. Er empfand sich glücklicher als Stefan Zweigs Protagonist der *Schachnovelle*, der während seiner Gefangenschaft nur ein Schachbuch in der Zelle hatte, wobei sich Kutzenberger nicht sicher war, ob er das noch als Schullektüre Gelesene richtig in Erinnerung hatte.

So ging auch er schließlich in die Bordbibliothek, auf der Suche nach Zweig. Mit geneigtem Kopf schlich er konzentriert durch die Reihen, las die Titel der Buchrücken und konnte nicht umhin, falsch eingereihte Bände ihren richtigen Plätzen zuzuordnen. Ein junger Mann mit der englischen Version von Gabriel García Márquez' Nobelpreisroman *Hundert Jahre Einsamkeit* in der Hand hielt ihn für den Bibliothekar und fragte, ob er das Buch zufällig kenne und ob er es empfehlen könne. Kutzenbergers Márquez-Lektüre lag auch schon Jahrzehnte zurück, doch damals, als Student, war er begeistert gewesen.

Großartig, ja, ja, großartig, sagte er, vielleicht etwas verwirrend, weil alle Protagonisten gleich oder ähnlich heißen, aber die eigentliche Heldin des Buchs ist ohnehin die fiktive Stadt Macondo, die man von der Gründung über die Hochblüte bis zu ihrem Untergang begleitet.

Der Mann, der Kutzenberger an die junge, glatte, wohlgekleidete Politikergeneration erinnerte, die sein Heimatland eigenartigerweise ein paar Jahre regiert hatte, bedankte sich höflich, überreichte ihm seine Visitenkarte, als ob sie nun Geschäftspartner wären, und verabschiedete sich.

Stefan Zweig konnte Kutzenberger in den Regalen nicht finden, auch wenn wieder mehr Bücher in den Fächern standen als in der Vorwoche, kurz nach dem Ausfall des Internets. Keine *Schachnovelle* also für ihn, es blieb bei Schiele und Cervantes. Sie waren gar nicht so weit von der Küste Rios entfernt, dort, wo die *Schachnovelle* geschrieben worden war, aber Brasilien war unerreichbar geworden, hatte die schärfsten Gesetze gegen Flüchtlinge, so hörte man. Und eines Tages war nur noch ein einziges Schiff in der Schlange vor ihnen. Drei- oder sogar viertausend verunsicherte, schlecht gewaschene Neuzugänge mit jeweils einem Koffer voller Schmutzwäsche später waren sie endlich an der Reihe.

DER KOFFER

Chaotisch strömten die Passagiere an Deck, von wo aus man *km*
sah, wie der große Landungssteg an den Kreuzer geschoben *449*
wurde, und die unaufhörlich anschwellende Menge machte sich bereit, das Schiff nach so vielen Wochen endlich zu verlassen. Zusehends wurde Kutzenberger an die Reling geschoben. Er blickte über die Köpfe der Menschen hinweg auf den Ozean. Dort, wo die dunkle Fläche des Meeres mit der hellen des Himmels zusammentraf, entstand eine Linie. Wochenlang hatte er während der Überfahrt auf diese Horizontlinie gestarrt, aber erst jetzt schien ihn diese faszinierende Gerade mit einem Mal zu hypnotisieren. War sie die einzige exakt gerade Linie im Reich der Natur? Und während er sich das fragte, erkannte er urplötzlich, dass er sich diese Frage schon zuvor einmal gestellt hatte, dass er in seinem ersten Roman *Friedinger* über diese Linie geschrieben und, voller Schrecken, dass er das Buch in der Kabine liegen lassen hatte. Seine beiden Romane, die er als Geschenk für Marta eingepackt hatte, lagen noch in der Schreibtischschublade. Kurz überlegte er, ob er sie nicht einfach dort lassen sollte. Doch es wäre zu unhöflich, mit ganz leeren Händen bei Marta aufzutauchen, und vielleicht würde sie seine Bücher ja tatsächlich lesen, im besten Fall schätzen und dann übersetzen und so weiter. Man konnte ja nie wissen, wie das eine zum anderen führte. Also öffnete Kutzenberger den Koffer, kramte kurz darin, doch, wie befürchtet, kamen keine Bücher zum Vorschein. Schnell schloss er den Deckel wieder und stellte den Koffer ans Geländer.

Eine Stimme sagte im Vorübergehen: Ja, haben Sie denn noch keine Lust, auszusteigen? Es war der junge Mann aus der Bibliothek.

Ich habe meine Bücher vergessen, sagte Kutzenberger und

fügte hinzu: Könnten Sie vielleicht einen Augenblick auf den Koffer aufpassen?

Der Mann schien verständlicherweise nicht sehr beglückt, antwortete nicht, doch schon stürzte sich Kutzenberger den nachrückenden Menschen entgegen. Unter Deck fand er zu seinem Bedauern den Gang, der seinen Weg verkürzt hätte, zum ersten Mal versperrt. Über schmale Treppen, durch fortwährend abzweigende Korridore und an einem leeren Zimmer mit einem verlassenen Schreibtisch vorbei, irrte er seiner Kabine entgegen. Über seinem Kopf war das Scharren Tausender Menschenfüße zu vernehmen, doch unter Deck war er allein. Sooft er auch bereits durch die langen Gänge des Schiffs gegangen war, musste er nun ratlos erkennen, dass er keine Ahnung hatte, wo er sich befand. Da kam ihm ein Mann der Crew entgegen, der kontrollierte, ob alle von Bord gegangen waren.

Ich habe mich verirrt, sagte Kutzenberger auf Englisch, während der Fahrt ist mir nicht aufgefallen, wie groß das Schiff ist.

Ja, ja, sehr groß, sehr groß, antwortete der Mann auf Deutsch, und Kutzenberger wunderte sich, dass man ihn sofort als Deutschsprachigen identifizieren konnte.

Sie sind Deutscher?, fragte er.

Bin ich, bin ich, brummte der Mann.

Können Sie mir bitte zeigen, wo meine Kabine ist, flehte Kutzenberger und hielt ihm die Karte mit der Zimmernummer vors Gesicht.

Richtig, richtig, sagte der Mann, diesen Korridor nach hinten. Ich habe aber kein Gepäck, nein, nein, kein Gepäck mehr in den Kabinen gesehen.

Es sind nur zwei Bücher, mein Koffer steht oben an Deck, ein Bekannter passt darauf auf.

Oje, oje, sagte der Schiffsmitarbeiter und kratzte sich am Kopf.

Er wird schon auf mich warten, ich bin ja gleich wieder oben. Wie heißt der Mann nur?, fragte sich Kutzenberger und kramte in seiner Brieftasche nach der Visitenkarte, die ihm der junge Mann vor ein paar Tagen nach dem kurzen Gespräch in der Bibliothek übergeben hatte, irgendein skandinavischer Name, richtig, *Frank Smørtræ*, stand da.

Smørtræ, Frank Smørtræ wartet auf mich, sagte er, als ob damit nun alles geklärt wäre.

Ich glaube, der Koffer ist verloren. In Hamburg hätte Ihr Smørtræ den Koffer vielleicht bewacht, hier in Novilla ist er weg, weg, weg, das kann ich Ihnen versprechen. Drei Minuten länger an Bord heißt drei Stunden länger bei der Einreise.

Wie meinen Sie das?

Na, dass die Schlange bei der Einreise nicht kürzer wird, nein, nein, nicht kürzer, wenn man länger bei uns an Bord bleibt.

Dann sollte ich mich wohl auch beeilen!, rief Kutzenberger.

Wahrscheinlich sind Sie ohnehin der Letzte, aber Beeilung, ja, ja, Beeilung kann nicht schaden.

Die beiden Männer winkten einander zu und gingen in unterschiedliche Richtungen weiter. Endlich war Kutzenberger bei der richtigen Nummer angelangt, und tatsächlich, *Friedinger* und *Jokerman* lagen in der Schreibtischschublade, genau dort, wo er sie am Beginn der Reise hingelegt hatte. Er blickte ein letztes Mal beim Bullauge hinaus. Die glitzernden Bewegungen der Wellen erfreuten ihn, als hätte er nicht lange Wochen ununterbrochen das Meer gesehen.

Als er endlich wieder an Deck war, sah er, dass der Deutsche recht gehabt hatte, Smørtræ war verschwunden, und er war der letzte Passagier an Bord, alle anderen hatten sich bereits in einer langen Reihe die Kaimauer entlang aufgestellt. Sein Koffer war allerdings noch dort, wo er ihn abgestellt hatte. Da hatte der Deutsche unrecht gehabt. Sorgfältig legte er die Bücher hinein, jetzt war keine Eile mehr vonnöten, er würde lange zu warten haben. In der wehmütigen Ahnung, dass mit dem Verlassen des Schiffs ein Lebensabschnitt zu Ende gehen würde, blickte er auf das geschäftige Treiben im Hafenbecken und sah hinter der Reling die noch wartenden Ozeandampfer mit ihren ungeduldigen Passagieren an Deck träge schwanken. Eine Bewegung ohne Ende, übertragen von dem Element Wasser auf die hilflosen Menschen und deren Leben. Er griff seinen Koffer und ging langsam Stufe für Stufe hinab, um endlich, nach so langer Zeit, wieder festen Boden unter den Füßen spüren zu dürfen.

DIE VERGÄNGLICHKEIT

km Kutzenberger vermied es, an sein früheres Leben in Europa zu
0,012 denken. Doch manchmal übermannte es ihn doch, und er ertappte sich dabei, seinen Töchtern etwas zeigen zu wollen, etwas Schönes, denn natürlich gab es auch schöne Dinge in Costaguana, ein farbenfroher Vogel, ein seltsames Gürteltier am Straßenrand, ein leuchtender Regenbogen. Er vergaß dabei, dass es die Kinder, denen er das zeigen wollte, gar nicht mehr gab. Nicht weil er nicht nach Europa zurückkehren konnte, sondern weil sie in der Zwischenzeit junge Erwachsene geworden waren. Manchmal stiegen auch Bilder seiner eigenen Kindheit auf, und da hätte er erkennen müssen, dass er nicht nur seine Töchter vermisste, sondern auch sich selbst, seine eigene, vergangene Form, er vermisste sich in der Vergangenheit, sein früheres Ich, das er nie mehr würde besuchen können und nach dem er Sehnsucht hatte. Ob es damals besser war oder nicht, sei dahingestellt, darum ging es nicht, geht es nie in der Nostalgie, die schnell zur Melancholie werden kann. Denn es war nicht der riesengroße Ozean, der ihn von seiner Heimat trennte, und auch nicht der Krieg, der eine Rückkehr unmöglich machte, sondern die Zeit, die unweigerlich vergangen war und die sich durch nichts überlisten ließ, um vielleicht doch noch einen Blick in die Vergangenheit zu erhaschen. Durch nichts, außer durch die Literatur. Aber daran dachte Kutzenberger nicht, auch wenn er es besser hätte wissen müssen.

DIE WARTEHALLE

Kutzenberger wurde von einem ungeduldigen Hafenarbeiter einer der Gruppen am Kai zugewiesen. Der feste Boden unter den Füßen hörte nicht auf zu schwanken, ein paar Menschen um ihn herum hatten sich auf die Straße gesetzt, andere quatschten miteinander und lachten unbeschwert, als ob sie auf den Transfer in eine Urlaubsanlage warten würden. Schließlich kam eine Grenzbeamtin in Uniform und befahl in strengem Ton auf Englisch, ihr zu folgen. *km 448*

In einer großen Empfangshalle wand sich eine Menschenschlange bis zur anderen Seite des Raums, an der zehn Beamte in Kabinen das Aufnahmeverfahren durchführten, ohne jede Hast und ohne jede Hoffnung, dass der Menschenstrom jemals zum Erliegen kommen würde. Die Fortschrittsgeschwindigkeit betrug nicht mehr als einen Meter pro Stunde. Kutzenberger rechnete, wie lange es dauern würde, bis er an die Reihe käme. Mehrere Tage, war sein Ergebnis. Es ging dann aber doch schneller, und ohne eine Nacht am Boden verbracht zu haben, stand er schließlich vor dem Schalter mit der Nummer neun und war der Nächste.

War das ein gutes Zeichen?

Es war die Quersumme seines Geburtsdatums.

Es war die letzte Ziffer unseres Zahlensystems.

Es war die vorletzte Tür in diesem Raum.

Kutzenberger sah, wie ein müde und gelangweilt wirkender Beamter mit der Person vor ihm eine quälende Zeremonie durchspielte, bevor er sie schließlich durch die Tür zum nächsten Beamten weiterschickte. Der Mensch vor ihm verschwand, und es war so weit, der Uniformierte blickte auf und sagte: Next.

Kutzenberger trat vor.

Passport.

Er überreichte ihm seinen dunkelroten EU-Pass der Republik Österreich, was immer aus der EU und seinem Vaterland geworden sein mochte.

Langsam blätterte der Mann die Seiten durch, kontrollierte die Papierqualität zwischen seinen Fingern, suchte nach Ein- und Ausreisestempeln und Visagenehmigungen. Dann hielt er jede Seite einzeln gegen das Schreibtischlampenlicht und sagte schließlich: Okay. Er legte den Pass auf einen etwas altmodischen Scanner, und ein grüner Lichtstrahl tastete die Doppelseite mit dem Foto ab. Kurz danach nahm der Grenzbeamte ein gelbes Papier aus dem Drucker. Und da stand er dann, Kutzenbergers neuer Name: *Mago Dro*. Der junge Mann legte das Blatt so hin, dass es zu Kutzenberger schaute, und wies mit einem billigen Kugelschreiber auf die einzelnen Felder: Your name: Mago, your surname: Dro.

Wir können Spanisch reden, ich kann Spanisch, sagte Kutzenberger und unterdrückte gerade noch zu sagen: Ich habe den *Quijote* auf Spanisch gelesen.

Okay, sagte der Mann und fuhr auf Englisch fort, auf die nachfolgenden Felder deutend: Your mother's maiden name: Stefan, your father's name: Kutzenberger.

Kutzenberger lachte.

No joking here, sagte der Mann und zeigte auf ein Schild, auf dem es geschrieben stand: *No joking here*.

Wieder ernst sagte Kutzenberger, nun doch auf Englisch, um den Offiziellen nicht unnötig zu provozieren: Die Felder dürften vom Scanner falsch zugeordnet worden sein, mein Name ist Stefan, der Nachname Kutzenberger. Mago Dro sind wohl meine Titel, wobei der Scanner die Punkte versehentlich als o gelesen hat, Mag. Dr. sollte es heißen.

Es gibt keine Titel im Pass, sagte der Mann.

Wie Sie sehen, in Österreich schon, entgegnete Kutzenberger.

Nun, wir sind aber in Costaguana, und wir werden nicht extra alles per Hand nachtragen. Das ist jetzt Ihr Einreisepapier, da gibt es keine Extrabehandlung für Sie! Nur noch das Foto fehlt. Schauen Sie in die Kamera, nicht lachen, so, passt! Der Beamte griff wieder zum Drucker, entnahm ein Blatt, schnitt das kleine

Foto darauf aus, klebte es mit tropfendem Klebstoff auf das gelbe Dokument, drückte einen Stempel darauf, und fertig. Mister Dro, gehen Sie weiter. Next!

Im nächsten Saal war alles voller Menschen. Kutzenberger bekam eine Nummer und ein Lunchpaket mit einem versiegelten Plastikbecher Wasser, einem in Folie eingeschweißten Keks und einem bleichen Toastsandwich mit Käse. Auf der Stirnseite des Saals waren kleine Schalter, dahinter Türen, zehn an der Zahl. Er setzte sich wie die meisten auf den Boden, lehnte sich an seinen Koffer und schaute etwas ratlos um sich.

Nach einer Weile piepste es laut, und er sah auf die Anzeigetafel über den Türen. *154 668/4*, verkündete sie. Die Nummer Hundertvierundfünfzigtausendsechshundertachtundsechzig sollte zur Tür vier gehen? Ganz vorne stand jemand auf und bewegte sich auf den Schalter zu. Kutzenberger schaute auf den kleinen Zettel in seiner Hand: *155 904*. Über tausend Nummern waren vor ihm! Es dauerte lange, bis die Anzeigetafel wieder aufpiepste, diesmal war Tür eins frei. Eintausendzweihundertfünfunddreißig Mal musste es noch piepsen, dann wäre er an der Reihe. Eine lange Zeit, während der er auf den Boden vor sich starren konnte.

Und genauso war es dann auch. Drei Mal täglich wurde ein Lunchpaket serviert, man konnte auf die Toiletten gehen, sich dort frisch machen, abends wurden Steppdecken verteilt, auf die man sich legen konnte, zuzudecken brauchte man sich nicht, es war drückend heiß. Man redete nur wenig miteinander, einige Gerüchte machten fast unwillig die Runde, eine abgegriffene Informationsbroschüre ging von Hand zu Hand, und man erfuhr, was einen erwartete: Hinter diesen Türen fand das Aufnahmegespräch statt. Nach dem Interview wurde entschieden, wie es weiterging, welcher Arbeit man zugeteilt werden würde, welchen Kurs man zu besuchen hatte. Von Abschiebungen war nicht die Rede.

Also wartete man, ein paar Kinder liefen spielend zwischen den apathisch zu Boden starrenden Erwachsenen. Kutzenberger schaute immer wieder auch in seinen *Don Quijote*, doch die Lektüre funktionierte nicht mehr, nicht weil er das Buch schon so gut kannte, sondern weil Literatur als Fluchtmöglichkeit nicht mehr wirkte. Die Gegenwart dieser riesigen Wartehalle war genauso dicht wie die Luft, sie ließ sich nicht teilen, nicht zur Seite schieben, nicht vergessen. So blieb ihm nichts anderes übrig, als das zu tun, was auch all die anderen taten, stumpf die Zeit vergehen zu lassen.

154 954/2 wurde aufgerufen, eine halbe Stunde später 154 955/4 und kurz danach 154 956/8. Dann war wieder Nacht, Lunchboxen, Decken, Morgentoilette, der Boden, Lunchboxen. Und irgendwann piepste die Anzeigentafel auf, und Kutzenberger sah *155 903/3* aufleuchten. Er blickte auf seinen inzwischen abgegriffenen und blass gewordenen Zettel, der noch immer *155 904* verlautete. Es war also tatsächlich überstanden! Er raffte sich auf, sein schweres Gepäck griffbereit. Und schon piepste es, *155 904/1*. Die Tür Nummer eins, das war ein gutes Zeichen, Erster zu sein, war immer gut! Schnell war er beim Schalter, zeigte seinen zerknitterten Zettel und sein gelbes Dokument, und sogleich ging die Tür auf. Dahinter befand sich ein kleiner Raum mit einem großen Schreibtisch, hinter dem ihm eine Uniformträgerin andeutete, näher zu kommen und sich zu setzen. Sie nahm Kutzenbergers Dokumente entgegen, warf einen Blick auf seinen Pass und reichte diesen, ohne ihn geöffnet zu haben, sogleich wieder zurück.

This is your document now, sagte sie und deutete auf den gelben Zettel, den sie vor sich auf den leeren Tisch legte. So, Mister Dro, tell me, what brings you to Costaguana?

Was für eine völlig verquere Frage! Sie musste doch wissen, dass niemand freiwillig hier war, dass das Schiff ihn hergebracht hatte, als einzige Möglichkeit. Sollte er das sagen? Diese Antwort musste sie dann wohl schon Tausende Male gehört haben.

Wir können auch Spanisch miteinander reden, sagte Kutzenberger stattdessen auf Spanisch.

Wir haben nicht ewig Zeit, sagte die Frau weiter auf Englisch. Aufnahmesprache ist Englisch.

Auch für die Spanier?, fragte Kutzenberger.

Ich stelle hier die Fragen, war die Antwort. Darauf folgte Schweigen, beide warteten.

Schließlich sprach Kutzenberger: Ich heiße nicht Dro, es ist beim Scannen ein Fehler bei der Zuweisung der Felder passiert, sehen Sie, sagte er und öffnete seinen Pass. *Mag. Dr.* sind meine akademischen Titel, meine Namen stehen erst in den darauffolgenden Feldern. Ich heiße Kutzenberger, Stefan Kutzenberger.

Die Beamtin lauschte und sagte dann: Anyway. Dann wiederholte sie: Was bringt Sie hierher, Mister Dro?

Ein Schiff, sagte Kutzenberger entkräftet.

Anscheinend war das aber die richtige Antwort, die Frau kreuzte etwas auf dem gelben Formular vor ihr an und schaute ihm daraufhin in die Augen. Ihre Augen sind blau geworden, vom vielen Aufs-Meer-Schauen, sagte sie, lächelte fast neckisch und kreuzte ein Feld auf dem gelben Formular an. Wann wählten Sie Costaguana als Ihr Ziel?, fragte sie dann.

Ich habe gar nichts gewählt, nachdem der Hafen von Montevideo aber geschlossen war und uns auch sonst kein Land aufnehmen wollte, sind wir hier gelandet.

Sie hatten großes Glück, dass Sie nicht zurück nach Europa mussten, sagte die Frau.

Ja, so sagt man, sagte Kutzenberger und fügte hinzu: Danke, danke, Costaguana.

Haben Sie Verwandte in Europa zurückgelassen?

Ja, alle, natürlich. Familie, Freunde, alles, was ich habe. Ich hoffe aber doch, bald wieder zurückkehren zu können, ich wollte nur einen Monat in Südamerika bleiben.

Zurück nach Europa?, fragte die Uniformierte und schüttelte resigniert den Kopf.

Warum nicht?, fragte Kutzenberger.

Freuen Sie sich, dass Sie entkommen sind. Nun denn, weiter: Ausbildung, Beruf, Grund der Flucht.

Ich bin nicht auf der Flucht, ich habe ein UNESCO-Stipendium für Literatur und freue mich schon sehr auf die Reise nach Uruguay.

Die Frau blickte ihn nun ernsthaft interessiert, fast erschrocken an. Doch schon war sie wieder in der Bürokratie gefangen. Jetzt verstehe ich erst, sagte sie, Sie kamen mit der *Volendam*. Wie haben Sie denn geschafft, eine 155er-Nummer zu bekommen? Für die *Volendam* war doch nur bis 154 reserviert.

Ich hatte etwas im Zimmer vergessen und musste nochmals zurück, deshalb bin ich erst als Letzter von Bord.

Ein schönes Schiff, die *Volendam*, ein echtes Fossil aus der großen Zeit der Passagierdampfer, nicht wahr? Thomas Mann hat auf ihr seine erste Amerikareise unternommen. 1934 ist das gewesen.

Woher wissen Sie denn das so genau?

Na ja, Thomas Mann ist schon sehr wichtig, das lernt man doch in der Schule.

In Costaguana lernen Sie in der Schule, in welchem Jahr auf welchem Schiff Thomas Mann das erste Mal nach Amerika gefahren ist?

Ja.

Bei uns wissen die meisten Schulabsolventen nicht einmal, wer Thomas Mann ist.

Ich habe schon gehört, dass in Europa die naturwissenschaftlichen Fächer wichtiger sind als Literatur. Bei uns ist es umgekehrt, hier zählt die Literatur.

Das ist ja großartig!

Nun, als Schüler sieht man das oft anders. Nachdem wir so eine große Hafenstadt sind, sind die Schiffsromane bei uns Hauptfach und meist unbeliebt. Ich könnte Ihnen die Geschichte der *Volendam* vom Stapellauf 1922 bis zu ihrem Einlaufen nun in unserem Hafen erzählen. Sie hat nicht nur Thomas Mann nach New York gebracht, sondern auch 1946 als Kriegsschiff holländische Truppen nach Indonesien, zum Unabhängigkeitskrieg.

Das haben Sie alles in der Schule gelernt?

Ja, und viel mehr, eines führt zum anderen, plötzlich haben wir auch indonesische Literatur gelesen. Der Unabhängigkeitskrieg dort ist so unübersichtlich!

Mein Großvater war daran beteiligt, sagte Kutzenberger, der außer dieser Tatsache nicht viel mehr dazu sagen konnte.

Doch die Beamtin horchte plötzlich auf und fragte: Können Sie mehr über diesen Großvater erzählen? Kutzenberger zögerte kurz, da seine Mutter nie viel von ihren Eltern berichtet hatte, aber er versuchte, alles zusammenzukratzen, was er wusste.

Mister Dro?, unterbrach ihn die Uniformierte schließlich. Kutzenberger brauchte einen Moment, bis er verstand.

Nein, nein, ich heiße nicht Dro, ich heiße Kutzenberger.

Nun heißen Sie Dro, sagte die Beamtin und stellte nochmals klar: Die Passagiere der *Volendam* sollten eigentlich schon lange durch sein.

Muss ich mich nun wieder hinten anstellen?, fragte Kutzenberger erschrocken.

Die Offizielle zuckte mit den Schultern. Die *Volendam* also, wiederholte sie. Das letzte Schiff mit Freiwilligen, das letzte Schiff, auf dem man die Überfahrt noch genossen hat. Auch das wird man wohl in Zukunft in der Schule lernen müssen. Ist jetzt schon legendär, die letzte Fahrt der *Volendam*, sagte die Frau plötzlich jovial. Man legt ab, und bum, plötzlich ist man wie das Licht eines fernen Sterns, das nicht weiß, dass seine Sonne gar nicht mehr leuchtet. Sie lachte. Also, Mister Dro, fangen wir von vorn an. Sie kramte in einer Lade nach einem anderen Formular, legte dieses auf den Tisch und fragte: Was hätten Sie denn in Montevideo gemacht?

Ich wäre vielleicht einen oder zwei Tage geblieben, hätte mir ein paar Sehenswürdigkeiten angesehen, geschaut, ob es irgendwelche Spuren von Juan Carlos Onetti gibt, von dem ich alle Bücher daheim habe, nur weil mir sein Gesicht so gefällt. Gelesen habe ich noch keines.

Und da sind Sie durch die Schule gekommen?

Natürlich, sogar durchs Studium.

Bei uns wäre das nicht möglich. Onetti nicht gelesen! Sie schüttelte ungläubig den Kopf. Nun denn, und dann, was hätten Sie dann gemacht?

Dann hätte ich den Bus in den Norden nach Santa María genommen.

Und was hätten Sie in Santa María gemacht?

Ich hätte mit der uruguayischen Schriftstellerin Marta Ferreira in einem sehr schönen Hacienda-Hotel am Lago do Batuva außerhalb der Stadt drei Wochen Urlaub verbracht, hätte geschrieben, gelesen, vielleicht Vorträge gehalten, andere Autoren und Autorinnen getroffen, über Literatur geredet.

Okay, sagte die Frau und schrieb eine Zeile in das Formular. Ausbildung?

Schule, dann Studium der Literaturwissenschaft.

Aber Onetti nicht gelesen, sagte die Offizielle zynisch. Beruf?

Schriftsteller.

Die Frau begann, lauthals zu lachen.

Warum ist das lustig?, fragte Kutzenberger.

Was soll ich denn mit Ihnen tun? Können Sie irgendetwas?

Ich kann Spanisch.

Das können hier alle.

Ich könnte Deutsch unterrichten.

Wozu?

Ich könnte Literatur unterrichten.

Wieder schüttelte sich die Frau vor Lachen, schließlich kriegte sie sich ein und sagte: Nun antworten Sie einmal vernünftig, was soll ich mit Ihnen anfangen? Wir müssen Zehntausende Flüchtlinge aufnehmen und gleichzeitig aufpassen, dass hier nicht dasselbe passiert wie in Europa.

Was ist denn passiert?, unterbrach sie Kutzenberger, noch niemand hat mir eine Antwort auf diese Frage geben können.

Die Katastrophe, den Krieg meine ich natürlich, erklärte die Frau. Also, nochmals, was können Sie, irgendeine Begabung werden Sie wohl haben. Sind Sie stark?

Nun musste Kutzenberger lachen, nein, er sei nicht stark. Aber er sei ein guter Läufer, sei schon einige Marathons gelaufen.

Gut, sagte sie und schrieb etwas auf das Formular, stempelte ein großes *R* darauf, übergab ihm sein gelbes Dokument und wies auf die automatische Schiebetür hinter sich. Den Koffer können Sie in das Regal links vom Ausgang stellen und abholen, wenn Sie den Rest erledigt haben, sagte sie und drückte auf eine Taste auf dem Schreibtisch.

Kutzenberger konnte aus dem großen Saal ein Piepsen hören, und sie deutete ihm, seinen Platz zu räumen. Der Schriftsteller stand auf, die Schiebetür öffnete sich, er schritt hinaus, hievte den großen Koffer auf das Regal links vom Ausgang und trat hinaus auf die Straßen von Novilla.

DIE ACHSE

km 36

Um nicht immer nur auf den Straßen von Santa María zu spazieren, beschloss Kutzenberger, auch die umliegenden Dörfer zu erkunden, und machte eine lange Tageswanderung vorbei an Zuckerrohrfeldern hinauf in die sanften und kahlen Hügel, in denen vor Jahren ein Waldbrand gewütet und alle Bäume zerstört hatte. Alles wirkte trostlos und menschenleer, er folgte einem kleinen Trampelpfad und hoffte, dass ihn dieser in einem weiten Bogen zurück zur Stadt bringen würde. Vor ihm tauchte etwas auf, eine Person, rasch kam er ihr näher und erkannte, dass es sich um einen Viehtreiber mit einem Leiterwagen handelte, der seine paar Kälber gemächlich vor sich hertrieb und nicht schneller gehen konnte, da er nur einen Schuh trug. Der nackte Fuß zeigte mächtige Zehen, die an einen Paarhufer erinnerten. Sie gingen auf einem der Wege, die Santa María und Santana umrundeten wie andere Städte eine Ringautobahn, damit die Bauern der angrenzenden kleinen Dörfer, die so gottverlassen waren, dass sie nicht einmal einen Namen trugen, das Vieh nicht durch das Ortszentrum treiben mussten. Da er schneller unterwegs war als der alte, halb beschuhte Mann mit dem quietschenden Leiterwagen, überholte er ihn schließlich, grüßte höflich und fragte, wie es gehe.

Der Kuhhirte schaute ihn mit müden Augen an. Die Kühe gehören mir nicht, sagte er, meine Sorgen schon.

Kutzenberger fand den Satz poetisch, traurig, aber poetisch. Als ihm keine Replik auf die melancholische Aussage einfiel, fragte er nach einer Weile: Warum tragen Sie nur einen Schuh?

Früher hatte ich Sporen und ein Pferd, erklärte der Hirte, die Sporen habe ich betrunken verschenkt, das Pferd verloren. Dafür habe ich später einen Schuh geschenkt bekommen, auf den zweiten warte ich noch, denn irgendwann wird sich alles ausgleichen. Bis dahin gehört nur das Quietschen des Wagens mir.

Wieder wusste Kutzenberger nicht, wie er darauf reagieren sollte.

Sie schwiegen, und es schien, dass die leise ächzenden Wagenräder in diesem Moment tatsächlich genügten.

Deshalb schmiere ich die Achse nicht, führte der Hirte schließlich aus, auch wenn es die Herrschaft verlangt, aber das Quietschen des Wagens gehört mir.

Eine Weile gingen sie nebeneinanderher. Der Leiterwagen quietschte, die paar Kälber trabten fröhlich miteinander spielend um ihn herum, der Viehtreiber ging so wie schon Jahrhunderte zuvor Schritt für Schritt der neuen Weide entgegen, die wieder Nahrung für ein paar Tage geben würde. Ob die Mütter, die Kuhmütter, schon dort waren?, fuhr es Kutzenberger durch den Kopf, doch er sagte nichts, kannte sich in Viehtreiberbelangen einfach zu wenig aus, um sich eine Bemerkung erlauben zu können.

Das Rad meines Wagens ist wie die Zeit, sagte der Viehtreiber nach längerem Schweigen. Auch diese dreht sich, doch was man immer vergisst, ist, dass die Achse sich abnutzt, dass sie zu quietschen beginnt und irgendwann einmal stehen bleiben wird. So ist das.

Ja, dachte Kutzenberger, so war es wohl, wenn es der Viehtreiber sagte. Eigentlich hatte er gedacht, dass die Zeit entweder linear war oder wie eine Spirale, sodass man immer wieder an denselben Stellen vorbeikam, allerdings jedes Mal ein Stückchen höher. Das war aber wohl eine zu positive Auslegung gewesen. In Wirklichkeit kommt man zwar schon immer wieder an denselben Stellen vorbei, aber jedes Mal quietscht die Achse lauter.

Gracias, sagte Kutzenberger, und der alte Viehtreiber wusste, worauf er sich bezog, und sagte, de nada.

So war es also, es ging weder bergauf noch bergab, das Leben ging im Kreis, quietschte immer mehr, und irgendwann blieb es stehen. Vielleicht spürte Kutzenberger in diesem Moment, dass seine eigene Achse schon gar laut ächzte und nicht mehr lange durchhalten würde. Er nickte dem Viehtreiber zu, nahm die

Abkürzung zur Landstraße, die vor ihnen aufgetaucht war, und setzte sich in dem überdachten Wartehäuschen der Busstation neben einen jungen Mann, der eine Tüte mit Kirschen in der Hand hatte und ihm sogleich welche anbot. Gemeinsam warteten sie geduldig auf den Bus, unterhielten sich gemütlich über belanglose Dinge, spuckten ab und zu die Kerne über die Straße und kamen früher oder später am Busbahnhof von Santana an.

DIE ZOLLBEAMTIN

km 456 Im Vorbeigehen blickte Kutzenberger in die warm beleuchteten Lokale im Hafenviertel Novillas. Seit Stunden irrte er durch die Straßen der Stadt und wusste noch immer nicht, wo er schlafen sollte. Die kleine Ausgehzone wirkte lebendiger als die anderen Viertel, durch die er gegangen war, doch nicht viel. In einer einzigen kurzen Gasse reihten sich, den Docks zu, Bars und Restaurants dicht aneinander. An der Mole standen riesige Frachtschiffe, hoch und gewaltig wie ganze Industrieanlagen, der Landungsplatz seines Passagierdampfers war an einem anderen, weit entfernten Pier.

An der letzten Ecke betrat er eine Bodega. Am Tresen saß eine Frau auf einem Barhocker und trank ein oranges Getränk. Kutzenberger kannte sie: Das war die Frau in Uniform, die ihn bei der Einreise interviewt hatte! Niemals in seinem ganzen Leben hatte er eine Frau in einem Lokal angesprochen, eigentlich hatte er überhaupt noch nie eine Frau angesprochen, egal wo, nicht einmal die extrem attraktive Studentin, die in seinem ersten Semester in Wien jeden Donnerstag in der Vorlesung über Lateinamerikanische Fantastik neben ihm gesessen hatte, doch hier nun war es anders, wollte er nicht für immer alleine bleiben, musste er diese Begegnung ausnutzen.

Er durchquerte die kleine Gaststube, stellte sich zu ihr an den Tresen und sagte auf Spanisch: Hola, wir kennen uns, Sie haben mich heute ins Land gelassen. Und als ihn die Dame verständnislos ansah, präzisierte er: Ich bin der, der Onetti nicht gelesen hat.

Sie nickte. Richtig, ich erinnere mich, sagte sie, ebenfalls auf Spanisch und nicht ins Englische wechselnd wie beim offiziellen Gespräch am Vormittag.

Und da saßen sie nun, die Grenzbeamtin und Kutzenberger,

beide um die fünfzig Jahre alt, auch wenn Kutzenberger wie immer das Gefühl hatte, mit einem Erwachsenen zu reden und selbst noch ein Kind, zumindest ein Student, ein junger Mann zu sein.

Warum sind Sie nicht im Flüchtlingslager? Sie sollten doch Ihr Zimmer abends nicht verlassen, sagte die Frau genauso distanziert und beruflich wie in der Kanzlei.

Welches Zimmer?

Nach unserem Gespräch haben Sie doch Ihren Schlafplatz zugewiesen bekommen.

Wo denn? Ich habe da nichts gesehen.

Und dann sind Sie einfach nach draußen gegangen und durch die ganze Stadt bis hierher marschiert?

Kutzenberger nickte.

War das falsch?

Nein, eigentlich gibt es kein Gesetz dagegen. Nur haben Sie jetzt kein Bett für heute, denn die Schlüsselausgabe beginnt erst morgen Vormittag wieder.

Ist es möglich, hier privat ein Zimmer zu bekommen?

Nun, ich kann Sie nicht mit nach Hause nehmen, das ist ausgeschlossen.

Nein, nein, natürlich nicht, wiegelte Kutzenberger ab.

Wie gefällt Ihnen Novilla bis jetzt?, fragte die Frau, und es klang fast privat.

Ich weiß nicht, meinte Kutzenberger, die Stadt kommt mir sehr steril vor, auch wenn sie nicht besonders sauber ist, aber steril im Sinn von ohne Leben, sehr eigenartig auf jeden Fall.

Das ist oft so mit geplanten Städten. Die Stadtplaner überlegen sich die schönsten Symbole und Flächenwidmungen, und dann stehen lauter Gebäude da, die den Sprung vom Reißbrett in die Wirklichkeit nicht schaffen, nicht zu leben beginnen.

Kennen Sie sich denn auch mit Raumplanung und Architektur aus?, fragte Kutzenberger.

Nein, nein, ich bin Literaturwissenschaftlerin.

Ich auch.

Ja, ich kann mich erinnern. Auch Schriftsteller haben Sie gesagt, nicht? Auf der Suche nach den Spuren von Onetti, ohne ihn gelesen zu haben. Sie lachte genauso auf wie früher in ihrem Büro.

Wollen Sie ein Getränk, fragte sie schließlich, man trifft selten Literaturwissenschaftler hier.

Ich habe noch keine Guaranís, sagte Kutzenberger.

Nach der Schlüsselausgabe hätten Sie einen Willkommensscheck bekommen, das haben Sie davon, dass Sie sich dort vorbeigeschlichen haben. Aber bestellen Sie ruhig, Sie müssen ja durstig sein, ich lade Sie ein.

Auf keinen Fall, ich werde Ihnen das Geld morgen zurückgeben. Kutzenberger bestellte eine Flasche Mineralwasser, denn er war tatsächlich sehr durstig. Die Frau legte noch zwei Gläschen Zuckerrohrschnaps nach. Damit prosteten sie einander zu.

Auf Thomas Mann und die *Volendam*, sagte Kutzenberger und grinste.

Auf Onetti, erwiderte die Frau. Sie saßen allein am Tresen, der Barkeeper in weißem Smoking mit schwarzer Fliege stand ihnen schräg gegenüber und polierte gemächlich Gläser.

Was haben Sie gegen Mann?, fragte Kutzenberger.

Nichts, aber er ist die Vergangenheit, die europäische Literatur hat sich überlebt, soll bleiben, wo sie ist, und uns in Südamerika in Frieden lassen, sagte die Frau überraschend leidenschaftlich. Vehement verlangte sie nach einem weiteren orangen Getränk und zwei Gläschen Zuckerrohrschnaps.

Sie verstehen mich nicht, habe ich recht?, fragte sie schließlich.

Kutzenberger schüttelte langsam den Kopf. Dann hob er sein Schnapsglas und prostete ihr zu. Ich heiße Stefan, sagte er.

Ich bin die Zollbeamtin, Sie können mich nennen, wie Sie wollen, das tut nichts zur Sache.

Kutzenberger antwortete nicht, und es entstand ein verlegenes Schweigen. Sie saßen nebeneinander an der Bar und nippten an ihren Getränken.

Doch irgendwann kam das Gespräch wieder in Gang, und sie unterhielten sich schließlich bis spät in die Nacht hinein und tranken vor dem großen Barspiegel, der ihre Abbilder zurückwarf, die Bar reflektierte, die zahllosen Flaschen mit Alkohol verdoppelte, ihre dumpfe Trunkenheit multiplizierte und gleichgültig die Rückseite des Barkeepers zeigte, der ohne Unterlass Gläser polierte. Sie sprachen über Bücher und Filme, doch war die Schnittmenge der Werke, die beide kannten, eher gering.

Plötzlich explodierte mit lautem Knall eine Glühbirne über dem Spiegel, beide zuckten zusammen und schämten sich unmittelbar danach ihrer unkontrollierten Bewegung. Es war ja nichts passiert, eine Glühbirne weniger, ein paar kleine, dünne Scherben am Boden. Sie lachten verlegen, vielleicht weil ihr Reflex, sich bei der Explosion wegzuducken, eben ein Reflex gewesen war, etwas Animalisches, das Großhirn ausgeschaltet. Es ist immer peinlich, wenn wir zugeben müssen, nur ein Tier zu sein, da kann man noch so lang über Bücher gesprochen haben, Bücher, die Kutzenberger ohnehin nie oder vor zu langer Zeit gelesen hatte, Joseph Conrad, Joseph Roth, Joseph Brodsky, die Grenzbeamtin war ganz wild auf Brodskys Venedig-Darstellungen. Kutzenberger kannte Brodsky nicht, dafür erzählte er von einer Woche in der untergehenden Stadt, acqua alta während der Architekturbiennale, und am eindrücklichsten war der Pavillon von Venezuela, völlig marod war dieser gewesen, ein einziges Poster darin aufgehängt, nicht aber als minimalistisches Programm, wie im Pavillon von Großbritannien, der überhaupt leer gehalten wurde, um den brexitbedingten Umbau des Landes zu versinnbildlichen, sondern weil sich der venezolanische Staat einfach nicht mehr hatte leisten können. Diese vergeistigten Dialoge, die immer Monologe sind, werden mit einem Schlag nichtig, wenn man wegen eines Knalls wegzuckt und ernüchtert zugeben muss, dass man nichts unter Kontrolle hat, nicht einmal seine eigenen Bewegungen, geschweige denn seine Gedanken, die noch unkontrollierbarer sind als der Reflex des Augenschließens bei einer Explosion. Fluchend bückte sich der Barkeeper nach dem Handbesen unter dem Spülbecken, um die Scherben aufzukehren.

Nach dem Knall wurde das Gespräch wieder nüchterner, beamtenhafter, und konzentrierte sich auf die konkrete Situation Kutzenbergers, der meist geradeaus blickte und die Reflexion seiner selbst und der Frau an seiner Seite, im Spiegel hinter der Bar, als wäre dieser eine Theaterbühne, beobachtete.

Dann bestellte die Zollbeamtin ein letztes Getränk, wie sie sagte. Kutzenberger wusste noch immer nicht, was es mit der Katastrophe in Europa auf sich hatte und wie die politische Situation in Novilla einzuschätzen war. Das dumpf sein Bewusstsein erreichende Gespräch mit der Zollbeamtin konnte nichts zur Klärung beitragen, sondern stülpte im Gegenteil eine weitere Käseglocke über seine Sinne, es verschoben sich Farben und Formen, der Schall klang erstickt und undeutlich, die Luft so dicht, dass man sie mit hohlen Händen hätte wegtragen können. Erst als der Barkeeper die beiden Nachtschwärmer unmissverständlich hinauskomplimentiert hatte, weckte ihn die kühle Hafenluft etwas auf.

Was machen wir jetzt mit dir?, fragte die Grenzbeamtin. Ins Flüchtlingsheim kommen wir nicht mehr hinein, zu mir nach Hause kann ich dich nicht nehmen, hier lassen kann ich dich auch nicht.

Kutzenberger sagte nichts, sondern betrachtete fasziniert die häuserblockgroßen Containerschiffe, die sich, wie Fußballstadien mit Flutlichtanlagen bestrahlt, bis zum Horizont, eines hinter dem anderen, an die Kaimauer schmiegten.

Die Grenzbeamtin meinte, sich zu erinnern, dass die Freundin einer Freundin eine Europäerin kannte, sie hatte vor Kurzem darüber erzählt, ihre Tochter habe sie im Sportverein kennengelernt oder so ähnlich. Beherzt griff sie zum Telefon, obwohl es schon weit nach Mitternacht war, aber eine andere Idee kam ihr nicht, diese Europäerin wäre wohl noch am ehesten bereit, einem gestrandeten Kontinental-Kollegen Unterschlupf zu bieten.

Kutzenberger bekam von den chaotisch verlaufenden Telefonaten kaum etwas mit. Gebannt fixierte er das elefantenbeindicke Tau, das am Kai um zwei massive Eisenpoller gewickelt war und dann in einem eleganten Bogen hoch nach oben führte, wo es in einem Loch im Bug verschwand. Das Tau war aus Bündeln geflochten, die aus Strängen bestanden, die wiederum aus dünnen Fäden gedreht waren, doch so verfilzt, dass Kutzenberger nicht imstande war, die Übergänge genau auszumachen. Es war faszinierend, wie aus einem einzigen Faden, der durch ein Nadelöhr passen würde und von einem Kind zerrissen werden konnte, im Zusammenspiel mit anderen Fäden ein Tau entstand, das die vielen Tausend Tonnen des Containerschiffs zu bändigen vermochte. Statt auf den Weltmeeren zu fahren, einen Kontinent mit dem anderen zu verbinden, war es hier durch einen Zwirn, der zu einem Seil, das zu einem Tau wurde, an die Kaimauer gefesselt. Kutzenberger spürte eine Analogie, die sich auf die Menschen übertragen ließ, aber wie so oft dachte er sein Gefühl nicht zu Ende und beließ es bei der nachdenklich wirkenden Meditation über dem Schiffstau, die in Wirklichkeit wohl eher der stumpfe Blick eines Betrunkenen war.

DIE KOLUMNE

km 11.170 Natürlich ist mir bewusst, dass ich mich mit der Erzählung von Kutzenbergers Sitznachbar im Flugzeug nach Lissabon auf sehr dünnes Eis begeben habe, denn wie sollte ich wissen, neben wem Kutzenberger gesessen und ob er mit dieser Person geredet hat? Es ist sogar wahrscheinlich, dass er nicht geredet hat, denn in Wels schrieb er in seiner zweiten Kolumne für die *Oberösterreichischen Nachrichten*, wahrscheinlich schon unter dem Einfluss von Marta, noch nie jemanden kennengelernt zu haben, das aber ändern zu wollen. Natürlich kenne er Leute, hatte er damals formuliert, aber das seien ehemalige Schulfreunde, Studienkollegen, Arbeitskolleginnen, Nachbarn, Bekannte, Bekannte von Bekannten, Freundinnen von Freunden. Er habe aber noch nie jemanden kennengelernt, präzisierte Kutzenberger, im Sinn von, wir kennen uns aus der Bar, aus dem Zug, dem Flugzeug, wir haben zufällig im Kino nebeneinandergesessen, und so weiter. Er erwähnte in diesem Artikel also explizit das Flugzeug und erklärte auch, wie er dort normalerweise mit seinen Sitznachbarn verfuhr:

In solchen Situationen traue ich mich nicht, jemanden anzusprechen, schaue weg, in ein Buch, auf das Handy, stelle mich taub und stumm. Das soll sich ändern, in Wels möchte ich Menschen kennenlernen, mit jemandem ins Gespräch kommen, einfach so, ohne vorher vorgestellt worden zu sein, weil ja auch die Hunde einander beschnüffeln, wenn sie aneinander vorbeikommen. Es muss natürlich nicht gleich so intim sein wie bei den Hunden, warum machen sie das nur, reicht es nicht, sich höflich die Pfote zu geben? Ich könnte es mit einem: Hallo, wie geht's, ich bin jetzt auch in Wels, schön hier, nicht wahr, probieren. Das wäre ein guter Anfang, denke ich. Oder ist das bereits zu aufdringlich, angsteinflößend und irr? Ich werde es trotzdem versuchen, völlig unerwar-

tet, mich selbst überraschend, werde ich plötzlich jemanden ansprechen und mit dieser Person ins Gespräch kommen. Ich weiß auch schon, wie: Ich werde ins Kino gehen und die Person neben mir fragen, warum sie diesen Film gewählt hat. Wenn ich mich nicht traue, dann werde ich nach dem Film fragen, wie ihr der Streifen gefallen hat. Das müsste gehen, das klingt nicht stalkerhaft gruselig, sondern menschlich und freundlich. Es ist ja eher umgekehrt eigenartig, zwei Stunden neben jemandem zu sitzen und sich nicht zumindest minimal ausgetauscht zu haben. Das würde ein Hund nie machen.

Das Thema, mit seinen Sitznachbarn zu reden, schien Kutzenberger also beschäftigt zu haben, und es könnte deshalb tatsächlich sein, dass er just auf diesem Flug nach Lissabon ein Gespräch begonnen hatte, dass er beim Aufbruch in die Neue Welt einen Neuanfang probierte und zum kommunikativen Menschen wurde. Wahrscheinlicher wäre allerdings, dass sein Sitznachbar die Unterhaltung begann, machte dieser doch einen durchaus leut- und redseligen Eindruck.

DER KÄFER

km 4.022 Die Zollbeamtin fuhr Kutzenberger schweigend in ihrem orangen VW-Käfer durch die menschenleeren, dunklen Straßen Novillas, zuerst zurück zum Auffanglager, um seinen Koffer zu holen, der noch genau so, wie er ihn ins Regal gehievt hatte, dort lag, und dann weiter in die Wohnung der Europäerin. Schon vor dreißig Jahren war er einmal mit einem orangen VW-Käfer in Lateinamerika herumgefahren, das war während der weltweit begangenen 500-Jahr-Feiern der Entdeckung Amerikas gewesen, wobei bei den Festakten die Frage aufkam, ob die Entdeckung nicht besser als Begegnung bezeichnet werden sollte oder gleich als das, was sie gewesen war: ein Genozid.

Columbus musste bei den Feierlichkeiten stärkere Gegenwehr einstecken als ein halbes Jahrtausend zuvor und wurde als Plünderer, Sklavenhändler, Sexualverbrecher und Massenmörder gebrandmarkt. Kutzenberger, wie immer politisch völlig unbedarft, bekam von alldem nichts mit. Er hatte damals sein WG-Zimmer in der Wiener Schleifmühlgasse illegalerweise an einen palästinensischen Informatikstudenten weitervermietet, der durch die Nähe zur TU leicht zu finden gewesen war, und war frohgemut nach Südamerika aufgebrochen, um in Quito einen zweiwöchigen Sprachkurs zu besuchen. Danach war er mit dem Autobus nach Riobamba gefahren, wo er zwei österreichische Studienkolleginnen traf, die dort in einem Andendorf bei einem Entwicklungszusammenarbeitsprojekt mitwirkten. Sie hatten einen Holzboden in einem Versammlungshaus verlegt, während er in Quito in einem stark klimatisierten Raum der Sprachschule gesessen und Lückentexte ausgefüllt hatte. Nun, in Riobamba, freuten sich alle über das vage in Wien besprochene Wiedersehen, das tatsächlich geklappt hatte, ohne dass dazwischen irgendeine Möglichkeit der Kommunikation gewesen war. Sie checkten in der billigsten Herberge der Stadt ein und lernten dort sogleich ein paar andere Backpacker kennen. Mit diesen zogen sie durch die Bars und tranken Bier aus großen 0,66-Liter-Flaschen. Am nächsten Tag machten sie mit einer schüchternen jungen Israelin und einem amerikanischen Studenten, der schon Mitte zwanzig war und deshalb allen uralt vorkam, einen Tagesausflug nach Baños. Sie genossen die warmen Thermalbäder und die feuchtwarme Luft des beginnenden Amazonasklimas etwa tausend Höhenmeter tiefer als Riobamba. Dann klapperten sie wieder im orangen Käfer der beiden Österreicherinnen zu fünft zusammengequetscht retour, schliefen eine Nacht zu dritt in einem kleinen, fensterlosen Zimmer, dessen Wände bis auf Gesichtshöhe mit dunkelblauem Lack angemalt waren, darüber in schmutzigem Weiß. In einer Ecke stand ein Ventilator, davor lag Kutzenberger auf einer dünnen Yogamatte auf dem Boden. Am nächsten Tag machten sie sich, etwas übernächtigt und verkatert, auf den Weg die Andenpässe hinunter an den Strand. Nach einer Weile übernahm Kutzenberger das Steuer, und er fuhr die steile Straße viele Hundert Höhenmeter hinab, eine Kehre nach der anderen. Plötzlich funktionierten die Bremsen nicht mehr, er trat mit aller Kraft auf das Pedal, doch nichts geschah, außer dass der Gang heraussprang, der Motor abstarb und der Wagen nun völlig unkontrolliert einer Haarnadelkurve entgegenraste. Panisch drehte Kutzenberger das Lenkrad bis zum Anschlag, und siehe da, der rostige Käfer hatte eine überraschend gute Bodenhaftung, blieb auf der Straße, bezwang die Kurve. Noch waren sie am Leben und nicht tief unten am Boden der Schlucht, wo zahlreiche Autowracks auf sie warteten, doch war keine Zeit, durchzuatmen, der Käfer schnellte zügellos weiter, vor ihnen machte sich ein überfüllter Linienbus breit, auf dem Dach saßen Leute, winkten fröhlich oder auch voller Todesangst dem ungebremsten Auto der drei österreichischen Reisenden, Kutzenberger setzte zu einem Überholmanöver an, wechselte die Spur und sah, dass ihm ein Pick-up-Truck entgegenkam, er konnte nicht mehr zurück, war bereits neben dem Bus, die Studentinnen im Käfer schrien auf, und er machte sich schmal, legte die Ellbogen an den Körper, was natürlich einem Reflex entsprang, nicht einmal symbolisch gedeutet werden konnte, aber trotzdem auf magische Weise funktionierte, denn der Pick-up, auf dessen Ladefläche drei Männer standen und ihnen entsetzt entgegenblickten, den Mund geöffnet für einen letzten Schrei, wich aus, ganz an den Rand, wo er entlangbalancierte, obwohl eindeutig nicht genug Platz für ein Auto war, noch weniger für einen Kleinlaster, der sich jedoch gegen jede Logik mit den drei ihren Augen nicht trauenden Einheimischen auf der Straße hielt, nicht in die Tiefe stürzte, sondern sich, zwei Räder in der Luft über dem schwindelerregenden Abgrund, an Bus und Käfer vorbeischlängelte – oder war es Kutzenberger, der sein oranges Auto auf zwei Räder stellte und akrobatisch zwischen Bus und Pick-up durchzwängte? Es ging so schnell, war vorbei, bevor es begonnen hatte, obwohl der Schrei der zwei Studentinnen im Käfer und der drei Landarbeiter auf der Ladefläche bis heute noch nachhallte – der Bus war überholt, das Auto nicht ins Tal gestoßen, der Käfer noch auf der Straße, nur um zu bemerken, dass die nächste Kurve nur mehr wenige Meter entfernt war. Und hier bricht die Erzählung ab, keiner der Beteiligten konnte erklären, wie sie diese Situation überlebt hatten, und nicht nur das, sondern wie sie weitergefahren und mit wieder funktionierenden Bremsen einige Stunden später zweitausend Höhenmeter tiefer in Guayaquil am Meer angekommen waren und schöne, unbeschwerte Tage im glitzernden Sonnenlicht des Strands verbracht hatten, die Todesfahrt in den Anden nur mehr eine Anekdote. Kutzenberger soll allerdings Jahre später, bloß scheinbar im Scherz, gestanden haben, dass er sich nicht sicher war, ob er nicht doch an jenem Tag sein Leben gelassen hatte und ob nicht alles, was danach noch kam, nur ein Trugbild war oder vielleicht die lange letzte Sekunde vor dem tödlichen Aufprall.

DIE EUROPÄERIN

km 459

Das Wohnzimmer der Europäerin war groß, blank poliert und neu, mit einer beeindruckenden Fensterfront, vor der sich Novilla bis zu den gewaltigen Hafenanlagen vor dem Schwarz des Meeres ausdehnte. Die Grenzbeamtin war längst wieder verschwunden, hatte ihn abgeliefert wie ein Pizzabote die warm duftende Kartonbox. Here he is, waren ihre Worte gewesen, Thank you, die Antwort, und schon war sie wieder im Lift.

Die Europäerin war blond, mit sportlicher Figur und einem ebensolchen Outfit, barfuß hatte sie ihm mit Legwarmer und in Leggins gegenübergestanden, wie aus einem Aerobic-Video der 1980er-Jahre, obenrum ein weißes T-Shirt.

Come in.

Er hatte die Schuhe ausgezogen und war in Socken zu den großen Fenstern gegangen, um nach draußen zu schauen. Nur eine kleine Lampe leuchtete auf einem Beistelltischchen neben dem ausgeschalteten Fernseher und spiegelte sich in der Scheibe. Das ist also Novilla, sagte er auf Englisch. Eine komische Stadt.

Es ist ganz okay hier, sagte sie. Die Leute sind etwas reserviert, aber immer korrekt. Das hast du ja bemerkt, bei der Einreise. Alle anderen Länder nehmen gar keine Flüchtlinge mehr auf.

Ich bin kein Flüchtling, sagte er, ich komme mit einem Stipendium der UNESCO.

Sie lachte kurz auf, und Kutzenberger drehte sich um. UNESCO, wiederholte sie das Wort, sagte aber nichts weiter.

Was hat *dich* hierhergebracht?, fragte Kutzenberger nach einer kurzen Pause höflich und legte sogleich die Frage nach, die ihn viel mehr beschäftigte: Und was ist in Europa passiert?

Die Frau wusste auf beide Fragen eine Antwort und versuchte, auch auf alle anderen, die Kutzenberger im Laufe der nächsten Tage stellte, Auskunft zu geben. Es war viel, was auf ihn einprasselte, mehr, als in einem Kapitel Platz hat. Deshalb werde ich versuchen, die Informationen aufzuteilen, ich würde sagen, auf die Kapitel *Die Wohnung*, *Die Fügung* und *Die Fakten*. Wobei *Die Wohnung* nur kurz beschreibt, wo Kutzenberger gelandet war und wo er die restliche Zeit seines Aufenthalts, bevor er ins Lager kam, wohnen würde. *Die Fügung* behandelt daraufhin private Details, die Beziehung der beiden Europäer, denn natürlich hatten sie eine Beziehung, man kann ja nicht eine Wohnung teilen und nicht in Beziehung zueinander treten, die Frage ist nur, welcher Art diese Beziehung ist. Das abschließende Kapitel *Die Fakten* liefert schließlich genau das, Fakten nämlich, und nicht wenige. Es ist ein schwierig zu schreibendes Kapitel, der Dreh- und Angelpunkt des ganzen Buchs, wenn man es auf das Politische reduzieren möchte. Hier klärt sich auf, was es mit der sogenannten *Katastrophe* auf sich hatte und was in Europa geschehen war, während Kutzenberger an Bord der *Volendam* den Atlantik querte. Es sind viele Informationen, die in dieses eine Kapitel gequetscht werden müssen, und ich entschuldige mich jetzt schon bei der geneigten Leserin und dem gefälligen Leser für die tollpatschige Art, in der ich das tue. Als Gegenofferte kann ich anbieten, dass die darauffolgenden Kapitel dafür spannender werden, es Mord und Totschlag geben wird, Flucht und Folter, garniert mit überraschender Liebe, die Liebe des Alters, die, weil so nah dem Ende-gut-alles-gut, die wertvollste ist.

DER FALL

km 11.202

Mein Problem mit der Justiz begann mit der Veröffentlichung von Kutzenbergers Debütroman *Friedinger* im Februar 2018, der unter anderem die Lebensgeschichte meines Schulfreunds Karl Friedinger zum Thema hatte, welcher in einen Waffenskandal verwickelt war, der in den 1980er-Jahren die österreichische Innenpolitik erschüttert hatte. Am Rande erwähnte Kutzenberger auch ein paar Mal mich, um mich am Ende als Mörder eines tot aufgefundenen Pakistanis zu überführen. Da ich nicht will, dass sich auch nur ein einziger weiterer Mensch dieses Buch kauft, in dem Kutzenberger völlig ohne Not Dinge aufwirbelte, die schon längst vergessen waren, werde ich Ihnen den Gang in die Buchhandlung ersparen und den Fall in aller Kürze zusammenfassen:

1. Kutzenbergers Version:

Stefan Kutzenberger schreibt in *Friedinger* (Wien: Deuticke, 2018), dass Tariq Qureshi, Assistent von Roman Kreuzer, dem Präsidenten der Österreichisch-Pakistanischen Gesellschaft, im April 2015 von ebendiesem durch vergiftete Tabletten ermordet wurde. Tariq Qureshi hatte laut Kutzenberger herausgefunden, dass sich das als verschollen geltende Hauptwerk Gustav Klimts, *Die Jurisprudenz* (1903), im herrschaftlichen Schlafzimmer der Wohnung Roman Kreuzers im dritten Wiener Gemeindebezirk in seiner ganzen vier Meter hohen Pracht befand und dieser nicht im Geringsten daran dachte, es seinen rechtmäßigen Eigentümern (den Erben nach Erich Lederer) zu restituieren.

2. Richtigstellung:

Mag. Tariq Qureshi war nicht Assistent des Präsidenten der Österreichisch-Pakistanischen Gesellschaft, sondern deren *Geschäftsführer*. Sektionschef Dr. Roman Kreuzer, also ich, war nicht deren Präsident, sondern *nicht amtsführender Ehrenpräsident*.

DIE WOHNUNG

Die Wohnung lag im reichen Neubauviertel Novillas, in dem *km*
auch viele hohe Regierungsbeamte lebten. Sie befand sich im *459*
obersten Stockwerk des einst höchsten Hochhauses Costaguanas, mit Portier, der die Bewohner begrüßte, für Sicherheit und Sauberkeit im Eingangsbereich sorgte und darauf achtete, dass keine Zimmer untervermietet wurden, was strengstens verboten war. Kutzenberger und seine Gastgeberin mussten deshalb beim ersten Vorbeigehen vorgaukeln, ein Paar zu sein. Sie hielten einander bei der Hand, fabrizierten eine Geschichte, wie sie sich bei einer Sportveranstaltung kennengelernt hätten, gaben einander beim Warten auf den Lift ein Küsschen. Der Portier schien überzeugt zu sein und akzeptierte Kutzenbergers Kommen und Gehen von da an ohne weitere Fragen, auch wenn bald klar wurde, dass er mehr war als nur ein Besucher und der Hausverwaltung hätte gemeldet werden müssen. Die schöne Athletin würde sicher bald genug haben von diesem eigenartig verklemmt wirkenden Mann, dachte der Concierge, und wollte sich die Bürokratie einer Meldung sparen. Kutzenberger hatte auch tatsächlich vor, so bald wie möglich eine eigene Wohnung zu finden, nur in die Flüchtlingscontainer wollte er, so es irgendwie ging, nicht, da er ja kein Flüchtling war, wie er immer wieder betonte, auch wenn es kaum jemanden interessierte, denn Europäer waren Flüchtlinge, ganz gleich, warum sie in das Land eingereist waren.

Die Wohnung bestand aus einer großen, nahezu unmöblierten Wohnküche und dem Schlafzimmer der Frau, die Camilla hieß. Außer einem Sofa, einem an die Wand montierten Fernseher und einem Beistelltisch, auf dem eine Lampe stand, war der Wohnbereich leer. Auf der gegenüberliegenden Wand befand sich eine Kochzeile, vor der ein Tisch mit vier Sesseln platziert war. Die großen, glänzend polierten Marmorbodenfliesen, in denen sich untertags die hellen Vierecke der Fenster spiegelten, verstärkten den Eindruck der kühlen Leere.

Im Schlafzimmer Camillas standen ein Bett, ein Schrank und vor dem Fenster ein Schreibtisch mit einem Bücherregal. Neben dem Bett öffnete sich eine Tür in das kleine Badezimmer, in dem ein Waschbecken, eine Dusche und eine Toilette auf engstem Raum untergebracht waren. Die Wohnung war also nicht ideal, um einem unbekannten Gast Herberge zu geben.

Da sein Aufenthalt ursprünglich nur für eine kurze Nacht geplant war, legte Camilla ein Leintuch über das Sofa, deutete auf eine Fernseh-Kuscheldecke und reichte ihm schließlich noch ein kleines Zierkissen, das Kutzenbergers improvisierte Schlafstatt vervollständigte. In der ersten Nacht kam er aber ohnehin nur wenig zum Schlafen, da die beiden einander sehr viel zu erzählen hatten.

DER SCHREIBTISCH

Während Kutzenberger zeit seines Lebens Probleme damit hatte, Gespräche zu beginnen, habe ich auf Flügen immer mit meinen Sitznachbarn geredet. Auch wenn Kutzenberger auf den ersten Blick freundlicher wirkte als ich, mir oft Arroganz und Distanziertheit vorgeworfen wurden, so war es bei genauerer Betrachtung genau umgekehrt: Kutzenberger wollte allein gelassen werden und konnte mit Menschen im Grunde nicht viel anfangen. Er hatte ein überaus schlechtes Personengedächtnis und erinnerte sich selten an die, die ihm vorgestellt wurden, was, so würde ich schlussfolgern, auf mangelndes Interesse an seinen Mitmenschen zurückzuführen war. Der ideale Nachbar weiß genau, wie lange er mit jemandem am Gehsteig vor dem Haus oder im Gang vor der Wohnung sprechen soll. Kutzenberger war das nicht, entweder sprach er zu lang oder zu kurz mit den Menschen seiner Nachbarschaft, weshalb ein Treffen mit ihm immer ein peinlich berührtes Gefühl hinterließ.

km 0,012

Vielleicht hören Sie, geschätzte Leserin und teurer Leser, da aber auch nur meinen alten Hass auf diesen Schnüffler heraus, der sich mit seinen Büchern völlig unnötig in anderer Leute Leben einmischte, diese durcheinanderbrachte und vernichtete, nur um dann wieder zu verschwinden. So hatte er es zumindest mit mir gemacht, noch dazu, ohne mich je persönlich kennengelernt zu haben, da er seinen Roman ausschließlich auf Aussagen meines ehemaligen Schulfreunds Karl Friedinger aufbaute (wobei ich mich heute frage, wo da die Kunst des Schriftstellers bleibt) und Friedinger selbst ja auch nicht gerade ein soziales Genie war, aber zumindest ein Mann, der sein Wort hält, ein altmodischer Ehrenmann. Hätte ich damals, nach der Veröffentlichung von Kutzenbergers Erstling, nicht so schnell reagiert und sofort das Land verlassen, säße ich jetzt im Gefängnis statt in meiner schönen, großzügigen, von Licht und Liebe durchwehten Wohnung. Von meinem aufgeräumten Schreibtisch, wo ich diese Geschichte niederschreibe, lasse ich den Blick immer wieder über die spektakuläre Aussicht vor meinem Fenster schweifen, schaue auf den majestätisch vorbeiziehenden Strom, die Schiffe und Fähren darauf, beobachte das stetig wechselnde Farbenspiel der Grün- und Blautöne des Wassers und kann mir nicht vorstellen, dass es einen schöneren Platz zum Schreiben, aber vor allem zum Leben und Lieben geben könnte. Dass Kutzenberger nur zwölf Meter schräg unter meinem Schreibtischsessel vom Tode ereilt wurde, ist eine Ironie des Schicksals, gleichzeitig aber auch Antriebsfeder für diesen Bericht, der ebenso die Geschichte der Waffe sein möchte, der Glock-Pistole *Made in Austria*, deren Kugel letzten Endes fatal den Lauf des Lebens Kutzenbergers kreuzte.

Wie Louise erriet, dass ihre Freundin schwanger war, und was der Vater des Kindes verschweigen wollte

km 8.466

Als sie das Hauptgericht, Lobster mit kleinen Kartoffeln, beendet hatten, deckten Clelia und Olafur ab und hatten in der Küche einen Moment für sich allein.

Ich bin so müde, sagte Clelia, möchte mich nur noch hinlegen.

Louise ist doch deine beste Freundin, da kannst du dich doch ohne Probleme aufs Sofa legen.

Ich möchte es aber nicht im Liegen sagen.

Dann sag es eben im Sitzen und leg dich danach hin. Jeder wird verstehen, dass du dich ausruhen möchtest, vor allem, wenn sie gerade erfahren haben, dass du schwanger bist.

Ich bin keine Menschen mehr gewöhnt, nach dem langen Lockdown, sagte Clelia.

Ist doch schön, dass wir endlich wieder einmal Freunde zu Besuch haben, mach doch nicht immer aus allem ein Problem!

Ich mach ja kein Problem, sage nur, dass ich es nicht mehr gewöhnt bin, Gäste zu haben.

Geh nun wieder ins Esszimmer und fühl dich wie daheim, sagte Olafur. Er wollte einen Scherz machen, denn schließlich waren sie ja daheim, doch Clelia lachte nicht. Sie verschwand wortlos, und Olafur schob die roten, ausgesogenen Panzer der Langusten mit einer der gebrauchten Gabeln von den Tellern in den Mülleimer und steckte das schmutzige Geschirr in die Spülmaschine. Dann nahm er vier kleine Teller aus dem Schrank, platzierte je eine Kugel Eis und ein paar der vorbereiteten, geschälten und gestückelten Früchte darauf und goss drei Mal einen Schluck Rum darüber. Aus dem Esszimmer konnte man Lachen hören. Er stellte alles samt einer frischen Flasche Wein auf ein Tablett und balancierte es zu den anderen hinüber.

Louise hielt gerade eine Rotweinflasche in der Hand und sagte: Gut, dass du kommst, diese hier ist schon leer.

Bordeaux ist hier in Brooklyn so teuer wie Kokain, sagte Olafur, irgendwer muss da ungemein verdienen. Er nahm den Korkenzieher und öffnete die Flasche mit einem satten Plopp.

Ein Coca-Bauer in Kolumbien bekommt für die Blätter für ein Kilo Koks achtzig Dollar, sagte Mike, in den Straßen von New York ist dasselbe Kilo über hunderttausend wert.

Ganz so arg ist es mit dem Rotwein doch nicht, gab Olafur zu und schenkte Louise galant ein, die fröhlicher und munterer wirkte als sonst, während Clelia neben ihr kaum die Augen offen halten konnte. Im Lockdown waren sie immer schon vor zehn Uhr ins Bett gegangen, jetzt war es fast Mitternacht. So hatten sie sich ihr Leben in New York auch nicht vorgestellt, aber natürlich hätte niemand eine Pandemie vorhersagen können.

Draußen explodierten Feuerwerkskörper, obwohl es weder Unabhängigkeitstag noch Silvester war. Sie hatten sich schon an die tägliche Ballerei um Mitternacht gewöhnt. Louise und Mike schauten fragend aus dem Fenster, während alle vier das Eis mit den Früchten aßen.

Ein neues Hobby der Demonstranten gegen die Kontrollmaßnahmen der Regierung, erklärte Olafur. Seit ein paar Wochen beginnen sie jede Nacht an einer Straßenecke ein Feuerwerk, und da das illegal ist, muss die Polizei ausrücken. Bis diese kommt, sind sie aber schon längst an der nächsten Ecke. Und irgendwann ist dann immer auch unsere an der Reihe. Keine Ahnung, wie sich die Demonstranten das leisten können, denn wie ihr seht, sind das hochwertige Feuerwerkskörper. Ein goldener Sternenfall rieselte vor dem Fenster den dunklen Nachthimmel hinab.

Da ist es bei uns in Manhattan um einiges ruhiger, sagte Mike.

Ich hoffe, der Krach macht dann das Baby nicht munter, sagte Clelia gedankenverloren. Gleich darauf schlug sie die Hand vor den Mund und musste lachen. So wollte ich euch das aber nicht sagen! Endlich ist es draußen: Ich bin schwanger!!!

Louise stand etwas umständlich auf, stellte ihr Weinglas auf den Tisch und ging zu ihrer Freundin. Clelia, meine Liebe, das wusste ich doch schon die ganze Zeit, sagte sie grinsend und umarmte sie von hinten.

Wie denn das?

Es ist doch offensichtlich, wann hast du das letzte Mal einen ganzen Abend nichts getrunken? Und dann hast du ständig deine Hände über den Bauch gelegt, und noch etwas ist mir aufgefallen, aber ich weiß grad nicht mehr, was. Gratulation, ihr beiden, das ist ja großartig!

Meinst du?, fragte Clelia.

Natürlich ist es das. Wenn das nicht großartig ist, was dann?

Wir freuen uns sehr, sagte Clelia.

Mike prostete Olafur zu und sagte, *congrats*.

Wann ist der Termin?, wollte Louise jetzt wissen und küsste Clelia auf den Kopf.

Ende September, antwortete Olafur. Im Sommer werden wir noch einen schönen Roadtrip durch Mexiko machen, und dann beginnt das neue Leben als Eltern. Klingt wild, nicht wahr? Mutter und Vater.

So ist das nun mal im Rad der Generationen, sagte Louise. Ihr werdet sicher wunderbare Eltern sein.

Meinst du?, fragte Clelia wieder.

Natürlich, ihr werdet das ganz wunderbar machen.

In Island wäre natürlich alles viel leichter als hier in Brooklyn, aber vielleicht ziehen wir ohnehin nach ein paar Jahren wieder zurück. Oder nach Paris. Wir werden sehen.

Wie lang ist denn dein Vertrag am Broadway?, fragte Mike.

Immer nur für die Saison, antwortete Olafur, aber solange ich die Tontechnik für das Stück machen will, sollte mein Vertrag auch verlängert werden. Die wären ja blöd, jemanden ganz neu darauf einzuschulen.

Und Clelia arbeitet ohnehin nicht, sagte Louise. Es schwang etwas Missbilligung mit, die Clelia auch sofort heraushörte.

Ich kann nichts dafür, dass es in dem kleinen Kaff in Island kein Spital gab, sagte sie, und es klang schärfer, als sie wollte. Außerdem habe ich Olafur mit dem Hostal geholfen.

Jetzt seid ihr aber schon zwei Jahre in New York, es gab die größte Pandemie der letzten hundert Jahre, und hier gibt es sehr wohl Spitäler, die sich über eine qualifizierte Krankenschwester gefreut hätten.

Ich bewundere dich ja wirklich, wie du das ausgehalten hast. Zehn Stunden am Tag in den Schutzanzügen, zehn Stunden mit Maske.

Das war nicht das Problem. Das Problem war die Hilflosigkeit, das Sterben. So viele Tote. Zu viele Tote, sagte Louise.

Deshalb, auf das Leben!, rief Olafur und hob sein Glas.

Hast du gehört, dass Bashar erschossen worden ist?, fragte Mike, nachdem sie einander zugeprostet hatten.

Ja, mein Vater hat es mir geschrieben, antwortete Olafur. Sein Vater hatte die besten Kontakte in die amerikanische Musikindustrie, und er war es auch, der ihm den Job als Toningenieur beim Broadway-Musical vermittelt hatte. Ab und zu nahm Olafur nun Mike zu Partys von prominenten oder halbprominenten Musikern mit. Einmal hatten sie dabei den Rapper Bashar kennengelernt.

Über die Hälfte der Rapper sterben, weil sie erschossen werden, das ist nicht so dahergeredet, das ist eine korrekte Zahl, stell dir das vor! Amerika muss endlich seine Waffen in den Griff bekommen. Welcher Idiot hat denn heute noch eine Waffe zu Hause?, ereiferte sich Mike.

Clelia warf Olafur einen Blick zu und schüttelte kaum merklich den Kopf.

Doch Louise hatte es gesehen. Was war denn das?, fragte sie. Was soll uns Olafur nicht sagen? Habt ihr etwa eine Waffe?

Olafur lachte. Du solltest Verhöre für die CIA führen, Louise!, sagte er. Ich gebe alles zu: Ja, seit Neuestem haben wir eine Glock in der Schreibtischschublade liegen.

Wie kommt denn das?, fragte Mike.

Ich habe den Schiffsparkettboden im Kabinett geschliffen, um es als Kinderzimmer vorzubereiten, und habe bemerkt, dass eine Planke locker war. Als ich sie anhob, fand ich darunter die Glock. So einfach geht das.

Dann bring sie doch zur Polizei, sagte Mike.

In jedem anderen Land der Welt würde ich sie sofort zur Polizei bringen, nicht aber in den USA. Hier, wo jeder Idiot bewaffnet herumläuft, fühle ich mich, ehrlich gesagt, mit einer Pistole sicherer.

Du weißt schon, was für einen rechten Bullshit du da verzapfst, oder?, ereiferte sich Mike. Mehr Waffen bedeuten auch mehr Tote, Ende der Rechnung, da gibt es nichts zu diskutieren oder zu überlegen. Es kann doch nicht sein, dass ich seit Jahren mit Hillary Clinton durch die Lande ziehe, um für strengere Waffengesetze zu kämpfen, und dann hast du eine illegale Glock daheim.

Natürlich hast du recht. Theoretisch. Aber seitdem ich weiß, dass in einem halben Jahr in dem Zimmer da drüben ein Baby schlafen wird, fühle ich mich sicherer, wenn ich mich verteidigen kann, falls jemand eindringt. Und die Knallerei hier jede Nacht hilft auch nicht gerade, dass ich die Waffe freiwillig weggeben würde.

Clelia war aufgestanden und suchte auf dem I-Pod eine geeignete Playlist. Sie entschied sich für französische Chansons, und Barbara begann, zu einer sparsamen Klavierbegleitung melancholisch über *Le mal de vivre* zu singen. Clelia war enttäuscht, dass ihre große Verkündigung, schwanger zu sein, schon vergessen schien und dass sich das Gespräch nun wieder um Politik drehte. Sie war dafür gewesen, die Waffe sofort zurückzugeben. Olafur hatte sich beim Hausbesitzer erkundigt, wer vor ihnen in der Wohnung gewohnt hatte. Die Antwort: eine alte Dame, die hier zwei Jahrzehnte bis zu ihrem Tod lebte. Davor war die Fluktuation stärker gewesen, Williamsburg noch nicht das Epizentrum der Hipster-Kultur gewesen, und das Haus längste Zeit Lager von illegalen Latinos, die meist irgendwann erwischt und abgeschoben worden waren. Der letzte hatte hier eine Menge gestohlener VHS-Rekorder gebunkert.

Clelia hatte sich nun auf dem Sofa ausgestreckt. Sie schien sich aus dem Gespräch ausgeklinkt und nur noch Ohren für die zarte Musik ihrer Heimatstadt zu haben.

Louise füllte ihr Glas wieder mit Rotwein auf und fragte in die Runde: Will sonst noch jemand einen Tropfen?

Für mich ein Glas Wasser, bitte, sagte Clelia vom Sofa aus.

Louise stand auf und ging in die Küche. Ich finde keine sauberen Gläser!, rief sie ins Esszimmer.

Olafur folgte ihr in die Küche. Er öffnete einen kleinen

Schrank über dem Kühlschrank und streckte sich nach einem Trinkglas. Dabei kam er Louise näher als beabsichtigt, und für einen Moment trafen sich ihre Blicke. Schnell schaute er zu Boden und gab ihr verlegen das Glas. Sie öffnete den Wasserhahn, ließ das Kaltwasser ein paar Sekunden rinnen und füllte es. Olafur stand dicht hinter ihr und betrachtete sie dabei. Er wusste, dass sich Clelia unwohl fühlen würde, da sie allein mit Mike nie wusste, was sie mit ihm reden sollte. Also riss er sich los und ging ins Esszimmer, wo tatsächlich ein verlegenes Schweigen herrschte. Mike saß am Tisch und schaute in sein Weinglas, Clelia lag noch immer auf dem Sofa und lauschte einem Song von Alain Bashung.

C'est la faute à Dylan, sagte Louise, die das Lied erkannt hatte, und überreichte ihr das Wasser.

Eine Glock also, sagte Mike.

Lass mich doch, antwortete Olafur, zumindest bis die Kleine auf der Welt ist, dann werden wir ja sehen, wie wir uns fühlen.

Ein Mädchen also!, rief Louise. Habt ihr schon einen Namen?

Louise, sagte Clelia.

Wirklich?, sie schien überglücklich, obwohl es Clelia nur ironisch gemeint hatte. Im selben Moment erkannte sie aber, dass ihr der Name tatsächlich gefallen würde und dass Louise sich auch verdient hätte, gewürdigt zu werden.

Wirklich, sagte sie, und Olafur schaute sie fragend an, doch beschloss er, im Moment nichts zu sagen.

So kam die Waffe, die Kutzenberger töten würde, ihrer Bestimmung einen weiteren Schritt näher.

DIE FÜGUNG

km 459

Die Europäerin war als Trainerin eingereist, als erste ausländische Trainerin der Frauenhandballnationalmanschaft von Costaguana, die sich durch die in Handballkreisen berühmte dänische Olympiasiegerin einen Sprung nach vorn erhoffte. Die moderne, helle und blank polierte Wohnung gehörte der *Selección femenina de balonmano de Costaguana*. Eine solche Wohnung hatte sich die Trainerin mindestens verdient, die das Team in den zwei Jahren, seitdem sie es übernommen hatte, auf Platz drei der Panamerika-Meisterschaft geführt hatte. Eine blonde Handballtrainerin aus Dänemark? Kommt uns das bekannt vor? Genauso dachte auch Kutzenberger, und er fragte seine Gastgeberin schon nach wenigen Minuten, noch immer am Fenster stehend: Ich habe vor kurzer Zeit einen Portugiesen kennengelernt, der mit einer dänischen Handballerin verheiratet war, kennst du sie zufällig?

Du meinst Esra? Er ist Türke, aramäischer Türke, aber in Portugal geboren und aufgewachsen.

Du kennst ihn also?

Camilla setzte sich, sie wirkte erschrocken. Ich war seine Frau, sagte sie.

Stefan schaute sie an, als hätte er sie zuvor nicht gesehen. Das war die Handballerin, von der er so ausführlich im Flugzeug über den Alpen gehört hatte? Die erfolgreiche Sportlerin mit den freundlichen Eltern, die nach dem Karriereende in eine Depression geschlittert war?

Wie geht es ihm?, fragte sie und klang besorgt. Ist er darüber hinweg?

Über eure Trennung? Ich glaube schon, er hat sehr freundlich über dich gesprochen.

Das freut mich, sagte Camilla in Gedanken versunken. Mein Gott, so lange habe ich nicht mehr an ihn gedacht!

Kutzenberger schwieg, wusste nicht, was er sagen sollte.

Das Vergessen ist wie ein Zauberer, fuhr Camilla fort, der Dinge verschwinden lässt, die dann an unerwarteten Orten wiederauftauchen, nicht wahr?

Kutzenberger sagte: Ich war einmal auf einer Hochzeit, da hat ein Zauberer den Ehering der Braut weggezaubert, und als er ihn wieder herzaubern wollte, gelang ihm das nicht. Der Ring blieb verschwunden. Die Ehe aber hält noch. Oder hielt zumindest noch, fügte er verunsichert hinzu, doch das schien ebenso falsch zu sein, er konnte doch nicht von allen Leuten in Europa mit einem Mal in der Vergangenheit sprechen. Hält noch, wiederholte er deshalb stotternd.

Camilla hatte freilich verstanden und sagte: Ich habe auch noch keinen Weg gefunden, über Europa zu reden. Es ist schwierig.

Ja, Europa, sagte Kutzenberger. Ich erzähle dir da von einem Ring, der verschwunden ist, und in Wirklichkeit ist ein ganzer Kontinent plötzlich weg.

Das passt schon zusammen, sagte Camilla. Die Dinge werden immer weniger, sie zerrinnen uns zwischen den Fingern, sei es nun ein Ring oder ein Kontinent. Das Leben ist wie ein Feuer, in dem wir alles verlieren, was uns nah ist. Wieder stockte das Gespräch. Dann erklärte sie: Es beginnt mit Kleinigkeiten, man trinkt gern Milch, und plötzlich verträgt man sie nicht mehr. Man muss Milchprodukte weglassen. Ein Ding weniger. Doch bald wird es ernster, man darf den Sport, den man liebt, nicht mehr ausüben. Verliert Verwandte, Freunde. Und wir schließlich einen ganzen Kontinent. Vor Kurzem habe ich sogar die Sonnenblumen verloren.

Sonnenblumen?

Ja, Sonnenblumen waren immer meine Lieblingsblumen. Neulich habe ich am Weg Richtung Estrella ein ganzes Feld davon am Straßenrand gesehen, ich bin hingegangen und hab eine dieser riesigen Blumen betrachtet, größer als ich, und sie hat mich angeschaut mit ihrem quietscheentengelb bekränzten großen braunen Auge auf diesem fahlgrünen, unangenehm stacheligen Stängel mit den viel zu kleinen Blättern, und ich habe mir gedacht, warum schaust du mich so an? Warum bist du so gelb? Warum gibt es dich? Und plötzlich hat es mich vor der Blume geekelt, und ich habe meine Lieblingspflanze verloren. So wird es immer weitergehen, bis nichts mehr übrig ist, dann wird es nur noch uns selbst geben und dann auch das nicht mehr. Mehr ist das Leben nicht. Verstehst du? Man sammelt Dinge und Erinnerungen, und dann verliert man diese wieder. Das ist alles, eigentlich ist es ja nicht kompliziert. Ich habe nur so lange gebraucht, es zu kapieren. Sie schaute Kutzenberger nachdenklich an. Wir Europäer haben ja das Glück, fuhr sie dann fort, dass wir so viel auf einmal verloren haben, dass uns das langsame Wegsterben erspart wird. Aber an Esra habe ich wirklich zu lange nicht mehr gedacht, sprangen ihre Gedanken wieder zurück, um festzustellen: Ich glaube, ich liebe ihn noch.

Dieser Zufall, diese wunderbare Fügung, die Stefan zum Liebesboten aus Europa machte, erleichterte natürlich seinen Aufenthalt in Camillas Wohnung und führte dazu, dass er am nächsten Tag nicht ins Aufnahmezentrum ging, sondern einfach blieb. In jener ersten Nacht sprachen sie bis zum Morgengrauen. Es war vor allem Stefan, der redete, der Camilla genau nacherzählte, was ihm Esra nur wenige Wochen zuvor während des Flugs nach Portugal erzählt hatte, auch wenn es sich anfühlte, als ob das in einem anderen Zeitalter geschehen war.

Da Camillas Nationalteamspielerinnen nun nach erfolgreicher Panamerika-Meisterschaft wieder bei ihren Vereinen trainierten, hatte sie viel Zeit, die sie vor allem auf dem Sofa verbrachte, um mit Stefan zu reden oder fernzusehen. Die ersten Tage sprachen sie jugendlich aufgeregt, endlose Gespräche zweier Europäer, gestrandet auf einem fremden Kontinent, die einander nach und nach ihr Leben erzählten. In den Nächten pinkelte er in ein Glas, das er dann aus dem Fenster entleerte, um nicht die Toilette hinter dem Bett der schlafenden Camilla benutzen zu müssen, es wäre ihm wie ein Übergriff vorgekommen. In einem eleganten Bogen schickte er die Flüssigkeit die vielen Stockwerke hinab, die dann am Gehsteig unter der orange leuchtenden Straßenlaterne mit einem lauten Platscher aufklatschte. Doch das war gewiss keine Lösung, immer wieder tauchten aus dem Nichts einsame Spaziergänger, Hundebesitzer oder Radfahrer auf, die verstört nach oben blickten. Also begann er, abends weniger zu trinken, doch als er sich dann doch einmal erleichtern musste, schlich er leise an der schlafenden Camilla vorbei ins kleine Badezimmer, um nur wenige Zentimeter von ihrem Kopf entfernt auf der anderen Seite der dünnen Wand das Klo zu benutzen. Um sie nicht zu wecken, beschloss er, nicht zu spülen. Trotzdem sprach sie ihn am nächsten Tag darauf an: Es sei ihr lieber, er betätige den Spülknopf, sagte sie, und Kutzenberger konnte nicht einschätzen, wie sehr sie seine Anwesenheit störte. Durch dieses Gespräch, durch das nächtliche Vorbeischleichen an ihrem Bett, schienen sie aber viele Stufen einer Beziehung übersprungen zu haben, und schon nach wenigen Tagen lebten sie plötzlich wie ein altes Ehepaar. Sie hatten einander offensichtlich alles gesagt, sprachen nur noch das Notwendigste miteinander und hatten ihre kleinen Routinen und Eigenarten, die der andere kannte und akzeptierte. Diese Phase dauerte eine Woche, zehn Tage vielleicht, bis sich mit einem Schlag alles änderte.

DIE FAKTEN

In den ersten Tagen, die Kutzenberger mit Camilla verbrachte, *km*
gelang es ihm endlich, auf viele Fragen, die ihn beschäftigten, *459*
seitdem die *Volendam* nicht wie geplant in Montevideo hatte anlegen dürfen, Antworten zu erhalten. Und nach und nach fügte sich ein Bild zusammen, das ihm gestattete zu erahnen, was während seiner Überfahrt geschehen war:

In der an eigenartigen Kriegen reichen Weltgeschichte war er in einen besonders eigenartigen geraten, bei Weitem aber nicht in den eigenartigsten. Ähnlich wie zu Beginn des Ersten Weltkriegs führte eine geradezu unglaubliche Reihe an Zufällen, Missverständnissen und falschen Einschätzungen direkt ins Blutvergießen. Ihr nährendes Fundament hatte dieses in der Überzeugung eines Großteils der Bevölkerung, dass vieles in die verkehrte Richtung lief und eine kurze, heftige Auseinandersetzung helfen könnte, für ein klärendes Gewitter zu sorgen. Und ebenso in Analogie zum Sommer von 1914 lief diese Auseinandersetzung durch unglückliche Allianzen, alte Verpflichtungen und verkehrte Annahmen so schnell aus dem Ruder, dass aus einem entlegenen Streit innerhalb kürzester Zeit ein Weltenbrand wurde. Während zwischen der österreichisch-ungarischen Kriegserklärung an Serbien am 28. Juni 1914 und dem Waffenstillstand am 11. November 1918 allerdings 1568 Tage lagen, war die Aufmerksamkeitsspanne im einundzwanzigsten Jahrhundert nicht mehr so groß, und nach ein paar Wochen verpuffte das Interesse an diesem Krieg der Kontinente, der Zehntausende Menschen in die Flucht getrieben hatte, Europa und Amerika einen Monat lang voneinander isolierte wie seit der sogenannten Entdeckung durch Columbus nicht mehr und dreitausend Menschen im unerhörten Gemetzel von Ciénaga und ein paar Unglückliche im sadistischen Kriegsgefangenenlager von La Matosa das Leben kosten sollte, was im Vergleich zu den großen Kriegen natürlich wenig war, aber umso schmerzlicher, wenn es einen selbst traf. Andererseits macht es für den Einzelnen, wie zum Beispiel Kutzenberger, freilich keinen Unterschied, ob man im großen Grauen oder im kleinen Missverständnis stirbt, am Beginn eines langen Krieges oder am Ende eines kurzen.

Der Auslöser in unserem Krieg war kein Mord an einem Thronfolger, sondern, ja, es klingt unglaublich, die Rezension eines europäischen Romans in einer südamerikanischen Zeitung. Das allein zeigt bereits, wie eskalationsfreudig unsere Gegenwart geworden ist, denn außerhalb des Feldes der Literatur hat eine Buchkritik, wo sie natürlich für einzelne Autoren die Welt bedeuten kann, bisher noch kaum jemanden von außerhalb der Branche hinter dem Ofen hervorgelockt. Der Erste Weltkrieg kam durch eine verhängnisvolle Kettenreaktion der Bündnissysteme in Gang, auf Serbien folgte Russland, folgte Frankreich, folgte England, folgte Italien, folgten die USA und so weiter. Auf der anderen Seite folgte das Deutsche Reich den Habsburgern, die noch nie einen Krieg gewonnen hatten. Italien war kurz dabei, wandte sich wieder ab, das Osmanische Reich kam hinzu, schließlich Bulgarien. Und in unserem Fall waren die Bündnisse noch fataler, da sie nicht durch Landesgrenzen definiert wurden, sondern ideologisch oder – noch verwirrender – literaturwissenschaftlich.

Die besagte Rezension war nach Kutzenbergers Zeit in Wels erschienen, kurz vor seinem Abflug nach Portugal, und übrigens von Marta Ferreira, ja, unserer Marta, verfasst worden. Sie behauptete darin, dass Europäer unfähig zur Fiktion seien, keinerlei Fabuliergabe hätten und somit auch keine Geschichte erzählen könnten. Meinte sie damit gar Kutzenberger? Dagegen spricht, dass sie außer seinen drei kleinen Kolumnen in den *Oberösterreichischen Nachrichten* nichts von ihm gelesen hatte, da ihr an Rilke geschultes Deutsch, wie sie selbst behauptete, nicht ausreichte, um lange Romane zu lesen. Oder hatte sie etwa die von Hillary Clinton initiierten Übersetzungen seiner Bücher ins Englische in die Hände bekommen, von denen in *Jokerman* die Rede war?

Nur wenige Tage später bezog sich ein Literaturkritiker in einer großen deutschen Zeitung auf besagte Buchbesprechung Martas und konterte in einem langen Essay, dass die Literatur Amerikas ausschließlich aus magisch überhöhter Fantasterei bestehen würde, was sich in der Folge auch auf die Politik übertragen habe. Von Alaska bis Feuerland habe das Gift der Fiktionalisierung dazu geführt, dass der gesamte Kontinent den Bezug zur Realität verloren habe.

Mit dem Angriff auf die Politik der beiden Amerikas verließ die Polemik den geschützten Bereich des Feuilletons, und in den Politikressorts auf beiden Seiten des Atlantiks wurde eine handfeste Krise herbeigeschrieben. Kutzenberger, wie immer völlig unbedarft, hatte von alldem kaum etwas mitbekommen. Als er sich dann bereits an Bord der *Volendam* befand, eskalierte die Sache. Politische Gruppierungen in den USA und Brasilien verlangten eine Entschuldigung der EU, diese verwies auf die Meinungsfreiheit. Auch in den Zeitungsredaktionen hatte man wenig Lust, um Verzeihung zu bitten, und argumentierte, allein die Idee, sich für einen Essay bei einem Staat entschuldigen zu sollen, bewiese doch, dass Amerika in einer Parallelwelt gelandet sei, die nichts mehr mit der Realität zu tun habe. Intellektuelle in Argentinien und Mexiko gaben dieser Bemerkung in den sozialen Medien einen positiven Spin und behaupteten: Richtig, Europa hat recht, wir haben nichts mit der Realität zu tun, auf jeden Fall nichts mit dieser drögen, grauen europäischen Realität. Da loben wir uns den überbordenden Reichtum der amerikanischen Wirklichkeit. Und man endete mit der Pointe: Nieder mit den Realen! Wir sind die Fiktiven! Europäische Bücher verschwanden aus den Regalen der großen Buchhandlungen von Buenos Aires und Mexico City. Europa reagierte verstimmt und fügte dem alten hebräischen Rechtssatz *Auge um Auge* die Ergänzung *Buch um Buch* hinzu, sodass lateinamerikanische Literatur mit einem Verkaufsverbot belegt wurde. Und plötzlich ging es schnell, Amerikaner in Europa organisierten sich zu großen Demonstrationen gegen die Realen, es kam zu Sabotageakten, Terroranschlägen, Bücherverbrennungen und regelrechten Straßenschlachten. Aus Sicherheitsgründen, wie man sagte, begann man, Amerikanern die Aufenthaltsgenehmigung zu entziehen und sie des Kontinents zu verweisen. Zahlreiche Menschen der Kulturbranche demonstrierten wiederum gegen diese für sie überzogene Reaktion und verlangten ein Recht auf Fiktionalisierung, auch in Europa. Die Politik hatte sich aber entschieden, da sie einen Großteil der Wählerschaft unter den Realen vermutete und *der Welt der Lüge*, wie sie es nannte, keinen Eintritt lassen wollte. Beide Amerikas gäben ein abschreckendes Beispiel, was passiere, wenn man den gesicherten Boden der Realität verlasse und anfange, die Wahrheit zu verbiegen. Man drehte den Schlachtruf Amerikas um und skandierte: Nieder mit der Fiktion! Wir sind die Realen! (Natürlich splitteten sich auf beiden Seiten des Atlantiks die Blöcke sofort in Untergruppen auf – die Fiktiven, Fiktionalen, Fiktionalisten versus die Realen, Realisten, Realistischen –, was für uns nun aber zu weit gehen würde.)

Mit der Behauptung *Nieder mit der Fiktion!* kamen innerhalb Europas bislang kaschierte Bruchlinien zum Vorschein, und es bildeten sich überraschende Allianzen: Den Verfechtern des Fiktionalen folgten zahlreiche Menschen aus den kreativen Bereichen, Künstlerinnen, Schriftsteller, Musikerinnen, Gaukler und Tänzerinnen. Besonderer Zuzug kam aber aus der in den letzten Jahren stark angewachsenen Gruppe derjenigen, die das Gefühl hatten, durch immer vehementer eingeforderte Versuche, die Sprache inklusiver zu machen, ihre Heimat in ebendieser verloren zu haben. Diese Gruppe litt daran, dass ihr das Wort im Mund umgedreht wurde, dass nicht mehr zählte, was man sagen wollte, sondern nur mehr, was man bösartig in die Aussage hineininterpretieren konnte. Viele hatten den Eindruck, zum Schweigen gebracht werden zu sollen, und sie entschlossen sich, die Gelegenheit beim Schopf zu packen und unter Protest gemeinsam mit den Freunden der Fiktion den alten Kontinent zu verlassen. Kleinere, meist akademische Gruppen schlossen sich dieser Allianz an, die Vertreter einer textimmanenten Literaturinterpretation, ontologische Realisten, Sinnfeldtheoretiker. Das klingt zwar kompliziert, war aber einfach: Wer an der um sich greifenden Zensur der politischen Korrektheit verzweifelt war, sah plötzlich einen Ausweg darin, in Südamerika ein neues

Leben zu beginnen, frei von den Zwängen des drögen Realismus und der Zerstörung der Sprache. Aufgeheizt durch die sozialen Medien, begannen tatsächlich Zehntausende, ein ihnen bedrohlich erscheinendes Europa zu verlassen, um an den paradiesischen Küsten Südamerikas einen Neuanfang zu suchen.

Die realistischen Medien Europas höhnten, dass wohl bald auch fiktive Personen Reißaus nehmen würden, um sich zu ihren fiktiven Kollegen in Südamerika zu gesellen. Wobei die Kategorisierung als fiktive Figur in Europa immer noch eine Figur aus der Literatur meinte, während dieselbe Bezeichnung in Amerika inzwischen bereits als Abgrenzung zu den europäischen Realisten verstanden wurde. Eine satirische Karikatur wurde zum Inbegriff des Grabens zwischen Realisten und Fiktionalisten: Zeus, Don Quijote und Sherlock Holmes stehen neben Harry Potter auf der Arche Noah und spähen nach der Neuen Welt. Auf beiden Seiten wurde dies das meistpublizierte Bild der Auseinandersetzung und belegte deutlich, wie die neue Weltordnung auszusehen hatte: reale Menschen in Europa, fiktive nach Amerika. Wobei Amerika hier immer Lateinamerika und da wiederum meist Südamerika meinte, da die Lage in Nordamerika, wo sich Realisten und Fiktive die Waage hielten, so unübersichtlich geworden war, dass das Land an den Rand eines Bürgerkriegs geriet. In Südamerika aber beschloss man stolz, fiktiv zu sein, der reale Mensch war der Feind.

Und hier nun begann es, tatsächlich problematisch zu werden, denn während in Europa die Fronten inhaltlich oder ideologisch verargumentiert wurden, etablierte sich in Südamerika bald eine geografische Gliederung: Europäer waren Reale, egal, ob sie mit den Fiktiven sympathisierten oder nicht. Die Grenzen wurden geschlossen, Europäer nicht mehr an Land gelassen, Schiffe und Flugzeuge wieder zurückgeschickt. Das führte dazu, dass auch der Handel zum Erliegen kam, in einer eitlen und infantilen Eskalationsschraube der Politik schließlich die Telekommunikation zwischen den Kontinenten eingestellt und kurzzeitig sogar das Internet ausgesetzt wurde.

Allein Costaguana reagierte vorbildlich und hatte in Windeseile ein riesiges Flüchtlingsauffanglager errichtet. Kreuzfahrtschiff um Kreuzfahrtschiff durfte anlegen, und die Neuankömmlinge wurden in Fiktive (*F*) oder Reale (*R*) eingeteilt. Nur wenige schafften es, bereits bei der Einreise ein *F* zu bekommen. Eine Möglichkeit der Bestimmung während des Interviews war die Ahnenreihe: Man ging davon aus, dass reale Menschen mehr Verwandte hätten als fiktive Figuren. Also fragte man Neuankömmlinge peinlich genau über ihre Vorfahren aus, verlangte Listen von Onkeln, Tanten, Neffen und Nichten, wollte die Namen der Groß- und Urgroßeltern wissen, erkundigte sich nach Patinnen und Patenkindern. Je mehr Fragen man beantworten konnte, desto eher war man real, denn nur in den seltensten Fällen gab ein Roman so genau über die Verwandtschaftsverhältnisse der Protagonisten Bescheid. So weit die Theorie, denn natürlich gab es zahlreiche Gegenbeispiele in der Literatur, sodass der Stempel *R* oder *F* im Pass trotz aller Bemühungen willkürlich blieb und von der Laune der Grenzbeamten abhing. Kurze Zeit später waren ohnehin auch in Costaguana alle Europäer automatisch *R*, ganz ohne Befragung. Anfangs wurden die Realen allerdings noch gut behandelt, mussten zwar im Auffanglager bleiben, erhielten dort aber Sprachkurse und Arbeit, mit dem Ziel, in kürzester Zeit integriert zu werden, um als *F* in die Freiheit entlassen zu werden.

DIE SITZNACHBARIN

Als ich viereinhalb Jahre vor Kutzenberger meine Reise über den Atlantik antrat und mit meinem gesamten Vermögen in Zweihunderteuroscheinen – unauffällig verteilt auf zwei große Koffer, einen Rucksack und eine Bauchtasche – nicht nach Lissabon, wie er, sondern nach Madrid flog, um von dort gen Montevideo weiterzufliegen, weil es kein juristisches Auslieferabkommen zwischen Österreich und Uruguay gab, saß ich im Flugzeug neben einer bildhübschen jungen Frau. So schön war sie, dass ich sie nicht ansprach, da sie sicher viel zu oft von alten Männern blöd angemacht wurde. Als wir über den Wolken beide ein Glas Rotwein bestellten, das in der Businessclass tatsächlich im Glas und nicht im Plastikbecher kam, prostete sie mir zu und stellte sich vor. Auch ich sagte meinen Namen, und sie fragte mich, was ich in Madrid machen würde. Darauf war ich nicht vorbereitet gewesen, ich hatte mir keine offiziell erzählbare Version meiner Geschichte vorbereitet. Die Wahrheit kam aber nicht infrage, denn nur schwer konnte ich sagen, dass ich auf der Flucht vor der Justiz war, da ich einen Mord verübt hatte. Einen perfekten Mord, wohlbemerkt, den die Polizei nie gelöst hätte. Wenn da nicht ein penetranter Jungschriftsteller unbedingt Detektiv hätte spielen wollen, wäre niemals etwas passiert. Also stammelte ich: Business-Trip.

km 11.326

Welches Business denn, fragte die junge Frau und strahlte mich mit einem Mund voller Zahnpastawerbezähnen an, ich kenne Madrid ganz gut.

Da war ich vollständig blank. Justizministerium, hätte als Antwort auf der Hand gelegen, dort kannte ich noch einige ehemalige Kollegen, doch nicht einmal das fiel mir ein.

Das Mädchen lachte. Ich habe auch ein delikates Business, sagte sie, ich bin Escort-Girl.

Sie sagte das so entwaffnend natürlich, dass ich mit einem Mal alle Hemmungen verlor und das Erste fragte, was mir durch den Kopf ging: Sind Sie teuer?

Wieder lachte sie ihr melodiös glucksendes Jungmädchenlachen, das trotzdem voller Welterfahrung und Selbstbewusstsein war, im Wissen darüber, wie viel Macht ihre Schönheit ihr gab. Sie könnten sich mich leisten, sagte sie.

Woher wissen Sie das?

Sie sind wohlhabend, nicht superreich, aber ohne finanzielle Sorgen. Sie reisen mit so viel Bargeld, dass andere davon ein Leben lang leben könnten. Ich erblasste oder errötete, spürte auf jeden Fall, wie sich meine Gesichtsfarbe änderte.

Keine Sorge, sagte sie, das sehe nur ich, denn ich sehe alles, mir macht kein Mann mehr was vor. Männer sind wehleidige Gockel, fuhr sie nach einer kleinen Pause fort, als hätte sie überlegt, ob sie mir das sagen konnte oder doch nicht. Wehleidige Gockel, sagte sie also, denen man nie zeigen darf, dass sie keine Macht mehr haben, dass ihre Zeit abgelaufen ist, denn dann werden sie aggressiv. Aber vielleicht bin ich auch ungerecht, sagte sie, wieder nach einer kleinen Nachdenkpause, die Männer, die ich beruflich kennenlerne, sind wohl statistisch nicht repräsentativ für den Durchschnitt, sehr wohl aber für die Mächtigen und Reichen. Ich bin sehr oft auf wichtigen Essenseinladungen oder sozialen Events, sagte sie, und beides ist so traurig voraussehbar, so lächerlich leicht zu durchschauen wie das, was danach im Bett kommt. Mir kann niemand mehr etwas vormachen.

Warum erzählen Sie mir das?, wollte ich wissen.

Weil Sie anders sind, Sie sind auf der Flucht, aber Ihrer Sexualität werden Sie nicht entkommen.

Ich schaute sie fragend an.

Sie sind natürlich schwul, sagte sie, auch wenn Sie das nicht ausleben und lieber ein Leben ohne Sexualität gewählt haben. Aber ewig lässt die sich nicht unterdrücken, früher oder später werden Sie sie zulassen. Es ist also schon klug von Ihnen, einen Neuanfang in Südamerika zu wagen, Sie werden dort Glück finden, sagte sie, mit so einer Sicherheit, als ob sie vom Wetter des Vortags spräche.

Wie können Sie das alles einfach so behaupten?, fragte ich fassungslos.

Ich behaupte es ja nicht, ich sage nur, was offensichtlich ist. Sehen Sie, Sie sitzen in der Businessclass, also sind Sie nicht arm. Dann haben Sie einen dicken Bauchgurt voller Bargeld und ein noch dickeres Kuvert in Ihrem Handgepäcksrucksack. Es hätte gereicht, ein einziges Mal zu kontrollieren, ob alles da ist, am besten zu Hause, bevor man die Tür hinter sich schließt. Sie haben aber bereits vor dem Start zwei Mal nach dem Geld gegriffen. Was hätte denn passieren sollen, bequem auf Ihrem großen Sitz in der Businessclass? Es war also klar, dass Sie mit einer großen Menge Bargeld reisen und das nicht gewohnt sind. Nachdem Sie offensichtlich nicht auf Geschäftsreise sind, Ihnen nicht einmal eingefallen ist, was Sie in Madrid hätten machen können, war klar, dass Sie nie im Sinn hatten, nach Madrid zu reisen. Spanien ist also nur ein Zwischenstopp. Für welche Destination ist aber Madrid ein beliebter Transitflughafen? Südamerika natürlich. Sie sind also nicht auf Geschäftsreise, auch nicht auf Urlaubsfahrt, sondern mit ganz anderem Ziel unterwegs, auf dem Weg zu einem Neuanfang nämlich. Warum Sie aber dafür das Geld nicht einfach auf Ihrem Konto gelassen haben oder es in Ihr neues Land überwiesen haben? Sie haben wohl nicht ganz freiwillig die Zelte abgebrochen, sind auf der Flucht. Zu groß dürfte Ihr Verbrechen aber nicht gewesen sein, schließlich sind Sie noch ganz legal mit Ihrem Pass ausgereist, haben offiziell ein Flugticket gekauft. Also war es wohl irgendeine Verwicklung mit der Justiz, eine Steuersache vielleicht, kombiniert mit einer allgemeinen Unzufriedenheit, die es Ihnen leicht machte, radikal einen Schlussstrich zu ziehen und in Südamerika einen Neuanfang zu versuchen. Dass Sie schwul sind, war mir gleich klar, so wie Sie mich angesehen haben. Sie haben mich zwar interessiert beobachtet, nicht aber mit Blicken auszuziehen versucht. Das klingt zwar arrogant von mir, ich weiß, vielleicht wird man auch wirklich etwas zu selbstgewiss, wenn man von klein auf hört, wie hübsch man ist. Als der Körper dann auch noch weiblich wurde, brachte das aber zunächst eine totale Verunsicherung, ich wollte mich am liebsten verstecken.

Doch nach und nach lernte ich, welche Macht in der Schönheit steckt. Es ist seltsam, sich selbst als schön zu bezeichnen, auch weiß ich, dass ich in einer anderen Kultur, in einer anderen Zeit, mit demselben Aussehen keineswegs als schön gegolten hätte. Aber hier und jetzt ist es nun mal so, und ich weiß, welchen Effekt ich auf Männer habe, verdiene ja schließlich mein Geld damit. Sofort spürte ich also, dass ich auf Sie eben keinen Einfluss habe, obwohl Männer wie Sie ja meine Hauptzielgruppe sind. Also, schloss meine Sitznachbarin, haben Sie andere Interessen. Und als ich dann sah, dass Sie dem Stewart weit mehr Aufmerksamkeit schenkten als mir, fuhr sie fort, war auch die konkrete Natur dieser Interessen klar. Als der Stewart dann aber mit Ihnen zu flirten begann und Sie das überhaupt nicht bemerkten, die deutlichen Signale nicht deshalb übergingen, weil Sie kein Interesse an ihm hatten, sondern weil Sie die Zeichen offensichtlich gar nicht richtig zu lesen wussten, wurde der Fall interessant: Sie leben Ihre Homosexualität gar nicht aus! Vielleicht ist das auch mit ein Grund für Ihre Flucht, ein völliger Neuanfang und ein später, sehr später Startschuss für Ihre Sexualität. Diese Überlegung gefällt mir, sagte meine Sitznachbarin, sich der übersexualisierten Welt, in der wir leben, einfach zu entziehen. Man kann ja keinen Meter gehen, ohne irgendwelchen sexuellen Reizen ausgeliefert zu sein. Und da einfach nicht mitzumachen, das bewundere ich. Aber in meinem Beruf geht das natürlich nicht. Am meisten gefallen mir die Fußballspieler, sagte sie nach einer kurzen Pause unvermittelt. Die erinnern mich an mich selbst: Sie haben keine Ahnung, wie sie plötzlich zu so viel Geld gekommen sind, haben keinen richtigen Schulabschluss und wissen, dass sie deshalb ein Ablaufdatum haben, dass ihr jugendlicher Körper ihr Kapital ist. Im Gegensatz zu mir haben sie aber keine Zeit, in die Zukunft zu blicken. Während ich den Schulabschluss nachgeholt habe und mich nun ständig weiterbilde, bleiben sie auf dem Niveau eines Kindes stehen, das von der Mutter vom Fußballspielen heimgerufen wird, weil das Abendessen auf dem Tisch steht. Das macht es auch so leicht mit ihnen. Natürlich schlagen sie manchmal über die Stränge, aber ein strenges Wort, und sie sind wieder ganz zahm. Ich mag sie gerne, diese sportlichen Millionäre. Deshalb fliege ich ja auch nach Madrid.

Real?, fragte ich.

Sie nickte.

Können Sie Namen nennen?

Natürlich nicht, sagte sie lachend.

Neben was für einer Frau war ich da gelandet? Sie beeindruckte mich, aber natürlich nicht weil sie die berühmten Fußballer von Real Madrid kannte, sondern weil sie mich gelesen hatte wie ein offenes Buch. War ich wirklich so durchschaubar?

Sie sind übrigens nicht so leicht zu durchschauen, wie das eben geklungen hat, sagte sie. Passkontrolle und Zoll sollten kein Problem für Sie sein. Sind ja meist nur Männer, die dort stehen, ergänzte sie schelmisch lächelnd.

DIE ENTLASSUNG

km 459 Eines Tages kam Kutzenberger vom Einkaufen, das mit Camillas Geld in der Hosentasche immer mehr zu seiner Aufgabe geworden war, und der Portier, der schon lange wusste, dass er nun mehr oder minder permanent hier wohnte und nicht nur zu Besuch war, dem also nicht verborgen blieb, dass etwas nicht mit rechten Dingen zuging, auch wenn er glaubte, dass Camilla und Stefan ein Paar waren, obwohl es bei dem einen Küsschen vor dem Lift geblieben war – was Kutzenberger bedauerte, da er hungrig war nach einer Umarmung, nach ihren weichen Lippen, nach Berührung und Kontakt, nach Camillas Körper nah an seinem –, eines Tages also überreichte ihm der Portier ein Kuvert. Für die Señora, sagte er mit blecherner Stimme, und Kutzenberger bedankte sich, legte es in den Einkaufskorb, wartete auf den Lift, fuhr hinauf in den letzten Stock, verließ die mit kalten Leuchtstoffröhren ausgeleuchtete Kabine und läutete, da er keinen eigenen Schlüssel hatte. Camilla öffnete ihm, wie immer in ihrer knappen Sportkleidung, als ob er gerade bei einem Work-out gestört hätte, obwohl er sie kein einziges Mal hatte trainieren sehen in den zwei Wochen, die er nun bereits auf dem Wohnzimmersofa schlief. Er räumte den Einkauf in den Kühlschrank und überreichte ihr den Brief, welcher ihre improvisierte Wohngemeinschaft beenden, ein neues Kapitel aufschlagen und zum verworrensten Abschnitt in ihrer beider Leben führen sollte.

Camillas Vertrag als Trainerin für das Handballnationalteam war ohne Angabe von Gründen fristlos gekündigt worden. Nach ein paar Telefonaten bestätigte es sich: Man wollte nicht mehr mit ihr zusammenarbeiten, offiziell, um nach zwei erfolgreichen Jahren etwas Neues, noch Erfolgreicheres auszuprobieren, inoffiziell, weil Europäerinnen keine Stellen des nationalen Interesses mehr bekleiden sollten, was zwar keinem Gesetz entsprach, von nun an aber so gehandhabt wurde. Camilla legte sich nach einem kurzen Aufbäumen, das aus ebendiesen Telefonaten bestand, ins Bett und stand nicht mehr auf. Jetzt fängt es also auch hier an, sagte sie.

Am nächsten Tag schmiss sie Kutzenberger mit den Worten: Du musst gehen, raus.

Aber ich kann dich doch jetzt nicht allein lassen, widersprach er, natürlich bleibe ich bei dir, ich werde einkaufen und kochen. Und bald werden wir einen Verein finden, der eine Weltklassetrainerin wie dich mit Handkuss nehmen wird!

Du hast nichts verstanden, sagte sie. Es ist vorbei, wir sind hier nicht mehr erwünscht.

Natürlich sind wir das, rief Kutzenberger, du bist doch vom Staat hierhergeholt worden, und ich bin auf Einladung der UNESCO in Südamerika!

Schon, aber was, wenn es die UNESCO nicht mehr gibt und das Land, das mich geholt hat, nun eben eine einheimische Trainerin bevorzugt? Niemanden interessiert, was einmal war, Stefan. Du musst gehen und dich irgendwie nach Uruguay durchschlagen, es gibt keine andere Möglichkeit. Dort musst du dann die Schriftstellerin finden, die du hättest besuchen sollen, und beten, dass sie dich aufnimmt. Wenn sie das tut, dann hast du eine kleine Chance, ein neues Leben zu beginnen.

Und du?

Ich werde hier liegen bleiben, überlegen und warten.

Auf was?

Dass jemand kommen wird und die Wohnung haben will.

Und dann?

Spätestens dann werde ich mir wirklich etwas einfallen lassen.

Was zum Beispiel?

Weiß ich nicht, deshalb muss ich ja überlegen.

Kannst du nicht zu einer deiner Spielerinnen gehen?

Vielleicht. Wenn die Gesetze nun so wie in Uruguay oder Brasilien werden, dann wird mich niemand aufnehmen. Bis jetzt konnte man bei uns in Costaguana als *R* ganz gut leben. Nun werde ich allerdings wohl wieder von vorne anfangen müssen, wie ein Neuankömmling, wie du. Aber ich habe doch keine Ahnung, Stefan, quäle mich nicht.

Zwei Nächte blieb Kutzenberger noch in der Wohnung. Camilla lag meist im Bett und antwortete einsilbig. Er stand oft am Fenster und blickte über die Dächer der Wohnblöcke. Dahinter sah man am Horizont die mächtigen Kräne der Hafenanlage, die sich majestätisch bewegten, hin und her, unentwegt einem geheimen Muster folgend, das, wenn man es richtig las, vielleicht die Antwort auf alle Fragen gab. Doch so sehr er auch darauf starrte, er schaffte es nicht, ein einziges Zeichen zu entziffern und die von ihm erhoffte Lösung aller Probleme zu finden.

Am Morgen des dritten Tages schlich sich Camilla von hinten an ihn heran und sagte so plötzlich, dass er zusammenzuckte: Am Anfang haben mich diese Kräne an Riesensaurier erinnert, doch jetzt weiß ich, dass es Maschinen sind, die unsere Herrschaft übernehmen wollen.

Schweigend beobachteten sie die langsamen und würdevollen Bewegungen der gewaltigen Geräte.

Wenn diese Dinger die Herrschaft übernehmen, dann sind wir die Sklaven, sagte Kutzenberger schließlich.

Wir sind die Sklaven, wiederholte Camilla.

Ihr seid die Sklaven, sagte plötzlich auch eine blecherne Stimme hinter ihnen.

Sie zuckten auseinander. Kutzenberger fühlte sein Innerstes zu Eis gefrieren. Anstatt sich umzudrehen, blickte er auf Camilla, die, bleich im Gesicht, weiter auf den Horizont starrte. Es war die Stimme des Portiers gewesen.

Camilla sagte leise, endlich ist es so weit.

Sie berührten einander nicht, doch es kam ihm vor, als könnte er sie zittern fühlen. Oder war es sein eigener Körper, der unkontrollierbar zuckte?

Natürlich seid ihr keine Sklaven, sagte eine zweite Stimme jovial.

Endlich wandte sich Kutzenberger um. Mitten im Wohnzimmer standen der Portier, zwei uniformierte Männer und eine Dame in einem blauen Hosenanzug.

Das ist er, sagte der Portier und zeigte auf Kutzenberger.

Die Uniformierten verlangten seine Papiere und warfen einen schnellen Blick auf das große *R*. Die Frau verschwand mit Camilla im Schlafzimmer.

Du bist nie durch das Aufnahmecenter gegangen, sagte der Uniformierte, der gesprochen hatte, und deutete auf das Einreiseformular. Da fehlen noch eine ganze Menge Stempel.

Durch einen Spalt in der Tür sah Kutzenberger Camilla das letzte Mal. Die Frau neben ihr studierte Formulare, während Camilla müde und desinteressiert durchs Fenster hinausblickte. Die Männer packten Kutzenberger und führten ihn ab.

DAS FREIBAD

km 6 Meine hübsche Sitznachbarin im Flugzeug nach Madrid hatte korrekt beobachtet, dass ich mit einem Gurt voller Bargeld und einem dicken Kuvert im Handgepäck die Reise antrat. Es befanden sich darin aber nur die erlaubten 10 000 Euro, mit denen ich offiziell in Uruguay einreisen durfte. Was sie nicht wusste, war, dass sich in meinem Koffer 2,7 Kilogramm Geld in Zweihunderteuroscheinen befanden, was genau 200 000 Euro entsprach. Nachdem ich in den paar Tagen vor meiner Flucht weder meine Wohnung in Wien noch sonst etwas hatte verkaufen können, war das alles, was ich besaß. Doch hatte ich meine Destination gut ausgewählt: Sie lag nicht nur zwischen zwei Ländern, die beide kein Auslieferungsabkommen mit Österreich hatten, sondern wies auch ein erfreulich niedrigeres Preisniveau auf. Santa María war in Wirklichkeit sogar noch günstiger als angenommen, sodass das Geld für den Rest meines Lebens ausreichen sollte.

Die ersten paar Nächte verbrachte ich in einer etwas heruntergekommenen Pension mit schöner Aussicht auf den Fluss, die mir mein Taxifahrer gleich nach der Ankunft empfohlen hatte. Vielleicht auch nur, weil sie weit weg vom Busbahnhof von Santana do Livramento lag und er mit den Zuschlägen für die Ländergrenze und mein Gepäck ganz gut hatte abkassieren können. Die Rezeptionistin war eine schlecht aufgelegte, misstrauische alte Dame, die von mir verlangte, immer den Schlüssel bei ihr abzugeben, wenn ich das Haus verließ. Sie war gleichzeitig die Köchin der Bar, in der ich ganz gern frühstückte, weil die Küche eine höhere Qualität bot als die Pension, und ein einziges Mal entlockte ich ihr ein kleines Lächeln, als ich an einem Wochenende ihr Spanferkelsandwich lobte, das dieses Lob in der Tat verdient hatte. Trotzdem versuchte ich, die Absteige so schnell wie möglich wieder zu verlassen. Nach weniger als einer Woche fand ich eine kleine Mietwohnung in der Nähe des Freibads, bezog diese, begann, Spanisch zu lernen, die Umgebung zu erkunden, und bekam plötzlich ein unerwartetes Problem: Mir wurde langweilig. Ein Gefühl, das ich das letzte Mal in den Sommern meiner Kindheit und Jugend verspürt hatte. Alle Freunde waren damals im Urlaub gewesen, mein Vater aber hatte seine Rechtsanwaltskanzlei wegen wichtiger Fälle nicht verlassen können, und so spielte ich allein in unserem großen Garten am Linzer Froschberg. Aber welche Spiele konnte man schon einen ganzen Sommer lang alleine spielen? Meine Eltern lösten das Problem damit, dass sie mich zu Verwandten aufs Land schickten, wo mir meine etwas älteren Cousins Österreich zeigten, wie es abseits des Linzer Großbürgertums, falls es so etwas gab, war. Mit klapprigen Mopeds fuhren wir auf gemeingefährlichen Forststraßen zu Stadlfesten, besuchten Veranstaltungen der freiwilligen Feuerwehr, katholischen Jugend, Blasmusik, landeten in einem Misthaufen und öfter noch im Schwimmbad. Und genau dahin ging ich jetzt auch, kaufte mir in einem Geschäft im Zentrum von Santa María eine dunkelblaue Badehose und schlenderte ins städtische Freibad, ein Handtuch und eine lokale Zeitung im lässig umgehängten Rucksack. Ich wechselte die Hosen, legte das Handtuch nicht unweit des Beckenrands auf die Wiese, machte es mir darauf gemütlich und wusste nicht, was nun zu tun war. Wahrscheinlich das erste Mal in meinem ganzen Leben lag ich in der Sonne ohne ein anderes Motiv, als in der Sonne zu liegen. Ich überlegte, ob ich ins Wasser springen sollte, doch die Anwesenheit der lauthals am Beckenrand herumspritzenden Kinder sprach dagegen. Schließlich schob ich den Rucksack hinter meinen Kopf und versuchte, liegend in der Zeitung zu lesen. Mein passives Spanisch war gar nicht einmal schlecht, das Latein der strengen Linzer Ausbildung des Akademischen Gymnasiums tatsächlich eine spät genossene Hilfe, so wie man es uns damals eingebläut hatte: Wenn ihr einmal eine romanische Sprache lernen wollt, wird es euch mit dieser Basis leichter fallen. Nie hatte einer die Frage gestellt, warum wir nicht gleich eine romanische Sprache lernten.

Am nächsten Tag hatte ich einen ziehenden Sonnenbrand auf der Brust. Die Haut war krebsrot, und ich musste lachen, als ich mich im Spiegel sah. Das Freibad hatte mir gefallen, ich wollte nochmals hin und ging in die Apotheke, wo ich einen *protector* verlangte. Doch statt mir eine Sonnencreme zu geben, brachte man mir eine Packung Präservative. Kurz fühlte ich den Impuls, zu protestieren, doch dann zahlte ich, errötend wie ein Teenager, und versuchte, so unauffällig wie möglich aus der Apotheke zu verschwinden. Da ich trotzdem ins Freibad ging, war mein Sonnenbrand am nächsten Tag so schreiend schmerzhaft, die Haut so verbrannt, dass ich kaum ein T-Shirt darüberziehen konnte. Die Sonne vermeidend, suchte ich eine andere Apotheke, doch fand ich in meiner Gegend keine. Schließlich schlich ich doch wieder in dieselbe und hoffte, dass mich jemand anders bedienen würde, was natürlich nicht der Fall war, und plötzlich war es mir egal, ich hob mein T-Shirt in die Höhe, zeigte meine leuchtend rote Brust und verlangte nach einer Lotion und einem Schmerzmittel. Der junge Apotheker lachte laut auf und verkündete für alle: Schaut her, *o homem vermelho*, und ich verstand kein Wort, denn das war Portugiesisch und nicht Spanisch, er also aus Santana und nicht Santa María, und all seine Kollegen blickten zu mir und riefen mir neckende Worte zu, die ich teilweise besser verstand. Schließlich bekam ich Tabletten, die schmerzlich vermisste Sonnencreme und eine After-Sun-Lotion, bezahlte und fand draußen auf der Straße in meiner kleinen Einkaufstüte auch noch eine Packung Kondome. Ich hätte mir doch eine größere Stadt für meinen Neuanfang suchen sollen, dachte ich, ging aber trotz meiner Schmerzen gut gelaunt ins Freibad, wo ich mich dick mit Sonnencreme einschmierte und darüber auch noch das T-Shirt zog. Von einer Bank im Schatten aus beobachtete ich das Treiben im Schwimmbad, wobei mir besonders ein altes Pärchen auffiel: Die Frau war abgezehrt und mager, der Mann dagegen hatte einen majestätischen Bierbauch, den er wie eine Bowlingkugel vor sich hertrug. Man sah, dass sie lange Zeit zusammen verbracht hatten, beide waren sicher über siebzig Jahre alt, in meinem Alter also, auch wenn diese hier Greise waren und ich das Gefühl hatte, erst anzufangen mit dem

Leben. Ich konnte meine Augen nicht von ihnen lassen, so faszinierten mich die beiden, und der Grund dafür lag vor allem an ihr, ihrem abgemagerten Körper, ihrer Figur, die mich erschreckte, die mir wie ein wandelndes Gerippe vorkam, und dann erinnerte ich mich, dass der Tod auf Spanisch weiblich war, la muerte, und ich kam von dem Gedanken nicht mehr los, dass sie der Tod war, der da vor mir hin- und herging, um ihren kugelrunden Mann herum, um den sie sich kümmerte wie um ein Kind, die Liege aufklappend, den Sonnenschirm richtend, die Limonade öffnend, das Sandwich auspackend, offensichtlich besorgt um seinen Kalorienhaushalt, während sie die ganze Zeit nichts zu sich nahm, nicht einmal einen Schluck Wasser, denn der Tod isst nicht, und der Tod trinkt nicht.

DER MARATHONLÄUFER

km 456 Kutzenberger lag allein in einem der zwei Stockbetten seiner unversperrten Zelle des Auffanglagers. Du hast Glück, hatte die Aufseherin gesagt, als sie ihn dorthin führte. Doch er hätte sich Gesellschaft erhofft, und tatsächlich, seitdem er hier war, hatte er noch mit niemandem gesprochen, der keine Uniform am Leib trug, schaffte es im Speisesaal oder in einer Warteschlange der vielen Dienststellen, die man täglich besuchen musste, wieder einmal nicht, ins Gespräch zu kommen, scheiterte am ersten Satz. Wie beginnen? Nichts wäre einfacher in seiner Situation, in der doch alle von denselben Fragen, Ängsten, Sorgen und vielleicht auch Hoffnungen erfüllt waren. Die anderen unterhielten sich allerdings ebenfalls immer weniger, alle warteten, dass irgendetwas geschah, standen in Reihen und wurden stiller und einsamer. Das Feld der Einsamkeit kann oft sehr dicht bevölkert sein, nicht nur auf einem Luxuskreuzer.

Er war einer der wenigen, für die man noch keine Verwendung gefunden hatte, sodass er in der Früh nicht aufstand, um seiner Arbeit nachzugehen, sondern um von Amt zu Amt weitergereicht zu werden. Es gab zahlreiche Werkstätten, für die man geschickte Menschen suchte oder starke Männerkörper für die harte Arbeit in den weitläufigen Hafenanlagen – in welchen immer noch täglich die großen Kreuzer aus Europa eintrafen –, Muskeln für die Werft, Kornspeicher, Felder, das Stahlwerk. Überall wurden Leute gebraucht, und man verteilte die vielen Flüchtlinge, so gut es ging, ihren Qualifikationen entsprechend. Kutzenberger hatte keine. Täglich saß er in den verschiedensten Büros und wurde zu seinem Lebenslauf befragt.

Wann können wir zurück nach Europa?, fragte er wieder einmal.

Diesmal zeigte die Dame hinter dem Schreibtisch so etwas wie

Mitgefühl. Sie blickte ihn an und sagte: Manchmal muss man die Dinge akzeptieren, wie sie sind. Sie können nicht mehr zurück nach Europa, Ihr Europa gibt es nicht mehr.

Nie mehr? Ich kann nie mehr zurück?, fragte er.

Nie mehr ist vielleicht ein zu großes Wort, aber was interessiert uns die ferne Zukunft? Egal, was passiert, Sie können auf jeden Fall nie mehr in das Europa zurück, das Sie verlassen haben.

Und meine Familie?

Genug jetzt, sagte sie. Sie sind da, das reicht, Sie haben es geschafft, dürfen neu anfangen, also, wo sollen wir beginnen? Sie kramte in seinen Papieren und fragte: Warum sind Sie noch keinem Spanischkurs zugeteilt worden?

Ich kann Spanisch, sagte er auf Spanisch.

Richtig, hier steht das, antwortete sie auf Englisch. Und hier steht auch, dass Sie Läufer sind.

Hatte er das tatsächlich in einem der vielen Interviews einmal von sich behauptet? Ich bin früher ein paar Marathons gelaufen, sagte er. Er dachte an Wien, Barcelona, Rom, Valencia, Nizza, Berlin, Venedig, lauter wunderschöne europäische Städte, die nun wie Stonehenge, Delphi oder Pompeji klangen. Meine Bestzeit lief ich in Berlin, das war ein schneller Kurs, der schnellste der Welt, sagte er, mit einem Mal bereits in der Vergangenheit über Europa redend.

Sie schaute ihn etwas verständnislos oder ungeduldig an und sagte: Okay. Dann überlegte sie kurz, schrieb ein paar Notizen auf seine Akte und meinte schließlich: Wir werden uns bei Ihnen melden.

DER FIEBERTRAUM

km In der tropisch heißen Nacht nach dem Freibad träumte ich
2 von ihr, von dieser schaurig dünnen alten Frau, die sich so hingebungsvoll um ihren kugelrunden Mann gekümmert hatte. In meinem Traum war sie der Tod, ganz offensichtlich, la muerte, ich war bei ihr zu Besuch, in ihrem Büro, ja, der Tod hatte in meinem Traum ein kleines, fensterloses Büro, dessen Wände bis auf Gesichtshöhe mit dunkelblauem Lack angemalt waren, darüber in schmutzigem Weiß. In einer Ecke stand ein Ventilator, sonst gab es nur noch einen Sessel und ein kleines Tischchen, auf dem eine Flasche Mineralwasser der Marke *Salutaris* stand, auf die ich gierig starrte, denn mir war so heiß, und ich hatte so großen Durst.

Ich begrüße Sie, sagte die Frau freundlich in österreichischem Deutsch, ich hab Sie gar nicht erwartet, unser Treffen ist doch erst viel später. Schön aber, dass Sie mich besuchen, wollen Sie sich setzen?

Und sie schob den Sessel etwas weg vom Tisch und deutete mit ihrer knochigen Hand, mich hinzusetzen. Das tat ich und hatte nun die Mineralwasserflasche direkt vor mir.

Kann ich Ihnen etwas anbieten?, fragte sie lächelnd, und ihr totenkopfartiger Schädel zeigte bleckend all ihre Zähne, doch wirkte es nicht zynisch oder böse, sondern alte Schule, sie war eine gute, etwas aus der Übung gekommene Gastgeberin.

Ein Glas Wasser bitte, sagte ich, ich habe solch großen Durst.

Gerne, natürlich, es ist heiß, nicht wahr?, sagte sie. Ich werde auch gleich Eiswürfel holen.

Sie wandte sich um und verließ den Raum durch eine Tür, die mir noch gar nicht aufgefallen war. Kaum war sie weg, erschien plötzlich ein großes Fenster an der Wand, durch das ich auf ein loderndes Feuer schauen konnte, das wohl mit dem brennenden

Stechen und Ziehen meiner sonnenverbrannten Brust zu tun hatte, im Traum aber weit genug entfernt war, um mich nicht zu versengen. Auf der anderen Seite des Fensters züngelten gierige Flammen, um die herum sich die schaurigsten Folterszenen abspielten, die man sich nur vorstellen konnte: Vier Schreckgespenster prügelten auf eine alte, in schwarze Tücher gehüllte, wehrlose Frau ein, ein Scheusal drosch einen am Boden liegenden Mann, bis ihm das Gedärm heraustrat, ein anderer Mann wurde im glühenden Sand eingegraben, bis nur noch sein Kopf hervorschaute, eine junge Frau wurde auf einen gynäkologischen Untersuchungsstuhl gefesselt, und ein als Frauenarzt verkleideter Teufel führte ihr eine Ratte in die Vagina ein. Erschrocken riss ich meinen Blick los von diesem unfassbaren Horror. In dem Moment kam die alte Frau mit einem Tablett in Händen zur Tür herein. Sie hatte sich in aller Eile extra hübsch gemacht für mich, den unangemeldeten Besuch, ein Kranz mit großen roten Rosen, grünen Blättern und kleinen gelben Blüten zierte ihren totenschädelartigen Kopf.

Ich überlegte, ob ich etwas sagen sollte, ihr ein Kompliment machen, doch schaute ich schließlich nur zu, wie sie das Tablett mit einer Karaffe Wasser, einer großen Schüssel mit Eiswürfeln und einem leeren Glas darauf zu mir balancierte. Was geschieht denn hier?, fragte ich schließlich und deutete angeekelt durch das Fenster.

Oh, haben Sie das gesehen, das sollte nicht immer aufgehen, sagte sie, und das Fenster verschwand. Sie stellte umständlich das Tablett auf den etwas zu kleinen Tisch und machte daraufhin eine wegwerfende Handbewegung zur Stelle hin, wo eben noch die Flammen zu sehen waren. Ignorieren Sie das bitte, die Menschen wollen das so.

Ist das die Hölle?, fragte ich.

Sie lächelte und schüttelte den Kopf. Nein, nein, das ist das Leben, die Hölle gibt es nicht.

Meine Brust brannte, und ich überlegte, ob ich mir mit einem Eiswürfel Kühlung verschaffen konnte. Wäre es möglich, in die Schüssel zu greifen, ein paar Eiswürfel zu nehmen und auf meiner Brust langsam zergehen zu lassen? Wie angenehm stellte ich mir das vor! Allerdings würde es sie wahrscheinlich beleidigen, da sie die Eiswürfel ja für das Wasser und nicht für meinen Sonnenbrand serviert hatte, und den Tod wollte ich lieber nicht beleidigen, den Tod, der aussah wie die abgemagerte Frau aus dem Freibad, wie ein Gerippe aus Haut und Knochen, die Frau, die sich rührend um ihren kugelrunden Mann gekümmert hatte, ihn mit Sonnencreme eingeschmiert hatte, die ich nun so dringend benötigen würde, um das Brennen auf meiner Brust zu löschen, und gerade als ich überlegte, ob ich sie vielleicht einfach fragen sollte, ob sie mir die Brust einschmieren könnte, wachte ich auf und griff zur After-Sun-Lotion, die auf meinem Nachtkästchen neben dem Bett bereitstand.

DIE VORLADUNG

km 456

Die Tage in Kutzenbergers Ankunftslager verliefen einförmig. Es gab nur mehr wenige Neuzugänge, obwohl sich die riesigen Atlantikkreuzer unübersehbar in einer langen Reihe an der Hafenmauer drängten und bis zum Horizont Schiffe darauf warteten, andocken zu dürfen. Noch immer hatte er seine Zelle für sich allein, und noch immer hatte er es nicht geschafft, Bekanntschaften zu knüpfen. Weil er als einer der wenigen Flüchtlinge keiner geregelten Arbeit nachging, aß er in der Kantine des Bettenhauses statt außerhalb. Jeden Tag gab es das Gleiche: weich gekochte Spaghetti mit Tomatensoße und geschmacksneutralem Parmesanstaub. Meist saß er an einem der großen Tische und las in seinen Notizen zum Egon-Schiele-Briefprojekt, das er noch immer vorantrieb, auch wenn ihm inzwischen klar war, dass dieses Buch nie publiziert werden würde. Deshalb verwarf er auch die Arbeit, die er an Bord der *Volendam* verrichtet hatte, und wählte nun gänzlich neue Briefstellen aus, solche nämlich, die sich auf seine gegenwärtige Situation übertragen ließen. Schiele war 1915 als Soldat in den Ersten Weltkrieg eingezogen worden, und obwohl er nie an die Front musste, litt er darunter, seine Zeit so unnütz in Kasernen und Schreibstuben vertun zu müssen, wo er doch Kunst schaffen wollte, ohne Pause, immerfort, als hätte er gewusst, dass er nur noch drei Jahre zu leben hatte. Kutzenberger starrte auf die Textbruchstücke, die er aus dem Kriegstagebuch Schieles abgeschrieben hatte: … *hier ganz allein … die große Sehnsucht in die Freiheit … wie stumpfsinnig muß man hier bleiben … diese langen Stunden vergehn nicht.* Und dann: *Wir kamen gottlob zurück nach Wien, es kam mir ganz unwirklich vor.* Verständnislos starrte Kutzenberger auf den letzten Satz. Wien? Ja, richtig, diese Stadt hatte es ja auch einmal gegeben. Wie Schiele kam ihm das ganz unwirklich vor. Wien war ein

Traum geworden, eine sonnendurchflossene Vorstellung, die viel mehr mit dem Wien der Jahrhundertwende Schieles zu tun hatte als mit dem der Jahrtausendwende seiner Studienzeit. Er dachte an Sigmund Freud und Stefan Zweig, an Gustav Mahler und Gustav Klimt, die alle die Ringstraße auf und ab flanierten und artig den Hut lüfteten, wenn sie ein bekanntes Gesicht erspähten, oder sich gar verbeugten, wenn jemand aus dem höheren Adel vorbeikutschiert wurde. Dieses Wien hatte natürlich so nie existiert, war erst im Nachhinein zusammengesetzt und erschrieben worden. Nichts existiert nur in der Gegenwart. Selbst Schieles jeweiliger Tagebucheintrag behandelte nicht den Tag, an dem er ihn schrieb, sondern etwas längst Vergangenes. Unser Leben ist tatsächlich Literatur, dachte Kutzenberger, und er fühlte, dass in dieser Überlegung die Lösung für den eigenartigen Konflikt zwischen Europa und Amerika liegen könnte. Diesen Gedanken musste er sich merken, beim nächsten Interview in einer Amtsstube konnte er ihn vielleicht gewinnbringend anwenden, um zu zeigen, dass er mit den Fiktiven sympathisierte.

Als er seinen Teller zurückbrachte, sagte die Kellnerin im weißen Kittel: Herr Dro? Sie werden um 15 Uhr in das Interviewzimmer 2408 gebeten.

Kutzenberger brauchte einen Moment, bis er kapierte, dass er gemeint war und was die Zahlen bedeuteten. Er wusste, wo die Interviewzimmer waren, auf der anderen Seite des Hofs nämlich, neben dem Bibliothekstrakt, deshalb nickte er und bedankte sich. Welch eigenartige Kommunikationsmethoden hatte die Lagerleitung. Anfangs hätte er nie erwartet, dass eine Küchengehilfin wusste, wer er war, und dass sie obendrein auserwählt war, als Botin zu agieren. Doch nun, nach zwei – oder waren es sogar mehr? – Wochen in seinem Container, wunderte ihn das nicht mehr.

Pünktlich um drei Uhr nachmittags tauchte er im Gang vor dem Zimmer 2408 auf. *Nicht klopfen, Sie werden aufgerufen* stand auf einem Schild. Ein älterer Mann brütete gegenüber der Tür auf einer langen Bank, die gerade tief genug war, um darauf sitzen zu können. Der Gang erinnerte Kutzenberger an ein Schulgebäude nach dem Unterricht, wenn alle bereits zu Hause waren und die Gänge, die gerade noch voller Leben vibriert hatten, mit einem Schlag geisterhaft leer schienen.

Ist da noch frei?, fragte er.

Der Mann starrte ihn gehetzt an, seine Augen traten hervor, aber nur eines traf seinen Blick, das andere wies in eine andere Richtung. Er hatte schütteres, weißes Haar und war abgezehrt, wirkte, als ob er früher fülliger gewesen wäre, die Haut am Hals hing herab, sodass er kein Kinn zu haben schien. Eine Zeit lang betrachteten sie einander wortlos, obwohl sich Dro (warum soll ich ihn nicht auch manchmal Dro nennen, Mago Dro, schließlich war das sein Name hier) nicht sicher war, ob er tatsächlich betrachtet wurde, zu sehr irritierte ihn das Schielen seines Gegenübers. Schließlich rückte der Mann ein Stück zur Seite, auch wenn auf der Bank eine ganze Schulklasse Platz gehabt hätte und außer den beiden niemand zu sehen war.

Kutzenberger setzte sich. Wann ist Ihr Termin?, fragte er.

15 Uhr, antwortete der Mann mit brüchiger Stimme und fixierte nun die Tür, zumindest mit einem seiner Augen.

Meiner auch, sagte Kutzenberger.

Typisch, sagte der Mann, ohne den Mund zu öffnen.

Warum?, fragte Kutzenberger und schaute ihn, der beharrlich nach vorne blickte, an.

Nicht hier, zischte der Mann, und nach einer kurzen Pause: Heute nach dem Abendessen in der Bibliothek vor dem Regal, in dem Sie *Don Quijote* finden.

Kutzenberger brauchte eine Weile, um das zu verarbeiten, und sagte dann gehorsam: Okay.

Daraufhin blickten beide wortlos auf die Tür vor ihnen, die sich kurz danach öffnete. Eine asiatische Frau schaute heraus. Sie hatte schlohweißes Haar mit dicken schwarzen Strähnen, was ihr ein zebraartiges Aussehen gab.

Der Nächste, sagte sie.

Der ältere Mann stieß Kutzenberger an und brummte: Gehen Sie.

Kutzenberger stand auf und sagte: Ich habe einen Termin um 15 Uhr.

Ja, ja, sagte die Frau und verschwand im Zimmer.

Kutzenberger folgte ihr und schloss die Tür hinter sich. Die Frau kramte in Papieren auf ihrem großen Schreibtisch, und er setzte sich.

Schließlich sagte sie: Wir haben Arbeit für Sie gefunden.

Das freut mich, sagte Kutzenberger, der sich nicht sicher war, ob das die richtige Antwort war und ob er sich tatsächlich freute.

Als Schriftsteller können wir Ihnen natürlich nichts anbieten. Wir brauchen keine Schriftsteller aus Europa.

Eine kurze Pause entstand, und er wusste nicht, ob er das bestätigen sollte.

Dokument!, rief die Frau unwirsch und streckte ihre Hand danach aus. Kutzenberger gab ihr das wertvolle Stück Papier, sie füllte ein paar Felder aus, drückte einen Stempel darunter und sagte: Da Sie ja angeblich Läufer sind, werden Sie als Meldegänger eingeschult. Es wird noch einige Tage dauern, bis wir Sie der neuen Stelle zuweisen können. Kutzenberger wusste, dass es besser war, nicht nachzufragen, und dass ihn schon irgendjemand rechtzeitig informieren würde, wann er wo zu sein hatte.

Rufen Sie den Nächsten herein, sagte die Frau, und er tat, wie ihm geheißen.

DER KIRSCHKERN

km 15

Ich wurde zum Spaziergänger, zog immer größere Runden, marschierte bis in die Zuckerrohrplantagen am Stadtrand auf die brasilianische Seite hinüber, wo sich die Feldarbeiter in ärmlichen Hütten notdürftig ein Zuhause errichtet hatten und auf staubigen Fußballplätzen ihre karge Freizeit verbrachten. Fasziniert blieb ich immer wieder stehen und bewunderte die schiere Körperlichkeit dieser geschundenen Männer, die trotz der so harten Arbeit im Zuckerrohr nun laut johlend dem schlecht aufgepumpten Ball nachliefen, einem noch echten Fußball wie aus dem Bilderbuch, aus weißen und schwarzen Ledersechsecken zusammengenäht, ein Objekt aus Platons Universum der Ideale. Obwohl mich niemand beachtete, fühlte ich mich fremd, ausgesetzt und bedroht. Doch nie passierte mir etwas, und je öfter ich im trostlosen Niemandsland zwischen Santa María und Santana spazieren ging, desto mehr genoss ich das Grenzgebiet, nicht nur zwischen Uruguay und Brasilien, sondern auch zwischen Stadt und Land, zwischen Beton und Erde, zwischen Bürger und Bauer, zwischen Büro und Feld. Immer öfter blieb ich bei meinen Spaziergängen nun stehen, um solch ein Fußballmatch zu verfolgen. Barfuß rannten die Spieler auf dem trockenen Erdboden zwischen den Toren hin und her, weder Steine noch Hitze schienen sie durch die dicke Hornhaut der Fußsohlen zu spüren, während ich keinen Schritt ohne Schuhe hätte gehen können.

Eines Tages standen die Mannschaften in einer Trinkpause gemeinsam am Spielfeldrand, die prächtigen Körper glänzten in der Sonne, für die schimmernden Brauntöne gab es nur Vergleiche aus den Tropen, wie Zimt, wie Kaffee, wie ein polierter Avocadokern strahlte die Haut. Die Spieler reichten einander eine Tüte mit Kirschen, spuckten die Kerne in weitem Bogen in meine Richtung, immer im Wettbewerb zueinander, wer weiter kam, oder vielleicht sogar, wer den alten Mann traf, der da so unverschämt zuschaute? Schon lachten sie jaulend auf und gestikulierten wild, es war zu offensichtlich, dass ich nicht hierhergehörte. Jemand bückte sich nach einem Stein und warf ihn in meine Richtung. Sollte ich weglaufen? Aber wozu, in ein paar Schritten hätten sie mich eingeholt.

Der Steinwerfer rief mich, winkte mich zu sich, hatte mit dem Stein nur meine Aufmerksamkeit erregen wollen. Ich ging auf das Spielfeld, schon war ich bei der Gruppe angekommen, alle waren freundlich zu mir, wollten mir nichts Böses, der Steinwerfer fragte mich, ob ich Wasser und Kirschen haben wollte.

Wasser und Kirschen soll man nicht mischen, sagte ich, davon bekommt man Bauchschmerzen, hat zumindest meine Mutter immer behauptet, fügte ich hinzu, denn tatsächlich hatte ich keine Ahnung, ob das stimmte oder nur Aberglaube meiner Elterngeneration war.

Wie Weißwein und Wassermelone, sagte jemand, davon bekommt man aber nicht Bauchweh, sondern stirbt.

Noch eigenartigere Gesetze hier, dachte ich, auch wenn ich mir sicher war, dieses bereits einmal gebrochen zu haben, ohne gestorben zu sein.

Wenn du Bauchweh bekommst von den Kirschen, dann besuch mich einfach in der Apotheke, wir finden dann schon was dagegen, sagte der Steinwerfer, und erst jetzt erkannte ich ihn, das war der junge Mann, der mir ein Präservativ in den Einkauf geschmuggelt hatte!

Hallo, wohnst du hier, wie geht's?, fragte ich ihn überrascht.

Alles bestens, sagte er, komm, nimm ein paar Kirschen, die sind wirklich gut.

Ich griff in die brüchige, schmutzige Papiertüte, die er mir noch immer freundlich entgegenhielt, und nahm ein paar Kirschen heraus. Sie waren sauber, tiefrot und glänzten in der Sonne. Ich kostete eine, süß strömte das Aroma in meinen Mund, frische Früchte, warum aß ich sie so selten? Den Kern spuckte ich achtlos vor meine Füße, doch die Fußballer waren bereits wieder beim Weitspucken und forderten mich auf, mitzumachen. Die zweite Kirsche war weniger dunkel, sie war knallrot, wie das Rot der Flagge Österreichs, aber nicht weniger süß als die erste. Ich atmete tief ein und blies den Luftstrom explosionsartig durch das mit der Zunge geformte U. Der Stoß riss den Kirschkern wie ein Projektil mit, und in einem hohen Bogen flog er weit über den Fußballplatz bis auf die Straße.

Ungläubig hatten die beiden Mannschaften das Spektakel beobachtet. Sie klatschten in die Hände, lachten und forderten mich auf, meinen Trick zu wiederholen. Ein zweites Mal schaffst du das sicher nicht, hieß es, doch das Gegenteil war der Fall, der Kirschkern segelte noch weiter durch die Luft, über die Straße hinaus sogar, bis in das angrenzende Zuckerrohrfeld. So sehr sich die anderen auch bemühten, in meine Nähe zu kommen, es war eindeutig: Ich war der beste Kirschkernspucker am Platz, nicht nur ein bisschen besser als die anderen, sondern in einer ganz anderen Liga spielend als die durchtrainierten Feldarbeiter, die aus allem einen Wettbewerb machten, hier aber keine Chance gegen mich hatten und die, auch als ich bereits den zehnten Kirschkern über die Straße geblasen hatte, noch immer nicht einmal an den Rand des Fußballfeldes kamen. Gott meint, dass man seine Talente nicht verkümmern lassen darf, was aber, wenn man seines erst mit siebzig entdeckt? Und vor allem, wenn sich das Talent kaum sinnvoll einsetzen lässt? Und doch war es genau diese frisch entdeckte, zweifelhafte Begabung, Kirschkerne auf die andere Straßenseite spucken zu können, die meinem Leben die schönste Wendung aller Zeiten geben sollte. Denn der junge Apotheker, der Andrade hieß, fragte mich, bevor die Mannschaften wieder mit dem Fußballspiel begannen, ob wir uns nicht am Abend in der Stadt wiedersehen wollten. Ich war überrascht, damit hatte ich nicht gerechnet, völlig überrumpelt starrte ich ihn an und schaffte es gerade noch zu nicken.

Okay, sagte er breit grinsend, sagen wir in der *Bar del Río*?

DIE BIBLIOTHEK

km 456 Beim Abendessen hielt Mago Dro Ausschau nach dem schielenden Mann, doch konnte er ihn nicht erblicken, vielleicht war er einem anderen Abschnitt zugeteilt. Der große Saal der Kantine war abends im Gegensatz zur Mittagszeit voll, alle waren von der anstrengenden Arbeit zurückgekehrt und hatten Hunger. Wie immer gab es zerkochte Spaghetti, als Nachspeise ein Pfirsichkompott aus der Dose. Dro hörte unkonzentriert dem Gespräch zweier Hafenarbeiter zu, die sich zu ihm gesetzt hatten. Es war beim Ausladen von Weizen zu einem Unfall gekommen und später, beim Auszahlen des Soldes, zu einem Gefecht, als ein Arbeiter protestiert hatte, seine Gefahrenprämie nicht bekommen zu haben. Der verletzte Dockarbeiter war ins Spital (der zweite Mann am Tisch behauptete, Gefängnis) gebracht worden, am nächsten Tag werde es eine Stunde vor Dienstbeginn einen befohlenen Rapport für alle geben. Dro hob die Schüssel der Nachspeise an und schlürfte das Zuckerwasser aus. Dann brachte er sein Tablett zum Sammelwagen und machte sich auf zur Bibliothek, einem aus weißen Containern zusammengesetzten Bungalow auf der anderen Seite des Hofs.

Ein paar Personen saßen im Lesesaal und blätterten in Zeitschriften, eine Frau studierte auf einem Sessel im Eingangsbereich konzentriert eine großformatige Tageszeitung. Keiner beachtete Dro, wie er langsam die Regale entlangging. Lateinamerikanische Romane, alphabetisch geordnet, Argentinien, Brasilien, Chile, oder war es doch geografisch, von Süden nach Norden, *nuestro norte es el sur*, stand auch groß auf einem Poster, das Lateinamerika verkehrt herum darstellte, Feuerland ganz oben, wie die Spitze einer Zwergenhaube. Mexiko kam auf diesem Bild nicht vor, in den Regalen jedoch schon, ganz hinten, nach Kolumbien und einigen kleinen mittelamerikanischen

Staaten. Dann folgte ein Regal mit Chicanoliteratur, Literatur der spanischsprachigen USA also. Bücher auf Englisch gab es nicht, obwohl es doch Amtssprache war und jeder Versuch, Spanisch zu sprechen, abgewürgt wurde. Ganz hinten, an der Wand, stand ein Regal mit Literatur aus Spanien.

Dro suchte den *Don Quijote* und fand drei verschiedene Ausgaben. Er nahm die zerlesenste in die Hand und schlug sie auf. Es beruhigte ihn, auch hier die so vertrauten Worte Cervantes' zu lesen, wie er freundlich und altväterlich seine Leser anspricht: *Desocupado lector*, müßiger Leser, damit war er gemeint, er war der Müßiggänger, hatte nichts zu tun, während alle anderen einer Arbeit nachgingen. Müßig war er, doch kein Leser. Ständig stand er unter Stress, konnte keine Sekunde abschalten, es fiel ihm schwer zu lesen, ab und zu ein paar Zeilen aus Schieles Kriegstagebuch, und auch das nur, weil der ausformulierte, was er sich dachte: *Mit Amerika steht es schlecht.* Und: *ein schaler Alltag.* Er klappte den *Quijote* zu und schaute auf die letzte Seite. Der Bibliothekar hatte einen Zettel eingeklebt: *Liebe Leser, gerne würden wir wissen, wie Ihnen dieses Buch gefallen hat. Was ist die Botschaft des Buchs? Schreiben Sie Ihre Antwort in die Leerzeilen unten.*

Obwohl das Buch alt und zerlesen war, gab es nur zwei Kommentare. Der erste in schwungvoller Schrift: *Don Quijote bekommt seine Dulcinea nicht, das ist die Botschaft.* Die zweite in ungeübterer Hand: *Die Botschaft des Buchs ist, dass Don Quijote stirbt.* Dro fühlte sich unangenehm berührt, als hätte er etwas gelesen, was nicht für seine Augen bestimmt war, als hätte er geschummelt und in einem dicken Buch den Schluss zuerst gelesen, obwohl er natürlich ohnehin wusste, wie *Don Quijote* endete. Dro, oder, besser, Kutzenberger, war fünfzig Jahre alt, gleich alt wie der berühmte Don, und wie dieser hatte er noch 38 Tage zu leben.

Hello, sagte der schielende Mann, der plötzlich neben ihm aufgetaucht war. You are Austrian, no?, fragte er in seiner brüchigen Stimme mit dickem osteuropäischem Akzent. Ohne eine Antwort abzuwarten, fuhr er fort: I am Polish.

Und dann erzählte er leise krächzend in flüssigem Englisch

aus seinem Leben, ohne dass Kutzenberger danach gefragt hätte. Der Mann, Janek Spacerowicz, wie er sich vorstellte, war ein bekannter Enthüllungsjournalist seines Landes gewesen. Sein Studium hatte er sich mit Führungen durch polnische Konzentrationslager finanziert. Deutsche Schulklassen, israelische Schulklassen, amerikanische Schulklassen, keine polnischen Schulklassen, denn was hatte es mit der Geschichte seines Landes zu tun, dass die Nazis beschlossen hatten, die grausamsten KZs nicht auf deutschem, sondern auf polnischem Boden zu errichten? Auschwitz, Treblinka, Plaszow, Sobibor, Majdanek, Belzec, Kulmhof, zählte er auf.

Auschwitz kennt man, weil es nicht nur Vernichtungs-, sondern auch Arbeitslager war. So gab es viele Überlebende, die Zeugnis ablegen konnten. Weißt du, wie viele Überlebende es in Treblinka gab? Sechzig! Sechzig überlebende Menschen bei mehr als einer Million Ermordeten! Und in Belzec, wo die SS über eine halbe Million Leichen zählte? Zwei Überlebende! Zwei Menschen überlebten das große Schlachten! Und einer davon schrieb ein Buch, nämlich Rudolf Reder, dein habsburgerischer Landsmann. Und weißt du, wie er es geschafft hatte, am Leben zu bleiben? Glück natürlich! Es ist immer Glück und nie etwas anderes. Achtzig Prozent der Neuankömmlinge in Auschwitz sind sofort getötet worden, erst die restlichen zwanzig Prozent hatten überhaupt die Möglichkeit, zu hoffen. In Belzec wurden alle sofort getötet, auch hier half es nichts, wie die Mär geht, sich zu rasieren oder früh aufzustehen, denn man war tot, bevor man Haltung oder Arbeitswillen vorgaukeln konnte. Wie aber schaffte es Rudolf Reder? Durch Hochstapelei, er konnte Deutsch und sagte, sobald er aus dem Viehwagen getrieben worden war, dass er sich mit Maschinen auskannte. Und schon stand er auf der anderen Seite der Gaskammer und bediente den Motor, der das Gift in die Kammer blies. Ist das moralisch bedenklich? Natürlich nicht! Der Mensch ist so programmiert, alles zu opfern, um sein Leben auch nur eine Minute zu verlängern. Selbst wenn diese die verschissenste Minute seines Lebens wäre. Wie schaffte es Reder aber, diese Minute bis ins Jahr 1977 auszudehnen, wo er 96-jährig in Toronto starb? Und jetzt pass auf, Dro, sagte der

Pole und blickte ihn starr mit einem Auge an, während das andere in der Bibliothek herumirrte: Er wurde von den Nazis in einem Auto mitgenommen. Um Ersatzteile für die Gasmaschine zu kaufen. Und weil sie schon in der Stadt waren, gingen die Deutschen einen heben oder was auch immer, auf jeden Fall saß Reder plötzlich allein mit dem Chauffeur im Wagen, und es war heiß und stickig, und der Chauffeur schlief ein. Reder erkannte die Chance, denn man muss sie schon erkennen, diese Chance, die es nur einmal im Leben gibt, und hier war sie. Also öffnete er die Autotür so leise, wie noch nie jemand zuvor oder danach eine Autotür geöffnet hatte, und obwohl er schon zweiundsechzig Jahre alt war, ließ er sich elegant vom Rücksitz auf den Gehsteig gleiten, schwebend wie ein Blatt Papier im Wind, und schon verschwand er in den wenigen Straßen der armseligen polnischen Kleinstadt und überlebte, ja, er überlebte! Ob es sich tatsächlich so abgespielt hat, kann ich nicht sagen, so habe ich es auf jeden Fall bei den Führungen den Schulklassen erzählt, immer und immer wieder, so lange, bis es wahr geworden ist. Wie es dem Chauffeur ergangen ist, wissen wir dagegen nicht, er hat kein Buch geschrieben. Reder verdanken wir also alles Wissen über Belzec, er hat berichtet über den Tod von über einer halben Million Menschen, die sich sonst einfach in den Wirren der Geschichte aufgelöst hätten. Hörst du mir zu, Dro? Das ist wichtig, denn wir müssen Zeugnis ablegen von dem, was hier passiert! Kennst du den Witz, wo jemand dem Rabbi beichtet, dass er im Krieg eine schöne Jüdin bei sich versteckt habe und sie Sex miteinander gehabt hätten? Ob das eine Sünde sei, will er wissen. Der Rabbi sagt: Aber nein, im Krieg sehne man sich nun mal noch mehr als sonst nach Körperkontakt, nach Liebe, nach Sicherheit, es sei doch großartig, dass er die Jüdin versteckt habe, alles bestens, keine Sünde! Da bin ich beruhigt, meint der Mann, aber soll ich ihr nun sagen, dass der Krieg schon vorbei ist? Janek der Pole lachte ein leises, krächzendes Lachen. Dann wurde er wieder ernst: Reder ist bei einer ehemaligen Mitarbeiterin untergetaucht und hat sie schließlich geheiratet. Deshalb der Witz, verstehst du? Man muss Zeugnis ablegen und sich bei schönen Frauen verstecken, schaffst du das? Das Unbeschreibliche hier darf nicht unbeschrieben bleiben. Deshalb rede ich mit dir. Du bist Schriftsteller, der einzige, alle anderen wurden nicht hereingelassen. Es war vorbei, bevor es begonnen hatte. Und sag lieber niemandem, dass du Schriftsteller bist, die aus Europa mag man hier nicht, falls du das noch nicht bemerkt hast.

Kutzenberger sah ihn sprachlos an, das eine Auge fixierte ihn noch immer. Woher weißt du das alles?, fragte er schließlich.

Ha! Ich bin Enthüllungsjournalist, war der Beste meiner Zunft zu meiner Zeit. Es ist nicht schwer, hier an Informationen zu kommen, alles ist fürchterlich dilettantisch, und sie wissen selbst nicht, was sie wollen. Das ist unsere Chance. Das Problem ist nur, dass Flucht nichts bringt, da es uns im Lager besser geht als draußen. Und in Costaguana besser als in den Nachbarstaaten, besser als in Argentinien, Uruguay oder Brasilien. Aber nicht mehr lange. Sie haben begonnen, die Atlantikkreuzer zurückzuschicken, hast du das bemerkt? Nach ein paar Tagen werden an Bord die Lebensmittel ausgehen, dann der Treibstoff. Die Wellen werden sie schaukeln, bis alle verhungert sind. Würden sie es gegen jede Wahrscheinlichkeit zurück nach Europa schaffen, erwartet sie dort Feindschaft. Als Verräter würden sie weggesperrt werden.

Was weißt du sonst noch über Europa?, fragte Kutzenberger begierig.

Soweit ich weiß, werden Fiktionale gnadenlos verfolgt. Die Grenzen sind dicht, und alle, die mit den Flüchtlingen sympathisiert haben und nach Lateinamerika gefahren sind, gelten als Überläufer und Vaterlandsverräter. Für uns gibt es also kein Zurück, nicht einmal, falls es wieder zu geregelten Kontakten zwischen den Kontinenten kommen sollte.

Ich meine aber die Dortgebliebenen, wie geht es meiner Familie, meinen Freunden?

Das kann ich natürlich nicht sagen. Es hängt auch damit zusammen, ob sie als fiktiv kategorisiert wurden oder nicht. Hast du sie in deinen Romanen erwähnt? Das wäre natürlich fatal. Aber so dumm wirst du doch nicht gewesen sein, in deinen Büchern deine Nächsten auftreten zu lassen.

Kutzenberger sagte nichts, es war, als hätte der Pole ihn in die Magengrube geboxt.

Nun, hast du das?, fragte er.

Meine Familie kommt schon vor, aber nur am Rande, und ich glaube nicht, dass ich meine Töchter und meine Frau beim Namen genannt habe. Meine Eltern heißen Vater und Mutter, meine Schwester Schwester. Geht das?

Ich weiß es nicht, kommt wahrscheinlich darauf an, wer die Akte behandelt. Und deine Freunde, hast du die erwähnt? Aber das wäre ja schon immer problematisch gewesen und hätte auch früher bereits rechtliche Konsequenzen haben können.

Ich habe extra mit Bernhard Lehner darüber geredet, verteidigte sich Kutzenberger, er hatte kein Problem damit, dass ich schrieb, mit ihm im Juni 1991 beim Bob-Dylan-Konzert in der Linzer Sporthalle gewesen zu sein. Im Gegenteil, er hat sich darüber sogar gefreut.

Nun, jetzt wird er sich weniger freuen, wo alle Fiktiven gnadenlos verfolgt werden.

Sprachlos sah Kutzenberger den Polen an. War es tatsächlich so weit gekommen?

Wer hätte das gedacht, nicht? Dass wir Europa verlieren würden, sagte Janek. Aus, weg, nur noch in unseren beiden Köpfen und bald gar nirgends mehr. Nie mehr werden wir zurückkönnen. Schön also, dass sie das Regal mit den spanischen Büchern vergessen haben. Das ist zurzeit alles, was wir noch haben. So, und nun werde endlich aktiv, es reicht nicht mehr, verloren am Tisch zu sitzen und die eigenen alten Notizen zu lesen! Und gerade als Kutzenberger dachte, das Gespräch wäre nun zu Ende, sagte Janek plötzlich auf Deutsch: Die deutsche Sprache ist die Sprache des Kasernenhofs.

Du kannst Deutsch?, fragte er überrascht.

Natürlich, ich habe es im Konzentrationslager gelernt, sagte Janek und formte die L-Laute so wunderbar vollmundig polnisch, wie sie auch in einigen Wiener Bezirken als Stempel der Habsburger Monarchie noch zu hören sind, das Meidlinger-L, der Zungenschlag eines störrisch Betrunkenen.

Das traf Kutzenberger so unerwartet, dass er plötzlich Wien vermisste, eine Stadt, in der jedes noch so einfache und unschuldige Gespräch immer am Rande der Explosion geführt wurde, schlichtweg, weil es dem Wiener unmöglich ist, sich in sein Gegenüber hineinzufühlen, zu erraten, was der andere auszudrücken versuchte, sodass er aus Faulheit und Gewohnheit davon ausging, übervorteilt zu werden, wogegen er sich zur Wehr setzen musste, weshalb er sicherheitshalber voller Aggression antwortete. Während man in anderen Städten und Ländern dem Mitmenschen zunächst einmal freundlich oder zumindest neutral gegenübertrat, war es in Wien klar, dass der Nächste ein Arschloch war, solle er doch das Gegenteil beweisen, wenn er es könne. Mit dieser Hypothek also begannen jedes Gespräch und jede Begegnung in Wien, und trotzdem vermisste Kutzenberger beim slawischen Zungenschlag Janeks plötzlich die Stadt, in der er über dreißig Jahre lang gelebt hatte. Natürlich sprach der Pole kein Wiener Deutsch und auch kein preußisches, sondern eben ein polnisches, das er als Führer – das Wort ist in diesem Zusammenhang tatsächlich völlig unangebracht –, also als Vermittler, Erzieher oder Guide für deutsche Schulklassen im ehemaligen Konzentrationslager von Auschwitz gelernt hatte.

Ich liebe Deutsch nicht, sagte Janek nun, für mich ist es noch immer die Sprache der gebrüllten Kommandorufe.

Österreichisch ist das Gegenteil von Deutsch, entgegnete Kutzenberger, der plötzlich den Impuls verspürte, seine Muttersprache verteidigen zu müssen. Es gebe wohl kaum zwei Sprachen, die weiter voneinander entfernt seien, sagte er, kaum zwei Sprachen, die unterschiedlicher klängen, verschiedener fühlen würden. Dem harten Konsonantenstakkato der Deutschen stehe eine absolute Konsonantenverweigerung gegenüber, eine Verweichlichung des Mitlauts, der oft sogar ignoriert werde, sodass die Sprache zu einem kaum mehr nachvollziehbaren Brei der Vokale verkomme, der mehr an die muhenden Laute des Kuhstalls erinnere, woher sie wohl auch kämen, und deshalb absolut untauglich sei, um im Kasernenhof Befehle zu bellen. Aneinandergereihte I-, WÜ-, E-, AH-, A-, OA-Laute (die in diesem Fall den Satz: *Ich will ohnehin auch ein Ei*, ergeben würden) wiesen mehr Ähnlichkeit mit den feinen Nuancen der chinesischen Lautbildungen als mit den präzis gemeißelten Worten des Deutschen auf. Freilich im Gegensatz zum Chinesischen einer Verschriftung trotzend, weshalb das Österreichische nie bewusst gesprochen werden könne, von jedem Sprecher, verzweifelt um Mitteilung bemüht, neu erfunden werden müsse und daher wie das Brüllen des Ochsen vor der ihm unverständlichen Stalltür wirke.

Aber das Wienerische?, fragte Janek, als Kutzenbergers Ausbruch eine kleine Pause einlegte.

Das Wienerische ist natürlich anders, antwortete dieser. Da ist der Stall weit weg und wurde durch den Hof ersetzt. Das Wienerische ist so niederträchtig melodiös und verweichlicht, dass es stehend gar nicht gesprochen werden kann. Die Nase sei so hoch getragen worden, dass der Sprecher nach hinten gekippt sei und nun liege. Das Wienerische sei die Sprache der Chaiselongue, während das Deutsche die des Besenstiels sei, Deutsch kann man sich liegend nicht vorstellen, Wienerisch nicht stehend. Möchte der Deutsche beim Liebesspiel etwas sagen, so muss er dafür extra aufstehen. Will der Wiener im Salon etwas verkünden, legt er sich zuvor aufs Sofa.

Großartig, sagte Janek, so ist es, die alten Sprachen haben alle zu viel Ballast auf sich geladen und können nicht mehr unschuldig gesprochen werden. Wahrscheinlich ist das auch der Grund, warum man hier eine neue Sprache haben möchte, hast du das schon mitbekommen? Die schwachsinnigen Machthaber hier wollen Guaraní als Amtssprache einführen, auch wenn sie die Sprache selbst kaum beherrschen. Aber den Dilettanten wird das genauso wenig gelingen wie alles andere, wir müssen nur achtsam bleiben, das Chaos ausnutzen und bald aktiv werden.

DIE BAR

km 0,025 Die *Bar del Río* kannte jeder in der Stadt, und auch ich hätte sofort wissen müssen, welchen Treffpunkt der junge Apotheker da vorgeschlagen hatte, denn ich hatte dort sogar gewohnt. Die heruntergekommene Pension, in der ich die ersten Tage in Santa María genächtigt hatte, befand sich im Haus dieser Bar, die Rezeption war zugleich der Tresen. Ich war also schon öfter dort gewesen, hatte mehrmals von der einschüchternden alten Frau den Schlüssel entgegengenommen, bezahlt, den Schlüssel wieder zurückgegeben, gefrühstückt und ein ausgezeichnetes Spanferkelsandwich verdrückt. Trotzdem wäre ich nie auf die Idee gekommen, das Lokal als Treffpunkt vorzuschlagen.

Wie ein Teenager vor dem ersten Date schlich ich nervös in meiner Wohnung zwischen Kleiderschrank und Spiegel hin und her. Und eigentlich war es ja ein erstes Date, auch wenn ich jetzt schon siebzig war. Meine Garderobe hatte wenig zu bieten, der einzige Neuzugang seit meiner Flucht aus Europa war die dunkelblaue Badehose. Ich entschied mich für Leinenhosen und ein kurzärmliges weißes Hemd. Darin sah ich zwar wie ein Tourist aus, aber der helle Stoff gefiel mir auf meiner für mich ungewohnt sonnengebräunten Haut. Schon vor acht Uhr machte ich mich auf den kurzen Weg von meiner Wohnung in die Bar, schlenderte aufgeregt und frohgemut die engen Gassen des Zentrums entlang. Ich hatte ein Date! Ohne es zu wissen, hatte ich fünfzig Jahre auf diesen Moment gewartet, hatte meinen geheimen Wunsch mir selbst gegenüber nie ausformuliert, nicht einmal in den geheimsten Träumen, denn ich war Jurist, Junggeselle, Kunstliebhaber, aber sicher kein Date, zur Sexualität hatte ich den Anschluss verpasst, hatte versäumt, meinen Anker zu werfen, sie war an mir vorbeigerauscht oder, besser gesagt, ich an ihr. Dass erotische Träume ab und zu Flecken verursachten, war eben so, ich kannte es nicht anders. Doch dann verwünschte mich die hübsche Sitznachbarin im Flug nach Madrid – oder sagte sie eine Zukunft voraus, die durch ihre Worte wahr wurde? Auch wenn ich es immer noch nicht aussprechen konnte. Auch wenn ich immer noch nicht wusste, was ich mir wünschen sollte. Ein junger Mann mit drahtigem, nacktem, in der Sonne glitzerndem, zimtfarbenem Milchkaffeeoberkörper hatte mich zu einem Date gebeten! Das reichte schon, weiter ging mein Wünschen nicht. Als ich in die Calle de Ballester einbog, war ich mir sicher, dass mein Leben bald ein völlig anderes werden würde, und selten hatte ich mit einer Vorhersage exakter ins Schwarze getroffen.

Die *Bar del Río* war ein einziger Raum, der sich von der Eingangstür bis zu einer großen Fensterwand zog, von wo aus man einen herrlichen Ausblick auf den Fluss genießen konnte. Ich nahm einen dieser hinteren Tische, blickte aber nicht hinaus, sondern behielt lieber die Gaststube im Auge. Was mir vor ein paar Monaten nur schmuddelig und heruntergekommen erschienen war, wirkte nun plötzlich charmant und ansprechend auf mich. Die Wände waren bunt gestrichen, auch wenn die Farben vom Rauch und der Zeit schon nachgedunkelt waren. Auf dem Schachbrettmusterfliesenboden standen kleine Kaffeehaustische und echte, alte Wiener Thonet-Stühle, wie auch immer diese ihren Weg nach Santa María gefunden hatten. Der Barkeeper kam zu mir und grüßte freundlich. Er war ein groß gewachsener, schlanker Mann mit gepflegtem, kurzem Bart und einer ritterlich-liebenswürdigen Ausstrahlung, falls diese Worte zusammenpassten. Vom ersten Moment an fühlte ich mich wohl in seiner Anwesenheit und ahnte, dass ich es mit einem Ehrenmann zu tun hatte.

Was kann ich zu trinken bringen?, fragte er für einen Kellner das Offensichtliche.

Ein Glas Rotwein, sagte ich.

Er nickte und ging zurück hinter den Tresen. Ich konnte nicht anders und betrachtete gebannt jede seiner besonnenen und anmutigen Bewegungen, der sichere Griff zu Flasche, das elegante Entkorken, der dynamische Schwung zum Glas, in das er die rote Flüssigkeit glucksend hineinfließen ließ. Andächtig und nahezu ergriffen, verfolgte ich diesen simplen Vorgang, als vollbrachte er die rituelle Handlung eines Heiligen. Eines angebeteten Heiligen, eines begehrten Heiligen.

Als er mit einem Glas einfachen Hausweins zurückkam, sagte er: Leider haben wir zurzeit keine Küche, ich kann also nur Erdnüsse anbieten.

Hinter dem Tresen sah ich eine gut ausgerüstete Küche und fragte: Und was ist mit dieser da?

Er lächelte. Küche haben wir natürlich schon, antwortete er, aber keine Köchin, meine ich.

Und was ist mit der alten Frau, die bisher da stand?, packte ich nun mein Wissen als alter Pensionsgast aus.

Meine Mutter ist gestorben, sagte er.

Oh, das tut mir sehr leid, sagte ich, weil ich die Redewendung für *mein Beileid* auf Spanisch nicht kannte.

Danke. Es ist schwer zurzeit, ich habe mein Leben lang mit meiner Mutter zusammengearbeitet, sogar zusammengewohnt. Auch wenn es nicht immer ohne Konflikte ging und sie zum Ende hin immer missmutiger und eigenbrötlerischer wurde. Ich kann mir ein Leben ohne sie nicht vorstellen. Deshalb habe ich mich auch noch nicht nach einer neuen Köchin umgesehen.

Das tut mir sehr leid, wiederholte ich meine Worte von vorhin, und das tat es wirklich. Über so einen Verlust kommt man nie hinweg, fügte ich dann hinzu.

Das klingt ja tröstlich, sagte er und lächelte traurig. Die meisten sagen, dass das erste Jahr das schwerste ist und es dann wieder geht.

Das wird schon stimmen, sagte ich, aber trotzdem kommt man nie darüber hinweg. Man muss sich neu erfinden, um weitermachen zu können, klaute ich einen Satz, den mir ein Onkel beim Begräbnis meiner Mutter gesagt hatte. Er war mir damals wahr vorgekommen und hatte mehr geholfen als die unzähligen Beileidsbekundungen, die ich sonst erhalten hatte.

Ja, sich neu erfinden, das kann in der Tat nicht schaden, wenn man plötzlich ohne Eltern ist auf dieser Welt. Er schwieg nachdenklich, und bevor die Pause peinlich werden konnte, sagte ich die paar Wörter, die *mich* neu erfinden sollten. Aus einem Pensionisten im Exil wurde mit einem Schlag ein Mann im besten Alter auf ewigen Flitterwochen. Warum nehmen Sie nicht mich als Koch?, fragte ich, ohne es vorher auch nur gedacht zu haben.

Ja, können Sie denn kochen?

Ich habe mein Leben lang für mich gekocht, immer wieder für kleine Gesellschaften, ich traue mir schon zu, für die Bar zu kochen.

Wir führen auch eine kleine Pension, meine Mutter hat die Zimmereinteilung gemacht, sagte der Barkeeper, der sich kurz darauf als Jorge vorstellen würde.

Das ist das kleinste Problem, sagte ich, ich habe mein Leben lang Verantwortung getragen, und schluckte hinunter hinzuzufügen, dass ich der höchste Beamte im Staat gewesen war. Er sah mich nachdenklich an, und ich bemerkte die Trauer in seinen Augen. Dann nickte er und sagte: Okay.

Als kurz danach Andrade erschien, der den Barkeeper natürlich kannte und mit einer dicken Umarmung begrüßte, war es bereits um mich geschehen, ich konnte mir ein Leben ohne Jorge nicht mehr vorstellen. Der Abend verlief heiter und ungezwungen, immer wieder kam Jorge bei unserem Tisch vorbei, öfter als notwendig, füllte mir Wein nach, servierte viele Schüsselchen Erdnüsse und setzte sich zu fortgeschrittener Stunde ganz zu uns. Irgendwann dürfte Andrade verstanden haben, wie sehr ich Jorge bereits verfallen war. Er verabschiedete sich als guter Verlierer neckisch übers ganze Gesicht lachend und wünschte uns eine schöne Nacht.

Jorge lebte im obersten Stockwerk des Hauses über den Zimmern der Pension und nahm mich nach der Sperrstunde einfach mit. Seine Wohnung war großzügig, geschmackvoll und charmant eingerichtet, mit einer ganzen Front hoher Fenster, die einen herrlichen Blick über den nächtlichen Fluss freigaben. Und nachdem bei uns alles schnell ging, sowohl beruflich als auch privat, wurden wir sofort ein Paar, ich war vom Junggesellen zum Mann geworden und am nächsten Tag dann vom fadisierten Freibadbesucher zum Koch. In der Küche der Bar fand ich eine weitere überraschende Leidenschaft und neben dem Kirschkernweitspucken auch eine weitere Begabung.

DIE BAUSTELLE

km 456 Egon Schiele beklagte sich in seinem Tagebuch darüber, dass er völlig sinnbefreit im Wienerwald einen Stacheldrahtzaun errichten musste, für den Fall, dass die Russen kämen. Die Front war Tausende Kilometer entfernt, und die Russen sollten erst dreißig Jahre später in Wien einmarschieren, am Ende des nächsten großen Kriegs, und da nicht als Besatzer, sondern als Befreier. Der Stacheldraht war also tatsächlich unsinnig, aber wahrscheinlich konnte es in einem Krieg gar nicht anders sein, wahrscheinlich waren die Teilmengen des großen Unsinns notgedrungen ebenso Unsinn. Der Krieg bestand ausschließlich aus verschiedenen Nuancen des Sinnlosen, mal öde, mal schrecklich. Schiele hatte Glück, es nur mit dem Öden zu tun bekommen zu haben, was statistisch freilich auch wahrscheinlicher war. So schauerlich die Schrecken des Schlachtens auch waren, die Ödnis des Krieges überwog. Eine Wüste der Langeweile mit gelegentlichen Oasen des Grauens.

In seinem, Kutzenbergers, Lager gab es keinen Stacheldraht und auch kein Grauen, fiel ihm auf. Es gab nicht einmal Wachposten, eigentlich hätte er unbehindert hinausgehen können und wie ein einsamer Cowboy in den Sonnenuntergang marschieren. Nur: wohin? Und vor allem: warum? Wenn es doch draußen angeblich schlimmer war als drinnen. Der Ratschlag des Polen, werde aktiv!, war leicht gesagt. Wie sollte er denn aktiv werden? Aktivität beinhaltet immer eine Richtung, und die fehlte ihm, auch hier passt die Metapher der unendlichen Ödnis der Wüste. Auf welches Ziel hin sollte man losziehen? War die Gefahr nicht zu groß, sich für immer zu verlieren? Die bleichen Toastbrote der Frühe kamen und gingen, Schieles Tagebuchnotizen blieben, der Pole tauchte nicht mehr auf.

Eines Nachmittags klopfte es an Kutzenbergers Zimmertür,

wo er untätig auf der grauen Steppdecke seines Stockbetts lag. Zwei uniformierte junge Männer traten ein und sagten: Dro?

Er nickte.

Sie können Deutsch?, fragten sie auf Spanisch.

Er nickte.

Wir brauchen Hilfe mit einer Bauanleitung.

Er nickte wieder.

Gemeinsam gingen sie zum Ausgang, auf der anderen Straßenseite sah er das Aufnahmecenter, wo er damals die Zimmereinteilung übersehen hatte, nicht wie alle anderen die Straße überquert hatte, um im Lager aufgenommen zu werden, sondern diese Straße entlanggegangen war, bis er am Abend am anderen Ende der Stadt in der Bar die Grenzbeamtin wiedergetroffen hatte. Auch diesmal kreuzte er nicht die Straße, sondern stieg mit den beiden Männern in ein Auto ein, einen Ford Taunus, genauso dunkelblau, wie ihn seine Tante einmal gehabt hatte. Er saß hinten, wie damals als Kind, vorne die Erwachsenen, obwohl es die Uniformierten waren, die seine Kinder, sogar Enkel hätten sein können. Sie redeten Spanisch miteinander, waren gut gelaunt und unbeschwert. In einem weiten Bogen fuhren sie um das Lager, um auf der Rückseite, hinter der Bibliothek, den Wagen abzustellen. Zu Fuß wären sie eindeutig schneller gewesen. Hier herrschte reges Treiben, Lastwagen rumpelten, Mischmaschinen polterten, Presslufthämmer pochten, Kräne schnurrten. Sie gingen den Bauzaun entlang bis zu einer Hütte. Innen war es angenehm ruhig, große Pläne hingen an den Wänden und zeigten das fertige Projekt, das aussah wie eine hohe Mauer um einen großen Platz, auf dem sich Baracken aneinanderreihten. Sie setzten sich an einen Tisch.

Sollen wir uns ein Bier nehmen?, fragte einer der Uniformierten.

Warum nicht?, antwortete der andere, stand auf, öffnete einen kleinen Kühlschrank und schaute auf Kutzenberger: Du auch, Dro?

Dieser konnte sein Glück gar nicht fassen und nickte. Der Mann öffnete mit seinem Feuerzeug routiniert die Kronkorken, reichte seinem Kollegen und Kutzenberger jeweils ein Bier und setzte sich wieder. Sie prosteten einander zu: Auf die neue Lüftung!

Kutzenberger nahm einen langen Schluck, sein erstes Bier seit Ewigkeiten. Er spürte die beruhigende, erfrischende und einst so selbstverständliche Wirkung des goldenen Safts. So viel Friede brachte das erste Glas, dass man unweigerlich ein zweites wollte. Das kapitalistische System des Mehr, wenn eins gut war, mussten zwei besser sein. Das konnte nur im Kopfschmerz enden. Diese Flasche Bier nun war allerdings ein so unerwartetes Geschenk, dass Kutzenberger nicht an ein mögliches nächstes dachte, sondern es einfach, etwas beunruhigt, genoss. Denn irgendetwas musste der Preis dafür sein.

Derjenige, der das Bier geholt hatte, stand wieder auf, kramte in einer langen Kommode, die an der Wand stand, und legte schließlich eine Broschüre vor Kutzenberger. Kannst du schauen, ob es sich hierbei um die Baupläne einer Lüftung handelt, und uns diese übersetzen? Sein Namensschild auf der grünen Uniform war in handgeschriebenen großen Blockbuchstaben beschriftet: *AMALFITANO*. Der andere hieß *Martínez*.

Nachdem die Stimmung so unverkrampft war, das Bier die Scheu weggespült hatte, fragte Kutzenberger: Warum sprechen die anderen immer Englisch mit mir?

Amalfitano und Martínez sahen einander an und zuckten mit den Schultern. Erkläre du das, Antoñito, sagte Martínez.

Das hat irgendwas mit Politik zu tun, erklärte Amalfitano daraufhin. Da Spanisch die Sprache Europas ist, die Sprache der Realen. Und Englisch ist neutral, deshalb spricht man in den Ämtern Englisch. Angeblich will man die Staatssprache bald überhaupt auf Guaraní umstellen, unsere eigentliche Sprache, die Sprache des Urwalds, des Ursprungs. Das wird aber noch dauern, da in der Stadt kaum mehr jemand Guaraní spricht.

So ist halt die Politik, sagte der andere. Politik interessiert uns nicht.

Kutzenberger nahm das als Warnung auf, dass auch ihn Politik nicht zu interessieren hatte, solange er mit ihnen war. Er warf einen Blick auf das Heftchen vor sich und bestätigte, ja, das sei eine deutsche Bauanleitung für ein Belüftungssystem, wie es in Großküchen zum Einsatz kam.

Sehr gut, sagte Martínez. Können Sie das übersetzen?

Kutzenberger blätterte die Seiten durch, viele Fachvokabeln verstand er auch auf Deutsch nicht, trotzdem sagte er: Gerne, das wird aber ein paar Tage dauern.

Kein Problem, sagte Amalfitano. Noch ein Bier?

Kutzenberger nickte verwirrt, aber im festen Vorsatz, sich sein Glück nicht durch zu große Vorsicht verderben zu lassen.

Die Uniformierten prosteten einander wieder zu und sprachen über Handys, Autos und Fußball, Kutzenberger schwieg und schaute zufrieden auf den Schaum in seiner Flasche.

Wie Chema zwei Teenager dazu brachte, ihr Handy wegzulegen, und welche Rolle dabei ein Hammer spielte

km 7.430 Es klopfte, und noch bevor eins der beiden Kinder antworten konnte, steckte Chema auch schon seinen Kopf zur Tür herein. Seid ihr hungrig?, fragte er.

Pablo und Mauro lagen auf ihren Betten und schauten konzentriert auf die kleinen Bildschirme in ihren Händen. Sie antworteten nicht.

Hallo? Ich frage, ob ihr hungrig seid, wiederholte Chema lauter.

Nein, sagte Pablo.

Ein bisschen, sagte Mauro zeitgleich.

Chema seufzte. Ich werde euch eine Kleinigkeit machen, und dann gehen wir hinaus, und ihr helft mir mit dem Campingwagen.

Wirklich?, fragte Pablo und schaute kurz von seinem Handy auf.

Ja, wirklich. Ihr habt doch gestern gesagt, dass ihr das gerne machen würdet, nicht wahr?

Es ist so heiß da drinnen, sagte Mauro, ohne aufzusehen.

Was soll ich tun, in Mexico ist es nun mal heiß, wenn ihr alle Fenster aufmacht, dann kann es durchlüften, und es ist gleich viel frischer.

Können wir heute nicht einmal einen Ruhetag einlegen?, fragte Pablo.

Chema lachte. Ihr meint wohl ein Ruhejahr? Er schüttelte den Kopf und schloss die Tür, um in die Küche zu gehen und ein Fertiggericht aufzuwärmen.

So ein Trottel, sagte Mauro im Kinderzimmer. Er kommandiert uns herum, als wäre er unser Vater.

Er meint es doch gut, sagte Pablo, der Ältere der beiden, und legte das Handy zur Seite. Er schaute auf die Zimmerdecke.

Chema behandelt uns, als ob wir erst fünf wären, als ob wir keine Ahnung hätten von nichts. Ich bin aber schon zwölf!, stellte Mauro trotzig fest.

Das stimmt, gab Pablo zu, er tut so, als könnten wir nicht verstehen, wie alles zusammenhängt, er glaubt, dass man mit vierzehn noch ein Baby ist, aber er meint es nicht böse, das kann man ihm nicht vorwerfen.

Mauro starrte auf sein Handy und antwortete nicht.

Pablo überlegte, ob er tatsächlich wusste, wie alles zusammenhing. Vieles konnte er nur erraten, da die Erwachsenen nie mit ihnen redeten, sie einfach hin- und herschoben wie Möbelstücke. Als sie noch klein waren, lebten sie als Familie in Santa Teresa. Ihren Vater sahen sie kaum, ständig war er auf Geschäftsreise. Auch wenn es nie jemand ausgesprochen hatte, wusste Pablo, seitdem er denken konnte, dass sein Vater etwas mit Drogenhandel zu tun hatte. Im Lauf der Zeit wurden sie immer wohlhabender, ihre Häuser prächtiger, das Dienstpersonal zahlreicher. So schön ihre letzte Villa aber auch gewesen war, Vater war nie zu Hause, Mama dagegen immer, sie war ständig in ihrem Zimmer, nur noch im Bett. Und hier endete auch schon wieder Pablos Wissen, wie alles zusammenhing, denn er konnte nur vermuten, was passiert war. Plötzlich hatten sie die Villa in Santa Teresa verlassen und waren in ein kleines Dorf an der Golfküste übergesiedelt. Anfangs hatte es geheißen, sein Vater würde bald nachkommen, doch dann waren die Großeltern zu ihnen gezogen. Und eines Abends hatte Pablo seine Mutter sagen gehört, dass sie große Angst habe, ihr Mann könne sie hier finden. Keine Sorge, hatte sie ihr alter Vater beruhigt, die Golfküste habe überhaupt nichts mit dem Kartell von Santa Teresa zu tun, es sei so gut wie ausgeschlossen, dass sie hier irgendjemandem, den sie kenne, über den Weg laufen würde.

Eigentlich war das hier ihre glücklichste Zeit, Pablo und Mauro gingen in dieselbe Schule, hatten viele Freunde, Mutter wurde von Tag zu Tag glücklicher und schöner, wie ein Filmstar überstrahlte sie alle anderen Frauen im Dorf. Sie begann, an der Abendschule Englisch zu unterrichten, und dort lernte sie auch Chema kennen, der ihr Schüler war. Er war jünger als sie, acht

Jahre, erst vierundzwanzig war er. Manche Leute haben alles Glück der Erde, sagten die anderen Schüler der Sprachschule, als es die Runde machte, dass Chema was mit der Lehrerin hatte. Was sie wohl mit diesem halben Kind wolle, fragten sich die Nachbarn, als er zu ihnen ins Haus zog. Die Großeltern wohnten von da an in einer kleinen Wohnung im Ortszentrum, nur ein paar Minuten entfernt und beobachteten misstrauisch den neuen Mann im Leben ihrer Tochter. Chema hatte es leichter als sie, denn er hatte nur wenig Verwandte und diese meinten, dass sie wohl nicht mehr gut genug für ihn seien, jetzt, da er mit einer so feinen Frau zusammen war, und kündigten an, dass sie ihm in Zukunft aus dem Weg gehen würden. Die Verwandten erwarteten wohl, dass er widersprechen würde, doch Chema wusste nicht, wie, er konnte ja schwer sagen, dass Isabel keine feine Frau sei, wo es doch so offensichtlich auf der Hand lag, dass sie mindestens eine Nummer zu groß war für ihn.

Sie beschlossen, dass Isabel so lange in der Schule unterrichten würde, bis Chemas Autowerkstatt etabliert genug war, dass er damit seine neue kleine Familie ernähren konnte. Mir ist es egal, Chema, wie du dein Geld verdienst, solange keine Drogen im Spiel sind, hörte Pablo seine Mutter sagen. Doch dann mussten sie den Plan ändern, da Isabel eines Tages nicht mehr die Kraft aufbrachte, in die Schule zu gehen, und einfach im Bett liegen blieb. Das war vor zwei oder drei Jahren gewesen, und von da an konnte sich Pablo an alles erinnern, und er wusste viel mehr, als die Erwachsenen vermuteten. Seine Mutter hatte eine Depression und war immer wieder im Spital deswegen. Auch jetzt war sie schon seit vielen Wochen fort. Chemas Autowerkstatt war immer erfolgreicher geworden, und die Mutter vermutete, dass Drogen im Spiel waren, denn so viel könne man nicht durch kaputte Auspuffe verdienen, rief sie einmal quer durchs Haus. Pablo wusste sogar ganz sicher, dass Chema in den Autos Drogen schmuggelte, es hatte auch Vorteile, dass er wie ein Kleinkind behandelt wurde, vor dem man getrost über alles reden konnte.

Essen!, rief Chema aus der Küche, und Pablo stand auf.

Komm, kleiner Bruder, sagte er und klopfte Mauro das Mobiltelefon aus der Hand.

Dieser protestierte, doch schließlich folgte er ihm in die Küche.

Nach dem Essen gingen sie mit Chema in die Werkstatt. Auf dem Platz davor stand der große Ford Transit, der zu einem Wohnmobil umgebaut worden war. Tags davor hatten sie besprochen, dass die Kinder helfen durften, die Inneneinrichtung herauszureißen. Chema öffnete alle Türen und Fenster, gab den beiden Jungs einen großen Hammer in die Hand und sagte: Schlagt alles kurz und klein, alles Holz muss raus.

Warum eigentlich?, fragte Mauro. So eine kleine Wohnung in einem Auto ist doch praktisch, wir könnten einmal Urlaub darin machen.

Das Auto hat doch nur drei Sitze vorne, sagte Chema, hinten darf man nicht sitzen, wenn es fährt. Wir könnten also nirgendwohin fahren.

Mauro wusste nicht, was er darauf sagen sollte, und begann, mit dem Hammer auf die Küchenschränke einzudreschen, die unter dem Fenster montiert waren und die durch die schweren Schläge splitternd zu Bruch gingen. Es machte Spaß, etwas eigentlich Verbotenes zu tun, wer durfte schon einfach so mit dem Hammer eine ganze Wohnung in Kleinholz verwandeln? Pablo begann, die Fächer auf der anderen Seite herauszureißen, wie Hulk kam er sich dabei vor.

Chema lachte, ich sehe schon, ihr braucht mich hier nicht, sagte er und verschwand.

Konzentriert gingen die Jungen ihrem Werk der Zerstörung nach, Mauro auf der linken, Pablo auf der rechten Seite des Wagens. Als sie völlig außer Atem und schwitzend nach nicht allzu langer Zeit eine Pause einlegten, hörten sie, wie ein Auto vorfuhr, die Tür zugeschlagen wurde und Chema mit einem unbekannten Mann ein Gespräch begann.

Arbeitest du schon am Wagen?, fragte der Mann.

Ja, ja, die Jungs helfen mir beim Rausreißen der Einrichtung, das macht ihnen Spaß.

Gut so, es wird zwar niemand hier nach dem Camper suchen, aber besser, wenn ich den Transit so bald wie möglich als normalen Lieferwagen anmelde.

Ist toll, so ein amerikanisches Wohnmobil, sagte Chema, mit

Küche, Betten, Schränken, alles, sogar ein Klo ist da hineingebastelt. Aber als Lieferwagen wird der Transit uns sicher bessere Dienste leisten.

Ja, freut mich, dass wir ihn haben. War reiner Zufall, ich wäre nie auf die Idee gekommen, so ein Ding zu stehlen. Aber der Typ hat uns bei einer Übergabe überrascht, ist einfach stehen geblieben und hat wirklich alles falsch gemacht, was man nur falsch machen kann.

Typisch Gringo.

Ja, typisch Gringo, wollte den Helden spielen, fuchtelte plötzlich mit seiner Pistole herum, wahrscheinlich um seine Blume zu beeindrucken.

Hast du beide abgeknallt?

Sie war schwanger, ich bin ja kein Tier, das tut man nicht.

Und hast du seine Pistole?

Nicht mehr, hab sie Amado gegeben, der wird sie nach Kolumbien mitnehmen.

Warum nach Kolumbien?

Weil Amado mit dem Zeug aus Kolumbien herfliegt und er nicht leer zurückfliegen will. Deshalb füllt er den Flieger mit Waffen. Wenn er die in Kolumbien gegen Drogen eintauscht, bringen sie uns ein Vielfaches von dem, was sie hier wert sind.

Wie das?

Nun, für die Glock von dem bescheuerten Gringo zum Beispiel würde ich hier bestenfalls 200 Dollar kriegen. Wenn er sie aber in Kolumbien für Koks im Wert von 200 Dollar eintauscht, kriege ich für dasselbe Koks hier mit Glück 1000 Dollar. Warum also das kleine Taschengeld nicht mitnehmen?

Chema lachte. Kleines Taschengeld, wiederholte er.

Richtig, sagte der andere, hier hast du das Geld für den Umbau. Danke, dass du das so schnell machst, ich will nicht mit einer gestohlenen Gringo-Karre erwischt werden.

Kein Problem, in zwei Tagen hast du den Transit als Lieferwagen zurück, und kein Mensch wird sehen, was er vorher war.

So kam die Waffe, die Kutzenberger töten würde, ihrer Bestimmung einen weiteren Schritt näher.

DIE WINDMÜHLEN

km 456

Am nächsten Tag lag Kutzenberger im Bett und studierte die Montageanleitung für die Lüftungsanlage. Er hörte ein Rascheln an der Tür und sah, dass ein Zettel drunter durchgeschoben worden war. *16:16 Bibliothek, J.* stand darauf. Janek wollte ihn also wieder treffen. 1616 war natürlich ein literarisches Spiel, das Todesjahr von Shakespeare und auch von Cervantes, er sollte demnach wieder vor demselben Regal warten.

Am Nachmittag tauchte er etwas zu früh in der Bibliothek auf und las mit quer gelegtem Kopf die Buchtitel der spanischen Bände. Ein dünnes Büchlein mit einem langen Titel zog seinen Blick an: *Der lächerliche Gedanke, dich nie mehr wiederzusehen.* Von allen Personen, die Kutzenberger nie mehr sehen sollte, von all seinen Familienangehörigen und Freunden, fiel ihm als Erste just diejenige ein, der er sehr wohl bald wiederbegegnen würde, nämlich Marta. Er nahm das Buch nicht aus dem Regal, denn er wusste, dass er sich ohnehin nicht würde konzentrieren können. So viel Zeit er auch zur freien Verfügung hatte, er konnte keine innere Ruhe finden, um sich den Geschichten fiktiver Personen zu widmen, zu unwirklich kam ihm die eigene Situation vor.

Hallo, sagte der Pole, der plötzlich neben ihm aufgetaucht war.

Hallo, antwortete Kutzenberger.

Und? Erzähl!, forderte ihn Janek ohne weitere Umschweife auf Deutsch auf.

Also berichtete Kutzenberger, wie er mit dem Auto abgeholt worden war, auf der Baustelle die Pläne des Projekts gesehen hatte und den Auftrag bekommen hatte, eine Anleitung für die Montage einer Lüftungsanlage zu übersetzen.

Der Pole wurde stetig nachdenklicher und schüttelte langsam den Kopf. Ich wusste es, ich wusste es, sagte er, und offensichtlich erfüllte ihn das nicht mit Freude.

Kutzenberger sah ihn fragend an.

Es ist bald so weit, erklärte Janek. Bald werden wir in die neu gebauten Baracken verschwinden und dann überhaupt.

Aber nein, vergiss doch deine polnischen KZs. Man baut nur eine Zentralküche, weil die vielen kleinen Speisesäle des Lagers unpraktisch sind und es allen klar ist, dass man nicht immer nur Spaghetti essen kann. Wir können uns also auf bessere Verpflegung freuen, sobald die Baustelle fertig ist.

Ich habe zu viele Duschräume gesehen, um an die Unschuld einer Küche glauben zu können, sagte Janek bedrückt.

Die Uniformierten waren aber nett, sagte Kutzenberger.

Soldaten sind immer nett – oder nicht, das liegt in der Natur des Menschen. Es ist die Ideologie, die das Problem ist, nicht der Mensch.

Und welche haben wir hier?

Das wissen wir eben noch nicht genau! Wir sind in der welthistorisch einzigartigen Situation, einer Ideologie wie im Zeitraffer unter dem Mikroskop beim Entstehen zusehen zu können. Das wäre hochinteressant, wenn wir nicht viel zu nah dran wären.

Bitte mehr Klartext, warf Kutzenberger ein.

Den gibt es ja nicht! Es gibt nur Vermutungen. Aber soviel ich zusammengetragen habe, schaut es so aus: Der anfängliche Streit, faktenbezogenes Schreiben gegen überbordende Fabulierlust, hat sich auf die Politik übertragen. Europa sagte, Amerikas Politik habe den Boden unter den Füßen verloren, agiere mit alternativen Fakten, wäre nicht realer als ein fiktiver Roman. Dies nahmen ein paar spitzfindige Influencer in Südamerika auf und nannten sich selbstbewusst die Fiktiven. Und die Fiktiven zogen in den Kampf gegen die Realen, also gegen das alte Europa.

Kutzenberger wusste das schon von Camilla, doch ließ er Janek weitersprechen, es konnte nicht schaden, so viel wie möglich über die unübersichtliche Situation, in der er sich befand, zu erfahren. Es eskalierte so schnell, sagte Janek, dass es zu einem kontinentalen Krieg wurde. Die eigentliche Ursache rückte schnell in den Hintergrund, und das ideologische Fundament der Fronten blieb deshalb etwas unsicher. Manche fechten nur für ein Recht auf Fiktion, andere gehen aber weiter, verachten alles Reale, und die Orthodoxen akzeptieren überhaupt nur Menschen, die fiktiv sind.

Wie kann man fiktiv sein?, fragte Kutzenberger.

Nun, Protagonisten in Büchern sind zum Beispiel fiktiv. Und bemerkenswerterweise kann man weder beweisen, dass man real ist, noch, dass man aus dem Reich der Literatur stammt. Don Quijote liest so viele Ritterbücher, dass er selbst glaubt, Ritter zu sein. Nun bastelt er sich eine Rüstung, steigt auf seinen klapprigen Gaul und verlässt den Hof, um in der großen Welt da draußen die Abenteuer eines fahrenden Ritters zu erleben. Nur dass es im Spanien des beginnenden siebzehnten Jahrhunderts bereits seit dreihundert Jahren keine fahrenden Ritter mehr gibt und der Aufzug des Dons nicht viel weniger absurd wirkt, als das heute der Fall wäre. Er hat deshalb zwei Möglichkeiten: Entweder sagt er, okay, ich habe mich geirrt, die Welt ist ganz anders als in den Ritterbüchern. Er kann dann weiterreiten und versuchen, herauszufinden, wie die Welt außerhalb seiner Bibliothek funktioniert. Oder aber er beharrt auf seiner Weltsicht, besteht darauf, fahrender Ritter zu sein, und deutet alles, was er erlebt, so um, dass es in sein System passt. Aus Kellnerinnen werden Burgfräulein, aus einer Hammelherde ein Heer Soldaten und aus den berühmten Windmühlen böse Riesen. Ich bin mir noch nicht ganz sicher, ob man den Konflikt, den wir gerade durchleben, tatsächlich so erklären kann. Ich vermute aber Folgendes: Amerika ist Don Quijote, biegt sich die Welt so zurecht, dass sie in das eigene Weltbild passt. Und Europa ist der Dorfpfarrer, der steht in der Bibliothek des Alonso Quijano, wie der Don mit bürgerlichem Namen hieß, und wirft all seine Bücher auf den Scheiterhaufen, da sie schließlich dafür verantwortlich sind, dass er verrückt geworden ist. In Wirklichkeit liegen beide falsch, denn tief drinnen weiß Don Quijote selbstverständlich, dass er nur so tut, als ob er daran glauben würde, Ritter zu sein, genauso wie der Pfarrer weiß, dass in den Büchern eine großartige Wahrheit ausgedrückt wird, ohne die wir die Wirklichkeit gar nicht erfassen können. Die Welt da draußen ist mit all ihren Verwirrungen nur zu verstehen, wenn wir beide Weltsichten vereinen, wir müssen versuchen, beide Seiten zu sehen, sonst bleibt die eine Hälfte unsichtbar, und so werden wir nie kapieren, was mit uns geschieht. Es gibt nämlich nicht nur eine Wahrheit, sondern verschiedene Wahrheiten, und mit diesen muss man sich sein Weltbild zusammenzimmern, auch wenn man sich dabei immer wieder selbst widerspricht, verstehst du? Deshalb müssen wir nun das kleine Zeitfenster, das uns noch bleibt, nutzen, um zu verhindern, dass die Hälfte der Welt einfach totgeschwiegen wird.

Kutzenberger fand Janeks Argumentation stimmig, und er nickte überzeugt. Wahrscheinlich hätte er das aber genauso getan, wenn sich der Pole für die Rechte der Fiktiven eingesetzt oder, umgekehrt, das Reale als das einzig Wahre gepriesen hätte. Es war Kutzenbergers Fluch, sich nie eine Meinung bilden zu können. Sprach man mit ihm beispielsweise über eine gendergerechte Sprache und nannte ihm die wohlbekannten Argumente dafür, die Sie, geschätzte Leserin, geneigter Leser, und alle, die sich fluid dazwischen fühlen, ohnehin zur Genüge kennen, dann war er im Nu überzeugt, konnte sich gar nicht vorstellen, je wieder ein generisches Maskulinum zu verwenden. Doch kaum begann man, ihm Gründe zu nennen, warum die Worte ihre Neutralität verloren, erst recht ausgrenzend wurden, wenn man auf das generische Maskulinum verzichtete, auch diese Argumentationen kennen Sie zur Genüge, lieber Leser, meinte er, in Zukunft auf jede Form des Genderns verzichten zu können. Das galt für alle Streitfragen und Meinungen, was ihn zu einem eigenartig eigenschaftslosen Menschen machte. Sogar wenn es um Themen ging, die ihm eigentlich, so glaubte er, nah am Herzen lagen, ließ er sich mit ein paar billigen Entgegnungen vom Gegenteil überzeugen. Seinem (deutschen) Lektor reichte sogar ein einziges Argument, nahezu alle Austriazismen seiner Texte erbarmungslos auszumerzen: das der besseren Verkäuflichkeit in Deutschland. Und auch wenn jede Tüte, jedes Küsschen, jeder Junge, jeder Stuhl, jeder Schrank, alle Klamotten, Jeans, T-Shirts und Kissen Stiche in seine Identität als Österreicher waren, denn es hieß nun einmal Sackerl, Bussi, Bub, Sessel, Kasten, Gewand, Jean, Leiberl und Polster, so setzte er sich hin und besserte alles aus, auch *das* Joghurt wurde zu *der* Joghurt, weil er es nicht vermochte, sich gegen das schlagende Argument seines Lektors (das wahrscheinlich nicht einmal stimmte) zur Wehr zu setzen. Auch wenn er wusste, dass es Toiletttasche und nicht Kulturbeutel hieß, und ganz sicher *ich bin gelegen* und nicht *ich habe gelegen*, wie die Deutschen immer wieder falsch behaupteten, nach der Regel, dass nur Verben der Bewegung mit *sein* konjugiert werden, was wieder beweist, dass es dem Deutschen unmöglich ist, zu verstehen, dass im Stillstand oft die größte Bewegung herrscht, dass die Dynamik der Welt nur im Liegen verstanden werden kann. Er hat den Kampf aber aufgegeben oder nie geführt. Selbst seine Töchter sprachen schon dieses neutrale Einheitsdeutsch, in dem alle lokalen Varianten weggeschliffen worden waren, in dem es bald auch keine Marillenknödel mehr geben und alles in freudlose deutsche Tunke getaucht enden würde.

3. AUSBRUCH

DIE VERLAGERUNG

km 322

Immer misstrauischer betrachtete Kutzenberger während der nächsten Tage die Vorgänge im Lager. Beim Abendessen hörte er die Gespräche der Dockarbeiter, die von fürchterlichen Missständen berichteten, von verschimmelten Weizenlieferungen, Ratten in den Speicherhallen, kaputten Maschinen, unmenschlichen Arbeitsbedingungen. Die politischen Fragen, die Kutzenberger mehr interessiert hätten, waren kein Thema. Befand er sich in einem Arbeitslager (obwohl er arbeitslos war)? War es ein Gulag oder nur ein Warteraum? Wurden sie in den besten Absichten darauf vorbereitet, hier, auf dem fremden Kontinent, für sich selbst sorgen zu können? Oder befanden sie sich in einem Umerziehungslager? Wobei die versprochenen Kurse nie stattgefunden hatten. Ursprünglich hatte die Lagerleitung von abendlichen Schulungen gesprochen, es gab sogar einen Aushang mit einem Stundenplan, der Fächer wie Fiktion I, Fiktion II, Autorintention, Einflussangst und Rezeptionsgeschichte beinhaltete. Das klang in Kutzenbergers Ohren vertraut, nicht anders als im Vorlesungsverzeichnis während seines Studiums der Literaturwissenschaft, doch konnte er sich die Hafenarbeiter nicht in solchen Kursen vorstellen. Andererseits waren die Hafenarbeiter ja keine Hafenarbeiter, sondern europäische Flüchtlinge wie er (und er sei kein Flüchtling, würde Kutzenberger hinzufügen), Leute aus dem Kulturbetrieb, die sich aus Solidarität mit den aus Europa verstoßenen Amerikanern, überzeugt von der Kraft der Fiktion oder als Protest gegen die europäische Überregulierung der Sprache, entschlossen hatten, freiwillig zu gehen. Nur dass sie in Südamerika nicht mit offenen Armen wie Helden empfangen worden waren, sondern gar nicht. Und hier nun im unentschiedenen und immer unwilliger werdenden Costaguana zu warten hatten, auf eine Zukunft, die unbestimmter schien denn je.

Nur wenige Tage nachdem er Janek in der Bibliothek getroffen und einen Tag nachdem er seine Übersetzung der Montageanleitung fertiggestellt hatte, war er einfach zur Baustellenhütte gegangen, wusste nicht, ob das so verlangt war von ihm, ob er das Lagergelände selbständig verlassen durfte, aber niemand schien etwas dagegen zu haben. In der Baracke saßen ein paar Monteure rund um den Tisch und tranken Bier.

Hier ist die Übersetzung der Bauanleitung, sagte er.

Der Vorarbeiter wusste, wovon die Rede war, nahm die Zettel entgegen und fragte: Bier?

Kutzenberger ließ sich die Gelegenheit nicht entgehen und nickte. Im Stehen trank er in großen Schlucken aus der Flasche mit einem blau-weißen Logo und elegantem Schriftzug, die Arbeiter beachteten ihn nicht weiter. Schließlich bedankte er sich, stellte die leere Flasche auf den Kühlschrank und verschwand.

Am nächsten Tag wurde er in aller Früh von zwei Uniformierten aus dem Schlaf gerissen. Es waren andere Uniformierte als beim letzten Mal, statt Amalfitano und Martínez stand *Bodou* und *Terzeff* auf den selbst geschriebenen Namensschildern der beiden jungen Männer. Und statt bierseliger Freundlichkeit schlug ihm nun eine eisige Welle der Verachtung entgegen.

In schlechtem Englisch befahl man ihm, seine Sachen zu packen. Dro stand verschlafen und gleichzeitig erschrocken auf und begann, seine wenigen Kleidungsstücke in den kleinen Handgepäcksrucksack zu stopfen. Sein Laptop, die ausgedruckten Briefe Schieles und der *Don Quijote* lagen neben dem Bett. Als er sich danach bückte, hörte er ein brüskes: No! Verwundert schaute er auf. Die beiden Soldaten blickten ihn kalt an.

No books, no computer, fauchte ihn Terzeff an.

But I am a writer, sagte Dro, nur um sich im selben Moment zu erinnern, dass Janek ihm geraten hatte, das niemals laut auszusprechen.

You not writer, you European, spuckte Bodou voller Abscheu aus.

Er, Dro, hob geschlagen seine Hände. Okay, sagte er so neutral wie möglich. Er nahm seinen Rucksack mit den Dokumenten und frischer Unterwäsche, und die Soldaten führten ihn ab.

Als er bemerkte, dass sie ohne Umschweife das Lagergelände verlassen würden, bat er darum, die Toilette benutzen zu dürfen, doch man ignorierte ihn.

Draußen war die Luft der Frühe klar und frisch, es hatte geregnet. Vor dem Lagertor parkte der dunkelblaue Taunus, er wurde grob auf die Rückbank gestoßen, und schon fuhren sie ab. Statt in einem weiten Bogen um die Container zur Baustelle zu fahren, ging es geradeaus Richtung Hafen. Kurz glaubte er, dass er zurück zur *Volendam* gebracht würde, ausgewiesen, retour nach Europa, in sein altes Leben, bis ihm schmerzlich bewusst wurde, dass es die *Volendam*, Europa, das alte Leben gar nicht mehr gab. Die beiden Soldaten blieben stumm, und er traute sich nicht, nochmals nach einer Toilette zu fragen. Wieder fühlte er sich wie ein kleines Kind, das bei Erwachsenen mitfuhr und nicht genau wusste, was gerade geschah und wohin die Reise ging.

Nach ein paar Kurven und Ampeln im Zentrum Novillas erreichten sie einen großen Kreisverkehr, wo sie die Ausfahrt *Estrellita del Norte* nahmen. Die Straße führte am Industrieviertel Novillas vorbei, dann an ungepflegten Sonnenblumen- und Sojafeldern. Bei jedem Schlagloch der breiten, aber schlechten Straße spürte er seine volle Blase. Als sie schon fast am Fuße der Berge angekommen waren, hielt er es nicht mehr aus.

Ich muss aufs Klo, sagte er auf Englisch.

Die beiden Soldaten sahen einander an und wechselten ein paar Worte auf Guaraní. Schließlich trat Bodou, der am Steuer saß, auf die Bremse und fuhr an den Straßenrand. Terzeff stieg aus, öffnete die hintere Tür, zog Dro hinaus, gab ihm einen Stoß, sodass er in den Straßengraben taumelte, und rief: Du erbärmliches Tier!

Doch das war ihm egal, schon hatte er den Hosenschlitz geöffnet, und sein satter Strahl befreite nach und nach die überdehnte Blase, was lustvoll kitzelte. Ein Stein traf ihn auf der Schulter, verwundert drehte er sich um. Terzeff überschüttete ihn mit spanischen Schimpfwörtern, von denen er die wenigsten kannte. Schwuler Mutterficker, verstand er. Nicht ganz stimmig, dachte er. Der nächste Stein traf ihn am Rücken, aber er beschloss, so lange zu bleiben, bis seine Blase geleert war, die Reise war auch so unangenehm genug.

Kaum war er wieder im Auto, fuhren sie wortlos weiter. Nun ging es in engen Serpentinen die Berge hinauf. Im kleinen Dorf Laguna Verde (warum? es war weit und breit kein See oder anderes Gewässer zu sehen) hielten sie an einer Tankstelle an. Die Pumpe gehe nicht, sagte der Besitzer, es gab in der gesamten Gegend keinen Strom. Eine halbe Stunde später hatten sie den Scheitel des Passes erreicht. Bodou schaltete den Motor aus und ließ den Wagen hinunterrollen. Vor jeder Kurve bremste er kraftvoll ab. So geht das nicht, erinnerte sich Kutzenberger an die Fahrschule oder ein eigenes Erlebnis, man muss mit der Motorbremse mithelfen, sonst überhitzen die Bremsbacken, und plötzlich funktionieren sie nicht mehr. Doch dann, nach endlos scheinenden Serpentinen und zahllosen Bremsmanövern, waren sie unten angekommen, der Fahrer startete den Taunus neu, und nichts war geschehen. Das Fahrschulwissen galt anscheinend nur auf der Nordhalbkugel oder war immer schon Aberglaube gewesen.

Die beiden Soldaten sprachen miteinander auf Guaraní. Es war offensichtlich, dass sie die Sprache nicht besonders gut beherrschten. Bei der nächsten Tankstelle hielten sie wieder an. Auch hier gab es keinen Strom und somit keine Pumpe.

Wie weit war es zur nächsten Gaststätte? Der Tankwart kratzte sich am Kopf. Wenn sie ein Restaurant wollen, müssen sie nach Novilla, sagte er.

Von da kommen wir.

Nun, ich weiß nicht. Die Leute hier essen zu Hause.

Sie kehrten auf die Landstraße zurück, die Tanklampe hatte aufgehört zu blinken und leuchtete nun ohne Pause. Die Soldaten tauschten sich wieder auf Guaraní aus. Es war schon Nachmittag, er, Dro, hatte noch nichts gegessen, doch auch keinen Hunger. Ein Schluck Wasser wäre gut gewesen, die Zähne hätte er sich gerne geputzt, aber vor allem wollte er diese aggressiven Typen loswerden. Wohin wurde er bloß gebracht? Hatte Janek recht gehabt, dass es höchste Zeit gewesen wäre zu flüchten?

Ein großes Schild tauchte am Straßenrand auf: die stilisierte

Illustration einer Hütte, darunter *5 km*. Terzeff sagte etwas, und Bodou nickte. Kurze Zeit später sahen sie das nächste Schild: *1 km*. Die angekündigten Hütten standen direkt neben der Landstraße. Sie klopften an der Tür, auf der *Recepción* stand. Eine Frau öffnete. Seit drei Tagen gebe es keinen Strom mehr in der Gegend, sagte sie.

DIE WIDMUNG

km 0,012 Soll ich meinem Buch eine Danksagung voranstellen? So viele Menschen haben mir bei der Entstehung des Textes geholfen, aber soll ich sie tatsächlich alle aufzählen? Was, wenn ich jemanden vergesse? Auf jeden Fall möchte ich mich aber bei Jorge bedanken, dem Licht meines Lebens, dem Erwecker meiner Lenden, meiner Liebe, meiner Seele. Auch wenn er mir beim Schreiben dieses Berichts nicht helfen konnte, er mich im Gegenteil immer wieder weg vom Schreibtisch und hin zu ganz anderen Dingen riss, gebührt ihm der allergrößte Dank – ohne ihn wäre das Manuskript nie fertiggestellt worden, vielleicht nicht einmal begonnen. Statt ihm zu danken, sollte ich ihm das Buch widmen, das Buch, von dem ich noch nicht die geringste Ahnung habe, ob es jemals erscheinen wird. Ständig schwanke ich zwischen dem Traum eines schriftstellerischen Triumphs mit Übersetzungen in viele Sprachen (sodass Jorge das Buch auch endlich lesen könnte) und der Überzeugung, dass ich das ganze Unterfangen für mich allein durchführe, dass niemand außer mir je eine Zeile dieses Berichts lesen wird.

Eines Tages lag ich nach der intimsten Intimität auf dem Rücken, das verschwitzte Kissen hinter den Kopf geschoben, und blickte in unsere Wohnung: Jorge hatte die Fenster geöffnet, eine leichte Brise drückte die weißen Vorhänge sanft schaukelnd nach innen, und die Sonne zeichnete leuchtende Muster aufs Parkett. Er stand nackt vor unserer Stereoanlage, bückte sich zur Kiste mit den Langspielplatten, die ich beim katalanischen Buchhändler in Santa María in einem Nebenzimmer entdeckt hatte, und legte in voller Lautstärke Glenn Goulds Einspielung der *Kunst der Fuge* auf, sodass unser sonnendurchflutetes Zimmer Sekunden später von den leicht heiser flötenden Tönen einer Orgel durchdrungen war, die immer dichter und komplexer durcheinanderwirbelten, sich gegenseitig widersprachen und bestärkten, bewunderten und nachäfften, jeder Ton mit jedem anderen auf geheimnisvolle Weise verbunden und doch so selbständig und frei, dass ich auch einer einzigen dieser Pfeifen in größter Demut gefolgt wäre. Ich wusste, dass Glenn Gould damals, im Jahr 1962, seine erste Aufnahme von Bachs Meisterwerk in einer Kirche in Toronto eingespielt hatte, und trotzdem kamen mir die Klänge wie die einer Zirkusorgel vor, fröhlich beschwingt alle willkommen heißend: Hereinspaziert, es kann nichts passieren, hier spielt das Leben und nur das Leben. Jorge drehte sich ausgelassen nackt im Kreis, auch für ihn klangen die Orgelklänge des ersten Kontrapunkts dieser Aufnahme wie eine Einladung zum Tanz. Wie viel trauriger klangen dieselben Noten, als sie Gould fast zwanzig Jahre später in einem Tonstudio auf einem Klavier einspielte, langsam und verzweifelt seinem nahen Tod entgegenhämmernd. Wann immer ich diese Version auflegte, wurde mir eindringlich vor Augen geführt, dass wir die Partitur des Lebens so interpretieren konnten, wie wir wollten, dass man dasselbe Ereignis als Triumph oder als Tragödie erzählen konnte, dass nicht die Begebenheit entscheidend war, sondern das Instrument, mit dem man sie spielte. Glück war eine Entscheidung, und ich entschied mich dafür, glücklich zu sein. Jorge hatte mich das gelehrt. Ihm widme ich dieses Buch.

DIE HÜTTE

km 322 Dro und die beiden Soldaten verbrachten eine Nacht in einer der Hütten am Straßenrand. Als die Soldaten am nächsten Morgen vom Frühstück zurück ins Zimmer kamen, war er, Dro, verschwunden.

DIE FUGE

km 0,012

Jorge hatte sich in Glenn Gould oder in Bach verliebt, wochenlang hallte tagein, tagaus die *Kunst der Fuge* durch unsere Wohnung, und ich genoss es. Auf geheimnisvolle Weise war es dem Meister aus Leipzig gelungen, in diese rätselhaft verwobenen Noten die Antwort auf alle Fragen hineinzuweben, und niemand war so nah gekommen, das Knäuel dieser sich kreuzenden Linien zu entwirren, wie Glenn Gould. Bach wurde zum Soundtrack unserer jungen Liebe, und nun, über vier Jahre später, höre ich dieselben Platten, während ich diesen Bericht über Kutzenbergers letzte Wochen schreibe. Jorge freut sich, dass ich wieder so oft die geheimnisvollen Kontrapunkte auflege, und kommt an meinen Schreibtisch, umarmt mich von hinten, liest belustigt die für ihn völlig sinnfreien Sätze, fragt: Warum schreibst du über Bach? Und ruft beglückt aus: Hier steht mein Name, du schreibst auch über mich! Ich übersetze ihm mühsam das gerade Geschriebene, und er wundert sich, warum ich auch über unseren Alltag schreibe, meint aber, dass er mir vertraut und dass sich alles sicherlich bald mit den anderen Teilen meiner Erzählung, über die er nicht viel weiß, verknüpfen wird. Ich bin mir da nicht im Geringsten sicher. Es gibt zwar Tage, an denen ich glaube, dass sich die Arbeit an diesem langen Bericht auszahlt, dass ich wirklich dabei bin, etwas Sinn und Ordnung in diese so chaotisch verlaufende Zeit bringen zu können, doch dann wieder macht sich Ernüchterung breit und die Überzeugung, dass die ganze Arbeit völlig missglückt ist, von Anfang an nur eitel war, und zu glauben, Kutzenberger hier literarisch eins auswischen zu können, völlig hirnrissig. Es scheint mir einfach nicht zu gelingen, literarisch Rache zu nehmen, der Text will nicht, es ist, als ob sich Kutzenberger, die Figur meines Berichts, dagegen zur Wehr setzt. Zu Recht. Es ist nicht mehr notwendig, ihm etwas heimzuzahlen, wo er doch ohnehin den höchsten Preis hatte geben müssen, während ich im Penthouse mit meinem Liebsten gelandet bin.

Wenn ich zurückdenke und versuche, den Zeitpunkt zu benennen, an dem ich das erste Mal das Verlangen verspürte, etwas Literarisches schreiben zu müssen, dann war es wahrscheinlich während meines ersten Treffens mit Marta. Damit korrelierte der Impuls, zur Feder zu greifen, zwar ungefähr mit Kutzenbergers Lebensende, kam ihm aber doch zuvor, trat noch zu dessen Lebzeiten auf. Es kann also nicht der gewaltsame und auch für mich durchaus traumatisierende Tod des Österreichers gewesen sein, der mir Anlass war, Schriftsteller werden zu wollen. Wenn mich aber jemand nach meinem Antrieb fragen würde, dann würde ich trotzdem antworten, dass ich Kutzenbergers letzte Wochen und Monate dokumentieren wollte, um seinen Tod besser verstehen zu können. Mein Plan war es, von seiner ersten Begegnung mit Marta bis zum Moment, in dem er fatalerweise den Lauf der Kugel kreuzte, Bericht abzugeben. Doch dann lief mir das Konzept bereits im ersten Satz aus dem Ruder, und Kutzenberger, beziehungsweise Dro, war schon nach wenigen Zeilen tot. Ich wage also keine Voraussagen mehr, was das Schreiben betrifft, zu groß sind dessen Fliehkräfte, als dass man sie kontrollieren könnte. Mir geht es jetzt vor allem ums Vollenden des Begonnenen, das Schicksal Bachs soll mir erspart bleiben, der über der Arbeit an der *Kunst der Fuge* verstarb, just an der Stelle, an der er den Namen BACH im Kontrasubjekt angebracht hatte. Das berührt mich, es ist, als sei er in seiner Musik aufgegangen, und auf irgendeine Weise möchte ich auch darüber schreiben, selbst wenn es überhaupt nicht zu Dros Flucht durch Costaguana passt.

Nachdem die erste, kriegsähnliche Zeit der hier geschilderten Krise vorüber war, hatte ich die wieder geöffneten Grenzen genutzt und war nach Novilla gereist, um Menschen zu finden, die Kutzenberger gekannt oder getroffen hatten. Meine erste und ergiebigste Informantin war natürlich Marta, die die meisten Geschehnisse aus erster Hand von ihm erzählt bekommen hatte.

Sie hatte übrigens nicht im Geringsten ein schlechtes Gewissen, dass ihre Rezension damals Anlass für einen Krieg der Kontinente und zum Tod zahlreicher Europäer geführt hatte. Auslöser und Ursache eines Konflikts sind immer klar zu trennen, meinte sie nur, als ich sie darauf ansprach. Obwohl ich also von Marta großzügig mit Informationen zu Kutzenberger versorgt wurde, rundete ich das Bild, das ich mir von ihm machte, durch eigene Recherchen in Costaguana ab. Ich möchte mich hiermit besonders bei Frau Dr. Amalfitano bedanken (die er entweder *Zollbeamtin* oder *Grenzbeamtin* nannte, was mich aber nicht daran hinderte, sie unter den Mitarbeiterinnen der Grenzpolizei in Novilla identifizieren zu können). Sie konnte mir wertvolle Details über seine ersten und letzten Tage in Novilla berichten.

Janek Spacerowicz, von Kutzenberger meist nur *der Pole* genannt, war zum Generaldirektor des Evidenzbüros befördert worden (was in etwa dem Chef des Geheimdienstes entsprach). Trotzdem knauserte er gar nicht geheimniskrämerisch mit seinem Wissen und teilte mir viel Wichtiges über Kutzenbergers letzte Wege mit. Ihm möchte ich hiermit meinen tief empfundenen Dank für seine selbstlose Hilfsbereitschaft aussprechen.

DER AUTOSTOPPER

km 279 Während die beiden Soldaten frühstücken waren, kam das Zimmermädchen in Dros versperrtes Zimmer, und er huschte hinaus. So einfach war das. Er lief auf die Straße, auf ein Verkehrsschild zu, das vielleicht zweihundert Meter entfernt stand und hinter dem er sich verstecken konnte. Kaum war er dort angekommen, sah er, wie ein weißer Kombi bei den Hütten auftauchte. Er wartete, bis das Auto etwas näher kam, sprang dann mit einem Satz mitten auf die Straße und bedeutete mit ausladenden Armbewegungen dem Wagen, anzuhalten. Das Auto bremste ab, wurde langsamer, kam kurz vor ihm fast zu stehen, rollte aber weiter, wechselte plötzlich die Fahrbahn, beschleunigte und fuhr an ihm vorbei. Fassungslos blickte Dro den Rücklichtern hinterher. Doch plötzlich schlingerte der Kombi, eine Tür ging auf, Bremsen quietschten. Das Auto stoppte mitten auf der Straße, die Tür stand offen, niemand stieg aus. Einen Moment lang blieb alles ruhig, dann sprintete Dro los, erreichte den Wagen, steckte den Kopf bei der offenen Tür hinein und sagte keuchend: Danke!

Ein Kind sah ihn forschend an.

Hallo, Großer, sagte Dro so beschwingt wie möglich. Oh, ein Hund, bemerkte er dann. Neben dem Jungen lag ein riesiger Deutscher Schäferhund. Dieser sprang nun wie elektrisiert auf, die Ohren gespitzt, eine Sekunde lang nur Gehör- und Geruchsinn. Dro war ihm völlig egal, aber irgendetwas aus Richtung der Hütten schien ihn wie magisch anzuziehen. Er begann zu winseln und versuchte, nach draußen zu gelangen, über den Jungen hinweg, der ihn gerade noch am Halsband zu fassen bekam. Doch der Hund war stärker, riss sich los und gelangte auf die Straße, wo er wie ein Pfeil zu den Hütten schnellte.

Der Junge sprang jetzt ebenfalls hinaus und rief kreischend: Bolívar, Bolívar!

Der Hund aber war bereits am Parkplatz, wo er laut kläffend einen weißen Pudel rund um den dunkelblauen Ford Taunus im Kreis jagte.

Nun war auch der Vater vom Beifahrersitz ausgestiegen, begann, seinem Sohn nachzulaufen, und brüllte: David, David!

Dro sah hinter dem Fenster der Soldaten sich etwas bewegen, huschte kurz entschlossen ins Auto hinein und setzte sich dorthin, wo der Hund gelegen hatte.

Nur die Frau am Steuer war sitzen geblieben. Gracias, sagte sie ironisch.

Entschuldigen Sie, sagte Dro.

Egal, meinte die Frau, es ist ein Irrenhaus hier, immer, da können Sie gar nichts dafür. Dann drehte sie das Radio auf, und es ertönte Musik, Bach.

Kutzenberger blickte sich um und sah, dass der Mann und der Junge zurückgetrabt kamen, neben ihnen der Hund, als wäre nichts geschehen. Das Fenster der Soldaten blieb weiterhin geschlossen. Der Hund sprang bei der Autotür hinein, sah Dro und knurrte ihn an.

Lass das, schimpfte David, komm hierher, setz dich zu meinen Füßen. Und er zwang den riesigen Schäferhund in den kleinen Spalt zwischen Beifahrersitz und Rückbank. Dann schlüpfte er selbst hinein, hockte sich hin und sagte: Passt, wir können weiter.

Öffne nie wieder die Tür, während wir fahren, David. Du könntest hinausfallen und sterben!, sagte die Frau.

Das ist mir egal, alles ist mir lieber, als bei Simón und dir zu bleiben. Es folgte ein beschämtes Schweigen.

Du weißt nicht, was du sagst, versuchte der Mann, versöhnlich zu klingen.

Dro sah sich nervös um, doch vor den Hütten war nichts zu sehen.

Wie heißt du?, fragte ihn der Junge.

Ich? Stefan. Oder Mago, manche nennen mich auch Dro.

Das gefällt mir. Ich habe auch verschiedene Namen.

Heißt du nicht David?

So nennen mich die beiden. Aber so heiße ich nicht.

Ein Scanfehler bei der Einreise, sagte Inés. Das Feld für seinen Vornamen sagt zwar David, doch meint er, dass das ein Fehler ist, den niemand bereit war zu korrigieren.

Das kenne ich, sagte Dro.

Sie sind auch Flüchtling?, fragte Simón.

Ich bin kein Flüchtling, sagte er und sah nervös durch die staubige Rückscheibe, wie jemand vor den Hütten über den Parkplatz ging. Können wir nicht losfahren?

Also doch auf der Flucht, sagte Inés, mehr zu sich selbst, und startete.

Im Autoradio spielte Bach, der Hund schien sofort eingeschlafen zu sein, Simón blickte starr auf die Straße vor ihnen, David setzte sich eine viel zu große Sonnenbrille auf, die sein halbes Gesicht bedeckte, Dro beobachtete beunruhigt die Figur am Parkplatz hinter ihnen, die zielstrebig zum Taunus ging, als Inés endlich aufs Gas stieg und der Kombi beschleunigte.

Dro drehte sich wieder nach vorn und sank erleichtert in den Sitz. Danke, sagte er.

Wir können Sie bis Nueva Esperanza mitnehmen. David hatte einen Unfall, und wir bringen ihn zum Arzt, sagte die Frau.

Was ist passiert?, fragte er und sah den Jungen an.

Ich wollte mich wegzaubern und habe mir die Hand verbrannt.

Er hat mit Magnesium gespielt, erklärte Simón, und das ist ins Auge gegangen.

Deshalb die Sonnenbrille, schlussfolgerte Dro.

Es tut nicht mehr weh, sagte David, aber sie zwingen mich, trotzdem zum Arzt zu gehen.

Da haben deine Eltern sicher recht, meinte Dro.

Das sind nicht meine Eltern!, protestierte David lautstark. Wieder entstand peinliches Schweigen. Aus dem Autoradio kam weiter Bach.

Wir haben David als unbegleiteten Minderjährigen im Flüchtlingslager aufgenommen, als das noch möglich war.

Ist es das jetzt nicht mehr?, fragte Dro.

Nein, so was geht nun nicht mehr. In Novilla soll der Kontakt zu den Flüchtlingen überhaupt verboten werden. Deshalb fahren wir auch nach Estrellita del Norte, dort oben soll alles noch lockerer sein.

Sie übersiedeln?

Ja, wir versuchen einen Neuanfang, vielleicht ist es auch für David leichter, wenn wir alles gemeinsam neu entdecken.

Ich heiße nicht David!, rief der Junge trotzig.

Niemand reagierte. Man hörte nur Bachs komplexe Musik. Keiner fragte nach seinen, Dros, Plänen oder seiner Vergangenheit, das Klavier spielte unbeirrt, und die Landstraße führte in einer geraden Linie bis zum Horizont, wo sie immer schmaler wurde und verschwand. Die Erwachsenen blickten stur geradeaus, und Dro empfand das leichte Unbehagen der aufgehobenen Zeit, das man verspürt, wenn man auf einen Punkt zufährt, sich aber nichts verändert. Der Junge blickte nachdenklich oder beleidigt auf den schlafenden Hund.

Bach hat sicher nie daran gedacht, dass seine Musik bei 120 km/h gehört werden würde, sagte Simón nach einer Weile. Oder sogar in einem Flugzeug. Bei Schallgeschwindigkeit. Ob er dann anders komponiert hätte?

Er hat sich wahrscheinlich nicht einmal vorstellen können, dass seine Fugen einmal in Südamerika ertönen würden, ließ sich Dro auf diese Überlegungen ein.

Ja, Costaguana ist weit entfernt von Leipzig, sagte Simón. Das meine ich aber nicht, sondern die Geschwindigkeit, das Tempo. Bach schreibt jedem seiner Stücke ein gewisses Tempo ein. Wenn dieses nun aber in einem Auto gespielt wird, verändert es sich dann? Hört man diese Fuge bei hundertzwanzig anders als im Stehen? Bach ist der Meister der Bewegung, aber nicht nur nach vorn, sondern in alle Richtungen. Verträgt sich das mit einer geradlinigen Landstraße?

Dro antwortete nicht, sondern drehte sich einmal mehr beunruhigt nach hinten. Die Straße war leer, sie wurden nicht verfolgt, zumindest war nichts zu sehen.

Simón hatte die Bewegung im Rückspiegel verfolgt und nickte ihm unmerklich zu. Kennen Sie *El Arte de la Fuga* von Bach?

Die Kunst der Fuge?, fragte Dro auf Deutsch.

Yes, *The Art of Fugue*, entgegnete Simón auf Englisch, nur um auf Spanisch auszuführen. Ich meine aber *El Arte de la Fuga*. Er machte eine bedeutungsvolle Pause, und Dro verstand: *Fuga* bedeutete sowohl Fuge als auch Flucht. *Die Kunst der Flucht* war es also, was Simón oder Bach ihm sagen wollte.

Er nickte, und Simón nickte im Rückspiegel zurück. Sie verstanden einander.

Ich glaube, dass alle Künste sich am Ende in die Musik flüchten, fuhr Simón fort. Alle wollen Musik schaffen, die Maler genauso wie die Schriftsteller. Kunst ist die Flucht in die Musik, nicht wahr?

Dro nickte wieder, war aber enttäuscht. Er hatte eine Handlungsanweisung für seine eigene Flucht erhofft.

In *El Arte de la Fuga* hat Bach reine Musik komponiert, dozierte Simón nun. Wir wissen nicht einmal, für welche Instrumente. Er schrieb hier seine kristallinsten Werke, so klar, dass er selbst davon geblendet wurde und während der Komposition der letzten Kontrapunkte erblindete. Kurz darauf starb er.

Ich habe mich auch geblendet, schaltete sich der Junge in die Unterhaltung ein, muss ich jetzt sterben?

Aber nicht doch, sagte Simón ruhig, du hast dich weder geblendet, noch musst du sterben, du hast dich nur etwas am Auge verletzt, das kann der Arzt sicher ohne Probleme heilen. Deswegen fahren wir ja nach Esperanza.

Der Junge schien beruhigt, sagte auf jeden Fall nichts mehr, sondern blickte hinter der großen Sonnenbrille auf die Straße hinaus.

Simón führte nun unbeirrt seinen Vortrag zu Bach fort: Bach starb, und es war, als ob er sich selbst in die Musik hineingeschrieben hätte, als ob er in der Musik aufgegangen wäre und sich in ihr auflöste. In der letzten Fuge hat er das B-A-C-H-Thema eingeführt, stellte er fest und sah Dro im Rückspiegel an.

Der wartete darauf, dass Simón die Bedeutung des B-A-C-H-Themas der letzten Fuge weiter ausführen würde, doch da schaltete Inés das Autoradio aus. Ich muss mich konzentrieren, sagte sie, wir sind schon in Nueva Esperanza.

Während Novilla als Großstadt galt, war Nueva Esperanza nur

eine Provinzstadt, deren Zentrum drei längliche Plätze bildeten. In der Mitte des größten stand eine Statue von John Maxwell, dem Stadtgründer, dem auch in Novilla Plätze und Gebäude gewidmet waren. Langsam fuhr Inés zur Busstation und blieb stehen.

Sind wir schon beim Arzt?, fragte der Junge.

Noch nicht, aber hier werden wir uns von unserem Freund verabschieden, sagte Inés.

Nein!, rief David. Er muss bei uns bleiben!

Simón drehte sich um: Wir können Sie hier bei der Busstation aussteigen lassen oder ein Stückchen weiter vorn beim Arzt, dann könnten Sie noch ein bisschen durch die Stadt flanieren, wenn Sie wollen.

Ich fahre gern noch das Stückchen weiter mit, sagte Dro.

Sie fanden die richtige Straße ohne Probleme und betraten die Ordination. Im Wartezimmer wollte sich Kutzenberger verabschieden, doch David beharrte: Du darfst nicht gehen, du würdest dich verirren.

Ist schon okay, ich werde meinen Weg finden, sagte er.

Geh nicht weg!, kreischte der Junge plötzlich voller Angst oder Wut.

David, sagte Simón tadelnd, so spricht man aber nicht mit einem Fremden.

Er ist kein Fremder, und nenn mich nicht David.

Wie soll ich dich denn sonst nennen?

Der Junge schüttelte den Kopf.

David also?

Der Junge verschränkte trotzig die Arme.

Kein Problem, sagte Dro, wenn David will, bleibe ich noch hier, solange Sie auf den Arzt warten.

In dem Moment erschien dieser schon, ein gestauchter, kräftiger Mann mit energischer, aber fröhlicher Ausstrahlung. Oh, die ganze Familie ist da, sogar mit Hund!, rief er mit gespielter Überraschung. Was kann ich für Sie tun?

Herr Doktor, sagte Inés, David hatte gestern einen kleinen Feuerunfall und sieht seitdem nicht mehr gut. Er hat Schmerzen in den Augen.

Das schauen wir uns gleich an, junger Mann, sagte der Arzt und nahm David bei der Hand. Wir gehen in den Untersuchungsraum, deine Familie wartet in der Zwischenzeit hier, dann wird sich schon alles weisen.

Ohne sich umzudrehen, verschwanden die beiden durch die Tür, nur Bolívar, der Hund, folgte ihnen.

Die drei anderen setzten sich auf Stühle im Wartezimmer.

David hat wirklich eine sehr lebhafte Fantasie, sagte Inés.

Und Sie kommen auch aus dem Flüchtlingslager in Novilla?, fragte Simón.

Dro unterdrückte ein *Ich bin kein Flüchtling* und nickte.

Dann wissen Sie ja, wie es dort ist.

Dro hatte keine Ahnung, ob er das wusste. Er hatte eigentlich immer nur in seinem Stockbett gelegen und auf die Essensausgaben gewartet. Natürlich war er auch in eigentümlichen Amtsstuben gewesen, er hatte Janek kennengelernt und die Montageanleitung für die Lüftungsanlage übersetzt. Aber ob er deshalb das Lager kannte? Unbestimmt zuckte er mit den Schultern.

Anfangs war alles noch leicht, erzählte Simón, man half zusammen, freute sich über die Heimkehrer aus Europa, über die Solidarität der mitgeflüchteten Europäer, über eine vereinte Front der Fiktiven. Alles war positiv, eine Welle der Euphorie schwappte über uns, wir hatten das Gefühl, endlich frei zu sein, ohne eigentlich gewusst zu haben, dass wir mit den Realen im Krieg gewesen waren. Ich wollte unbedingt helfen und nahm David bei mir auf, ganz am Anfang, ein paar Tage nachdem er angekommen war. Er war bei der Einreise von seinen Eltern getrennt worden und hat diese seither nicht mehr gesehen. Und weil wir durch den Scanfehler nicht einmal seinen richtigen Namen wissen, gibt es wohl keine Chance, sie jemals wiederzufinden. Er behauptet, sich an nichts erinnern zu können, nicht einmal, aus welchem Land er kommt. Aber das ist wohl Spanien, oder auch Italien, sein Spanisch war anfangs sehr merkwürdig. Schon nach wenigen Tagen bekam ich Besuch von den Uniformierten, und man drohte mir, David wieder mitzunehmen, man durfte nur noch als Paar Flüchtlingskinder aufnehmen. Also bat ich Inés, meine Tennistrainerin, die einmal erzählt hatte, dass ihr

Partner sie verlassen hatte, weil sie keine Kinder bekommen konnte, um Hilfe. So leben wir jetzt zusammen.

Wir sind aber kein Paar, stellte Inés fest.

Und jetzt haben Sie alles aufgegeben und ziehen in den Norden?, fragte Dro.

Ich bin Fagottist und kann genauso gut in Estrellita in einem Orchester spielen.

Und Tennis kann man auch überall unterrichten. Ich möchte aber ohnehin bei David bleiben, er braucht eine Mutter. Als Inés dies gesagt hatte, presste sie die Lippen zusammen und schaute trotzig auf die Tür, hinter der ihr Ziehsohn untersucht wurde.

Warum nennen Sie ihn David, wenn er das nicht will?, fragte Dro.

Weil er sich so vorgestellt hat, und irgendwie muss ich ihn ja rufen, antwortete Simón. Die ersten Wochen war er zufrieden mit diesem Namen, doch plötzlich meinte er, eigentlich anders zu heißen. Mir ist das recht, sagte Simón, es braucht auch ohne Flucht über einen Ozean oft ein halbes Leben, um sich zu finden.

Dro überlegte, ob er Simón noch nach Bachs letzter Fuge fragen sollte und nach dem B-A-C-H-Motiv, doch schien ihm der Moment für dieses Thema vorbei zu sein. Eine Zeit lang blickten alle drei schweigend in verschiedene Richtungen. Dann ging die Tür auf, und der Arzt kam mit David und dem Hund heraus.

Ich hatte ein gutes Gespräch mit dem jungen Herrn, sagte der Doktor. Er hat mir eine interessante Geschichte erzählt, meinte er vielsagend und blickte in die Runde. Weil keiner reagierte, sagte er schließlich: Nun, es geht ihm gut, die Verletzungen sind minimal, morgen sollte er keine Schmerzen mehr haben. Und er ist so tapfer, dass er nicht einmal Tabletten möchte, nicht wahr?, fragte er den Jungen, der freudestrahlend nickte.

Hat dir der Herr Doktor gut gefallen?, fragte Simón den Jungen auf der Straße.

Nicht schlecht, antwortete der, er hatte Haare auf den Händen wie ein Wolf.

Sie gingen den Gehsteig hinab und setzten sich, ohne lange darüber geredet zu haben, an ein Tischchen eines Straßencafés, wo das Licht der strahlenden Vormittagssonne sich lustig mit den sacht im Wind bewegenden Blättern einer Platane spielte, und bestellten vier große Käse-Toasts und Milchkaffee. Gestärkt stiegen sie dann in den Kombi, um die weitere Reise in den Norden anzutreten. Und Dro fuhr mit, als wäre es von langer Hand geplant gewesen.

DAS TEILSTÜCK

km 279

Von Kutzenbergers Flucht aus der Blockhütte am Straßenrand bis zu seiner Ankunft in Estrellita del Norte, wo er sich in einer Obstplantage registrieren musste und damit wieder auf dem Radar der Staatssicherheit auftauchte, konnte ich trotz meiner intensiven Recherchen in den diversen Archiven von Costaguana keine Daten finden. Auch wussten weder Janek noch Marta etwas über dieses Teilstück, sodass ich mir die Freiheit genommen habe, diese über vierhundertfünfzig Kilometer lange Leerstelle seiner Reise aufzufüllen. Dafür habe ich mich erstmals in meinem Leben als Schriftsteller betätigt und Figuren erfunden (Simón, Inés, David, den Arzt und auch den Deutschen Schäferhund namens Bolívar). Es macht Spaß, sich Personen auszudenken, Namen für diese zu ersinnen und die Handlung nachvollziehbar zu gestalten. Im Fall des Jungen konnte ich mich für keinen Namen entscheiden, sodass ich diese Unsicherheit einfach in die Erzählung mit aufgenommen habe. Wie weit es mir gelungen ist, die Geschehnisse unterhaltsam und gleichzeitig realistisch zu beschreiben, entscheide der langmütige Leser, die nachsichtige Leserin. Meine neu entfachte Leidenschaft für die Musik Johann Sebastian Bachs hat ebenfalls Eingang gefunden in diese Seiten, vielleicht entschädigen ja die Gedanken dazu etwaige Unzulänglichkeiten der Psychologie der erfundenen Figuren.

DIE OBSTPLANTAGE

km 288 Die Wegweiser auf der einsamen Landstraße kündigten *Estrellita del Norte* an – erst in 407 Kilometern, dann in 350, 280, 200, 180, 78, 50, 15 und schließlich in 1000 Metern –, doch das Ortsschild selbst wies dann *Estrella* aus. Der kleine Nordstern war ein Stern geworden. Ob es sich hierbei um einen selbstbewussten Akt der ortsansässigen Menschen handelte, die kein niedliches Sternchen mehr sein wollten, sondern eine ausgewachsene Sonne? Dro schien das ein gutes Zeichen zu sein, ein subversiver Akt gegen die Regierung in Novilla, die mit den Schildern auf der Bundesstraße auf etwas verwies, das gar nicht existierte. Diese so zufällig zusammengewürfelten Menschen, der Fagottist, die Tennislehrerin, das Flüchtlingskind und der UNESCO-Stipendiat, samt Bolívar, dem Deutschen Schäferhund, hätten auf Unbeteiligte wie eine Familie gewirkt, die am Urlaubsort ankam, und selbst empfanden sie es gar nicht anders, so freudig aufgeregt schauten sie auf die unbekannte Stadt.

Die Straße führte direkt durch das Zentrum, vorbei am großen Markt, am Rathaus und am Landesgericht, dann an einem bescheidenen Kunstmuseum auf der linken Seite, und schon überquerten sie einen Fluss, die letzten Gebäude Estrellas waren vorbeigezogen, sie befanden sich bereits am Beginn der riesigen Obstplantagen, in denen durch das so günstige Klima des warmen Nordens Orangen, Oliven und Trauben für halb Südamerika angebaut wurden. Es war nun nicht mehr die Rede davon, als Orchestermusiker oder Tennislehrerin ein neues Leben zu versuchen, es schien vernünftiger, zunächst als Erntehelfer zu beginnen, wofür man die Dokumente weniger aufmerksam kontrollierte.

Und genau so war es, Roberta, die resolute Bürochefin des ersten Erntebetriebs, den sie von der Straße aus hatten sehen können, führte sie zu zwei lang gezogenen Baracken, in denen es nach Holz roch, und teilte ihnen Betten zu. Inés schlief im Schlafsaal der Frauen, Simón, David und Dro bekamen ein Vierbettzimmer mit zwei Stockbetten. Der Junge wählte begeistert ein Bett oben, die beiden Erwachsenen blieben unten. Bolívar durfte sich frei bewegen, solange er nicht die Hühner jagte, wie Roberta einschränkte, und da er ohnehin am liebsten faul im Schatten lag, war das kein Problem.

David spielte bald mit gleichaltrigen Kindern auf dem staubigen Platz vor der großen Verladehalle Fußball und zeigte überraschendes Talent dabei, was ihn immens populär machte. Inés entschied, dass sie eine Woche lang bleiben sollten und sich erst dann über Davids Schulpflicht und andere Jobmöglichkeiten in der Stadt Gedanken machen würden. Dro überlegte, sich vielleicht im Kunstmuseum zu bewerben, doch verwarf er den Gedanken sofort wieder, hier mit seinem Wissen zur europäischen Moderne einen Beitrag leisten zu können. Bestenfalls als Aufseher könnte er später einmal einen kleinen ersten Schritt in die Kulturwelt der Stadt setzen. Nun war er aber mit der Traubenernte beschäftigt, und nach nur wenigen Tagen schien es, als hätte er nie etwas anderes gemacht. Simón und Dro schnitten schweigend mit drahtigen und nackten, bald braun gebrannten Oberkörpern die Trauben von den Reben und genossen die physische Betätigung, das so eindeutige Resultat jedes Handgriffs, jeder volle Korb ein Beweis der erfolgreich ausgeführten Arbeit. Am Ende jeden Tages bekamen sie von Roberta 20 Guaraní ausbezahlt, und da Kost und Logis zur Verfügung gestellt wurden, konnten sie alles zur Seite legen. Nach Dokumenten wurden sie nicht gefragt, nur ganz am Anfang mussten sie sich in eine Liste eintragen, *Mago Dro*, schrieb Kutzenberger ordnungsgemäß, und Roberta ertrug sogar die Konfusion um Davids Namen, ohne sich aus der Ruhe bringen zu lassen.

Bis dann eines Morgens kurz vor Sonnenaufgang Militärlastwagen vor den Baracken auffuhren und Soldaten laut polternd die Schlafräume stürmten. Mit brutalen Stößen der Gewehrkolben trieben sie die Erntehelfer aus den Betten.

Ausweise, Ausweise!, brüllten die Uniformierten.

Simón und Inés konnten ein *F* vorweisen, David wurde nicht kontrolliert, und Dro zeigte sein provisorisches gelbes Formular mit dem roten Stempel *R*. Sofort wurde er von zwei Soldaten in die Zange genommen, hinausgezerrt und mit anderen, ebenfalls aufgegriffenen Realen wie ein Stück Vieh auf die Ladefläche eines Militärlasters getrieben. Er konnte sich weder verabschieden noch etwas mitnehmen. Wenigstens hatte er noch Zeit gefunden, seine Schuhe anzuziehen, andere saßen barfuß und in Unterhose auf der schmalen Holzbank unter der olivgrünen Plane. Mit einem schaurigen Husten erwachte der Motor zum Leben, der ganze Wagen erbebte und spuckte eine schwarze Rauchwolke aus, die durch die offene Tür der Baracke bis in die Schlafräume zog. Dann setzte sich der alte, klapprige Lastwagen scheppernd in Bewegung.

Das Kapitel über die Seele des Atheisten

Als sich die zarten Fäden, die Kutzenbergers Körper mit seinem *km*
Bewusstsein verbanden, lösten, begann der Verfallsprozess. Die ∞
Pistolenkugel hatte seinen Kopf durchschossen, war beim Stirnbein (*Os frontale*) eingedrungen und beim Hinterhauptbein (*Os occipitale*) wieder ausgetreten. Wie lange sie brauchte, um durch Kutzenbergers Gehirn zu dringen, lässt sich mit der Formel $t=s/v$ ausrechnen. Die Mündungsgeschwindigkeit (v) einer Glock beträgt 360 Meter in der Sekunde, das wissen wir, sodass wir für die Lösung dieser Gleichung nur noch die Strecke (s) benötigen, die die Kugel zurücklegen muss. Über die Maße von Kutzenbergers Schädel ist bekannt, dass er Hutgröße 60 hatte, sein Kopfumfang also 60 Zentimeter betrug. Der Kopfumfang entspricht dem einer Ellipse, was die Berechnung des Schädeldurchmessers erschwert, da sich elliptische Integrale im Allgemeinen nicht durch elementare Funktionen darstellen lassen. Dank der Näherungsformel des mathematischen Wunderkindes Srinivasa Ramanujan kommt man allerdings auf sehr brauchbare Annäherungen. Der 1887 in einer kleinen südindischen Stadt geborene Ramanujan hatte die erstaunliche Begabung, unendliche Reihen so umzuformen, dass sie darstellbar wurden. Nachdem der tiefgläubige Hindu fünf Jahre an der Universität Cambridge geforscht hatte und den besten Mathematikern der Welt bis heute die Aufgabe hinterließ, Beweise für seine intuitiv erstellten Lösungen zu finden, kehrte er krank in seine indische Heimat zurück, wo er mit nur 32 Jahren die Vergänglichkeit des Seins hinter sich ließ, was ihn selbst weniger schmerzte als seine Hinterbliebenen, da es für ihn keinen Unterschied zwischen der mathematischen und der spirituellen Unendlichkeit gab. Auf ihn geht also die Formel zur Berechnung des Umfangs einer Ellipse zurück:

$$u \approx (a+b)\cdot\pi\cdot\left(1+\frac{3\lambda^2}{10+\sqrt{4-3\lambda^2}}\right) \qquad \text{mit} \quad \lambda=\frac{a-b}{a+b}$$

Nachdem wir den Umfang (*u*) von Kutzenbergers Schädel bereits wissen (60), können wir bei Annahme einer normal elliptischen Kopfform die Formel dazu verwenden, uns ebenso intuitiv wie Ramanujan der Länge und Breite seines Craniums anzunähern, und kommen nach einigen Versuchen auf die brauchbaren Zentimetermaße von 22 (Länge) und 16 (Breite). 22 Zentimeter musste das Projektil also nach dem Eindringen in Kutzenbergers Schädel zurücklegen, bevor es 0,0006 Sekunden später ($t=0{,}22/360$) wieder austrat. Bei dieser Formel ist natürlich nicht berücksichtigt, dass die Kugel zuerst durch den Luft- und dann durch den Körperwiderstand erheblich abgebremst wurde. Will man den Zeitraum des Kontakts zwischen Kugel und Kopf also ganz korrekt ausrechnen, wäre folgende Formel zielführender: $t=2s/(v+u)$, wobei v für die Mündungsgeschwindigkeit und u für die Endgeschwindigkeit der Kugel stehen. Da wir für u allerdings ohne ballistische Versuche nur gar zu spekulative Annahmen stellen können, belassen wir es in diesem Fall bei der einfacheren, wenngleich auch nicht ganz korrekten Formel. Die genaue Verweildauer der Kugel in Kutzenbergers Kopf ist ohnehin eine vertrackte Angelegenheit, die sich mathematisch kaum wird lösen lassen, da das Projektil, um beim Hinterhauptbein austreten zu können, zuvor erst einmal beim Stirnbein eintreten musste, was aber gar nicht der erste Schritt war, da es doch zuvor die darüberliegende Gesichtshaut der Stirn Kutzenbergers zu durchdringen hatte. Der erste Kontakt zwischen Kugel und Kutzenberger fand also an seiner Epidermis statt, wobei die äußerste Hornschicht nur aus abgestorbenen Hornzellen besteht, welche die oberste Schutzbarriere der Haut bilden, die allerdings gegen ein mit fast 1300 km/h heranrasendes Metallprojektil rein gar nichts ausrichten kann, sodass die Kugel bald darauf in die darunterliegende Keimschicht eindrang, wo sie erstmals lebende Zellen Kutzenbergers berührte und sich, ohne wesentlich an Fahrt einzubüßen, erst durch die Stachelzellschicht und dann durch die Basalzellschicht bohrte, in der sich die pigmentbildenden Zellen, Melanozyten genannt, befanden, denen Kutzenberger seine gesund wirkende Gesichtsfarbe verdankte. Damit hatte die Pistolenkugel die Oberhaut durchquert und war drauf und dran, in die Lederhaut einzudringen, deren Bindegewebsfasern für eine besondere Elastizität der Haut sorgten, sodass sie großem Druck standhalten konnte, was evolutionshistorisch gesehen natürlich nicht das Geschoss einer Handfeuerwaffe mit einbezog, das in weiterer Folge die Dermis durchbohrte, vorbei an Blut- und Lymphgefäßen, Haarfollikeln, Talg- und Schweißdrüsen und zahlreichen Nervenfasern zur Wahrnehmung von Berührungen, durch die Kutzenberger erstmals das todbringende Geschütz spüren konnte, wobei der Tod natürlich noch lange nicht eintrat, da die Kugel ja zuvor noch die Unterhaut passieren musste, die aus lockerem Bindegewebe und der gelblichen Schicht des Fettgewebes bestand, welche unter normalen Umständen als Kälteschutz und Energiespeicher diente, in diesem Moment aber die Kugel schmierte, damit sie frisch geölt ihren Weg durch den Knochen antreten konnte, den sie aber erst erreichte, nachdem sie die äußere Knochenhaut durchdrungen hatte, die im Bereich des Schädels *Pericranium* genannt wird und aus einer Kollagenschicht mit elastischen Fasern besteht, unter der Blutgefäße und dichte Nervenbahnen liegen, die sie ungemein schmerzempfindlich machen, was Kutzenberger nun bitter zu spüren bekam, als sie von dem Metallobjekt zerrissen wurde. Der Knochen selbst ist dafür schmerzunempfindlich, die kompakte Knochenrinde von keinen Nerven durchzogen und so dicht, dass die Kugel hier viel Geschwindigkeit einbüßte, was Kutzenbergers Leben beträchtlich verlängerte, vor allem, wenn man bedenkt, dass das Fremdobjekt in seinem Leib nun zuerst die innere Knochenhaut durchqueren musste, bevor sie die schwammartige Knochensubstanz erreichte, in deren Zwischenräumen sich das Knochenmark befindet. Ist die Kugelspitze hier angelangt, spiegelt sich das Geschehen, und alle Teile des Knochens müssen wieder in umgekehrter Reihenfolge durchschlagen werden, beginnend beim Knochenmark der *Substantia spongiosa*, die im Schädelknochen *Diploë* genannt wird und hier im Stirnbereich von der *Vena diploica frontalis* drainiert wird, die mit dem venösen Hirnsinus im Schädelinneren in Verbindung steht, wohin nun auch endlich die Kugel gelangt, die im vorderen Pol des Frontallappens (*Lobus frontalis*) erstmals mit dem Gehirn Kutzenbergers in Kontakt gerät und schnell in den Bereich des Motorcortex vorstößt, der für die bewussten Bewegungen unseres Körpers zuständig ist, die bei uns Menschen oft von unerhörter Komplexität sein können, weshalb er ein sehr großes Areal des Gehirns einnimmt, ohne das neben dem Spazieren auch Sprechen und Schreiben nicht möglich wären, Fähigkeiten, die Kutzenberger jetzt schon verlieren würde, wenn die Kugel nicht zuvor noch den *präfrontalen Cortex* durchqueren müsste, der wiederum für das soziale und situationsgerechte Handeln zuständig ist, weshalb man die Auswirkungen der Schäden dort mit denen der lieblos *Kopfschüssler* genannten Verwundeten des Ersten Weltkriegs vergleichen könnte, auch wenn deren Frontallappen meist nicht durchbohrt, sondern nur durch einen festen Schlag, ausgelöst durch einen Gewehrtreffer auf den Stahlhelm, verletzt oder zerstört wurde, wodurch die Betroffenen oft soziale Hemmungen verloren oder zumindest die Konsequenzen ihrer Handlungen nicht mehr vorhersehen konnten, was ja auch ohne eine Schädigung des Frontallappens oft von größter Schwierigkeit ist. Menschen mit einem Frontalhirnsyndrom sagt man darüber hinaus nach, sich schwer entscheiden und nichts vollenden zu können, was bei Robert Musil zuzutreffen scheint, der am 20. Mai 1936 im Wiener Dianabad während seines wöchentlichen Schwimmtrainings einen Schlaganfall im vorderen Stirnlappen erlitten hatte und nur im letzten Moment von seinem jüngeren Freund, dem Kunsthistoriker Bruno Fürst, der mit ihm die edle Leidenschaft für das Kraulen teilte, vor dem Ertrinken gerettet werden konnte. Musil erholte sich langsam von diesem Schlag, doch uferte *Der Mann ohne Eigenschaften*, der Roman, an dem er seit Jahrzehnten schrieb, noch weiter aus, zerfledderte sich in die verschiedensten Handlungsstränge und Möglichkeiten, zehntausend Manuskriptseiten lang, ohne sich je festzulegen, wie es denn tatsächlich zu Ende oder auch nur weitergehen sollte, da sich Musil offensichtlich nicht entscheiden wollte oder konnte, was ungünstig war, da Schreiben ja nichts anderes als

Entscheidung ist, ein ständiges Entscheiden, welches Wort man wählen sollte, weil an der Stelle jedes Wortes natürlich auch ein ganz anderes stehen könnte. Das Schicksal Musils blieb Kutzenberger erspart, denn die Kugel bohrte sich weiter und streifte den Temporallappen (*Lobus temporalis*), dem man nachsagt, der Sitz des Gedächtnisses zu sein, der Schatz, auf den der Schriftsteller zurückgreifen kann, so er sich erinnert, denn Kutzenbergers Gedächtnis war auch schon, bevor die Kugel hindurchgegangen war, löchrig gewesen, sodass er vielleicht damit umgehen gelernt hätte, sich an viele Dinge nicht mehr zu erinnern, was aber ohnehin erst eintreten würde, nachdem die Kugel zuvor den Scheitellappen (*Lobus parietalis*) durchquert hat, um dort die Fähigkeit des räumlichen Denkens zu zerstören, zu der erstaunlicherweise auch das Lesen und Rechnen zählen, da das Lesen offenbar genauso im Raum stattfindet wie die Orientierung und die Geometrie und für das Gehirn das Reich der Imagination deshalb räumlich zu durchschreiten ist wie ein Zimmer, Haus oder Grundstück, Land, Weltmeer oder Kontinent. Sollte die Kugel der Glock also jemals durch all diese Lappen, Räume und Welten geflogen sein, würde sie im Hinterhauptlappen (*Lobus occipitalis*) ankommen, wo das Sehzentrum liegt und wo jedem Punkt der Netzhaut ein Teilgebiet der Sehrinde zugeordnet ist, wobei das Erstaunliche darin liegt, dass viel mehr Nerven vom Gehirn zum Auge laufen als umgekehrt, was darauf hinweisen könnte, dass das Gehirn dem Auge sagt, was es zu sehen hat, und nicht vorrangig das Auge an das Gehirn kommuniziert, was es sieht, und genau so ist es auch, dem Auge wird vorab die Information übermittelt, was zu erwarten ist, sodass es sich auf das eintreffende Bild vorbereiten kann, weil es immer leichter und energiesparender ist, auf bereits Vertrautes zurückzugreifen, als völlig Neues erfahren zu müssen. Und in den meisten Fällen reicht es ja fürwahr, auf die Erfahrung zu vertrauen, weshalb das herbeiimaginierte Bild des Sehzentrums vorwiegend mit dem Licht übereinstimmt, das von der Linse gebündelt auf die Netzhaut fällt und nur noch in Kleinigkeiten korrigiert werden muss, was viel weniger aufwendig ist, als bei jedem Blick das Gesehene ganz neu aufzubereiten. Wir sehen also, was wir sehen wollen, weshalb es auch so schwer ist, Neues zu erleben, zu erlernen, zuzulassen. Andererseits ist es natürlich auch schön, wenn das Gehirn das Auge auf Kommendes vorbereiten kann, in eine bestimmte Richtung lenkt, sodass Kutzenbergers Sehzentrum, sobald er auf der mittleren der fünf Notenlinien eine schwarze Note mit einem kleinen b davor sieht, dem Auge bereits die nächste Note senden kann, und zwar eine Stufe tiefer, ein a, um daraufhin zwei Mal nach oben zu springen, zum c, nur um dann wieder in der Mitte zu landen, diesmal aber aufgelöst als h. Die Finger folgen dem Muster automatisch auf der Klaviatur, und die Neuronalverbindungen des Hirns springen fröhlich zwischen Sehzentrum, räumlicher Vorstellung, Muskelbewegungen, Gehör und Gedächtnis hin und her und beweisen, dass die Kugel all diese Gehirnlappen gar nicht zerschießen kann, da alles mit allem verbunden ist, kein einziger Handgriff isoliert existiert, jede Bewegung vielfache Bedeutung hat, alle Gehirnzentren in Beschlag nimmt, um schließlich im Lustzentrum zu landen, wo immer das liegen mag, denn natürlich bereitet es größte Lust, das B-A-C-H-Motiv zu hören, keine Musik konnte mehr bewegen als der unvollendete Schluss der *Kunst der Fuge*, da hatte Simón im Auto auf dem Weg nach Novilla schon recht gehabt, und nun vernahm Kutzenberger genau diese Töne in der Harmonie des Weltenraums wieder, *Harmonices Mundi* hatte Johannes Kepler sein großes Werk genannt, geschrieben in seiner, Kutzenbergers, Heimatstadt Linz, aus der er, Kepler, schließlich, obwohl ein tiefgläubiger Mann, aus religiösen Gründen vertrieben worden war, sodass er mit seiner Familie nach Ulm flüchtete, wo zweieinhalb Jahrhunderte später Albert Einstein geboren werden würde, der schließlich Raum und Zeit zu einer vierdimensionalen Geometrie verwob, der zwangsläufigen Schlussfolgerung seiner eigenen Theorie aber nicht traute und schwarze Löcher als Hirngespinste abtat, was beweist, dass ein Werk immer größer als sein Schöpfer ist und viel mehr weiß als dieser, selbst wenn der Autor Einstein heißt.

Von alldem bekam Kutzenberger jedoch nichts mit. Die Pistolenkugel bohrte sich quälend langsam durch seinen Kopf, befeuerte alle möglichen Areale seines Seins, streifte Erinnerungen und wüste Träume, stellte eine Grenze zwischen Realem und Fiktivem auf, nur um sie gleich wieder niederzureißen, Möglichkeit und Wirklichkeit verschmelzend, mit der metallenen Spitze des Projektils tropische Bilder von Obstplantagen und Leichenzügen in sein Sehzentrum sendend und immer wieder in einer Stadt landend, die zwei ist: Santa Ana und Santa María, Zwillingsstädte, benannt nach Anna, der Mutter Marias, und dieser selbst, der Mutter Gottes, deren Sohn Jesus sich Sohn Gottes nannte, was Maria nicht verstand, denn wenn Jesus der Sohn Gottes wäre und sie die Mutter Gottes ist, dann wäre sie doch die Großmutter ihres eigenen Sohnes, was ja nicht ging, da die Omama des Jesuskinds doch ihre Mutter, Santa Ana, war, nach welcher die brasilianische Hälfte der Stadt benannt ist, Sant'Ana do Livramento, Santana, wo die Uhren eine Stunde vorgingen, sodass Kutzenberger damals als Student, von Santa María kommend, zu spät zum Busbahnhof gehetzt kam, den Bus noch hinaus auf die Straße abbiegen sah, doch das reichte nicht, er musste bis zum nächsten Tag warten, um die Stadt verlassen zu können, er musste wieder zurück in die heruntergekommene Pension über der *Bar del Río*, wo er zu seiner Freundin im blau gestrichenen, fensterlosen Zimmer sagen würde: *Hier möchte ich nicht begraben sein*, nur um den Gedanken sofort wieder zurückzunehmen, nicht frei von Aberglauben, denn der liebe Gott hört alles, der liebe Gott sieht alles – und der liebe Gott missversteht alles. Und so war es dann auch, denn durch eine Verwechslung der Zimmernummer knallte die Tür auf, und ein Auftragskiller schoss, ohne lang zu schauen, auf Kutzenberger, der lässig auf dem Bett lag und ein Buch von Juan Carlos Onetti in Händen hielt, ohne darin zu lesen, während seine Freundin auf dem Stuhl saß und so vertieft in dem aktuellen Roman eines Israelis las, dass sie gar nicht bemerkte, wie die Kugeln nur so durch das Zimmer flogen, ohne sie zu treffen. Denn so hätte es ja sein können, wenn es nicht anders geschehen wäre, wie sollte er, Kutzenberger, das klar erkennen, während sich eine Kugel durch seinen Kopf bohrte und nicht und nicht auf der anderen Seite wieder herauskommen wollte, so lang war der Weg dazwischen mit all den zu überschreitenden Grenzen, immer wieder gab es ein weiteres Areal zu durchqueren, Hirnlappen (*Lobi cerebri*) zu entdecken und Zellverbindungen zu durchtrennen, die sich sofort an anderer Stelle wieder schlossen. Kutzenberger hatte deshalb alle Zeit der Welt, um die losen Enden seines Lebens zu verknüpfen, einen würdigen Abschluss zu finden, das Unvollendete zu vollenden, und so spielte er mit Geschichten und Ideen, weil er das nun mal am liebsten tat, warf sie hin und her, überlegte sich mögliche Ausgänge seiner Erzählungen und seines Lebens, als ob es da einen Unterschied gäbe, und irgendwann hatte er das Gefühl, dass es passte, dass sein Leben und sein Werk abgeschlossen waren. In diesem Moment schoss die Kugel beim Hinterhauptbein (*Os occipitale*) hinaus, deutlich langsamer als beim Eintritt, aber noch schnell genug, um sich tief in den alten und schlechten Verputz der Wand zu graben, wo das blanke, kaum von Blut und Gehirn getrübte Projektil einfach stecken blieb, anstatt klingelnd zu Boden zu fallen. Durch den Schock des Kopfschusses und die dabei entstandene cerebrale Verwüstung kam es zu einem augenblicklichen Atem- und Kreislaufstillstand Kutzenbergers. Sein Herz hatte aufgehört zu schlagen, und sofort begann die Zersetzung der Zellen, was Kutzenberger aber nichts mehr anging, denn sein Bewusstsein war dem Körper entglitten und hatte sich im selben Moment in der heiteren Unendlichkeit des Lichts oder der Dunkelheit aufgelöst. Der Tod ist nur für die Lebenden schrecklich.

DAS MASSAKER

km 454

Aus dem ganzen Land strömten Konvois von altersschwachen Militärlastwagen nach Macondo, beladen mit angstvoll in die Zukunft blickenden Realisten. Sie sollten dort bei der Bananenernte helfen, da die Arbeiter streikten und alles zu verderben drohe, war die Erklärung, die Kutzenberger in der Baracke gehört hatte. Man erwarte eine Ansprache des Gouverneurs, wie es nun weitergehen solle mit ihnen, mit der Eingliederung der Realen in die Gesellschaft der Fiktionalen, schnappte er im Wagen von einem Soldaten auf.

Warum gerade Macondo?, fragte Kutzenberger den Mann neben sich, das ist doch die größte Hochburg der Fiktion überhaupt, das kommt mir gefährlich vor.

Der Mann stierte wortlos vor sich hin und antwortete nicht. Die freudlos grüne Plane des Lastwagens knatterte im Wind, und die verschreckten Realisten saßen sich auf schmalen Bänken an den Längsseiten der Ladefläche gegenüber, überwacht von zwei Soldaten, die mit dem Rücken zur Fahrerkabine positioniert waren. Einer der Soldaten blickte auf Dro, der sich abwandte und nach hinten sah. Wie die Leinwand im Kino erstrahlte die Welt außerhalb als hell erleuchtetes Viereck im Halbdunkel der Ladefläche. Der Staub der Landstraße wirbelte hoch, während links und rechts tropisch grüne Plantagen vorbeizogen wie bei den Autofahrten in den Anfängen des Fernsehens, immer wieder die gleichen Bäume, immer wieder die gleichen Stauden.

Als sie endlich Macondo erreicht hatten, fuhr der Lastwagen scheinbar ortskundig in das Gewirr der schmalen Gassen, als würde er einem roten Faden folgen, er überquerte den Platz der verehrungswürdigen heiligen Dominika, der Heiligsten der Heiligen, stach zielsicher in die kleinste Gasse hinein, holperte entlang unebener Gehsteige ein paar Stiegen hinab und kletterte eine Stufe hinauf, folgte der Calle de los Turcos, bog um eine Ecke nach rechts und eine andere nach links, vorbei an den Begonien, um schließlich im rechten Winkel in eine Gasse einzubiegen, die vor dem Tor eines eindrucksvollen Hauses endete. Der Wagen kam ruckelnd zu stehen, wendete mühsam und fuhr alles wieder in entgegengesetzter Richtung zurück, als würde ihn der Faden der Ariadne aus dem Labyrinth hinausführen, vorbei am Korridor der Begonien, dann rechts und dann links in die Calle de los Turcos, Stufen hinunter und Stufen hinauf und schließlich hinaus auf den Platz, um diesmal nicht die schmalste Gasse als Eingang zu wählen, sondern eine breitere, die nach zwei langen Schwüngen auch schon auf den großen Bahnhofsvorplatz mündete, wo der Wagen stehen blieb und die Gefangenen von den ungeduldigen Soldaten rüde mit Gewehrstößen hinausgetrieben wurden. Dutzende Lastwagen säumten die Fronten der ärmlichen Häuser des Platzes und blockierten die Straßenmündungen. Auf dem Schild des Bahnhofsgebäudes stand in großen Lettern *CIÉNAGA*.

Wir sind also doch nicht in Macondo, sagte Kutzenberger erleichtert zu einer barfüßigen, dicken Frau, die mit zwei Kindern neben ihm stand. Er hatte sie noch nie zuvor gesehen, doch plötzlich fiel es ihm nicht schwer, ein Gespräch zu beginnen, war es ihm sogar unmöglich, nicht zu sprechen, zu unheimlich war die geladene Atmosphäre in der tropisch drückenden Luft der Stadt. Macondo wäre doch ein gar zu starkes Zeichen für die Fiktiven gewesen, brabbelte er weiter, Ciénaga klingt realer, vielleicht kommt es sogar zu einer Friedenserklärung.

Immer noch strömten Leute Richtung Bahnhof, vorbei an einer langen Reihe bewaffneter Soldaten, bis vor das Schild. Dichter und dichter wurde das Gedränge, sodass Dro vom Rand zum Zentrum des Platzes geschoben wurde. Als die zusammengetriebenen Realen so dicht standen, dass Kutzenberger kaum noch Luft zum Atmen bekam, erschien ein Mann auf dem Bahnhofsdach und verkündete den Wartenden mit einem Megafon, dass ein Zug kommen werde, der alle zum Fluss bringen würde, wo sie ein schönes, neues Leben erwartete.

Es war um die Mittagszeit, die Schwüle am drückendsten,

man zählte mehr als dreitausend Personen. Der Platz war so voll, dass auch diejenigen, die wegen der großen Hitze in Ohnmacht fielen, zwischen den dicht gedrängten Menschen einfach stehen blieben. Auf den ersten Blick wirkte das ganze Geschehen wie ein Festival, unruhig wartete man auf den Beginn der Veranstaltung, sprach wild durcheinander, Informationen kamen aus dem Nichts und wurden in unzähligen Variationen weitergegeben, die Soldaten verteilten trockenes Gebäck aus den Lastwagen, von zwei Hausdächern spritzten andere Uniformierte mit dicken Schläuchen kühles Wasser in die Menge, die dankbar aufjauchzte. Bald kommt der Zug, und dann beginnen wir endlich ein neues und geregeltes Leben, hörte man trotz der Gluthitze und Enge hoffnungsfroh.

Um drei Uhr nachmittags verbreitete sich das Gerücht, dass der Zug erst am nächsten Tag kommen werde. Derselbe uniformierte Mann wie zuvor erschien auf dem Bahnhofsdach und zückte sein Megafon, das einen lauten Warnton abgab. Das Getuschel der Menge verstummte augenblicklich. Neben Kutzenberger stand noch immer die dicke Frau mit ihren beiden Kindern. Sie nahm das kleinere auf ihre Schultern, blickte kurz auf Dro, setzte zur Frage an, entschied sich dann jedoch dagegen und fragte den stärker wirkenden Mann auf ihrer anderen Seite, ob er das zweite Kind hochheben könne, damit es auch sehe und höre, was nun verkündet wurde. Der Mann nahm den Kleinen und setzte ihn sich in den Nacken. Als er ihn hochhob, sah Dro unappetitliche Geschwülste in seinen Achseln aufleuchten.

Meine Damen und Herren, rauschte die metallisch verzerrte Stimme durch das Megafon, Sie haben fünf Minuten, um die Versammlung aufzulösen! Es folgten ein paar Sekunden ratlosen Schweigens. Dann begann ein ohrenbetäubendes Schrei- und Pfeifkonzert, gepaart mit hilflosen Versuchen, sich wegzubewegen. Alle Ausgänge waren von Militärfahrzeugen und bewaffneten Soldaten blockiert, der Platz maßlos überfüllt, selbst umzufallen war unmöglich, wie sollte es da möglich sein, sich zurückzuziehen? Eine Druckwelle nach der anderen wogte durch die Menge, man wurde aneinandergequetscht und dann wieder kurz freigegeben, mehr geschah nicht. Schließlich ertönte eine markerschütternde Sirene, gefolgt von der schon bekannten Stimme: Die fünf Minuten sind vorbei. Wir geben Ihnen noch eine Minute, dann wird geschossen. Der Mann mit dem Kind auf den Schultern hob dieses hinab und quetschte es neben sich und der Frau auf den Boden.

Ich traue diesen Dreckskerlen zu, dass sie wirklich schießen, sagte sie.

Der Mann warf ihr einen langen, nachdenklichen Blick zu, dann nickte er.

Der ganze Platz schien wie hypnotisiert, die lautstarke Panik von zuvor war einem gebannten Schweigen gewichen, wie vor der Verkündigung eines Preises. *The Oscar goes to …* Nur dass diesmal im Kuvert nicht der Name des Gewinners stand, sondern Ort und Zeitpunkt des Todes, die Auflösung des größten Geheimnisses des Lebens.

Plötzlich reckte sich der Mann auf der anderen Seite der Frau in die Höhe, immer größer schien er zu werden, bis er schließlich alle Köpfe vor ihm überragte, hob seine Arme, sodass die Achselgeschwülste eindrucksvoll und schmerzhaft aufleuchteten, schöpfte tief Atem und brüllte so laut wie nie zuvor in seinem Leben: Ihr Arschlöcher! Wir schenken euch diese verschissene Minute.

Dieser so lautstarke wie mutige Schrei war voller Ehrgefühl und, absurderweise, Lebenslust, war getränkt mit bedingungsloser Liebe am Sein, erschien Kutzenberger wie ein lateinamerikanisches Pendant zum europäischen *Alle Menschen werden Brüder* Schillers oder Beethovens, hatte aber gleichzeitig die gottergebene Tragik von Bachs *Wir setzen uns mit Tränen nieder*, diesem Gesang aus seiner größten Passion, in welcher er versöhnlich nachruft: *ruhe sanft*. Sanfte Ruh wünschte uns Bach, höchst vergnügt schlummern da die Augen ein, beim Meister aus Leipzig, während am Bahnhofsvorplatz das Schießen begann. Auf allen Dächern ringsum waren Maschinengewehrbatterien erschienen, vierzehn an der Zahl, die nun mit einem Schlag das Feuer eröffneten. Doch die Menschenmasse am Platz schien sich nicht an das Drehbuch halten zu wollen, sie tat, als ob es nur ein Karnevalsumzug wäre, die Magazine mit Platzpatronen gefüllt, denn es knatterte zwar fröhlich von allen Seiten wie das Feuerwerk am Silvesterabend oder Unabhängigkeitstag, doch genauso wie zur Feier des Jahreswechsels blickte die Menge fasziniert auf das Mündungsfeuer von den Dächern, ohne sich auf ihre Aufgabe zu besinnen, tot umzufallen. Einen Augenblick glaubte man an die eigene Unverwundbarkeit, an die man ohnehin immer glaubt, denn bis zum Beweis des Gegenteils war man unsterblich. Vielleicht war doch etwas dran an all diesem Theater um die Realisten und Fiktiven? Vielleicht war das Militär hier in Macondo, oder wo auch immer die Masse gerade auf dem Bahnhofsvorplatz stand, tatsächlich fiktiv und konnte den Realen, die hier zusammengetrieben worden waren, gar nichts anhaben? Oder war es umgekehrt, dass sie selbst nur Geister waren, durch die die Kugeln hindurchflogen wie durch dichten Nebel? Doch schon zerriss ein Todesschrei am hinteren Ende des Platzes den Zauber: Aaaay! Und dann zwei flehende Wörter, die Dro nicht verstand, denn schon war es, als ob der Erdboden das Leiden nicht mehr aushielt und sich lautstark gegen diese himmelschreiende Ungerechtigkeit auflehnte. Ein dreitausendstimmiges Brüllen erhob sich über die Gewehrsalven hinweg, und diese Kraft, die ohne Zweifel gereicht hätte, eine neue Welt zu erschaffen, dieser Lavadampf des Mittelpunkts der Erde, diese gewaltige Energie war dann doch nicht die des Anfangs, sondern die des Endes und der kollektive Schrei keine Geburtswehe, sondern das Weltuntergangsgebrüll von dreitausend einzelnen Seelen, Leben, Schicksalen und Hoffnungen, die hier, auf dem in der tropischen Hitze kochenden, staubigen Bahnhofsvorplatz von Ciénaga (oder Macondo, hier gehen die Meinungen auseinander), die Wandlung von Körpern in Leichen vollzogen.

DAS FLUCHEN

km 0,012 Wie traurig, eine Kultur, die nicht fluchen kann. Die deutschsprachige hat es verlernt, übrig blieb nur Scheiße. Was immer der heldenhafte Mann auf dem Bahnhofsvorplatz von Macondo auch geschrien haben mag, *Ihr Arschlöcher!* war es sicher nicht und auch nicht *verschissene Minute*. Auf Englisch wäre es wohl *fuckin' minute* gewesen, auf Spanisch weiß ich es nicht, da die Problematik hier genau die gegenteilige ist: Die Fluchkultur ist so vielfältig und lebendig, dass sich die Wörter schneller erneuern, als man sie lernen kann, und es für scheinbar jede Situation einen eigenen Fluch gibt, ein eigenes Schimpfwort, ein Schimpfwort, das natürlich genauso gut als Kosewort verwendet werden kann, um die Verwirrung vollständig werden zu lassen. Aber immer noch besser als die deutsche Reduktion auf die Verdauung. Was geschieht mit einem Volk, das die Fähigkeit verloren hat, durch die Sprache ein Ventil zu finden, um die Hypertonie der in Rage gebrachten Innenwelt an den atmosphärischen Druck der Außenwelt angleichen zu können?

DER TODESTANZ

km 454

Die vierzehn Maschinengewehrbatterien auf den Hausdächern rund um den Platz, unterstützt von den bewaffneten Soldaten auf den Militärfahrzeugen, gingen sorgfältig und geometrisch vor: Sie schossen von außen nach innen, von den Rändern ins Zentrum. Kaum war der erste Todesschrei verklungen, erscholl von verschiedenen Seiten der Ruf aus der Masse: Werft euch zu Boden! Und das wäre vielleicht sogar klug gewesen, denn ob Munition und Geduld des Militärs gereicht hätten, sich durch mehrere Schichten Menschenleiber bis zum Grund vorzuballern, kann bezweifelt werden. Es hätte sich freilich bei dieser Taktik die obere Schicht für die untere opfern müssen, die dann allerdings spätestens bei der Säuberung des Platzes entdeckt und getötet worden wäre. Das Zubodenwerfen passierte dann ohnehin, wenngleich nicht freiwillig: Die erste Reihe war von den Maschinengewehrsalven bereits niedergemäht worden und lag am Boden, sodass eine neue erste Reihe entstand, die nach innen drängte, was einen unerhörten Druck erzeugte, wodurch der Platz wie ein zu kleines Wellenbecken zu wogen begann und sich die Dynamik der Masse mit brutaler Kraft entlud. Sobald man hin und her torkelnd auf ein Hindernis stieß, das in den meisten Fällen ein gefallener Menschenleib war, entlud sich die pressende Energie, und nachdem das zu den Seiten hin nicht möglich war, erhob sie sich in die Höhe, und so wie die Meereswellen an der Steilküste weit nach oben spritzen, nur um dann umso tiefer zu fallen, bäumten sich auch hier die zusammengepressten Körper an einzelnen Stellen immer wieder über das Meer der Masse, wurden hinaufgedrückt, nach oben gepresst, um dann hilflos wieder nach unten zu stürzen, auf Köpfe, Schultern, Nacken und dann schließlich auf den staubigen Bahnhofsvorplatzboden, wo sie von nachrückenden Füßen zertrampelt wurden und als Barriere dienten, auf der die nächste Welle entstand, sodass das große Sterben ab einem gewissen Zeitpunkt auch ohne Hilfe der Scharfschützen weitergegangen wäre, einmal in Bewegung gebracht, gab es keinen Ausweg mehr. Die Gewehre halfen aber großzügig nach, verfolgten akademisch korrekt ihre Arbeit und fegten geduldig von allen Seiten schießend die jeweils vorderste Reihe weg, sodass die Menschenmenge auf dem Platz wie ein am Faden gezogener Wollknäuel munter hin und her sprang, wirbelte und kreiste, dabei immer kleiner wurde und sich zum Mittelpunkt hin auflöste, um den sich letztlich alles drehte. In diesem Mittelpunkt stand Dro. Lange schon hatte er die barfüßige Frau, die Kinder und den Mann auf ihrer Seite aus den Augen verloren, wand sich um seine eigene Achse, dem Rhythmus des Grauens überlassen, wurde er hochgehoben und wieder hinabgezogen, sah Feuerblitze auf den Dächern, Blutfontänen aus den Köpfen, große Menschen, kleine Menschen, schreiende Münder, stumme Münder, aufgerissene Augen, herausgerissene Augen, Haare, Gesichter, Hände, Arme, alles um ihn rotierend, zu sanften Pastellfarben verwischt, wie der Ballsaal beim viel zu langen Donauwalzer, der nicht enden will, sich immer weiterdrehte, zwei Körper aneinandergepresst, die Schritte ineinandergreifend, wie Zahnräder einer Maschine und doch so organisch, als wäre man ein einziges Lebewesen, das sich kreisend in der Musik auflösen wollte, einszweidreieinszweidrei, immer weiter, die niemals blaue Donau entlang, doch nein, einmal war sie es, da hatte er, Dro, er, Kutzenberger, sie in tiefstem Blau strahlen gesehen, von den Weinbergen Nußdorfs aus, die in frischestem Grün geleuchtet hatten, die Trauben noch nicht ganz reif, sondern jugendlich klein und sauer, und er hatte auf die Wienerstadt geblickt wie vielleicht zuvor auch Beethoven, der nicht weit entfernt gewohnt hatte und der das majestätische Bild der tiefblau durch Wien fließenden Donau sicherlich genauso genossen hätte, denn er war ja nicht blind, sondern taub, kommunizierte mit einem Notizblock, auf den die Leute ihre Fragen schrieben, die er dann mündlich beantwortete, denn er war ja nicht stumm, sondern taub, sicherlich bis zuletzt mit rheinländischem Akzent, auch nach fünfunddreißig Jahren in der Habsburgerstadt, sodass die Leute ohne Zweifel hinter seinem Rücken lästerten, doch das schrieben sie nicht in das Kommunikationsbüchlein des Meisters, nur das Wichtigste kritzelte man in seinen Notizblock, sodass wir jetzt all die Fragen haben, die Beethoven gestellt wurden, nicht jedoch seine Antworten, die wir in der Musik finden müssen, seiner Musik, die Kutzenberger nie berührt hatte, keine Symphonie, keine Sonate, kein Quartett vermochte es, sein Herz zu kitzeln, das mussten andere erledigen, Mozart vielleicht und dann Bach, jawohl, Bach, der Protestant, musste das tun, Kutzenberger zum Fühlen bringen, Bach, der das *Stabat Mater* Pergolesis umgeschrieben hatte, sodass auch die kühlen Nordländer, die nach Luther keine Marienverehrung mehr verstanden, das allergrößte Leiden auf allerschönste Weise erfahren durften, das der Mutter Gottes am Grabe des Sohnes nämlich, was seine, Kutzenbergers, Mutter nicht durchstehen musste, da sie nie erfahren würde, wo auch immer sie nun war, wie elendiglich er hier verrecken würde, auf dem fremden Kontinent, durch einen Ozean von seiner Heimat getrennt, vielleicht auch durch einen Aggregatzustand, durch eine Ideologie, durch eine Grenze, an die er nicht geglaubt hatte, die zwischen Realität und Fiktion nämlich, zwischen Wille und Vorstellung, zwischen Innenwelt und Außenwelt. Ein Leben lang hatte er das Gefühl gehabt, nicht direkt zu leben, als wäre ein Filter dazwischengeschaltet, ein Filter, der verhinderte, die ganze Brutalität der Existenz erleiden zu müssen, ein Filter aber auch, der ihm die Ekstase verweigerte, die Wollust und Verzückung, das blanke Ausgesetztsein seiner Nerven und Triebe, eine kleine Nebelschicht lag immer dazwischen, sodass er bis zuletzt der Meinung war, das Leben nicht zu kennen, Anfänger zu sein im Sein, auch nach über fünf Jahrzehnten des Existierens, erst ganz am Beginn zu stehen, in der Hoffnung, der Nebel möge sich einmal lichten, was er nie tat, denn bis zuletzt war es ihm, als lebte er nur indirekt, wie beim Lesen einer Übersetzung, was viele Menschen nicht stört, was viele Menschen oft gar nicht bemerken, da sie sich einfach dem Text hingeben, von der Erzählung davontragen lassen, doch nicht er, Kutzenberger, der bei jedem Wort zweifelte, ob es das eigentliche sei, der bei jedem Wort überlegte, wie es wohl im Original geklungen hatte, welcher Unterschied durch die Übertragung entstanden war, was ihm vorenthalten blieb, was hinzugefügt worden war, und genauso lebte er, immer in der Vorstellung, sein Leben nur schlecht vermittelt mitzubekommen, als würden sich die Nerven unserer Zufallssinne nicht im Brennpunkt des Ichs treffen, sondern knapp daneben, denn natürlich haben wir nur Zufallssinne, die uns treu und unentwegt mit Informationen über die Außenwelt befeuern und doch nur einen minimalen Ausschnitt aller einprasselnden Reize auffangen können, glücklicherweise, denn sonst würden wir innerhalb eines Atemzugs überwältigt zugrunde gehen, weshalb wir eben nur kleine, zufällig gewählte Ausschnitte der Welt erfassen. Würde man das erfahrbare Frequenzspektrum des Lichts nur ein kleines Stück verschieben, sähe man eine andere Welt, andere Farben, andere Geschichten, andere Formen, es gäbe keine Nacht mehr, kein Dunkel und vielleicht auch keine Angst. Würden unsere Ohren andere Frequenzen hören, wäre Beethovens Taubheit vielleicht gar nicht aufgefallen, weil diese unglücklicherweise genau unsere Töne betraf, nicht aber alle anderen. Und so hatte auch er, Kutzenberger, gelebt, mit funkelnden und sprühenden Synapsen, die verzweifelt zufällige Informationen in sein verstörtes Ich übertrugen, die aber niemals das Zentrum trafen, sodass er, trotz aller Bemühungen, seltsam unberührt geblieben war, immer neben dem Geschehen gestanden und niemals recht verstanden hatte, was das alles mit ihm zu tun haben sollte, womit er ja freilich nicht ganz falschlag, denn natürlich hat nichts von dem, was wir erleben, mit uns zu tun, dafür sind wir zu gering, um uns kann sich das Universum nicht auch noch kümmern. Nun aber, im ungünstigsten Moment, nun, als es doch viel gnädiger gewesen wäre, würde die Welle des Schmerzes, die sich bereit machte, ihn zu treffen, an ihm vorbeiziehen, nicht exakt sein Bewusstsein treffen, sondern knapp daneben verpuffen, genau jetzt hatte es den Anschein, als würde durch das organische Pulsieren und Drehen der langsam weggeschossenen Menschenmasse der Mensch Kutzenberger erstmals richtig kalibriert, als würden alle seine Sinne erstmals korrekt eingestellt und als würde er mit den anderen Menschen in Bezug gebracht, sodass er genau in jenem Augenblick, als er den Filter am notwendigsten gebraucht hätte, diesen verlor, denn der Nebel seiner Existenz lichtete sich mit jeder Umdrehung etwas mehr, und er sah, statt wie sonst verwischte Pastelltöne, nur noch Grauen, blankes Grauen, den Horror, den Horror, nicht den Horror der Blutfontänen und abgerissenen Extremitäten, sondern den Horror, dass Menschen auf Menschen schossen, was Wölfe nie machen würden, und nicht nur, weil sie keinen Zeigefinger hatten. Das sah er, als sich der Nebel, der ihn sein Leben lang treu begleitet hatte, endlich legte – aber was er vor allem sah, war, dass es keinen Unterschied gab zwischen den feuernden Soldaten auf dem Dach und den sterbenden Menschen auf dem Platz, und das war es, was der Mann zuvor hatte sagen wollen, als er schrie: *Ihr Arschlöcher! Wir schenken euch diese verschissene Minute.* Arme Arschlöcher, Drecksäue, wie sie die dicke Dame genannt hatte, und da durchzuckte es Kutzenberger, nie wieder würde er ein Schwein sehen, nie wieder ein Ferkel streicheln, was er ohnehin nur einige wenige Male in seinem Leben getan hatte, aber wer weiß, welcher Logik die funkenschlagenden Neuronenverbindungen im Gedächtnis eines Sterbenden folgten, genau an ein rosarotes Ferkel im Stall von Tante Gertis Bauernhof mussten sie ihn denken lassen, wobei er, Kutzenberger, doch noch gar kein Sterbender war, sondern ein überaus lebendiger Mann, der sich, im Zentrum eines Gemetzels stehend, um die eigene Achse drehte, während sein Lebensfaden immer kürzer wurde und immer schneller lief, sodass er herumwirbelte wie ein äußerst agiler Balletttänzer, und Balletttänzer sind immer lebendig, das weiß man, wenn man sie zur Musik springen sieht, das kann ein Toter nicht. Eine Reihe nach der anderen sackte im Trommelschlag des Sensenmannes weg, der ganze Platz war gepflastert mit im Blut liegenden Leichen, nur noch ein paar Handvoll Menschen schmiegten sich in der Mitte aneinander, eine einzelne Frau kniete am vorderen Rand des Platzes in der Nähe des Bahnhofseingangs, die Arme kreuzartig vor der Brust verschränkt, bestrahlt von einem Sonnenstrahl, der den Raum um sie auf geheimnisvolle Weise beschützte. Doch sie betete nicht, wie Kutzenberger dachte, in seinen letzten Gedanken, bevor ein

Schuss sein Gedärm zerfetzte, er in die Knie ging und ebenfalls die Arme kreuzartig vor der Brust verschränkte. Der Raum um ihn war von keinem Sonnenstrahl bestrahlt und auch nicht geheimnisvoll beschützt, ein schwerer Mann fiel getroffen und begrub ihn unter sich, wo nun das Neuronenspektakel des Sterbenden noch immer nicht begann, da die Nerven nur Schmerz signalisierten, schreienden Schmerz im Gedärm, das aus dem Bauch quoll und das er, Kutzenberger, mit den Händen wieder zurückschob. *Das darf nun jetzt aber wirklich nicht wahr sein*, dachte er, und es war bezeichnend, dass er nun, sich in den letzten Zügen wähnend, in der Gegenwart angekommen war, diese endlich direkt erleben durfte, wie er ja auch mit der doppelten Gegenwärtigkeit von *nun* und *jetzt* sehr schön ausdrückte, in diesem seinem letzten klaren Gedanken, mit dem er sogar auf den Streit der Ideologien einging und sich weg von der Wirklichkeit in die Fiktion wünschte, nicht bedenkend, dass man auch im Roman sterben konnte, dass in der Literatur genauso grausam gemordet und getötet wurde wie im sogenannten echten Leben, dass es im Buch genauso viele Arten zu leben und zu sterben gab wie auf der anderen Seite der Grenze, was diese Auseinandersetzung der Ideologien ja so idiotisch machte, da es einfach nicht möglich war, einen Unterschied zu erkennen, wo doch alles, was im Leben passierte, genauso gut in einem Buch passieren konnte – und umgekehrt. Ein zweiter Körper fiel auf ihn und dann noch einer, sodass er so tief begraben war, strömendes Blut um ihn, dass er kaum noch Luft bekam, wie damals in Island, als er in einer Kiste eingesperrt war und in dieser Kiste zu ersticken drohte, eine lange Geschichte, er hatte darüber sogar einmal in einem Roman geschrieben, *Jokerman* hieß der. Im letzten Kampf um Sauerstoff waren ihm damals wunderschöne, vielfarbige Visionen gekommen, von den fliegenden Blütenblättern eines frühen Sommertags, von seiner kleinen Schwester auf einer Decke im Leopardenfellmuster auf einer gelben Blumenwiese, von Borges' Grabstein auf dem Friedhof von Genf, den er nie gesehen hatte, von den Bergen der Lust, die er nie bestiegen hatte, plötzlich so hochjauchzend, dass er für immer in der Kiste hätte liegen bleiben wollen, hätte ihn nicht eine Französin gerettet,

Clelia, die einmal seine Geliebte hätte gewesen sein können oder auch nicht, man müsste es in seinen Büchern nochmals nachlesen. Nun kam aber keine Jeanne d'Arc über das Schlachtfeld geritten, um ihn aus den Händen des Todes zu reißen, nicht einmal Visionen stellten sich ein, sondern mit einem kurzen Röcheln verstarb sein Atem, blieb seine irdische Hülle in einer großen Lache von Blut und Scheiße liegen, wie Abfall auf der Müllhalde, zugedeckt von weiterem Abfall. Es gibt nichts Heldenhaftes im Tod, auch nichts Transzendentes, das Herz bricht, das Gehirn erstickt, und die Körperfunktionen ersterben eine nach der anderen. Wie die großen Schiffsmotoren auf den abgewiesenen Kreuzern auf dem Atlantik hustend aufhörten zu arbeiten, wenn der letzte Liter billigen Schiffsdiesels verbrannt war und damit die letzte Hoffnung auf eine gelungene Überfahrt begraben werden musste. Da zog Kutzenberger nochmals die faule Luft am Boden des Leichenberges in seine Lungen, ein paar Reflexe funktionierten noch. Das neuronale Feuerwerk hatte sich nicht in einem vorbeiziehenden Leben entladen, vielleicht auch, weil es eben doch noch nicht zu Ende war. Auf dem Platz herrschte gespenstische Stille. Dann, nach kurzer oder langer Zeit, wer will das in so einer Situation beurteilen, fiel ein Schuss. Dann noch einer. Von allen Seiten des Platzes hörte man einzelne Schüsse, nicht mehr das Trommeln der Maschinengewehrsalven, sondern das Knallen von Pistolen. Die Soldaten hatten begonnen, den Platz zu reinigen. Am nächsten Tag durfte nichts mehr auf dieses Massaker hinweisen. Es würde nie stattgefunden haben. Im Bahnhof wartete bereits der versprochene Zug, der die hier in ihrem eigenen Blut liegenden Realisten wie versprochen zum Neuanfang an den Fluss bringen würde. Wieder ein Schuss. Dieser Mensch war noch am Leben gewesen. Peng, genau zwischen die Augen. Jetzt nicht mehr.

Wie Anatolio die große Wüste durchquerte, in einem See badete und er danach seine Bestimmung fand

km 6.484 Der scharfe Knall eines Schusses peitschte durch den engen Kasernenhof, erschrocken blickte die zusammengewürfelte Truppe junger Männer auf den Subcomandante.

Hört endlich her, ihr Wichser!, schrie dieser, und das Grüppchen nahm Haltung an. Also, sagte er, wir alle wissen, dass der Kampf, in den ihr ziehen werdet, weder der größte noch wichtigste der an großen und wichtigen Kriegen so reichen Geschichte der glorreichen kolumbianischen Nation ist. Aber wenn die am ganzen Erdenrund einmalige Kultur unseres geliebten Kontinents Gefahr läuft, von den Gringos überrannt zu werden, dann eilen wir unseren Bruderstaaten zu Hilfe, so ist das ehrenvolle Herz Kolumbiens!

Europa, wir kämpfen gegen Europäer, nicht gegen Gringos, flüsterte jemand neben Anatolio.

Maul halten, Harry Potter!, brüllte der Subcomandante, und tatsächlich, der Junge sah aus wie ein Bücherwurm und hätte besser in einen Hörsaal gepasst als auf diesen Kasernenhof. Obwohl ihr Freiwillige seid, habt ihr euch jetzt den Regeln unseres ruhmvollen und unbesiegten Heeres zu fügen, auch wenn ihr keine Uniform tragen werdet, seid ihr die stolze Blüte unserer Nation und werdet diese mit ganzem Herzen an der weit entfernten Grenze würdevoll repräsentieren, denkt daran, ihr Knalltüten! Eure Aufgabe ist so einfach wie rechtschaffen: Schützt die Grenze von Uruguay vor Übertritten aus Costaguana! Und da diese Grenze der große Fluss ist, könnte es nicht leichter sein. Ihr steht am Ufer, und wenn ihr ein unangemeldetes Boot anlegen seht, knallt ihr alle ab, die sich darauf befinden. Aus, fertig, das schafft sogar ihr. Voller Leidenschaft und Liebe habt ihr euch bereit erklärt, alles für euer gehuldigtes und angebetetes Vaterland zu geben und zu verhindern, dass die Werte unseres glorreichen und auserkorenen Kontinents von den Verrätern des Realismus mit Füßen getreten werden.

Es sind die Realisten, gegen die wir kämpfen, murmelte der Student neben Anatolio.

Ruhe!, brüllte der Subcomandante und schoss noch einmal mit seinem Revolver in die Luft. Ihr seid auserwählt, die Werte der Gründer unserer Republik, die uns Freiheit und Ordnung gegeben haben, die Werte all unserer Vorfahren, die in so vielen Kämpfen und Kriegen für uns gestorben sind, gegen die ausländischen Invasoren zu verteidigen und im Namen unseres geliebten Vaterlandes notfalls auch euer Leben zu geben. Denn auch wenn ihr euch freiwillig gemeldet habt, für unsere Nation zu kämpfen, heißt das nicht, dass ihr weniger geben müsst als die anderen Soldaten unseres unbesiegbaren Heeres! Freiheit und Ordnung!

Freiheit und Ordnung, rief die Gruppe in einem dünnen Chor zurück. Anatolio und der Brillenträger neben ihm blieben stumm.

So, und nun zum Organisatorischen, fuhr der Subcomandante fort. Es war uns nicht möglich, Uniformen bereitzustellen, aber ihr könnt aus dem Altkleidungscontainer hier vorne wählen, was immer ihr findet. Dann kommt ihr zur Waffenausgabe neben der Tür II/b und werdet dort Waffe und Munition ausgehändigt bekommen. Und dann geht es auch schon los! 6500 Kilometer quer durch den größten und wundervollsten Kontinent unseres Planeten, den es mit heißem Herzen zu verteidigen gilt! Ihr werdet mit zwei Busfahrern reisen, sodass ihr rund um die Uhr auf der Straße sein könnt, nur die allerwichtigsten Pausen werden eure Fahrt in den Krieg an der Grenze unterbrechen, auf dass ihr unsere tapfer gegen den Realismus ankämpfenden Schicksalsgenossen am mächtigen Strome Uruguays so bald wie möglich unterstützen könnt.

Realisten, sagte Anatolios Nachbar, wir kämpfen gegen die Realisten, nicht gegen den Realismus.

Freiheit und Ordnung!, donnerte der Subcomandante bewegt von seiner eigenen Rede.

Freiheit und Ordnung, kam es sehr viel zaghafter zurück.

Anatolio kramte aus dem Altkleidungscontainer, in den sich irritierenderweise auch ein paar Pizzakartons verirrt hatten, fünf saubere T-Shirts und eine zerschlissene Jeans hervor. Dann stellte er sich für die Waffenausgabe an. Während der Kollege vor ihm eine mächtige Kalaschnikow ausgehändigt bekam, wurde ihm eine kleine Pistole in die Hand gedrückt. Extramunition gebe es keine, aber die sei geladen, versicherte man ihm. Auch recht, er hatte nichts dagegen, wenn er die Reise nicht bis an die Zähne bewaffnet antreten musste, steckte die Pistole in seinen Beutel und ging durch das Kasernentor zum Autobus, der auf der Straße wartete.

Anatolio stieg ein, ein paar Sitze waren schon belegt, er schaute etwas unschlüssig in die fremden Gesichter und die noch leeren Reihen. Schließlich setzte er sich in der Mitte ans Fenster. Der Bus hatte zweiunddreißig Plätze, sie waren achtzehn Freiwillige, wenn er Glück hatte, würde der Sitz neben ihm frei bleiben. Und so kam es auch, die meisten der frisch ausgerüsteten Kämpfer hatten sich paarweise gemeldet und saßen nebeneinander.

Ohne eine weitere Abschiedsrede startete der Bus und nahm seinen Weg durch die vertrauten Gassen von Anatolios Heimatstadt. Nichts deutete darauf hin, dass vor ihnen 6500 Kilometer Strecke, ein ganzer Kontinent und eine Woche Fahrt ohne Pause lagen. Nach und nach ließen sie Popayán hinter sich, aus der Stadtstraße wurde die Überlandstraße Richtung Pasto, auch diese kannte er noch gut, bis nach Quito war er einmal gefahren mit seinem Vater, der sich damals für einen Job in der ecuadorianischen Filiale der Bank, für die er arbeitete, beworben hatte und in die letzte Runde gekommen war. Seine Mutter hatte die Idee gehabt, dass Anatolio mitfahren sollte, so könnte er gleich die Stadt kennenlernen, in die sie vielleicht ziehen würden, und Zeit mit dem Vater verbringen, den er viel zu selten sah. Sie hatten dann 600 Kilometer und zwölf lange Stunden nebeneinandergesessen und sich sehr wenig zu sagen gehabt. Auf dem Rückweg sogar noch weniger, denn dem Vater war es peinlich gewesen, dass er den Job nicht bekommen hatte. Es tat Anatolio herzlich leid, doch konnte er schlecht sagen: Kein Problem, Papa, toll, dass du es versucht hast, das finde ich mutig, ich hätte mich nicht getraut, alles aufzugeben und in eine neue Stadt zu ziehen. Wie hätte er das denn auch formulieren sollen, ohne dass es verkehrt geklungen hätte? Also hatte er lieber geschwiegen und stundenlang auf die prächtige, fruchtbare, artenreiche Vegetation am Straßenrand gesehen, die nun, nur drei Jahre später, in umgekehrter Richtung wieder an ihm vorbeizog. Anatolio hatte sich daraufhin noch weiter zurückgezogen, hatte nur noch in seinem Zimmer gesessen und Computerspiele gespielt. Wenn er auch seinen Eltern beteuerte, dass diese Spiele intelligent seien, dass man komplexe Entscheidungen treffen müsse, dass man sicher nicht verblöde, wie es die Mutter befürchtete, sondern, ganz im Gegenteil, schnelles Denken und Problemlösen trainiere, so bemerkte er doch bald, dass er sich nach einem ganzen Tag vor dem Bildschirm nicht gut fühlte, sondern dumpf und ausgelaugt. Er konnte sich aber einfach nicht dazu aufraffen, aufzustehen, hinauszugehen, um der Realität ins Auge zu blicken, sich zu entscheiden, was er mit seinem Leben anfangen sollte. Die Eltern machten sich Sorgen, auch das wusste er, aber früher oder später würde er sie schon noch stolz machen, nur eben nicht jetzt, ein Spiel noch, noch ein Tag im Zimmer, er musste sich ja wirklich nicht genau heute entscheiden, es würde ihm schon noch eine Idee kommen, was er nun, nachdem er die Schule abgebrochen hatte, machen könnte. Die Wochen, Monate und Jahre waren jedoch vorbeigezogen, und keine Idee war am Horizont erschienen, bis er davon gehört hatte, dass die Regierung Freiwillige suchte zum Schutz der Grenze in Uruguay gegen eine Invasion der Realisten. Eine ehrenvolle Aufgabe für junge Männer und gar nicht gefährlich, wie immer wieder versichert wurde. So weit weg von Popayán eine Aufgabe zu haben, erschien Anatolio reizvoll. Seine Eltern würden sich freuen, dass er plötzlich Initiative zeigte, dass er zum ersten Mal in seinem Leben für etwas einstand, auch wenn ihm dieser Kampf zwischen Realisten und Fiktionalen, von dem er hin und wieder in den Medien gehört hatte, völlig sinnlos erschien. Er verstand weder die Position der Fiktionalen noch die der Gegenseite, und sie waren ihm auch egal, denn seine Computerspiele konnten so viel mehr als jedes Buch.

Auch wenn er sich ein Spiel wünschte, das dem Leben näherstand. So wie man im Flugsimulator verschiedene Versionen eines Landeanflugs trainieren konnte, sollte man auch die Entscheidungen des Lebens durchprobieren können. Im Leben wusste er nicht, was geschehen wäre, wenn sein Vater die Stelle in Quito bekommen hätte. Wenn er den letzten Mathematiktest in der Schule nicht vermasselt hätte. Wenn er daraufhin nicht alles hingeschmissen hätte. Wenn er sich getraut hätte, Esmeralda auf dem Schulhof zu küssen. So ein Computerspiel sollte es geben. Ein Spiel, um das Leben zu üben. Doch da es so ein Spiel nicht gab, musste er den großen Schritt wagen, ohne ihn vorher geprobt zu haben. Der in der Sonne glitzernde Grenzfluss zwischen Uruguay und Costaguana in der Online-Werbung des Heeres erschien ihm wie die erhoffte Lösung all seiner Probleme, wie die einzige Möglichkeit, sein dunkles Zimmer verlassen zu können und einer glorreichen Zukunft entgegenzutreten. Hoffentlich lag er nicht falsch damit.

Alle vier Stunden hielt der Bus für eine kurze Pause. Sie durften austreten, eine Kleinigkeit essen und trinken, schon ging es weiter, die endlos scheinende Panamericana Richtung Süden entlang. Bald setzte Anatolio sich quer über beide Sitze, den Beutel mit den paar Kleidungsstücken und der Pistole als Kissen im Rücken. Er versuchte zu schlafen, und auch seine Mitreisenden dösten vor sich hin, die aufgekratzte Stimmung der ersten Stunden war verschwunden. Nach Quito ging es weiter Richtung Riobamba und dann mitten in der Nacht, in tiefster Dunkelheit, ohne zu verstehen, was da gerade geschah, zweieinhalbtausend Meter eine Serpentinenstraße die Anden hinunter Richtung Guayaquil. Anatolio verschlief in unruhigen Träumen des Fallens und Stürzens den Großteil dieser Strecke.

Als sie endlich auf Seehöhe angekommen waren, ging die Sonne auf, es wurde drückend heiß und schwül. Und irgendwann waren sie in Peru, aus der tropischen Landschaft wurde eine staubige Wüste. Tagelang ging es nun in einer der niederschlagärmsten Gegenden der Erde parallel zur Pazifikküste Richtung Süden. War das der Kontinent, den er vor den europäischen Eindringlingen verteidigen sollte? Immer sinnloser kam ihm der Auftrag vor. Gerne hätte er gewusst, was seine Mitreisenden dachten, was ihre Motivation gewesen war, sich für diese Mission zu melden, und ob sie in der Zwischenzeit, nach so vielen Tagen im Bus, ihre Meinung geändert hatten. Doch niemand sprach, auch diejenigen, die als Freunde eingestiegen waren und anfangs noch ausgelassen miteinander gescherzt und gelacht hatten, schauten nur noch mit stierem Blick auf das vorbeiziehende Nichts. In Chile verließen sie endlich die Küstenstraße und machten sich daran, die Anden Richtung Argentinien zu überqueren. Aus dem Asphalt der Panamericana wurde eine staubige Piste, die sich immer höher in die Berge zog, und wenn die Steinwüste an der Küste wenigstens ab und zu noch vom im Sonnenschein blitzenden Ozean aufgelockert worden war, gab es hier nur noch Steine.

Plötzlich fühlte Anatolio eine Beklemmung, es war, als befände er sich in einem Labyrinth ohne Wände, er hatte das Gefühl, verlassen auf diesem Wüstenplaneten gestrandet zu sein, niemals würde der mikroskopisch kleine Bus den Ausgang aus dieser überwältigend weiten Landschaft finden, denn solange sie auch fuhren, er hatte nicht den Eindruck, dass sie dem Punkt am Horizont, in dem die Straße verschwand, auch nur ein Stück weit näher kamen. Panik wallte in ihm auf, und gerade als er meinte, vor Angst und Verzweiflung schreien zu müssen, spürte er ganz stark in sich, als ob es da einen direkten Zusammenhang gäbe, dass er niemals auf andere Menschen würde schießen können. Wenn jemand auf diesen riesenhaften Kontinent kommen wollte, dann sollte er das doch tun. Vielleicht konnte man gemeinsam die trostlose Unendlichkeit bewohnbar machen, etwas Farbe in das ewige Grau bringen. Er fasste den Entschluss, bei erster Gelegenheit in Costaguana zu flüchten, zu desertieren, die anderen ihrem Schicksal zu überlassen, um selbst das seinige zu finden, und da wurde er auch schon wieder ruhiger, und aus der Steinwüste vor dem Busfenster ragten plötzlich übermannshohe Kakteen auf, Wachposten einer außerirdischen Zivilisation gleich. Anatolio erschien das so amüsant, dass er laut auflachte und für viele Stunden ein Lächeln nicht mehr unterdrücken konnte.

Es wurde wieder einmal Nacht, und als die Sonne aufging, war aus der hügeligen Steinwüste eine platte Steppe geworden. Und dann, entweder am selben Abend oder erst am nächsten Tag, kam die letzte Grenze, von Paso de los Libres über den Fluss Uruguay nach Uruguaiana, schon waren sie in Brasilien. Drei Stunden bis Santana do Livramento! Drei Stunden nur noch nach über hundert auf einem alten, niedergesessenen Autobussitz, das fühlte sich so an, als ob man bereits aufstehen müsste, um die Station nicht zu versäumen. Zweihundertzweiundzwanzig Kilometer bis zum letzten Stopp, verkündete der Busfahrer, sie würden am Lago do Batuva anhalten, damit sich alle im See frisch machen könnten. Von dort wären es nur noch wenige Kilometer bis nach Santa María und zur Kaserne, in der man sie unterbringen würde.

Anatolio blickte wie die vielen Tage zuvor, den Kopf an die vibrierende Scheibe gelehnt, hinaus, mit dem Unterschied, dass er jetzt in Brasilien war. Die Verkehrsschilder und Werbetafeln waren mit *ã*- und *õ*-Zeichen gespickt, und er hatte keine Ahnung, wie man die richtig aussprach. Ein letztes Mal sagte er sich, dass sein Plan zur Flucht der richtige war. Wozu für einen Kampf der Literaturen eine Waffe in die Hand nehmen, wo er doch nicht einmal Bücher las.

Als sie auf den Parkplatz neben einem sehr schicken Hacienda-Hotel einfuhren und schließlich zum Stillstand kamen, nahm Anatolio seinen Beutel, und da dieser so klein war, fiel es nicht weiter auf, dass er damit schon sein ganzes Gepäck bei sich hatte und bereit zur Flucht war. Unter einem Baum am Ufer entkleidete er sich, ließ nur die eine Woche lang getragene Unterhose an, ging ans Ufer des Sees und ließ sich in das kühle Nass gleiten. Ein nie gefühltes Wonnegefühl durchfuhr ihn, als ihn die schwerelose Stille des Wassers fürsorglich und liebevoll umschloss. Schnaubend tauchte er auf und ließ ein tiefes, zufriedenes Seufzen hören. Ringsum sprangen die Kollegen jubilierend auf und ab. Auch sie spürten die Erleichterung, nach langer Reise allen Schmutz, alle Sorgen und alles Vergangene abzuwaschen. Doch Anatolio durfte sich nicht zu lange damit aufhalten, musste hier und jetzt an die Zukunft denken und handeln, wollte er unbemerkt entwischen. Noch einmal tauchte er unter, schlug einen Purzelbaum, wusch sich gründlich alle Körperteile und stapfte schon wieder zurück zu seinem Beutel unter dem Baum. Dort zog er sich ein frisches T-Shirt über, wechselte die Unterhose, wickelte die nasse in das dreckige Hemd der Reise, steckte alles in den Beutel, kontrollierte, ob die Pistole noch da war, und verschwand hinter den Bäumen. Mit ein paar schnellen Schritten war er am Parkplatz und ging zielstrebig auf zwei ältere Männer zu, die gerade in ihr Auto einsteigen wollten.

Hallo?, rief er. Könnten Sie mich bitte mit zurück in die Stadt nehmen?

Die beiden blickten einander kurz an und nickten sich zu.

Ja, natürlich, immer, warum auch nicht, sagte der jüngere der beiden, öffnete Anatolio die Tür zur Rückbank und stieg selbst auf der Fahrerseite ein.

Kaum saßen sie, ging es auch schon los. Ein letzter Blick nach hinten, niemandem war Anatolios Flucht aufgefallen. Ein Seufzer der Erleichterung entfuhr ihm.

Wohin willst du genau, junger Mann?, fragte der Fahrer.

Zum Hauptplatz, antwortete er.

Okay, das ist kein Problem, der liegt fast auf unserem Weg.

Anatolio hatte sich ein paar Antworten zurechtgelegt, die er geben konnte, sollte man von ihm wissen wollen, warum er hier war, doch die beiden Männer schienen ihn schon wieder vergessen zu haben und waren in ein intensives Gespräch vertieft. Er achtete nicht darauf, worüber sie sprachen, sondern sah, wie all die sechseinhalbtausend Kilometer zuvor, aus dem Fenster. Inmitten eines grünen Jungwalds ging es einen sanften Hügel hinauf, oben an der Kuppe angelangt, öffnete sich der Blick auf eine Ebene, durch die sich ein riesiger Fluss zog, an dessen Ufer eine Stadt lag. Santa María, seine neue Heimat.

Als das Gespräch der beiden Männer immer hitziger wurde, hörte Anatolio dann doch zu. Es ging um jemanden, der bei ihnen wohnte, ein Australier, der nichts dafür bezahlte und dem der Fahrer anscheinend ständig Kuchen bringen würde, anstatt zu arbeiten, wie ihm der Beifahrer vorwarf. Der so Beschuldigte reagierte aber gar nicht darauf, sondern lachte nur, nahm eine

Hand vom Steuer und fuhr dem älteren Freund über die Haare, streichelte ihn und sagte: Sei doch nicht so eifersüchtig, du weißt doch, für mich gibt es nur dich. Der andere lachte nun auch, griff nach der Hand des Fahrers und küsste sie. Wo war er denn hier gelandet?, fragte sich Anatolio. Wollten ihn diese beiden Schwulen womöglich entführen? War es vielleicht besser, sich an der nächsten Kreuzung aus dem Auto zu werfen? Doch die beiden schienen ihn nach wie vor vergessen zu haben und redeten nun wieder freundlich miteinander, über Essen vor allem, über das Kochen oder über das Einkaufen, ganz genau bekam Anatolio das nicht mit.

Dann waren sie in der Stadt angelangt, die Straßen wurden enger, überall waren Leute, hier würde es leicht sein, notfalls laut schreiend zu flüchten, sollten die beiden aufdringlich werden, er durfte nur den Augenblick nicht verpassen.

So, wir sind fast da, sagte der Fahrer. Die Straße vor uns ist eine Einbahnstraße, ich lasse dich deshalb einfach hier aussteigen, dann sparen wir uns den Umweg. Hundert Meter geradeaus, und du bist am Hauptplatz.

Anatolio griff nach seinem Beutel, riss die Tür auf, sprang hinaus und rannte los, ohne sich bedankt oder verabschiedet zu haben. Er sprintete geradewegs auf den Hauptplatz zu, erst dort fühlte er sich wieder sicher.

Der Platz war ein großes Quadrat mit Bäumen und einer Statue in der Mitte. Eine Straße führte an den Häusern entlang, zwei Gehwege durch den kleinen Park bildeten die Diagonalen des Vierecks. Nervös blickte Anatolio sich um, er musste in Ruhe überlegen, wie es weitergehen sollte, aber nicht hier am Platz, vor aller Augen, lieber etwas versteckter. Sein Blick schweifte die Häuserreihen entlang, auf der gegenüberliegenden Seite sah er den Schriftzug *Bar Belgrano*. Dorthin wollte er gehen, das schaute gut aus, hier würde er sich fürs Erste zurückziehen können. Da die Wege über den Platz nur diagonal verliefen und er nicht über die Wiese gehen wollte, falls das verboten war, ging er schnellen Schrittes die Geschäftszeile entlang, brav dem Gehsteig folgend, um ja keine Aufmerksamkeit auf sich zu ziehen. Endlich war er auf der anderen Seite angekommen. Ein letztes

Mal sah er sich um, doch er war unbemerkt geblieben, niemand war ihm gefolgt.

Es dauerte einen Moment, bis sich seine Augen von der strahlenden Sonne draußen an das Halbdunkel der Bar gewöhnt hatten. Eine Theke füllte die gesamte Rückwand, davor standen runde Kaffeehaustische aus Marmor, ein paar ältere Männer saßen vereinzelt da und lasen Zeitung. Anatolio wählte einen Tisch so weit wie möglich von den Fenstern entfernt, ließ sich auf den Sessel fallen und atmete tief durch. Er hatte es geschafft! Er war in Santa María, auf sich allein gestellt, und er war frei. Hier konnte er den Neuanfang wagen und es so weit bringen, dass seine Eltern stolz auf ihn sein würden. Seine Mutter hatte ihm ein Bündel kolumbianischer Pesos zugesteckt, für alle Fälle, hatte sie gesagt, was immer sie damit meinte. Vielleicht genau das? Jetzt wollte er sich einen Anis gönnen, den hatte er sich redlich verdient. Er stand auf und ging die paar Schritte in Richtung der Theke.

Da kam eine Frau lachend zur Tür herein, stürmte durch das Lokal und kam vor ihm am Tresen zu stehen. Gib mir sofort einen Anis, Ernesto, rief sie dem Barkeeper zu.

Ich fürchte, der junge Mann war vor dir an der Reihe, sagte dieser und deutete auf Anatolio.

Die Frau drehte sich um, schaute ihm in die Augen und sagte wieder Richtung Bar: Er steht aber hinter mir, also bin doch ich an der Reihe.

Weil du dich vorgedrängelt hast, sagte Ernesto, ohne dabei eine Miene zu verziehen, und schüttelte den Kopf, als wäre er enttäuscht, in der Erziehung der Frau versagt zu haben.

Sie lachte wieder ihr melodiöses Lachen, das fast wie ein Dreiklang nach oben ging: *Ha ha ha*, als hätte es jemand in eine Sprechblase geschrieben, auch wenn es gar nicht künstlich klang, sondern höchst natürlich von tief drinnen nach außen sprudelte, ehrlich amüsiert von allem, was hier geschah. Nun denn, sagte sie, blickte auf Anatolio und fragte: Was wolltest du bestellen?

Auch einen Anis, sagte er, aber zuvor wollte ich fragen, ob ich hier mit kolumbianischen Pesos bezahlen kann?

Nun war es der Barkeeper, der lachte. Warum solltest du damit bezahlen können?, fragte er. Mir reicht schon die ständige Verwirrung zwischen brasilianischen Reais und uruguayischen Pesos. Morgen, wenn die Bank wieder offen ist, kannst du dein Geld dort wechseln.

Ein Kolumbianer also, sagte die Frau und schaute Anatolio belustigt oder neugierig an. Meine Mutter kommt auch aus Kolumbien, aus den Anden.

Er nickte nur, denn er war zu eingeschüchtert, um irgendetwas zu sagen.

Und was bringt dich nach Santa María, mein Freund?

Ich möchte Spieleentwickler werden, antwortete Anatolio, als wäre dies sein lang gehegter Plan.

Was für Spiele?, fragte die Frau interessiert.

Ein Computerspiel, das sämtliche Möglichkeiten des Lebens simuliert, erklärte er. Im Leben hat man ja nie eine zweite Chance und weiß nie, was gewesen wäre, wenn man eine andere Entscheidung getroffen hätte, nicht wahr? In meinem Spiel soll man alle Möglichkeiten durchprobieren können. Man kann das Leben üben!, rief er schließlich, leidenschaftlich geworden und von der eigenen Idee überzeugt.

Es kann kein Zufall sein, dass ich hier einen Kolumbianer treffe. Zwei Anis, Ernesto, sagte sie bestimmt, nahm Anatolio bei der Hand und zog ihn zu einem Tischchen beim Fenster.

Er protestierte nicht, solange diese Frau bei ihm war, konnte ihm nichts passieren, das spürte er. Sie war älter als er, hatte aber ein jugendliches Aussehen und eine sprühende, leidenschaftliche, so lebendige Ausstrahlung, wie er sie nie zuvor erlebt hatte.

Als der Barkeeper die Anis brachte, fragte er streng: Was hast du mit ihm vor?, und mit einer Kopfbewegung deutete er auf Anatolio, du kannst doch nicht einfach jeden mitnehmen, der dir gefällt, Marta. Was ist mit dem Australier?

Er ist Österreicher, korrigierte sie ihn. Und er wohnt jetzt bei Jorge, endlich hab ich die Wohnung wieder für mich, fügte sie theatralisch seufzend hinzu. Willst du meine Wohnung sehen?, fragte sie und schaute Anatolio zwinkernd an. Dann griff sie zum Anis und prostete ihm zu: Salud, ich glaube, wir werden noch viel Spaß miteinander haben!

Als sie bald darauf, sich bei der Hand haltend, die Bar verließen, kamen ihnen im Eingang zwei Männer entgegen. Anatolio erschrak, sie wirkten wie Soldaten auf der Suche, auf der Suche nach ihm. Doch nichts geschah, die Männer traten in den düsteren Raum ein und er und die Frau hinaus auf den Hauptplatz in die strahlende Sonne.

So kam die Waffe, die Kutzenberger töten würde, ihrer Bestimmung einen weiteren Schritt näher.

DIE HEXE

km 526 Der Schienenstrang endete weit im Norden am kilometerbreiten Marschland, das den Fluss säumte. Das andere Ufer, das man nicht einmal erahnen konnte, so breit war der Fluss, lag bereits in Uruguay. Kein Bahnhof, kein Bahnsteig, kein Bahnwärter, nichts von alldem fand sich hier, es war einfach das Ende der Gleise, das Ende der Welt. Ein dafür abgestelltes Sonderkommando des Militärs begann mit dem Entladen der Leichen, dreitausend schwerer, lebloser, anonymer Körper, nun ohne Geschichte, Schicksal oder Hoffnung. So wie die Neuankömmlinge in Novilla Getreidesäcke ins Warenhaus geschleppt hatten, wurden sie nun selbst von den Soldaten geschultert und in der sumpfigen Flussau entsorgt. Eine Stunde später hatten die hundert Soldaten ihre makabre Arbeit verrichtet, und der Zug, nun wieder leer und leicht, fuhr ab.

Es war eine Kröte, die Dro weckte. Sie saß auf seinem Herzen, quakte und blickte ihn an, als er mühsam die Augen öffnete. Er war halb im Schlamm versunken, und noch bevor er den Schmerz der Schusswunde spürte, fühlte er die Kälte, die ihn durchdrungen hatte. Hoch über der Kröte erhob sich unheimlich die Silhouette eines abgestorbenen und in den Sumpf gestürzten Baums. Der Himmel war blau, Vögel zwitscherten, die Kröte atmete ein und aus, lag schwer auf seiner Brust und schloss die Augen, als würde sie nun endlich, nach getaner Arbeit, die Sonne genießen können. Dro drohte im Sumpfwasser zu versinken, das seine letzte Lebensenergie aus ihm zog. Wollte er überleben, musste er aufstehen. Er bewegte sich und stöhnte. Die Kröte sprang in den Sumpf, stieß sich ab und gab seinem Herzen einen Stoß, einen Impuls weiterzuschlagen, immer weiterzuschlagen, zumindest für die wenigen letzten Wochen, die ihm noch gegeben waren, bevor es stoppte. Noch war es aber nicht so weit. Er schaffte es, sich aus dem Morast zu lösen, kniete sich hin, sah sein von Blut und Kot besudeltes Hemd und beschloss, nicht darunter zu blicken. Auf allen vieren kämpfte er sich die paar Meter ans Ufer. Hier war der Boden befestigt, ein kleiner Treppelweg führte durch eine sumpfige Wiese. Er versuchte, sich aufzurichten, doch die Anstrengung war zu groß, und er sackte zusammen.

Als er munter wurde, lag er auf dem Tisch in einem kleinen, muffig-dunklen Zimmer. Sein Hemd war aufgerissen, aus der Schusswunde lugten Gräser hervor. Seine Gedärme fühlten sich an, als ob sie mit einem glühenden Schwert durchbohrt worden wären. Oder eben von einem Projektil. Er stöhnte. Eine Tür ging auf, und eine in schwarze Tücher gewickelte Person schlurfte herein. Sie ging auf ihn zu, entfernte mit einem Ruck die aus dem Bauch herausragenden Gräser, und er schrie auf. Schhhh, zischte die Frau. Dro gehorchte, obwohl es sich anfühlte, als sei der Darm aus ihm gezogen worden. Die Frau zündete eine große Rolle aus verschiedenen getrockneten Blättern und Kräutern an und blies den dichten, bestialisch stinkenden Rauch in die Wunde. Dann dämpfte sie das Ding in der klaffenden Öffnung aus. Wieder brüllte Dro auf vor Schmerz, und diesmal ließ sie ihn gewähren. Als er mit dem Schreien aufgehört hatte, stopfte sie wieder halluzinogene Kräuter in ihn, wie in ein Meerschweinchen vor dem Grillen. Dro war es gnädigerweise vergönnt, eine Ohnmacht zu erleben. Diese Zeremonie wiederholte sich die nächsten Tage frühmorgens und bei Sonnenuntergang. Als Dro wieder etwas zu Kräften gekommen war, fragte er: Wo bin ich? Wer bist du? Was ist geschehen? Werde ich überleben? Doch die Frau antwortete nicht, blies weiter Rauch auf ihn, stopfte Kräuter in ihn hinein, flößte ihm ein ungenießbares, aasig riechendes Gebräu ein und sprach kein Wort. Nach ein paar Tagen konnte er sich mit ihrer Hilfe aufsetzen, und so saß er dann tagsüber auf einem unbequemen Stuhl und blickte in die düstere, verrauchte Küche der Heilerin, wartete, dass seine Wunde versorgt wurde, und glaubte langsam daran, überlebt zu haben. Ab und zu hörte er Stimmen von der anderen Seite der Tür. Die Frauen aus der Umgebung kamen hierher, um Kräuter zu kaufen, Säfte, Tinkturen für Pulsadergeschwüre, Schuppenflechten, Lungenkatarrhe, ungewollte Schwangerschaften. Dros Retterin war die nun auch schon alt gewordene Tochter der eigentlichen Dorfhexe, die vor Jahrzehnten von einem Tag auf den anderen verschwunden war. Noch nie war sie, die Tochter, ohne die schwarzen Tücher, mit denen sie sich bedeckt hielt, gesehen worden. Nur selten tauchte sie im Dorf auf, um die wenigen Dinge einzukaufen, die sie nicht selbst herstellen konnte, Petroleum, Zündhölzer, Zuckerrohrschnaps. Man schwatzte, sie habe ihre Mutter getötet, um an den sagenhaften Schatz zu kommen, den diese gehortet habe. Dagegen sprach, dass die Hexe immer in den kleinen, zerknitterten Guaranínoten zahlte, die sie für ihre Kräuter und Tinkturen zugesteckt bekam. Und dass sie ärmlicher lebte als die meisten anderen im Dorf. Dennoch war man sich sicher: Die Hexe war reich, unermesslich reich. Kutzenberger wusste nur, dass sie ihm das Leben gerettet hatte, dass er tatsächlich über den Berg war, weiterleben durfte, und nur noch etwas stärker werden musste, um sich wieder auf den Weg zu machen. Wohin, das wusste er noch nicht.

Als er bereits gut und ohne zu große Schmerzen auf dem wackligen Holzstuhl der dunklen Küche sitzen konnte, tauchten eines Tages vier uniformierte junge Männer vor der Hütte auf. Sie hatten sich Mut angetrunken und brüllten: Wo ist das Geld, Hexe? Sie antwortete natürlich nicht, da sie nie antwortete, nie sprach. Um Zeit zu sparen und seine Kühnheit zu beweisen, nahm der Jüngste einen Stock und drosch ihn der verrückten Alten auf den Kopf, einfach so, paff, und sie stürzte zu Boden, sagte aber nicht, wo das Geld versteckt war, sondern überhaupt nichts, stöhnte nur leise und fuhr sich verwundert über die Wunde am Kopf, dort, wo der Stock auf den Schädel gekracht war und ein Loch geschlagen hatte. Wo ist das Geld, schrien die vier jungen Burschen, mächtig und drohend über ihr stehend und doch voller Furcht zitternd, und als sie nicht antwortete, traten sie mit den Füßen auf sie ein, ohne dass ihr das etwas anderes als ein dumpfes Stöhnen entlocken konnte. Schließlich ließen sie die zerschlagene Frau am Boden liegen und begannen, sich selbst auf die Suche zu machen, öffneten Schränke, Kisten und Kästen des ärmlichen Raums, doch fanden sie nichts außer verstaubter Wäsche, verblichenen Getreidesäcken, zerfallendem Papier, in Spiritus oder Schnaps eingelegten Kräutern, Würmern und Kröten, einem Marmeladenglas mit zerknüllten Banknoten, einer Tasse mit Centavomünzen, alten Magazinen aus der Zeit der Militärdiktatur vor der Militärdiktatur und einer Tür. Diese war versperrt. Sie traten dagegen, stürzten sich darauf, sie gab nicht nach. Wo ist der Schlüssel, schrien die jungen Soldaten die fast bewusstlose Frau an, rissen sie hoch, gaben ihr Ohrfeigen, schütteten Wasser in das blutverschmierte Gesicht. Der Schlüssel, wo ist er? Doch natürlich bekamen sie keine Antwort, nicht einmal ein Stöhnen kam mehr über ihre Lippen, vielleicht allerdings ein kleines Lächeln, konnte das sein? Man ließ sie wieder fallen und zertrümmerte einen Stuhl an der Tür, die sich davon nicht beeindrucken ließ, warf sich dagegen, schoss ein ganzes Magazin auf das Schloss, doch es half nichts, man konnte rütteln, zerren, klopfen und schießen, wie man wollte, die Tür gab nicht nach. Da stürzten sich die Männer wieder auf die Alte, rissen ihr die schwarzen Lumpen vom Leib und sahen, dass sie glatzköpfig war, was die jungen Kerle noch mehr erzürnte, weil das gegen die Natur war, eine glatzköpfige Frau, das durfte es nicht geben, und da sahen sie, dass die Hexe tatsächlich lachte, die blutverschmierten Zähne bleckte wie ein verhungertes Kalb, und das war nun wirklich zu viel, und die schweren Stiefel der Militäruniform prasselten auf das abartige Weib ein, die perverse Hure, die es wahrscheinlich für Geld machte, von hinten, in den Arsch, wohin denn sonst, wie könnte man denn sonst bei diesem widerwärtigen Gesicht, das trotz allem, Gott weiß wie, noch atmete, noch Luft einzog und pfeifend mit rosaroten Luftbläschen vermischt wieder entweichen ließ, bis der größte und schwerste der so jung zum Militärdienst eingezogenen Dorfjungen auf den Tisch stieg, dynamisch absprang und mit beiden Stiefeln auf dem Kopf der Hexe landete, der einfach zur Seite kippte und nun nicht mehr der Kopf der Tochter der Hexe war, sondern nur noch der zerstörte Schädel einer Leiche.

Scheiße, sagte der Jüngste, als kapierte er erst jetzt, was sie gemacht hatten.

Wir müssen sie wegbringen, bevor die Frauen vom Dorf kommen, sagte ein anderer.

Wohin? Egal, weg, irgendwohin, einfach ins Schilf damit, der Sumpf würde die Arbeit für sie übernehmen. Sie wickelten den Leichnam in die ekligen schwarzen Tücher, wie eine Mumie, die man leicht zu zweit hochheben und wegtragen konnte. Hauruck, los geht's, ab in den Sumpf mit der schwachsinnigen Alten, niemand wird ihr eine Träne nachweinen, die nicht minder verrückten Weiber im Dorf sollen gefälligst zum Arzt gehen, wenn sie Blähungen haben, wo leben wir denn? Im Mittelalter? Im tiefsten Urwald? Es gibt doch Medizin, wozu soll man zu einer Hexe gehen? Auch wenn sie natürlich schon manchmal geholfen hatte, auch einem selbst, die Warzen weggebetet, die Creme für die Akne, den Sirup für die Bauchschmerzen. Nun aber weg mit ihr, auch ihre Mutter war ja plötzlich verschwunden, ermordet von der eigenen Tochter, diesem geldgierigen Schwein, das nun die gerechte Strafe eingeholt hatte, sie waren ja nur die Rächer der echten Hexe, der alten, die sie selbst nie kennengelernt hatten, doch so war es, es konnte doch nicht sein, dass man ungestraft die eigene Mutter umbrachte, nur um an Geld zu kommen, das man ohnehin nicht brauchte! Während zwei der Soldaten die Hexe aus der Hütte trugen, der dritte noch ein letztes Mal in allen Kästen nach dem Geldversteck suchte, schlug der jüngste frustriert gegen die Türe, und, siehe da, sie ging so leicht auf, als ob sie nur angelehnt gewesen wäre die ganze Zeit! Die Tür ist offen!, rief er und die beiden anderen ließen die Leiche fallen und stürmten wieder hinein in die Hütte und dann durch die geöffnete Tür ins Zimmer, das die Küche war und in dem ein Mann verängstigt auf einem Stuhl saß und langsam die Hände hob. Dokumente!, riefen die Soldaten sofort routiniert und ganz in ihrer Rolle aufgehend, und vorsichtig senkte der Mann eine der beiden Hände, nestelte in seiner hinteren Hosentasche herum und streckte ihnen zitternd ein zerknittertes gelbes Formular entgegen, auf dem sie schon von Weitem den roten Stempel *R* sehen konnten. Ein Realer, wir haben einen Flüchtling!, riefen sie begeistert voller Freude, denn nun waren sie nicht mehr Raubmörder, sondern ganz im Gegenteil, nun waren sie

Helden geworden, sie hatten die alte Irre erschlagen, weil sie einen Realen bei sich versteckt hatte, nichts anderes war von ihr zu erwarten gewesen, von ihr, die sich nie an die Regeln der Gesellschaft gehalten hatte und immer alles sabotierte, was den anderen heilig war, kein Wunder also, dass sie den Tod der eigenen Leute herbeiführen wollte, indem sie einen Realen versteckte und mit ihren Zauberkräften am Leben erhielt, ihn mit Supraenergie versorgte, auf dass dieser ganze Horden von Fiktiven töten konnte. Aber dank ihres Spürsinns hätten die vier Soldaten sofort gefühlt, dass etwas nicht mit rechten Dingen zuging hier im Haus der Hexe, und sie hätten der Gemeinde einen großen Dienst erwiesen, indem sie das Weib überwältigt hätten und den von ihr versteckten Flüchtling nun der Justiz übergeben konnten, die sicher ein gerechtes Urteil über diesen Verbrecher sprechen würde.

DAS ANTIQUARIAT

km 2 In der Bar wurde ich von allen *el holandés*, der Holländer, genannt, weil Jorge verkündet hatte, dass ich Deutsch spreche, aber kein Deutscher sei. So dauerte es nicht lange, bis mir ein Gast erzählte – mein Spanisch war in der Zwischenzeit gut genug für jede Art der Konversation –, dass in der Türkenstraße ein gelehrter Galizier ein Antiquariat führe, in dem es auch Bücher aus Europa gebe, wahrscheinlich sogar auch deutsche. Das klang in der Tat interessant, und bereits am Tag darauf bog ich in die kleine Straße ein, die am Fluss endete. Syrer, Libanesen und Araber führten hier schon seit Generationen kleine Läden, die frische und getrocknete Früchte, aber auch Räucherstäbchen und Schmuck verkauften. Am Ende der Straße erblickte ich ein verblichenes Schild mit der Aufschrift *Libraría*.

Innen war es düster und nach der stehenden Hitze in den engen Gassen der Stadt angenehm kühl. Bücher säumten die Wände bis zur Decke, bedeckten den Boden und stapelten sich in gefährlich hohen Türmen, sodass der Verkaufsraum weniger einer Buchhandlung als einem Depot für Altpapier glich. Obwohl die Eingangstür beim Eintreten laut gebimmelt hatte, erschien niemand. Etwas verunsichert begann ich, zwischen den Bücherbergen herumzutappen und wahllos einzelne Bände in die Hand zu nehmen. Tatsächlich gab es hier antiquarische Titel in den verschiedensten Sprachen, aus allen Kontinenten, völlig unsortiert, einschüchternd in ihrer Masse.

Auch als es vier Jahre später zur großen Krise kam, konnte der Buchhändler der Libraría weiterhin internationale Bände verkaufen. In Uruguay kam es nie zu einer systematischen Verfolgung der sich bereits im Land befindenden europäischen Literatur. Mit größter Härte wurden allerdings, noch bevor die ersten Flüchtlinge Amerika erreichen konnten, die Grenzen gesperrt. Kein einziges Flüchtlingsschiff durfte anlegen, kein einziges Flugzeug landen, und aus den Nachbarländern war es nur mit einem gültigen F-Bescheid und weiteren Tests an der Grenze möglich, ins Land zu gelangen. Da ich zu Beginn des Krieges bereits viereinhalb Jahre in Santa María beheimatet war, hätte ich ganz normal weiterleben können, aus reiner Vorsichtsmaßnahme ließ ich mir aber, als ich von den Unruhen in Costaguana hörte, meinen F-Status zertifizieren, was mit Kutzenbergers *Friedinger* in Händen kein Problem darstellte. Ein paar Seiten mussten übersetzt werden, und schon zeigte sich, dass ich tatsächlich ein Protagonist dieses Buchs war und deshalb, als fiktive Figur, sogar dem neuen Adel Amerikas angehören würde, auch wenn das reine Theorie blieb und ich von meiner plötzlichen Noblesse in meinem Umfeld nie zu spüren bekommen habe.

Damals aber, lange Jahre vor dem Ausbruch des Kriegs, als ich zum ersten Mal im Antiquariat in der Türkenstraße war, fühlte ich mich fehl am Platz, da die Welt der Literatur nicht die meine war und ich nur die wenigsten der hier gestapelten Autorennamen kannte. Meine bevorzugten Künste waren immer die Musik und die Malerei gewesen, meine Literaturerfahrungen hatten sich bis dahin auf die durchaus umfangreiche Pflichtlektüre des Akademischen Gymnasiums in Linz beschränkt. Ein Leben ohne die unsterblichen Werke von Bach, Pergolesi oder auch des verrückten Gesualdo, der seine Frau und ihren Liebhaber in enger Umarmung überrascht und sofort erdolcht hatte, konnte ich mir dagegen nie vorstellen. Gesualdo war Autodidakt gewesen, niemand hatte ihm die strengen Regeln der Harmonielehre eingebläut, sodass er sich chromatisierend und frei in höchste Sphären schwingen konnte, höher als all seine studierten Zeitgenossen. Sein Werk erinnerte mich an den späten El Greco, mit den lang gezogenen Figuren, die dermaßen ergriffen Gott schauen, von so überwältigendem Glauben durchdrungen, dass man sie in ihrer Verzückung kaum mehr ernst nehmen konnte und ich immer den Verdacht hegte, es handelte sich bei seinen Gemälden um die geheime Attacke eines Atheisten. In der Malerei war es aber vor allem die Kunst der Wiener Jahrhundertwende, Wien um 1900, die mich ein Leben lang intensiv begleitet hatte. Klimt und Schiele waren meine Hausgötter, ein verschollen geglaubtes Hauptwerk Klimts, die große, großartige und einzigartige *Jurisprudenz*, konnte ich sogar mein Eigen nennen, bevor mich Kutzenberger zur Flucht nach Südamerika gezwungen hatte. Er hatte herausgefunden, dass ich, um dieses geheime Gemälde zu schützen, gemordet hatte. (Noch immer weiß ich nicht, ob ich diesen Bericht nur für mich oder für eine größere Leserschaft verfasse. Die expliziten Stellen über den Mord muss ich gegebenenfalls ändern.) Meinen Klimt hatte ich also zurücklassen müssen, ebenso meine kleine Sammlung an Schiele-Grafiken und -Autografen. Retten konnte ich die Abschrift seines Kriegstagebuchs und Transkriptionen der meisten Briefe. Vielleicht kann ich Auszüge daraus ja irgendwie in diesen Bericht einweben, auch auf die Gefahr hin, dass sie wie Fremdkörper wirken, aber es wäre doch schade, mein über Jahrzehnte angesammeltes Wissen völlig brachliegen zu lassen.

Ich habe den Buchhändler schließlich kennengelernt. Er war nicht ein gelehrter Galizier, sondern ein kluger Katalane mit dem Namen Ramon Vinyes. Das Bimmeln seiner Geschäftsglocke scherte ihn keinen Deut, unermüdlich saß er im rückwärtigen Zimmer auf einem vollgeräumten Schreibtisch und schrieb ohne Pause an einem Werk, das bereits mehrere Tausend Manuskriptseiten lang war. Als ich damals schließlich das Hinterzimmer betreten hatte, sah er freundlich auf, sein schlohweißes Haar stand, in einer prächtigen Tolle der Schwerkraft trotzend, zu Berge, sein Anzug samt Krawatte dagegen war proper und tadellos. Ramon war ein paar Jahre älter als ich und noch aus einer Generation, die sich auch allein zu Hause einen Schlips band. Obwohl er gerade mitten in einem Satz steckte, als ich seine Schreibstube betrat, vermittelte er mir nicht den Eindruck, dass ich störte. Ohne aufzustehen, sah er mich liebenswürdig an und fragte, ob er helfen könne. Als ich ihm sagte, dass ich auf der Suche nach deutschsprachigen Büchern sei, rügte er mich väterlich, dass ich so schnell wie möglich Spanisch lernen müsse, um die literarischen Schätze dieses Kontinents bergen zu können. Doch als er erfuhr, dass ich aus Österreich stammte, gab er zu, dass gerade mein habsburgerisches Vaterland große Verdienste geleistet hatte, um die Fantastik Südamerikas vorzubereiten.

Erstaunlich dynamisch lief er in den vorderen Raum, wohin ich ihm folgte. Dort balancierte er in schnellen, sicheren Schritten durch das unbeschreibliche Chaos, in dem er zielsicher zwei Bücher aus zwei verschiedenen Stapeln zog. Irgendein verstecktes System musste sich also hinter den Tausenden hier scheinbar wahllos abgelegten Bänden verstecken. Er ging zur Kasse, ohne mich auch nur eines weiteren Blickes gewürdigt zu haben, und verrechnete mir einen lächerlich geringen Betrag. Erst als ich bezahlt hatte, präsentierte er seine Auswahl, und es klang wie die Präskription eines Arztes und nicht wie der Tipp eines Buchhändlers. Borges habe beide Bücher ungemein geschätzt, meinte er abschließend, als ob damit jeder Zweifel ausgeräumt worden wäre, ohne zu wissen, dass mir der Name Borges gar nichts sagte. Schließlich reichte er mir Alexander Lernet-Holenias Novelle *Der Baron Bagge* und den kurzen Roman *Zwischen neun und neun* von Leo Perutz, beide in schönen Ausgaben, die irgendwie, irgendwann den Weg über den Atlantik hierher gefunden hatten.

Ich verschlang beide Bände, und es berührte mich, wie sie die sonst so strenge Grenze zwischen Tod und Leben so lässig ignorierten. Bereits zwei Tage später ging ich zurück in das Antiquariat. Der Buchhändler freute sich, dass mir seine Auswahl gefallen hatte, und verschrieb mir sogleich weitere Bände, diesmal auf Spanisch. Mithilfe eines Wörterbuchs schaffte ich es, sie zu lesen, und schon bald war ich wieder bei ihm in der Calle de los Turcos und verlangte Nachschub. Ich genoss die Gespräche mit Ramon Vinyes, und vielleicht spürte ich bereits, dass er einer meiner besten Freunde werden sollte, der mir auch die Kiste mit den Schallplatten schenken würde, in welcher Jorge Glenn Goulds Aufnahme der *Kunst der Fuge* fand, die zum Soundtrack unserer jungen Liebe werden sollte.

Kurz nach dem Tod Kutzenbergers kam ich zu ihm und gestand, dass ich mit dem Gedanken spielte, eine Chronik über eine Reise durch Costaguana zu schreiben, von Novilla über Macondo bis nach Santa María. Ich fühlte mich dabei wie ein Hochstapler. Welches Recht hatte ich, so einen Bericht zu verfassen?

Doch das war nicht die Frage, die mir Ramon stellte, vielmehr erfasste er sofort mein eigentliches Begehr: Und da suchst du nun nach literarischen Vorbildern, an denen du dich orientieren könntest?

Das hatte ich bis zu diesem Augenblick selbst nicht gewusst, aber genau das war der Fall. Ich nickte.

Conrad, Coetzee, García Márquez und Onetti, sagte er.

Joseph Conrad war ein englischer Klassiker, so viel wusste ich, als Józef Konrad Korzeniowski in Polen geboren, wie ich später im Klappentext las, erst mit über zwanzig Jahren lernte er Englisch und galt später als einer der größten Stilisten dieser Sprache. J.M. Coetzee und Gabriel García Márquez waren beide Literaturnobelpreisträger, auch das hatte ich gewusst, mehr aber auch nicht. Und Juan Carlos Onetti war jener Autor, den Kutzenberger auf seiner Reise nach Uruguay im Gepäck gehabt hatte, den er aus physiognomischen Gründen schätzte, wie er meinte, aber noch nie richtig gelesen hatte, was ihm den Hohn der Zollbeamtin bescherte.

Was haben ein Südafrikaner und ein Pole mit Costaguana zu tun?, fragte ich erstaunt.

Alles in der Welt, sagte Ramon, ohne Joseph Conrad würde es Costaguana gar nicht geben, und Coetzee gilt als der exakteste Kartograf und Gründungsvater Novillas. Bei uns am Hauptplatz von Santa María steht eine Onetti-Statue, und in allen größeren Städten Costaguanas findet man Coetzee-Denkmäler.

Onetti ist Uruguayer, das passt, aber warum ein Südafrikaner in Novilla?

Was hat denn die Nation mit der Literatur zu tun? Glaubst du, Shakespeare hat gefragt, ob er über einen dänischen Prinzen schreiben durfte? Über die Liebenden von Verona? Über die Königin von Schottland, den Kaufmann von Venedig? Natürlich nicht. Literatur darf alles, und Literatur kann alles. Es gibt nichts, was in der Literatur nicht möglich ist, lass dir das gesagt sein, schloss Ramon seine leidenschaftliche Rede ab.

DIE KRIEGSVERBRECHER

km 518

Das Dorf am Rand des Sumpfs, in dem die Heilerin gehaust hatte, hieß La Matosa, Kutzenberger bekam es jedoch nie zu Gesicht. Man hatte die Realisten – oder die Europäer, wie man sie hier meist nannte – auf dem staubigen Sportplatz der Schule eingesperrt. *Criminales de guerra,* hießen sie offiziell, Kriegsverbrecher. Aber warum Krieg? Und vor allem: welches Verbrechen?, fragte sich Kutzenberger wie schon so viele vor ihm. Die etwa zwanzig anderen Männer, mit denen er im Fußballkäfig in der prallen Sonne stand, fragten sich nicht mehr so viel, sie stierten stumpf auf den verbrannten Rasen und warteten auf die Essensausgabe, mittags Brot und Wasser, wie es sich für ein Gefängnis gehörte, abends besser, manchmal gab es sogar gegrilltes Fleisch in einem Sandwich oder mehr oder weniger reichhaltige Eintöpfe, je nachdem, wer gerade kochte. Die Frauen des Städtchens hatten sich die Arbeit, die Gefangenen zu versorgen, aufgeteilt, die Gefangenen, die man auch besichtigen konnte wie die Tiere im Zoo der Provinzhauptstadt. Immer wieder kamen ganze Familien vorbei und schauten auf das Fußballfeld, wo lethargische Männer matt am Maschendrahtzaun lehnten und die neugierigen Blicke der erwachsenen Besucher und die ausgestreckten Finger der Kinder ignorierten.

Kutzenberger war neu, er reagierte noch darauf, winkte beim ersten Mal, ging an den Zaun, um ein Gespräch zu beginnen, doch ein Aufseher kam herbeigelaufen und schlug ihm mit einem Totschläger, *nightstick* auf Englisch, *macana* hier in La Matosa, auf den Rücken, er ging mit einem Aufschrei zu Boden, wo er einen Fußtritt in die Rippen bekam.

Er brüllte vor Schmerz und Hass und Wut auf und schrie: Nur weil du glaubst, dass ich ein Realist bin, heißt das doch nicht, dass du mich schlagen darfst! Und damit verließen ihn seine

Kräfte, er rollte sich klein zusammen und murmelte ungehört vor sich hin: Ich spüre den Schmerz wie du, blute wie du, wenn man mich schlägt. Wo ist der Unterschied?

Der Aufseher trat ihm ein weiteres Mal fest in den Bauch, sodass die Wunde wieder aufplatzte und zum Erstaunen oder Gaudium der Betrachter des Spektakels eine große Blutlache hinterließ.

Ich blute nicht, wenn man mich schlägt, sagte der Uniformierte lachend, der ihn anscheinend gehört hatte, und Kutzenberger sagte nichts mehr, weil man im Moment des größten Schmerzes niemals gegen einen äußeren Feind kämpft, sondern immer nur gegen den eigenen Körper.

Die geplatzte Narbe hatte sich nach ein paar Tagen wieder geschlossen, der dunkle Blutfleck im Staub des Fußballplatzes blieb. Die Heilerin hatte gute Arbeit geleistet, der zerfetzte Darm funktionierte bald wieder mehr oder weniger, Brot war schlecht für die Verdauung, Gemüseeintopf gut, das hatte er bald herausgefunden, aber in einen Käfig eingesperrt, war das Menü nicht wählbar. Die Aufseher fassten ihn seit dem Vorfall etwas vorsichtiger an, sie wollten kein weiteres Blutvergießen vor den neugierigen Familienausflugsgästen riskieren. Manchmal meinte er zu vernehmen, dass die Leute auf der anderen Seite des hohen Maschendrahtzauns auf den Blutfleck deuteten und dann auf ihn, er sei das gewesen, der hier fast verreckt wäre, er sei es, der aus den Fängen der Hexe befreit worden war. Befreit, um im Käfig zu landen? Viel passte nicht zusammen hier, vieles war unlogisch, es war, als müssten die Geschichten erst geschrieben werden, die die widersprüchlichen Ereignisse miteinander verkitten konnten.

Anders als in Kriegen sonst gab es keine militärische Struktur, auf die man hätte zurückgreifen können, nicht einmal eine Armee, alles war noch im Entstehen, manche Aufseher freundlich und verunsichert, andere bösartig und sadistisch. Kutzenberger saß Tag für Tag mit weniger Hoffnung auf dem von der Sonne zu Ton gebrannten Boden und brachte nicht die Kraft auf, sich Gedanken über seine Zukunft zu machen. Die schmerzhaft aufgesprungene Lippe allein hätte früher ausgereicht, um ihm den Schlaf zu rauben, der heftige Sonnenbrand, um sich fiebrig zu fühlen, die pochenden Kopfschmerzen, um zu starken Schmerzmitteln zu greifen, die nässende Narbe am Bauch, um im Spital zu landen, die schmerzhaft stockende Verdauung der zerschossenen Darmwindungen, um sich einer langen Rehabilitation zu unterziehen, die angebrochenen Rippen, um im Bett zu bleiben, die Hoffnungslosigkeit seiner Gefangenschaft im Käfig, um in Tränen auszubrechen. Angesichts seiner bedrohlich ungewissen Zukunft drang durch alle Schichten von Schmerz und Verzweiflung hindurch vor allem eine Einsicht immer stärker in sein Bewusstsein: Er musste aktiv werden, seine Zukunft in die Hand nehmen, sich auflehnen, so schnell wie möglich. Solange die Machtverhältnisse noch nicht ganz geklärt waren, bestand eine Möglichkeit, hier wegzukommen. Wenn er bloß abwartete, hatte die Heilerin ihn umsonst von den Toten zurückgeholt. Unter den Gefangenen hatten sich zaghafte Freundschaften gebildet, die immer wieder von den Prügeln wild gewordener Aufseher unterbunden wurden. Kutzenberger wusste, dass er keine weiteren Schläge riskieren durfte, und hielt sich von jeder Gruppenbildung fern.

In den nächsten Tagen verfestigten sich die Strukturen unter den Aufsehern zusehends. Eine Handvoll junge Männer mit gegelten Haaren, die einander zum Verwechseln ähnlich sahen, hatten das Kommando übernommen. Sie formten eine hermetische Gruppe, in der die anderen, freundlicheren Aufseher kaum Chancen hatten, sich zu etablieren, denn das Böse ist immer und überall, wie es schon in Kutzenbergers Jugend in einem österreichischen Schlager geheißen hatte. (Auch wenn es nicht stimmt, möchte ich an dieser Stelle, als derjenige mit der längsten Lebenserfahrung hier einwerfen: In einem potenziell unendlichen Leben würden sich im Laufe der Jahrtausende die guten und schlechten Taten angleichen und schließlich aufheben, sodass am Ende der Durchschnitt triumphieren würde. Die Krux daran ist nur, dass wir skandalöserweise nicht unendlich lange leben, also schon in diesem Leben darauf achten sollten, dass am Ende die guten Taten überwiegen. Ob ich diese Prüfung bestanden habe, soll die ungeduldige Leserin, der neugierige Leser am Ende selbst entscheiden.)

Das Schicksal der Kriegsgefangenen lag von nun an in den Händen der empathiearmen Jünglinge, die ihre neu gewonnene Macht in großen Zügen genossen. Sie organisierten die Einteilung der Wachposten, die Speisepläne, die Stunden im Fußballkäfig, die Nachtruhezeiten, die die Häftlinge von nun an in der Garderobe des Sportplatzes verbrachten, was eine Verbesserung war. Man hatte Geld aus der Hauptstadt bekommen, um das Gefängnis professioneller führen zu können. Nur noch von den Mächtigen ausgesuchte Köchinnen durften die großen Töpfe mit dem Abendessen vorbeibringen, das Niveau der Küche sank weiter, die Bezahlung dafür stieg.

Bald erkannten die Gefangenen aber, dass in der Stunde vor der Nachtruhe leise Gespräche möglich waren, ohne Schläge zu riskieren.

DER BUCHHÄNDLER

km 2

Ich gestand Ramon, dass ich über die Person, deren Reise durch Costaguana ich beschreiben wollte – nie nannte ich ihm den Namen Kutzenberger –, nicht genug wusste. Während meiner Recherche in den Archiven von Novilla konnte ich nur die offiziellen Dokumente ausheben lassen, weiß also, wann und wo er unter staatlicher Obhut war, was er aber dazwischen tat, blieb mir schlichtweg verborgen. Das ist wie bei Cervantes und Shakespeare, sagte Ramon. Beide starben 1616, beide waren bereits zu Lebzeiten berühmte Schriftsteller, und trotzdem weiß man über das Leben des Cervantes fast alles und über das Leben Shakespeares fast nichts. Cervantes stand nämlich sein ganzes Erwachsenendasein im Staatsdienst, erst als Soldat, dann als Steuereintreiber, und so haben jede Menge Dokumente zu seinem Leben die Jahrhunderte überdauert. Shakespeare war dagegen ein freier Künstler und nur selten mit der Bürokratie des Staates in Kontakt. Einmal wurde er vor Gericht geladen, weil er in einer Wohnung gelebt hatte, deren Vermieter kein Untermietsrecht hatte. Er legte eine Zeugenaussage ab, unterschrieb diese, und das ist die einzige direkte Rede der Stimme Shakespeares, die wir haben, ein paar dürre Sätze, in denen er sagt, dass er sich an nichts mehr erinnern könne. Er, der so lebendige Figuren geschaffen, so unvergessliche Monologe geschrieben hat, scheint sich selbst entziehen zu wollen. Obwohl wir also wenig über Shakespeare wissen, gibt es mehr Biografien, Romane und Filme über sein Leben als über das des Spaniers, obwohl dieser ohne Zweifel ein großer Abenteurer war, mit Flucht nach Rom, Versklavung in Algier und Gefängnisaufenthalt in Sevilla. Das ist so, weil die Leerstellen immer interessanter sind als die Fakten, sagte Ramon Vinyes. Fülle also die Leerstellen auf, ermunterte er mich, sei mutig und ergänze die Wege zwischen den Punkten, die du kennst, ohne Scham. Die Literatur folgt einer eigenen Logik, war er sich sicher, es ist unmöglich, in ihr zu lügen, du wirst sehen, dass die Spur, die dein Schreiben aufnimmt, die richtige ist.

Ich wusste zwar aus der Welt der Jurisdiktion, dass Gesetzestexte in alle möglichen Richtungen gebogen werden konnten, doch wäre mir nie in den Sinn gekommen, den Weg, den die Fakten vorgaben, in meinem Schreiben zu verlassen. Nun allerdings, angestoßen von Ramons Aussage, die Wirklichkeit getrost formen zu können, hielt ich plötzlich ein perfektes Werkzeug in Händen, um Rache zu üben. Ich musste Kutzenbergers Lebensweg nur immer verzweifelter und düsterer hinabführen, schon konnte ich mich dafür revanchieren, dass er mich zur Flucht aus Europa gezwungen hatte, dass ich meinen geliebten Klimt verlassen, dass ich die Wiener Wohnung und den Weinviertler Hof aufgeben und mein angesehenes Beamtenleben hinter mir lassen musste. Natürlich lebte ich hier besser und glücklicher als je zuvor, die eilig abgehobenen und in Koffer und Rucksack gestopften Bündel mit Euronoten würden in Santa María auch dann noch für ein sorgloses Leben im Überfluss reichen, sollte ich älter werden als Melquíades. Trotzdem wollte ich mit Kutzenberger abrechnen. Ich konnte ihm nicht durchgehen lassen, dass er mich so ohne Weiteres als Figur in seinen Roman hineingeschrieben und noch dazu des Mordes bezichtigt hatte. Freilich zeigte sich, dass Ramon seine Aussage anders meinte: In der Literatur liege Wahrheit, war das, was er sagen wollte. Und so war es. So sehr ich mit Kutzenberger auch abrechnen wollte, er tat mir leid. Ohne Freude zu verspüren, verfolgte ich seine Reise in die Dunkelheit, immer düsterer kam ihm sein Schicksal entgegen, und ich tat das Gegenteil von dem, was ich mir vorgenommen hatte, versuchte, positive Aspekte zu finden, an den Stellen, für die ich keine Zeugenaussagen hatte, Begegnungen mit freundlichen Menschen einzubauen, für etwas Licht zu sorgen. Doch trotz allem blieb seine Reise eine in die Hölle, wo ihn Massenerschießung, Hexen, Kriegsgefangenenlager, Verhör, Folter und Flucht erwarteten. Dass seine letzte Überfahrt dann doch eine in ein glückliches Leben wurde, rührte mich zu Tränen. Wie sehr freute ich mich, ihn vereint mit Marta in Santa María zu wissen, wie schön war es für mich als Schriftsteller, ihn fröhlich in Sicherheit zu wähnen, ihn als leibhaftige Person in meiner Bar seinen Mangosaft schlürfen zu sehen. Ramon hatte recht gehabt, die Literatur sucht sich ihre eigene Logik, und diese Logik war der Weg ins Licht, deswegen endeten die meisten Bücher gut. Nicht aber das Leben. Was für den Schriftsteller gilt, galt freilich nicht für den Juristen in mir. Und so sehr ich Kutzenberger in meinem Buch retten wollte, umso stärker war der Drang, ihn im echten Leben zu vernichten.

4. UMBRUCH

DER ISRAELI

Was bringt dich hierher?, fragte eines Tages ein etwa gleichaltriger Israeli Kutzenberger, als befänden sie sich in der Umkleidekabine eines Fitnessclubs und nicht in der zum Schlafsaal umfunktionierten Garderobe eines zum Straflager mutierten Fußballfelds. Sie saßen nebeneinander an die Wand gelehnt und schauten nach vorn, nur gelegentlich blickten sie einander flüchtig in die Augen, als müssten sie sich vergewissern, dass der andere noch da war. *km 4.058*

La literatura, antwortete Kutzenberger, und beide mussten grinsen, so absurd und gleichzeitig auch offensichtlich erschien ihnen diese Antwort.

Wie genau?, fragte der andere auf Englisch, nachdem er sich als Eshkol vorgestellt hatte.

Ein UNESCO-Literaturstipendium, ich war auf dem Weg nach Uruguay, als das hier alles losging.

Das Kingfisher-Stipendium?

Ja, du kennst es?

Ich habe davon gehört, es war natürlich Thema bei uns in Israel, dass Kingfisher beschlossen hatte, sein ganzes letztes Budget in die deutschsprachige Literatur zu stecken.

In die lateinamerikanische ja auch, entgegnete Kutzenberger.

Sicher, weil seine Frau aus Costaguana stammt.

Kutzenberger war betreten, wusste nicht, was er sagen sollte.

Gratuliere auf jeden Fall, fuhr Eshkol fort, das ist doch ein großer Erfolg, dass du da ausgewählt wurdest. Wer war deine Partnerin?

Marta Ferreira.

Eshkol pfiff anerkennend durch die Zähne.

Du kennst Marta?

Der andere schüttelte den Kopf.

Nein, persönlich natürlich nicht, aber ihre Bücher schon. Großartig, diese Frau.

Kutzenberger schwieg, er hatte noch immer kein einziges Buch von Marta gelesen. Und du? Was bringt dich hierher?, fragte er, um von seinem peinlichen Versäumnis abzulenken.

La literatura, sagte Eshkol, und beide grinsten wieder.

Bist du auch Schriftsteller?, fragte Kutzenberger.

Eshkol nickte.

Berühmt?

Der andere zuckte mit den Schultern. Was heißt schon berühmt? In Israel wahrscheinlich schon, in den übrigen Ländern nicht.

Aber du bist übersetzt?

Ja, auch auf Deutsch.

Kutzenberger hatte diesen nichtssagenden Small Talk unter Autoren vermisst, in denen es immer über die Verlagswelt und nie um Literatur ging.

Der Israeli begann nun zu erzählen, warum genau er nach Südamerika gereist war: Im Jahr 2012 hatte er einen Brief empfangen, in dem eine Dame schrieb, dass sie ihm gerne ein Exemplar seines aktuellen Romans überreichen würde, denn sie hatte das Gefühl, dass das Buch in seine Hände gehörte. Eshkol wurde neugierig, nahm Kontakt mit der Verfasserin des Briefs auf, und sie trafen einander am Fuße der Rolltreppe neben dem Landwer Café in der Ramat Aviv Shopping Mall. Eine sportliche Dame, wahrscheinlich knapp über vierzig, drückte ihm das Buch resolut in die Hand und erklärte mit fester Stimme, dass es sich um das Exemplar ihrer Tochter handle. Eshkol nickte und wartete auf eine ausführlichere Erklärung, die dann auch prompt kam: Ihre Tochter habe dieses Buch gelesen, intensiv studiert, mit Anmerkungen versehen, bis fast zum Ende, bis zum vorletzten Kapitel, doch dann hätten sie die Kräfte verlassen. Kurz darauf sei sie gestorben. An Malaria, in einem kleinen, elenden Herbergszimmer in den ecuadorianischen Anden. Dann wiederholte sie: Bis zum Schluss hat sie darin gelesen. Ihre letzte Anmerkung lautete: *Eshkols Buch wird Frieden bringen*. Eshkol war berührt, erschüttert gar, doch die Dame ließ keine Emotionen zu. Ich weiß nicht, wie Lilah das mit dem Frieden gemeint hat, sagte sie, sie ist doch nie zum Schluss Ihres Romans gekommen … Hier brach die Stimme der Frau kurz, doch sofort hatte sie sich wieder unter Kontrolle. Außerdem endet Ihr Buch mit einem herkömmlichen Happy End, ich kann keinen Aufruf zum Frieden darin lesen, sagte sie. Eshkol wusste nicht, ob das als Kritik an den guten Enden seiner Bücher zu verstehen war. Sollte er sich verteidigen und erklären, dass es ihm sinnlos erschiene, eine fiktive Welt aufzubauen, nur um sie tragisch enden zu lassen? Andererseits war Lilahs Mutter sicherlich nicht hier, um sein literarisches Glaubensbekenntnis zu diskutieren. Und so war es auch: Sie werden schon das Richtige mit dem Buch machen, sagte sie, es gehört nun Ihnen. Und sie verabschiedete sich, als hätte sie ihm nur etwas retourniert, was er verloren hatte. Was im weitesten Sinn ja vielleicht auch der Fall war. Nie wieder hatte er von der Frau gehört, nie wieder hatte er sie kontaktiert. Doch damals, nach der kurzen Begegnung im Einkaufszentrum, hatte er sie im Internet gesucht und herausgefunden, dass sie eine berühmte Tänzerin gewesen war, die nun, nach dem Ende ihrer aktiven Karriere, gemeinsam mit ihrem Mann, einem durch eine Softwarefirma reich gewordenen Palästinenser, aktiv in der Friedensbewegung mitwirkte, in der sich auch Lilah engagiert hatte.

Das Exemplar seines Romans, das er von ihr damals erhalten hatte, war tatsächlich stark zerlesen gewesen, mit unzähligen Bleistift-Unterstreichungen und kleinen Anmerkungen versehen, bis achtzehn Seiten vor dem Schluss, wo unter einem Absatz als letzte Notiz dieser Satz stand: *Eshkols Buch wird Frieden bringen.* Als Lesezeichen steckte dort ein Polaroidfoto, auf dem vier junge Menschen zu sehen waren. Eshkol wusste nicht, ob das Foto Teil des merkwürdigen Geschenks war oder ob es versehentlich hineingerutscht war und die Mutter es nun vielleicht verzweifelt suchte. Er hatte das Bild fürs Erste auf seinen Schreibtisch gestellt und beschlossen, sie am nächsten Tag anzurufen. Doch dann saß er vor dem Computer, versuchte, am Roman, an dem er gerade schrieb, weiterzuarbeiten, hatte eine vage Idee für ein Kapitel, in welchem der junge israelische Protagonist auf einen alten Araber mit nur einem Schuh treffen sollte, dessen einziger Besitz das Quietschen seines Leiterwagens war. Dieser Einfall gefiel ihm. Doch als er mit dem Schreiben beginnen wollte, kam es ihm mit einem Mal unendlich eitel vor, eine Geschichte zu erzählen. Er blickte gedankenverloren auf das Polaroid und erkannte, dass es weniger das Erzählen einer Geschichte war, was ihm falsch und vermessen vorkam, sondern das Erfinden dieser.

Dummerweise habe ich das genau so auch dem Grenzbeamten in Costaguana gesagt, als man mich bei der Einreise verhörte, sagte er zu Kutzenberger. Es kommt mir falsch und vermessen vor, eine Geschichte zu erfinden, habe ich gesagt, und das war natürlich idiotisch. Unglücklicherweise hatte ich noch nicht mitbekommen, dass man hier den europäischen Autoren genau das vorwirft, nämlich dass sie nichts erfinden könnten und nur ihr eigenes Leben wiederkäuen, immer wieder den eigenen Nabel beschauen würden, ohne je der Welt etwas hinzuzufügen, was sie in den Augen der Fiktiven zu Feinden der Fiktion machte. Dabei bin ich doch Israeli und kein Europäer und noch dazu bekannt für meine magisch-realistischen Romane! Hätte ich doch nur ein einziges übersetztes Exemplar meiner Bücher bei mir gehabt, wie leicht hätte ich beweisen können, dass ich in Wirklichkeit ein Freund der Fiktion bin, auch wenn ich zum denkbar ungünstigsten Zeitpunkt das Gegenteil behauptet hatte! Das zerlesene hebräische Buch Lilahs hatte mir nicht weiterhelfen können, fasziniert haben die Beamten die unleserlichen Schriftzeichen betrachtet und dann gefragt, ob ich fiktiv sei. Ich verstand die Frage nicht und habe verneint. Das war natürlich auch ein Fehler, denn da sie die Schrift nicht lesen konnten, hätte ich ihnen alles Mögliche erzählen können, auch dass ich eine fiktive Figur aus dem Buch wäre, denn dann hätte ich wahrscheinlich sofort das begehrte *F* bekommen. Es war aber entschieden, ich bekam einen roten Stempel mit einem großen *R* auf mein Einreisepapier, wurde in ein Auffanglager verfrachtet, und kurz danach bin ich auch schon hier gelandet. Damals aber, in meiner Studierstube in Jerusalem, da hatte ich tatsächlich mit einem Mal große Zweifel, ob ich als Schriftsteller jemals wieder Fiktion zu schreiben imstande sein würde. Wie konnte ich mir nur herausnehmen, der Welt, die voller Schicksale und einander kreuzender Lebenslinien ist, eine weitere Geschichte hinzuzufügen, eine, die gar nie geschehen war? Wie konnte ich erwarten, dass dieses erfundene Geschehen gedruckt, vertrieben und schließlich sogar gelesen werden würde? Und da ich bereits ein halbwegs erfolgreicher Autor war, war davon auszugehen, dass zumindest einige Tausend Menschen das Buch kaufen und ein paar Dutzend Stunden investieren würden, um dem zu folgen, was ich mir verschlafen nach dem Frühstück in meiner kleinen Schreibstube hatte einfallen lassen, mehr routiniert als inspiriert, eher Pflichterfüllung als Musenkuss. Deshalb schaute ich nicht in den Computer, sondern auf das Foto der vier Rucksacktouristen in Ecuador. Und zehn Jahre lang habe ich zwar weiter Romane geschrieben, aber nie aufgehört, auf dieses Foto zu starren. Ich beschreibe es dir kurz, sagte Eshkol. Vor einem unbestimmt grau-grün verschwommenen Hintergrund, vielleicht Bäume oder Büsche, stehen drei junge Frauen von etwa zwanzig Jahren und ein nur etwas älterer Mann. Sie haben einander die Arme um die Schultern gelegt und lachen in die Kamera, die von einer fünften Person gehalten wird. Rechts steht der Junge. Er hat kurze Haare, ist braun gebrannt, trägt eine kleine runde Sonnenbrille und ein weißes T-Shirt. Neben ihm steht ein Mädchen mit blondierten Dreadlocks, einem Nasenring und einem dicken Lamawollpullover, sie schaut herausfordernd, fast aggressiv in die Kamera, obwohl sie, genauso wie die anderen, lacht. Dann kommt ein Mädchen mit langen, glatten, in der Sonne glänzenden schwarzen Haaren, sie sieht wie eine Südamerikanerin aus, lächelt höflich oder auch zufrieden und ist die Einzige, die keine Zähne zeigt. Sie trägt einen orangen Bikini und präsentiert selbstbewusst und natürlich ihren gleichmäßig golden gebräunten Oberkörper. Es wirkt, als wäre sie der Mittelpunkt der Aufnahme, sei es nun durch ihre ruhige, ernsthafte, aber unweigerlich einnehmende Ausstrahlung oder ihr leuchtend oranges Bikinioberteil. Außen links steht das letzte Mädchen, sie ist die Einzige, die nicht in die Linse schaut, sondern knapp daran vorbei auf etwas dahinter, wahrscheinlich auf die Person, die die Polaroidkamera bedient. Sie hat brünette, schulterlange Haare, trägt eine blaue Gore-Tex-Jacke und ist am blassesten von allen. Ihr Lachen wirkt etwas aufgesetzt, sie schaut müde aus und so, als ob sie lieber woanders wäre.

Eshkol meinte zu wissen, dass sein Mädchen, die Israelin also, die mit dem orangen Badeanzug war. Das Foto war wahrscheinlich, kurz bevor die Malaria bei ihr ausgebrochen war, aufgenommen worden. Er hätte die Mutter fragen müssen, ob sie das Foto zurückhaben wollte. Er hätte dann auch gleich fragen können, welches der drei Mädchen Lilah war. Er hatte der Mutter aber nie geschrieben, auch wenn er praktisch täglich auf das Foto gestarrt hatte, das genau ein Jahrzehnt lang auf seinem Schreibtisch gestanden hatte, gegen die Wand gelehnt. Er hatte überlegt, es zu rahmen, doch kam ihm das zu offiziell vor, er konnte doch nicht das Foto von vier fremden Menschen in seinem Zimmer aufhängen. Es an die Wand zu lehnen dagegen, war sehr wohl möglich, das war legerer, provisorischer, auch wenn ihn natürlich seine Frau, seine Kinder, aber auch Freunde, die bis in sein Arbeitszimmer vordrangen, sehr wohl fragten, warum er da diese Jugendlichen stehen hatte, ob er das hübsche Mädchen im Bikini als Inspiration brauchte, was wahrscheinlich gar nicht so weit gefehlt war. Doch er antwortete immer ausweichend, wollte sich sogar lieber als Spanner bezeichnen lassen, als Lilahs Tod preiszugeben, als wäre dieser eine Ungezogenheit gewesen.

Das Gefühl des Unwillens, Fiktion zu schreiben, das er an jenem Morgen gespürt hatte, als er das Foto auf den Schreibtisch gestellt und erstmals genauer betrachtet hatte, war im Laufe der Jahre immer stärker geworden, seine Romane, analog dazu, immer erfolgreicher, auch wenn sie kaum noch von innerer Notwendigkeit diktiert worden waren, wie am Beginn seiner Karriere, sondern einfach eine eigenartige Art des Broterwerbs darstellten. Bis er vor einem Jahr beschlossen hatte, der Welt keine fiktiven Lebensläufe mehr hinzuzufügen, sondern bei realen Biografien zu bleiben, angefangen mit den ereignisreichen Leben seiner Großeltern, die er so ehrlich, nackt, schutzlos und uneitel, wie es ihm nur möglich war, zu Papier bringen wollte. Sehr bald musste er allerdings erkennen, dass er es nicht zuwege brachte, mit der Beschreibung seiner Vorfahren zu beginnen, ohne zuvor mehr über Lilahs Leben erfahren zu haben. Sobald er am Schreibtisch saß, blickte sie ihn neckisch aus dem Foto an und schien zu fragen: Hey, und was ist mit mir? An anderen Tagen war ihr Ausdruck ironisch: Na klar, ich lehne hier zwar an deiner Wand, aber die Holocaustgeneration hat auf jeden Fall eine weitere Biografie verdient, das passt schon. Manchmal meinte er aber auch, echten Zorn in ihren Augen hervorblitzen zu sehen: Ich habe bis zu meinen letzten Atemzügen in der Fantasiewelt deines Romans gelebt, nichts davon war wahr, mein Tod aber sehr wohl, solltest du das nicht irgendwie würdigen? Gedankenverloren blickte er immer häufiger auf das Foto und immer weniger in den Computer. Wer waren die drei anderen Rucksacktouristen auf dem Polaroid? Wie viele Tage hatte sie zu diesem Zeitpunkt noch zu leben? War sie überhaupt das Mädchen im Bikini? Obwohl er sich die letzte Frage nie auszuformulieren traute. Lieber fragte er sich Unverfänglicheres: War es nun kalt oder warm an jenem Tag gewesen, als das Foto entstand? Wir sehen darauf ein T-Shirt, ein Bikinioberteil, einen Wollpullover und eine Regenjacke.

Je länger ich das Foto auf meinem Schreibtisch stehen hatte, sagte Eshkol, desto mehr wurde ich Teil der Südamerikareise dieser vier Jugendlichen, es war, als wäre ich dabei gewesen, als hätte ich das Foto geschossen. Und das war also der Grund, weshalb ich beschloss, nach Ecuador zu fliegen, fügte er hinzu. Es wäre wohl anständig gewesen, zuvor die Mutter zu kontaktieren, doch aus Sorge, Salz in eine alte, ohnehin nie verheilte Wunde zu streuen, ließ ich es bleiben, auch hätte ich ihr schwer sagen können, dass ich seit zehn Jahren das Foto ihrer Tochter auf meinem Schreibtisch stehen hatte. Ich machte mich auf, um die letzte Woche von Lilahs Reise zu rekonstruieren, gestützt auf ihre Anmerkungen an den Rändern der Seiten meines Romans. Sie hatte dort penibel ihren Lektürefortschritt mit Datum und Ort notiert, sodass die Route ziemlich gut nachvollziehbar war. Drei Tage vor ihrem Tod – oder zumindest vor dem Ende ihrer Lektüre – war als letzte Station eine Herberge in Riobamba vermerkt. Also flog ich nach Quito, in diese unwirklich wirkende Hauptstadt am Äquator, es roch nach Benzin, ich bekam Kopfschmerzen, akklimatisierte mich ein paar Tage an die 3000 Meter Seehöhe und nahm dann einen Bus für die vier Stunden nach Riobamba. Die Herberge existierte noch und war auch weiterhin eine beliebte und billige Backpacker-Absteige. Ich fragte an der fensterlosen Rezeption unter einer Treppe, ob es ein Gästebuch aus dem Jahr 2012 gebe, und der Portier rief seinen Vater. Dieser tauchte aus einer in einem Winkel dieses kleinen und finsteren Eingangsbereichs versteckten Kammer auf, sein Sohn wiederholte meine Frage nach dem Gästebuch, woraufhin er in einem Abstellraum verschwand und mit zwei dicken Bänden zurückkam. Erst dann erkundigte er sich nach meinem Begehr. Ich sagte ihm meine vorgefertigte Antwort auf, dass ich die letzten Lebenstage meiner Nichte rekonstruieren wolle, was so falsch ja gar nicht war. Die erschwindelte Verwandtschaft mit Lilah hätte ich mir aber sparen können, denn der alte Herbergsbesitzer reagierte, als hätte er seit Jahren auf meinen Besuch gewartet, um endlich über die in einem seiner Zimmer gestorbene Touristin reden zu können.

Lilah war ein höfliches Mädchen gewesen, berichtete der Mann. Ein paar Tage bevor sie krank wurde, hatte sie eingecheckt, war von der Küste gekommen und hatte sich wahrscheinlich dort unten mit Malaria infiziert, weil hier, auf über 2700 Metern, gebe es keine Stechmücken mehr. Lilah hatte sich gleich am ersten Tag mit drei jungen Deutschen angefreundet, sie unternahmen gemeinsame Ausflüge in der Gegend, bis in die Thermalbäder von Baños waren sie gefahren, das auf 1800 Metern lag, es könnte also durchaus auch sein, dass sie dort gestochen worden war. So hatte man es damals auf jeden Fall zu rekonstruieren versucht. Obwohl sie krank wurde, zogen ihre Urlaubsbekanntschaften wie geplant weiter, warteten nicht auf ihre Genesung. Lilah hatte tagelang im Zimmer gelegen und zwischen den Fieberschüben gelesen und geschrieben. Die Putzfrau habe ihr in der Früh und am Abend Tee gebracht, er selbst, der Herbergsbesitzer, sich ab und zu nach ihrem Befinden erkundigt, doch sie habe stets geantwortet, dass es schon gehen würde, dass ein Arzt nicht notwendig sei. Bis sie dann eines Morgens nicht mehr aufgewacht sei.

Das arme Mädchen, sagte ich.

Nein, widersprach der alte Mann, die armen Eltern. Der Tod ist nur für die Lebenden schrecklich.

Kurz überlegte ich. Er hatte wohl recht, war aber in seiner Erzählung bereits weiter.

Der Rücktransport der Leiche war ein großer bürokratischer Aufwand, wurde aber von einer Mitarbeiterin der israelischen Botschaft übernommen, fuhr der Alte fort. Er selbst habe nur die paar Habseligkeiten der jungen Dame zusammengeräumt, die wenigen Kleidungsstücke, ein paar Bücher, ein Tagebuch, eine Polaroidkamera und deren Fotos. Was mit ihren drei Freunden geschehen sei, könne er nicht sagen, er wolle aber im Gästebuch nachsehen, wo die nächste Station ihrer Reise vermerkt sein sollte.

Und tatsächlich machte sich der freundliche Greis sogleich an die Arbeit und blätterte die dicken Bücher durch. Unter dem Datum des 15. August 2012 wurde er fündig. Lilah hatte aus Guayaquil kommend am Mariä Himmelfahrtstag hier eingecheckt. Am selben Tag hatten sich auch drei Österreicher in das Gästebuch eingetragen, zwei Mädchen und ein Junge, alle ähnlich alt wie Lilah, die am 10. Dezember 1992 Geburtstag hatte, wie Eshkol in der Liste säuberlich vermerkt sehen konnte. Drei junge Österreicher, das waren die Freunde auf dem Foto. Sie hatten am 18. August wieder ausgecheckt, als nächste Destination *Guayaquil* angegeben und als Transportmittel *Mietauto*. In Riobamba angekommen waren sie allerdings mit einem Bus aus Quito. Das hieß, dass sie sich erst hier ein Mietauto genommen hatten, mit dem sie dann ohne die kranke Lilah weiterreisten. Darf ich ihr Zimmer sehen?, fragte Eshkol den Herbergsgroßvater und fühlte sich dabei wie ein herzloser Paparazzo.

Der Mann nickte. Das Zimmer ist zwar eigentlich belegt, aber im Moment sind ohnehin alle außer Haus, sagte er und querte schlurfend den engen Rezeptionsbereich. Am anderen Ende des Vorraums öffnete er eine Tür und drückte den Lichtschalter. Blinkend und surrend ging eine Leuchtstoffröhre an der Zimmerdecke an und beleuchtete unangenehm blendend und doch merkwürdig düster einen kargen, fensterlosen Raum.

Ein großer Rucksack stand auf dem Boden, das Bett war in Unordnung, Kleidungsstücke lagen achtlos herum. Bis auf Gesichtshöhe waren die Wände mit dunkelblauem Lack angemalt, darüber in schmutzigem Weiß. In einer Ecke stand ein Ventilator, sonst gab es nur noch einen Sessel und ein kleines Tischchen, auf dem eine Flasche Mineralwasser der Marke *Salutaris* stand, ein paar Kekse und Bücher daneben. Hier also hatte die kranke, 19-jährige Lilah tapfer allein gegen den Tod gekämpft und verloren. Trotz der banalen Unordnung im Zimmer fühlte sich Eshkol wie in einem Museum, in dem das auratisch aufgeladene Sterbebett eines berühmten Menschen präsentiert wurde. Ein leichter Schauer erfasste ihn, und er wandte sich ab.

Die nächsten Tage verbrachte er damit, um in Riobamba Mietwagenfirmen abzuklappern, mit der Frage, ob sich im August 2012 drei Österreicher ein Auto ausgeborgt hätten. Erstaunlich geduldig hörte man ihm zu und suchte manchmal tatsächlich in alten Unterlagen nach einer Antwort. Es war aber ein sinnloses Unterfangen. Bis ihn eine junge Frau, eigentlich noch mehr ein Schulmädchen, in einer fantasievollen Flughostessenuniform am Schalter von *Rentacar Riobamba* fragte, warum er diese Daten denn brauche. Er erzählte ihr von Lilah, ihrem Tod und seinen Nachforschungen in der Herberge. Die junge Dame wollte wissen, ob es nicht zielführender wäre, sich an die österreichische Botschaft zu wenden, wenn er doch schon aus dem Gästebuch des Hostals die Namen und sogar Passnummern der Österreicher hätte, statt die Mietwagenfirmen abzugrasen. Da erkannte er, dass er tatsächlich den Faden verloren hatte. Die Botschaft, natürlich, das war die Lösung, nicht wie ein abgehalfterter Detektiv durch Riobamba streunen. Eine Schülerin hatte ihn darauf hinweisen müssen! Er fühlte, dass ihm der Bezug zur Realität abhandengekommen war, dass ihn die Geschichte der Lilah, die ja eben keine Geschichte, sondern ein echtes Menschenleben war, mehr mitnahm, als er es vor sich selbst zugegeben hatte.

Ein paar Tage später war er in der österreichischen Botschaft in Quito, einem großen, kühlen und etwas sterilen Büro in einem Neubau des modernen Stadtviertels. Er schilderte der Dame am Empfang, dass er auf der Suche nach drei Österreichern sei, die vor achtzehn Jahren durch Ecuador getrampt waren und die Letzten seien, die seine Nichte lebend gesehen hätten. Die Dame zeigte sich kooperativ, nahm die Daten der damals Jugendlichen auf und verschwand. Eshkol war nervös, er ging im Warteraum auf und ab, blieb schließlich vor einer Österreichkarte an der Wand stehen und studierte den Lauf der Donau von Passau bis Bratislava. Als sein Blick an Mauthausen vorbeikam, zuckte er, doch beschloss er, keine politische Dimension in seine Suche hineininterpretieren zu wollen. Schließlich öffnete sich die Tür, und die Botschafterin persönlich bat ihn hinein in ihr Büro. Sie wusste bereits von seiner Frage und hatte sich in aller Schnelle vorbereitet. Vor ihr auf dem Schreibtisch lagen ein paar ausgedruckte Seiten. Der Bericht der Augenzeugen, sagte sie. Dann erfuhr er Folgendes: Die drei Österreicher hatten damals kein Auto gemietet, sondern einen klapprigen VW-Käfer gekauft. Mit diesem hatten sie sich auf den Weg gemacht, die halsbrecherische Bergstraße hinunter bis auf Seehöhe zu fahren. Der Wagen sei aber so schlecht in Schuss gewesen, dass noch vor der Hälfte der Serpentinenstraße die Bremsen versagt hätten und der Käfer mit den drei Studenten immer schneller geworden sei. Wie durch ein Wunder habe der Fahrer den Wagen noch auf der Straße halten, zwei Kehren bewältigen, sich sogar noch zwischen einem Bus und einem Pick-up-Truck hindurchzwängen können, bis die Fliehkräfte dann doch zu stark wurden: In der nächsten Serpentine waren die drei Studenten mit ihrem Auto Hunderte Meter hinab in die Schlucht katapultiert worden. Sie habe den ganzen Akt in ihrem Computer, sagte die Botschafterin, die gar keine war, sondern Konsulin, wie Eshkol erfuhr, die nächste österreichische Botschaft war erst in Bogotá. Es war also das Generalkonsulat, das damals den Rücktransport der Leichen organisiert hatte.

Kutzenberger allerdings hörte gar nicht mehr richtig zu, ihn interessierte jetzt etwas ganz anderes: Weißt du zufällig, welche Farbe der Käfer hatte?, fragte er.

Eshkol nickte. Ja, ich habe Fotos vom Wrack gesehen. Er war orange.

Orange?

Ja, orange.

Seltsam, sagte Kutzenberger.

Ja, seltsam. Wie der Badeanzug von Lilah. Und stell dir vor, die drei, die sie im Stich gelassen haben, sind noch vor ihr gestorben!

Ich weiß nicht, ob man sagen kann, dass Lilah von ihren Urlaubsbekanntschaften im Stich gelassen worden ist, versuchte Kutzenberger, seine Landsleute zu verteidigen. Dann gab er aber zu, was ihn eigentlich beschäftigte: Stell dir vor, ich bin auch mal diese Serpentinenstraße mit einem orangen Käfer hinabgefahren, und auch bei uns haben die Bremsen versagt und wir haben uns zwischen einem Bus und einem Pick-up-Truck durchgezwängt. Wir haben aber die nächste Kurve gerade noch erwischt. Hoffe ich zumindest, ich kann mich nämlich an nichts von dieser Fahrt nach dem Fast-Zusammenstoß erinnern. Alles ist weg, gelöscht, das Nächste, das ich weiß, ist, dass wir bei Guayaquil im in der Sonne glitzernden Meer gebadet haben. Hast du das Foto von Lilah mit den Österreichern noch bei dir?

Leider nein, sie haben mir alles abgenommen, als man mich verhaftet hat.

Zu blöd.

Schon, aber nicht das größte Problem, das wir zurzeit haben, sagte Eshkol.

Kutzenberger lächelte gequält. Ich hätte so gerne einen Blick darauf geworfen, sagte er. Kannst du dich gut an das Bild erinnern?

Ja, natürlich. Zehn Jahre lang habe ich jeden Tag darauf gestarrt, das habe ich dir doch erzählt.

Dann schau mich an. Sehe ich dem jungen Mann auf dem Foto ähnlich?

Du stellst Fragen! Keine Ahnung, du bist alt, und er war jung und trug eine kleine Sonnenbrille.

Ja, auf Reisen habe ich auch oft eine kleine, runde Sonnenbrille getragen, so wie John Lennon.

Richtig, das war so eine John-Lennon-Brille.

Kann es sein, dass der Junge auf dem Foto ich war?

Eshkol lachte auf und drehte sich nun vollends Kutzenberger

zu. Was ist denn mit dir los?, fragte er. Es reicht doch, wenn dieses Foto *mich* fast um den Verstand gebracht hat. Da musst du nun nicht auch gleich verrückt werden. Und nach einer kleinen Pause fuhr er fort: Stell dir vor, ohne dieses Foto wäre ich jetzt daheim bei meiner Familie statt hier in einem Kriegsgefangenenlager! Ich würde am Schreibtisch sitzen und irgendeine Geschichte erfinden, die nie passiert ist, aber trotzdem, oder gerade deswegen, viele Menschen unterhalten würde. Ist es nicht der schönste Job der Welt, Leute zu unterhalten? Ihnen das Warten auf den Tod zu versüßen.

Das ist aber eine etwas herbe Definition von Unterhaltung, warf Kutzenberger ein.

Vielleicht hast du ja recht, gab Eshkol zu. Aber irgendwie sind wir doch alle Scheherezades, die um unser Leben erzählen.

Im echten Leben vielleicht, hier im Käfig aber sicher nicht.

Da muss ich dir leider auch recht geben, sagte Eshkol müde, hier müssen wir auf ein Wunder hoffen.

Doch Kutzenberger ließ nicht locker: Also, sehe ich dem Mann auf dem Foto nun ähnlich oder nicht?

Du meinst es also ernst, sagte Eshkol kopfschüttelnd. Und als Kutzenberger ihn unverwandt anschaute, gestand er schließlich zu: Vielleicht ein bisschen, schwer zu sagen, ihr seid euch nicht ganz unähnlich, sagen wir so.

Es kann also sein, dass der junge Mann auf dem Foto ich war!

Eigentlich nicht, denn erstens ist dieser junge Mann damals tödlich verunglückt, wie ich dir doch gerade erzählt habe, und zweitens geschah das im Jahr 2012, und da warst du kein Student mehr, nicht wahr? Wann warst du denn in Ecuador?

1992 war das.

Siehst du, also warst es nicht du, der die Schlucht hinuntergestürzt und gestorben ist, sagte Eshkol, und es klang nur eine kleine Spur sarkastisch.

Ja, das weiß ich auch, aber irgendwie vielleicht doch. Es passt so viel zusammen und dann aber doch auch wieder nicht.

Das könnte auch eine Definition des Lebens sein, sagte Eshkol und musste grinsen. So solltest du deine Autobiografie nennen: *Es passt so viel zusammen und dann aber doch auch wieder nicht.*

Ich weiß nicht, ob mir mein Verlag diesen Titel durchgehen lassen würde, meinte Kutzenberger nun auch unbeschwerter. Und schon sprachen sie wieder über ihre Verlage, ihre Lektoren, die Suche nach geeigneten Titeln und stimmigen Buchcovern sowie über andere, damals wichtig erscheinende, heute aber längst vergessene Alltagssorgen aus dem Buchgeschäft.

Am nächsten Morgen wurde Eshkol beim Morgenappell aufgerufen und meldete sich nicht. Er war nicht da, stand nicht auf dem Fußballplatz, lag aber auch nicht in der Garderobe. Sofort begann eine Suchaktion, doch wurde er nie wiedergesehen. Ob das Gespräch am Abend zuvor damit zu tun hatte?

Kutzenberger hing die Geschichte, die Eshkol ihm erzählt hatte, lange nach. Er zog sich noch mehr von den anderen zurück und wurde zum sonderbaren Einzelgänger, inmitten sonderbarer Einzelgänger. Wenige Tage nach Eshkols Verschwinden lehnte er apathisch am Maschendrahtzaun des Fußballplatzes, kein Aufseher war weit und breit zu sehen, eine Familie aus La Matosa stand hinter ihm, Vater, Mutter, Sohn und Tochter. Ohne aufzublicken, fragte er die Ausflügler: Habt ihr eine Idee, wie ich von hier wegkommen könnte?

Das war hoch gepokert, aber ihm war klar, dass er, wenn er länger wartete, früher oder später einfach verschwinden würde, wie Eshkol, auch wenn diesem angeblich, niemand wusste es genau, aber irgendwie waren Gerüchte bis in den Käfig vorgedrungen, die Flucht gelungen war. Gleichzeitig mit ihm war Jack verschwunden, ein feiner Engländer, der unter immer stärker werdenden Gewissensbissen gelitten hatte, seinem kleinen Bruder in der Kindheit keine größere Stütze gewesen zu sein. Man erzählte einander, dass er derjenige gewesen sei, der Eshkols Flucht vorbereitet und ermöglicht habe. Er sei dafür von den Aufsehern bis zum Hals in Treibsand eingegraben worden, um sodann die erbarmungslose Sonne die eigentliche Arbeit machen zu lassen.

Frag nach Novilla, antwortete die Teenagertochter der Familie hinter Kutzenberger, der kurz brauchte, um zu verstehen, dass es die Antwort auf seine Frage war. Besorgt wurde das Mädchen von ihrem Vater rasch vom Zaun weggezogen. Frag nach Novilla, hatte sie gesagt, was konnte sie damit gemeint haben?

Kutzenberger überlegte schlaflos die ganze Nacht und kam auf keine Antwort. Am nächsten Morgen, gerade als er am Appellplatz den Befehl eines Aufsehers für einen niederländischen Mitgefangenen ins Englische übersetzte, bekam er plötzlich einen harten Stockschlag auf die Schulter, der ihn in die Knie zwang.

Wutentbrannt rappelte er sich wieder auf und schrie: Das melde ich nach Novilla!

Erschrocken ließ man von ihm ab.

Er reagierte blitzschnell und rief: Bringt mich nach Novilla! Ich bin mit der *Volendam* gekommen, man kennt mich!

Die Aufseher begannen zu diskutieren, sprachen in ihrem schlechten Guaraní miteinander, was immer ein Zeichen dafür war, dass man einen wunden Punkt getroffen hatte, und schließlich sagten sie: Okay, wir werden dich nach Novilla bringen, in Novilla sollen sie entscheiden, was mit dir zu tun ist.

DIE DANKSAGUNG

km 0,012 Ein zweites Mal musste ich eine Lücke der Ereignisse füllen: Zwischen der Massenerschießung in Macondo und dem Kriegsgefangenenlager in La Matosa konnte ich keine offiziellen Spuren Kutzenbergers nachweisen. Das Verbinden der Fäden zwischen diesen beiden Stationen fiel mir allerdings schon leichter als noch bei der vorangegangenen Stelle des Autostoppers, vielleicht, weil ich im Erfinden von Handlungen schon geübter war oder weil hier weniger Figuren vorkamen, eigentlich nur die sogenannte Hexe und vier namenlose Soldaten. Sollte die Geschichte arg brutal geworden sein, sei mir hoffentlich verziehen, denn schließlich herrschte Krieg, und Kriege haben noch nie mit Blut und Grausamkeit gespart, sei es in der Historie oder im Reich der Fiktion.

Die äußeren Umstände im Kriegsgefangenenlager wurden mir wieder von Janek Spacerowicz geschildert, der aus erster Hand wusste, wie die Organisation funktionierte, da er sich in dieser etabliert hatte. Das Gespräch zwischen Kutzenberger und Eshkol hat der israelische Schriftsteller selbst in zahlreichen Interviews oft erwähnt und in einem Essay auch genau analysiert. Die eigenartige Frage Kutzenbergers, ob er nicht der Tote im VW-Käfer gewesen sein könnte, hatte ihn nach seiner spektakulären Flucht aus dem Kriegsgefangenenlager, über die der Israeli ein erfolgreiches Buch geschrieben hatte, dazu gebracht, ein weiteres Mal alle Details seiner Südamerikareise zu studieren. Dabei erkannte er, dass er Lilahs Anmerkung *Eshkols Buch wird Frieden bringen* immer auf den Roman bezogen hatte, in dem sie diese ihre letzten Zeilen an den Rand gekritzelt hatte. Durch Kutzenbergers anscheinend völlig freien Zugang zur Linearität der Zeit kam er erstmals auf den Gedanken, dass Lilah vielleicht ein zukünftiges Buch gemeint haben könnte. Schließlich ist der Satz auch im

Futur formuliert. Eines seiner zukünftigen Bücher würde also Frieden bringen, so ihr letztes Vermächtnis. Dank Kutzenberger, meinte er, habe er das endlich verstanden. Und so setzte er sich hin und meißelte ein literarisches Monument für Lilah, für ihn selbst und für den Frieden zwischen den Völkern.

Einen herzlichen Dank möchte ich an die nun sechzehnjährige Fanny Vitlenz entrichten, die ich auskundschaften konnte als jenes Mädchen, das Kutzenberger den alles entscheidenden Hinweis gegeben hat, sich doch an die zuständigen Stellen in Novilla zu wenden. Sie berichtete mir auch von dem seltsamen Verhalten der Einheimischen, Familienausflüge zum Kriegsgefangenenlager zu unternehmen und dort die eingesperrten Realisten wie Tiere im Zoo zu betrachten.

Ganz spezielle Dankbarkeit gebührt schließlich Ramon Vinyes, meinem Buchhändler und Freund, der mich unermüdlich unterstützte, dieses Manuskript zu beenden, der mich ermunterte, mich notfalls über die Fakten hinwegzusetzen und der Erzählung ihre eigene Logik zu erlauben, da, wie er nicht müde wird zu beteuern, das, was geschrieben steht, früher oder später ohnehin das, was geschehen ist, ersetzen würde.

Ich hoffe, dass ich niemanden in dieser Aufzählung vergessen habe, und möchte zu guter Letzt wieder einmal Jorge meinen unendlichen Dank bekunden, immer wieder, Jorge, der mich leben und lieben lehrte.

DIE RÜCKFAHRT

km 441 Es schien, dass jede Autofahrt Kutzenbergers in Costaguana eine Zäsur bedeutete und einen neuen Lebensabschnitt einläutete. Früher hatten Lebensabschnitte länger gedauert: die Zeit im Kindergarten, als ihn Dagmar in einem kleinen Drehkarussell fragte, ob er sie heiraten wolle, und er nicht geantwortet hatte, dass er doch schon Marion versprochen war, sondern schwindelig in den sich drehenden Himmel schaute und sagte: Ja, sehr gerne, natürlich, lass uns heiraten. Und so war er dann doppelt verlobt, bis ihn Judith auch noch fragte und er sich dermaßen in einen Strudel redete, dass er als dreifach Verlobter aus dem versteckten Abstellraum zwischen den Regalen mit Putzsachen hervorkam – und, anscheinend von Natur aus monogam programmiert, ein unglaublich schlechtes Gewissen dabei empfand, was verhinderte, die Situation locker zu sehen, und statt seine drei Verlobten wie in einer Screwballkomödie durch den dicht getakteten Kindergartenalltag zu jonglieren, brachte er schlaflose Nächte zu. Insgeheim wusste er, wen er tatsächlich liebte oder sogar begehrte, der vierjährige Knirps, traute sich aber nicht, das auszusprechen, was schließlich dazu führte, dass er zu allen dreien auf Distanz ging und jede von ihnen vor den Kopf stieß, enttäuschte und sein erster Auftritt im großen Feld der Liebe statt der eines unwiderstehlichen Dandys ein Rohrkrepierer wurde. Dann kamen die Volksschulzeit, das Gymnasium und schließlich das Studium der Literaturwissenschaft, und bei der Literatur blieb er bis zu seiner Abreise nach Costaguana, bereits am Beginn des sechsten Lebensjahrzehnts stehend.

Das waren seine großen Lebensabschnitte, die sich nicht von ungefähr an die Strukturen des Schulsystems gehalten hatten, denn im Grunde war er, Kutzenberger, immer ein Schüler geblieben, war nie erwachsen geworden, auch wenn er eine Zeit lang Familienvater spielte, die Familie seine ganze Welt war, er wie ein Ministrant der Liebe seine Kinder anbetete, sein Glück in ihrer Hand. Von Weitem betrachtet, von sehr weit weg, zwar nicht vom Mond, aber doch von Costaguana aus, lösten sich all diese Lebensphasen plötzlich auf, mit oder ohne Kinder, mit oder ohne Frau, mit oder ohne Familie, und wurden alle zu einer einzigen, wurden zur Zeit in Europa, zu einem singulären, massiven Block, dem nun Costaguana entgegengestellt wurde, mehr als ein halbes Jahrhundert gegen ein paar Wochen, Zigtausende Autofahrten gegen eine Handvoll, die jeweils am Beginn eines neuen Abschnitts standen: im dunkelblauen Ford Taunus mit den beiden Soldaten vom Auffanglager in Novilla über die Berge bis zu den Hütten am Straßenrand. Im weißen Kombi mit Simón, Inés und dem Jungen, der nicht David heißen wollte, von den Hütten bis zur Obstplantage. Im olivgrünen Militärtransporter von der Obstplantage nördlich von Estrella bis zum Bahnhofsvorplatz von Macondo (oder Ciénaga, je nachdem, ob man den Berichten oder dem Schild am Bahnhofsgebäude Glauben schenkte). Und jetzt, in einem klapprigen, gelben Ford Transit vom Kriegsgefangenenlager La Matosa zurück nach Novilla, mit zwei Aufsehern und einem Chauffeur.

Die drei jungen Männer saßen in der ersten Reihe, in der mittleren lag ihr Gepäck, ganz hinten war Kutzenberger in den geräumigen Kofferraum eingesperrt wie ein Hund. Doch obwohl er bloß den großen Drahtkäfig des Fußballfelds gegen den kleinen Käfig des Kofferraums eingetauscht hatte, fühlte er sich zum ersten Mal seit Langem wieder frei. Der Wagen schepperte fröhlich die Landstraße entlang, der Fahrtwind blies ihm durch die offenen Fenster in die Haare, die jugendlichen Aufseher waren guter Dinge, freuten sich auf die Abwechslung, vielleicht auf eine Nacht in der großen Stadt. Sie scherzten, lachten, doch der Kleinbus dröhnte so laut, dass Kutzenberger nur Fetzen des Gesprächs verstehen konnte. Frauennamen fielen, von Tanz war die Rede, einer Diskothek.

Ein Verkehrsschild zeigte an: *Novilla 365 km*. Die Straße ging immer geradeaus den Fluss entlang, auf der einen Seite war das von Schilf, Sträuchern und einzelnen Bäumen bewachsene

Marschland, auf der anderen waren Steppe und Plastikmüll am Straßenrand. Kutzenberger lehnte sich gegen die Fahrtrichtung an das Gitter des Hundekäfigs und betrachtete durchs Rückfenster, wie sich die Straße im Horizont verlor, immer das gleiche Bild vor Augen, sodass er nicht einmal mehr richtig sagen konnte, in welche Richtung sie fuhren. Wenn es so weiterging, waren sie in drei bis vier Stunden am Ziel. Bis dahin sollte er einen Plan haben. Er verstand immer noch nicht, warum die Aufseher auf sein Begehren eingegangen waren, nach Novilla abgeschoben zu werden. Wenn sie Angst hatten, gegen die Regeln der Regierung verstoßen zu haben, wäre das doch erst recht ein Grund gewesen, ihn einfach abzuknallen. Das hätten sie aber vor Ort gemacht, dafür hätten sie nicht in den Ford Transit steigen müssen, wo er fürs Erste sicher war – hoffte er zumindest. Was aber erwartete ihn in Novilla? Brachte man ihn zurück ins Auffanglager? Ins Auffanglager, das in der Zwischenzeit wahrscheinlich zu einem Konzentrationslager geworden war, wenn die Befürchtungen von Janek sich bewahrheitet hatten. Aber selbst das erschien ihm besser als die Willkürherrschaft des Fußballkäfigs, dem Machtrausch der brutalen Jugendlichen ausgeliefert, ohne jede Struktur, ohne die Möglichkeit, vernünftig mit einem Vorgesetzten sprechen zu können. Auch wenn diese in einem Straflager natürlich nie besteht, aber so weit gingen die Gedanken Kutzenbergers nicht, der sich stattdessen von der hypnotischen Eintönigkeit der Straße in den Schlaf wiegen ließ und am Wellenkamm zwischen Bewusstsein und Schlaf dahinbalancierte.

Er wurde wach, weil eine Autotür zuknallte. Der Wagen stand still am Straßenrand. Aus dem Rückfenster sah er, dass sie in einer Siedlung waren, eine Platanenallee säumte die Straße entlang niedriger, eingeschossiger Häuser mit geschlossenen Fensterläden. Kein Mensch war in der brütenden Mittagshitze zu sehen. Vorsichtig drehte er sich um und sah auch durch die Windschutzscheibe ein ähnliches Bild: niedrige, in verschiedenen Farben verputzte Häuser. An der Straßenecke war ein Schild zu sehen. Er kniff die Augen zusammen und entzifferte: *Rotisería*. Grillhühner wahrscheinlich. Waren die Aufseher ausgestiegen, um sich Mittagessen zu besorgen? Der Chauffeur blickte ebenfalls nach vorn auf das kleine Lokal. Kutzenberger drehte sich wieder um. Er hatte keinen Hunger, auch wenn er seit seinem mittlerweile gut verheilten Darmdurchschuss nur wenig gegessen hatte. Zu trinken hätte er gerne etwas. *Pepsi* hatte auf dem Schild gestanden. Eine kalte Cola! Das wäre was. Seine Situation im Fußballkäfig war so weit von dekadenter amerikanischer Unkultur entfernt gewesen, dass er von einer kalten, zischenden Limonade nicht einmal geträumt hatte, ihm so etwas schlicht nicht mehr in den Sinn gekommen war. Nun aber hatte er es gesehen, *drink Pepsi*, hatte ihn das Schild aufgefordert, und an nichts anderes konnte er mehr denken. Zucker, Koffein, Kohlensäure und Wasser. Ein Lebenselixier wäre das. Manchmal bekommt man eine Zweiliterflasche Limonade geschenkt, wenn man zwei Grillhühnchen kauft. Vielleicht auch hier, und vielleicht würden die Aufseher nicht wissen, was sie damit machen sollten, und sie ihm schenken? So klar ihm war, dass es sich hierbei um verwegene Fantasien handelte, konnte er doch nicht aufhören, sich auszumalen, wie die beiden jungen Männer mit verschiedenen Tüten aus dem Laden kommen würden, wie sie auf das Auto zukamen, lachend und scherzend, weil die hübsche Tochter des Grillmeisters mit ihnen geschäkert und eine Zweiliterflasche Pepsi gratis dazugepackt hatte, obwohl sie doch bereits drei große Bier gekauft hatten. Sie würden die Autotür öffnen und dem Chauffeur sagen: Jetzt hast du was versäumt, so eine heiße Braut, die hätte dir gefallen. Schau, dein Bier und dein Grillvogel – eine Flasche Pepsi hat sie uns auch noch mitgegeben. Der Aufseher würde die hintere Schiebetür öffnen, zum Hundekäfig greifen, dessen Klappe nicht zugesperrt war, sie anheben und die Flasche zu ihm hineinwerfen. Pass auf beim Aufmachen, dass nicht alles herausspritzt, seine Warnung. Der Wachtraum war so echt, dass Kutzenberger das kühle, mit Wassertropfen überzogene, vom Innendruck der Kohlensäure prallharte Plastik der Flasche zwischen den Fingern zu spüren glaubte. Doch in Wirklichkeit war überhaupt nichts geschehen, die beiden Aufseher noch nicht aus der Rotisería herausgetreten, falls sie überhaupt dort waren.

Vorsichtig drehte sich Kutzenberger noch einmal um und sah,

dass der Kopf des Chauffeurs nach vorn gekippt war. Er war eingeschlafen! Kutzenberger war in einem Auto, in einer menschenleeren Straße, und sein Bewacher tatsächlich eingeschlafen! Freilich saß er immer noch in einem Käfig. Als man ihm die Fantasieflasche zugeworfen hatte, war die Klappe des Hundezwingers ganz einfach nach vorn aufzuklappen gewesen. Er probierte das – und es funktionierte! Gerade noch hatte er dösend am Kofferraumboden gelümmelt, nun raste sein Herz, und alle Sinne liefen auf Hochtouren. War es möglich, dass er ein weiteres Mal flüchten konnte? Nur zwei Häuser weiter war die nächste Querstraße, wenn er diese erreichen, unbemerkt ums Eck biegen konnte, dann war alles möglich. Er musste es wagen, vielleicht war dies die letzte Chance zur Flucht.

Langsam hob er die Käfigklappe an. Der Chauffeur rührte sich nicht. Kutzenberger richtete sich vorsichtig auf, sein Oberkörper ragte bereits über die Lehne des Rücksitzes, auf dem die Seesäcke der Aufseher lagen. Lautlos wie eine Schlange, die sich aus dem Korb windet, ließ er sich aus dem Käfig gleiten, und plötzlich lag er auf dem Gepäck, ohne ein Geräusch verursacht zu haben. Bange setze er sich auf und sah den Kopf des Chauffeurs im Rückspiegel friedlich auf und ab wiegen. Der Ford Transit hatte hier hinten eine Schiebetür. Behutsam griff Kutzenberger zum Türöffner. Seine Hand umfasste fest den Griff. Nun musste er diesen so leise wie möglich nach hinten schieben und durch den Spalt hinausschlüpfen. Sollte der Fahrer sich bewegen, müsste er in Sekundenschnelle den Plan ändern, die Tür aufreißen, nach draußen springen und hoffen, schneller zu laufen. Sachte zog er am Hebel, gerade fest genug, um den Öffnungsmechanismus mit einem leisen Klicken auszulösen und die Tür Zentimeter für Zentimeter nach hinten zu schieben. Noch nie hatte jemand einen Ford Transit lautloser geöffnet. Als der Spalt breit genug war, ließ Kutzenberger sich wie ein Eisschwimmer ins kalte Meer gleiten, machte zwei behände Schritte auf den Zehenspitzen und sprintete los, an der ersten Platane, an zwei militärgrünen Limousinen, der zweiten Platane, einem roten Pick-up vorbei, und schon bog er ab, nach rechts in die Querstraße. Kein Rufen, kein Schreien war zu vernehmen, er sprintete weiter, musste die nächste Abzweigmöglichkeit nutzen, dann könnte die Flucht tatsächlich glücken. Zu seiner Linken war nun aber eine lange graue Mauer, das war schlecht, ein paar Kindermalereien schmückten sie, ein Regenbogen hier, zwei Pferde oder Lamas auf einem grünen Berg dort, das Gebäude rechts war höher, zwei Stockwerke, weiter, weiter, auch hier stand nach jedem zweiten geparkten Auto eine Platane, und noch immer hatte er keinen Menschen gesehen. Ein kleiner Renault, drei Mopeds, ein weißer Kastenwagen und dahinter ein blau-weißer Ford mit der Aufschrift *Policía* und dann noch einer und noch einer, er hetzte vorbei und sah auch schon die Polizeistation, vor der die Wagen parkten: *Policía Transito Turistica* stand auf der verspiegelten Fensterwand. Er sprintete vorbei, konnte nicht einschätzen, ob er gesehen wurde, aber nichts rührte sich, und die nächste Querstraße kam näher, im rechten Winkel bog er nach links ab und war schon hinter der Ecke verschwunden. Auch hier bot sich ihm dasselbe Bild, auf beiden Straßenseiten Platanen, dazwischen parkende Autos, daneben der Gehsteig und an ihm entlang ein- oder zweistöckige Häuser, Einfamilienhäuser, Mittelschicht, das war ideal, keine misstrauischen Wächter oder Alarmanlagen vor reichen Villen und auch keine hungrigen Tagelöhner vor verfallenen Baracken. Da öffnete sich direkt neben ihm ein Eingangstor, ein junger Mann mit roter Hose und grauem Kapuzenpulli kam heraus, sah ihn verwundert an. Kutzenberger zischte vorbei, drehte sich kurz um und hob entschuldigend die Hand, doch der Mann hatte ihm nicht einmal nachgeblickt. Der plötzliche Sprint nach so vielen Wochen der Untätigkeit, nach seiner schweren Schussverletzung, nach den Misshandlungen im Lager, nach dem Schrecken, nun von einem Moment auf den anderen doch wieder sein Leben in eigene Hände nehmen zu können, war zu viel. Er bekam keine Luft mehr, musste stehen bleiben, hielt sich an einem Baumstamm fest, ging in die Knie und hechelte, doch so sehr er auch schnaufte, er spürte, dass er nicht genug Sauerstoff in seine Lungen pumpen konnte, es wurde ihm schwarz vor Augen, die Knie gaben nach, er sank zusammen.

Wohl nur Sekunden später kam er wieder zu sich, ein roter Speichelfaden ging von seinem Mund zum Boden, Kutzenberger spuckte aus und raffte sich auf. Er konnte unmöglich hier liegen bleiben, so ausgeliefert am Straßenrand für alle sichtbar, auch wenn noch immer niemand da war, der ihn hätte sehen können. Er setzte sich langsam trabend wieder in Bewegung. Nach der nächsten Querstraße ging es leicht bergauf, und er sah in der Mitte des Blocks eine dreigeschossige Wohnanlage, ganz neu. *Zu verkaufen* stand auf einem großen Plakat an der grauen Fassade. In der Mitte der Anlage war ein Durchgang, durch den er in einen Innenhof schritt, in dem ein kleiner Spielplatz angelegt war, nur eine Schaukel und eine Sandkiste, dahinter ein weiterer Durchgang, der in einen zweiten Hof führte, eigentlich nur ein Schacht zwischen zwei Hausmauern mit vier großen Mülltonnen. Er öffnete die erste und sah, dass sie nur halb gefüllt war, mit gut verschlossenen Plastiksäcken und unzähligen Pizzakartons. Und als hätte er es von langer Hand geplant, kletterte er in die Tonne, legte sich auf die Pizzakartons und schloss den Deckel über sich.

Da lag er nun und schnaufte. Und er hatte gut gewählt, es war weich und stank kaum, eigentlich roch er nur Karton und Pizzareste. Langsam beruhigte sich sein Atem. Von draußen war nichts zu hören. Er tastete nach einem der Kartons, riss ein Stück davon ab und faltete es mehrmals. Den daraus entstandenen Keil klemmte er unter den Deckel der Tonne, sodass sich ein Spalt öffnete, der Luft und Licht hereinströmen ließ. Das war angenehmer. Mehr konnte er jetzt nicht tun, er musste warten und hoffen, dass niemand seinen Kehricht entsorgen wollte und die Müllabfuhr die Tonnen an einem anderen Tag leerte. Irgendwo bellte ein Hund. Daran hatte er noch nicht gedacht! Falls man Hunde auf ihn ansetzen würde, wäre er verloren.

Kutzenberger lag im Halbdunkel und lauschte. Manchmal meinte er, das Vorbeirauschen eines Autos auf der Straße draußen zu vernehmen, einmal hörte er Stimmen. In einiger Entfernung zwitscherte lautstark ein Vogel, wahrscheinlich im Hof mit der Schaukel. Immer stärker drang ihm der Pizzageruch in die Nase. Umständlich drehte er sich auf die Seite und öffnete einen der Kartons. Und tatsächlich, er war voll mit Teigrändern und Resten des Belags. Kutzenberger nahm einen der weichen Müllsäcke und stopfte ihn sich hinter den Kopf. Nun lag er bequem wie auf einer Sonnenliege und begann genüsslich und langsam einen Pizzarest nach dem anderen zu verspeisen. Noch nie hatte er besser gelegen als hier, in dieser Mülltonne in einem traurigen Hinterhof einer verlorenen lateinamerikanischen Kleinstadt, ein Milizkommando auf den Fersen, dessen Auftrag es vermutlich war, ihn zu seiner Hinrichtung zu führen.

DIE BUCHTIPPS

km 2 Die vier Bücher, die mir Ramon, der Buchhändler, empfohlen und verkauft hatte, passten auf fast magische Weise zu meinem Manuskript. Sie brachten mir die Städte, in denen sie spielten, näher als die Rechercheireisen, die ich dorthin gemacht hatte. Als ich Ramon sagte, dass mir die Beschreibung einer Autofahrt in einem der von ihm empfohlenen Bücher so gut gefalle, dass ich mit dem Gedanken spielen würde, Teile davon für meinen Bericht zu verwenden, ermutigte er mich dazu. Ob das nicht Diebstahl sei, warf ich ein. Er lachte über meine provinzielle Weltsicht. Literatur sei frei, sagte er, man könne sich an ihr bedienen, wie immer man Lust dazu habe.

Ich hatte an dieser Stelle all die wertvollen Buchtipps von Ramon als Service und Freundschaftsdienst an der geneigten Leserschaft aufgelistet. Nun aber, bei der Lektüre des bereits Geschriebenen, habe ich diese mir teuren Seiten wieder gestrichen. Man kann keine Buchtipps weiterschenken, zu persönlich sind diese. Die Bücher würden aber ohnehin auf geheimnisvolle Weise ihre Leserinnen und Leser finden. Dazu braucht es mich nicht. Deshalb berichte ich hier nun nicht, wie ich hypnotisiert von Schachspielern las, die selbst nur Spielfiguren waren, von Träumern, die selbst nur geträumt wurden, von Spiegeln, die erbarmungslos offenbarten, nur Lichtreflex zu sein, von einer letzten Sekunde, die zu einem Jahr wurde.

Falls die wissbegierige Leserin und der neugierige Leser nun erst recht die größte Begierde entwickeln sollten, die Titel der Bücher zu erfahren, die Ramon mir im Laufe der Zeit ans Herz gelegt hatte und die mir beim Verfassen des Manuskripts von größter Hilfe waren, so bin ich mir sicher, dass sie Wege finden werden, um mich in Santa María kontaktieren zu können, sei es direkt oder über den Verlag.

Ich weiß nicht, wie Ramon das machte, nie hatte ich ihm Näheres über mein Buchprojekt erzählt, nur dass ich einen Bericht über eine Reise durch Costaguana während der Zeit der Verfolgung der Realisten schreiben wollte. Doch jedes der Bücher, die er mir empfahl, traf ins Schwarze und zeigte mir, wie es diese Geschichte zu erzählen galt.

Hatte ich aber überhaupt ein Recht, mich an Kutzenbergers Leben zu vergreifen? Als hätte ich diese Frage laut formuliert, beantwortete Ramon sie mir eines Tages. Jeder Mensch hat vier Leben, sagte er, das öffentliche, das private und das geheime.

Und das vierte?, fragte ich.

Das ist das fiktive. Als meine Eltern starben, hatte ich das verzweifelte Gefühl, dass ich sie nicht gut genug kannte. Ich hatte mich mit der Oberfläche zufriedengegeben, mit dem öffentlichen und privaten Leben der beiden. Sie waren aber meine Eltern! Also hätte ich doch die Verpflichtung gehabt, auch in ihr geheimes Leben vorzudringen. Sie nach ihren größten Hoffnungen, Ängsten und Freuden zu fragen, das Kleingedruckte zu entziffern. Beide sind schon jahrzehntelang tot, und nun habe ich nicht mehr die Befürchtung, sie zu wenig gekannt zu haben. Alles, was ich wissen wollte, habe ich nach und nach aufgefüllt. Und das ist das fiktive Leben, wahrscheinlich der wichtigste Teil unseres Daseins.

DIE MÜLLTONNE

km 442 Bis es draußen dunkel wurde, lag Kutzenberger in der Mülltonne. Er hatte entsetzlichen Durst, doch abgesehen davon fühlte er sich wohl. Schon bald hatte er die Gewissheit gespürt, dass ihn seine Verfolger nicht finden würden, wenn er nur lange genug in diesem Hinterhof ausharrte. Einmal stockte ihm der Atem, als er plötzlich Schritte hörte, die vor den Tonnen stehen blieben. Die Nebentonne wurde geöffnet, ein Sack hineingeworfen, der Behälter wieder geschlossen, die Schritte entfernten sich. Bald normalisierte sich sein Puls wieder, und er begann zu dösen, entspannt wie in einem Bett.

Als es dunkel geworden war, raffte er sich auf und kletterte umständlich aus seinem Versteck. Eine einzelne Glühbirne im Durchgang beleuchtete den kleinen Hinterhof schwach. Kutzenberger beugte sich nochmals über die lebensrettende Tonne, sammelte übrig gebliebene Pizzaränder zusammen und legte sie in einen der Kartons, den er in eine Originaltüte der Pizzeria steckte. Dann öffnete er neugierig einen der weichen Säcke, auf denen er so bequem geruht hatte. Er war gefüllt mit Kleidungsstücken. Jedes einzelne wäre besser in einem Container der Altkleidersammlung gelandet, falls es so etwas in Costaguana gab. Beglückt wühlte er sich durch einen Haufen bunter Textilien. Schließlich wählte er eine Jeans, ein weißes T-Shirt und einen hellblauen Sweater, zog seine blutverschmierte, vor Dreck starrende Wäsche aus und fühlte sich schnell wie ein neuer Mensch – allerdings noch ohne konkreten Plan. Als Erstes musste er etwas trinken und dann herausfinden, wo er war. Alles Weitere würde sich ergeben.

Bereits im Hof mit der Schaukel konnte er das erste Problem lösen, neben der Sandkiste war ein Wasserhahn. Er drehte ihn auf und wusch sich Hände, Gesicht und Haare, bevor er minutenlang in kleinen Schlucken das leicht salzig schmeckende Wasser beglückt in sich hineinfließen ließ, als wäre es ein heiliger Trank der Götter. Dann strich er sich die seit seiner Abfahrt in Wien schon ziemlich lang gewordenen Haare nach hinten und wirkte fast wie ein respektabler Mann mittleren Alters mit gegelter Modefrisur. Er nahm die Tüte mit dem Pizzakarton und ging hinaus auf den Gehsteig. Niemand lauerte ihm dort auf, die Straße war nach wie vor menschenleer, und beinahe beschwingt machte er sich daran, die Gegend zu erkunden, um herauszufinden, wo er gelandet war.

Wie Carlos eine Injektionsnadel bekam und Juan diese gegen eine Waffe eintauschte

km Juan und Carlos quetschten sich im Eingang der Bar an einer
2 Frau und einem jungen Mann vorbei. Kaum hatten sich ihre Augen an die Düsternis des Innenraums gewöhnt, gingen sie zielstrebig zu einem Tisch so weit wie möglich vom Fenster entfernt. Beide waren Mitte zwanzig, auch wenn sie auf den ersten Blick älter wirkten, ausgezehrt, von einem harten, ungerechten Leben gezeichnet.

Also, hat Gerardo endlich unsere Zielperson verraten?, fragte Juan.

Ja, antwortete Carlos. Ich war gestern bei ihm in Santana.

Und?

Der Bürgermeister von hier.

Von Santa María?

Ja.

Nun denn, er wird es schon verdient haben, stellte Juan trocken fest.

Da bin ich mir sicher, sagte Carlos. Eigenartig ist nur die Waffe, die uns Gerardo dafür gegeben hat.

Nämlich?

Eine Giftspritze.

Was, wir sollen den Bürgermeister von Santa María mit einer Giftspritze ermorden?

Nicht so laut, Juan, aber ja, Gerardo meint, er habe damit in Washington bei Trump die besten Erfahrungen gemacht.

Ich hab noch nie gehört, dass der wegen einer Giftspritze nicht wiedergewählt wurde, sagte Juan.

Carlos lachte. Ich auch nicht, aber es kann uns eigentlich egal sein. Gerardo zahlt sehr gut.

Und wie stellt er sich das vor, das mit der Giftspritze?

Nun, der Bürgermeister trifft sich anscheinend regelmäßig in einem Hostal mit jungen Menschen, um seiner Lust nachzugehen. So hat es Gerardo formuliert.

Um seiner Lust nachzugehen, wiederholte Juan lachend.

Ja, und oft sind da wohl auch so Typen wie wir dabei.

Was? Aber wir sind doch nicht schwul!

Natürlich nicht, aber das tut hier nichts zur Sache. Gerardo wird uns mitteilen, wann der Bürgermeister das nächste Mal in dieser Pension ist. An der Rezeption sollen wir dann nur sagen, dass wir ihn treffen und die Zimmernummer haben wollen.

Aber der Rezeptionist wird ja denken, dass wir schwul sind!

Nun, es wird nicht lange dauern, bis er weiß, was wir wirklich sind.

Was meinst du?

Nun: Mörder.

Jawohl, dann wird er sehen, dass wir richtige Männer sind! Also, erzähle, wie stellt sich Gerardo das genau vor?

Wir sollen ins Zimmer gehen, der Bürgermeister wird mit heruntergelassener Hose im Bett liegen, wir jagen ihm die Spritze in den Hintern, und fertig. Im besten Fall wird er gar nichts spüren.

Das klingt absurd. Eine Spritze in den Hintern, das ist ja wie beim Kinderarzt.

Egal, ich finde es auch komisch, aber Gerardo sagt, er hat nur die besten Erfahrungen gemacht mit dieser Methode. Und er zahlt gut, wie gesagt.

Wo bleibt denn der Kellner, ich hab Durst, sagte Carlos.

Beide schauten fordernd zur Theke.

Selbstbedienung, brummte Ernesto, der Barkeeper.

Juan und Carlos kamen also an den Tresen und bestellten je ein Bier.

Gehört der Beutel da euch?, fragte Ernesto und deutete hinter den Sessel, auf dem Carlos gerade noch gesessen hatte.

No, sagte dieser.

Sí, kam es von Juan zeitgleich.

Ernesto schüttelte den Kopf und schob zwei Bier über die Theke.

Als sie wieder am Tisch saßen, schnappte sich Juan den Beutel, und nachdem sie einander zugeprostet und in gierigen Schlucken ihre Biergläser fast in einem Zug geleert hatten, begann er, darin zu wühlen.

Und?, fragte Carlos.

Nichts, eine nasse Unterhose, ein stinkendes Shirt, ein paar andere Fetzen.

Dann lass den Scheiß einfach liegen, wozu riskieren, dass jemand auf uns aufmerksam wird?

Warte, sagte Juan, warte. Konzentriert tastete er einen Gegenstand in den Tiefen des Beutels ab. Ich hab was sehr Interessantes gefunden. Ich glaube, wir können uns die bescheuerte Spritze sparen.

Die Waffe, die Kutzenberger töten würde, war in den Händen ihrer Bestimmung angekommen.

DAS HOCHZEITSLIED

km 448

Kutzenberger folgte der Straße, die von der Neubausiedlung in einem weiten Bogen einen Hügel hinaufführte. Oben auf der Kuppe öffnete sich ein kleiner Platz, der jäh den Blick in die Weite freigab. Vor ihm lag das nächtlich beleuchtete, funkelnde Novilla. An den Rand des schwarzen Ozeans gedrängt, arbeiteten unermüdlich, wie außerirdische Roboter, die riesigen Kräne der Docks. Ganz hinten konnte man die Piers der Passagierdampfer erblicken. Er setzte sich auf eine Parkbank und blickte nachdenklich auf die Stadt, die ihm anfangs, gestrandet auf einem neuen Kontinent, Unterschlupf geboten hatte. Er erinnerte sich an die zwei Wochen in der Wohnung der Dänin, die sich jetzt viel länger anfühlten, es war, als ob er dort tatsächlich so etwas wie ein Zuhause gefunden hätte. Was mochte aus Camilla geworden sein? Hatte sie sich, nachdem er abgeführt worden war, noch länger in der Wohnung halten können? Die Wahrscheinlichkeit war gering. Gerne würde er sie wiedersehen. Er hatte ihr seine beiden Romane gegeben. Diese könnten ihm nun das Leben retten, hatte Eshkol gemeint. Dann nämlich, wenn man sie als Beweis akzeptieren würde, dass er fiktiv war, eine Romanfigur. Es wäre einer Kommission vorbehalten, darüber zu entscheiden. Würde er den Test bestehen, könnte er doch noch ein neues Leben beginnen und vielleicht sogar nach Uruguay weiterreisen, nach Santa María, und sich dort auf die Suche nach Marta machen, an die er öfter als an jeden anderen Menschen hatte denken müssen, seitdem man ihm auf dem Bahnhofsvorplatz von Macondo in den Bauch geschossen hatte.

Ohne zu einem Ergebnis gekommen zu sein, was er machen wollte, stand er auf und ging los, stadteinwärts. Am ersten Tag in Novilla war er nach den elend langen Einreiseformalitäten auch einfach losmarschiert. Während er nun nachdenklich den Hügel hinunterging, fasste er den Entschluss, es zu wagen, den Weg zu Camillas alter Wohnung zu suchen und zu hoffen, dass sie doch noch dort lebte. Würde er sie antreffen, wäre alles gut, hoffte oder fühlte er. Und wenn nicht? Nun ja. Er visierte die riesige Dockanlage an, die man so eindrucksvoll von Camillas Wohnzimmerfenster aus hatte sehen können, und versuchte, sich die Richtung gut einzuprägen. Noch wirkte alles nicht sehr großstädtisch, kleine Häuser säumten auch auf dieser Seite des Hügels den Gehsteig, viele Fenster waren beleuchtet, die Vorhänge aber meist zugezogen. Ab und zu fuhr ein Auto vorbei, sonst waren die Straßen ruhig. Bis er an einer Ecke lautes Stimmengewirr hörte. Vor dem Eingang eines Gasthauses stand eine Menschentraube – und hielt ihn auf.

Stopp, stopp!, rief ein Mann im Anzug, wahrscheinlich in einer offiziellen Funktion, als er im letzten Moment die Straßenseite wechseln wollte. Komm her!

Erschrocken blieb Kutzenberger stehen und blickte verunsichert nach hinten, aber da war niemand sonst zu sehen. Es wäre möglich, umzudrehen und wegzulaufen. Wahrscheinlich würde man ihn nicht einholen. Noch wahrscheinlicher nicht einmal verfolgen. Das waren keine Aufseher, keine Einreisepapierkontrolleure. Das waren Menschen, die vor einem Wirtshaus standen. Auch das gab es noch.

Nun komm schon!, rief der Mann ihm wieder zu.

Nervös, aber betont lässig, die Hände tief in den Taschen der Jeans vergraben, schlenderte er auf das Grüppchen zu.

Alles gut?, fragte er.

Ja, ja, sagte der Mann, aber du musst Zoll zahlen, wenn du hier vorbeigehen willst!

Erschrocken zuckte Kutzenberger zusammen. Also doch eine Überwachung?

Nun komm schon, hier, trink den Schnaps, sonst kommst du nicht vorbei! Und man hielt ihm einen Plastikbecher hin. Ex, ex, ex!, riefen alle im Chor.

Kutzenberger nahm den zwischen seinen Fingern knisternden Becher und roch daran. Der süßliche Geruch von Zuckerrohrschnaps trat ihm in die Nase, und schon hatte er wieder das

Bild des Cowboys auf der anderen Seite seines Lebens vor Augen, der ihm damals, das erste Mal in Südamerika, beim Fest in den Anden die Sporen geschenkt hatte. Wie vom Zehnmeterbrett, von dem er nie gesprungen war, wie vom Dreimeterbrett also nahm er, Kutzenberger, seinen ganzen Mut zusammen und schüttete, ohne weiter nachzudenken, die beißende Flüssigkeit in sich hinein. Wie Feuer oder wie Säure zog sie eine Spur der Verwüstung durch seine Speiseröhre, bis alles überraschend wohlig seinen Magen erreichte. Mit einem Schlag fühlte er sich fröhlich, er lachte und sagte, gracias!

Noch einen!, beschloss man.

Und noch einmal gab er sich einen Ruck, stürzte den Schnaps in sich hinein, und diesmal war das Brennen schon weniger heftig, die Wärme im Bauch dafür noch schöner. War es überhaupt möglich, dass der Alkohol so schnell in sein Blut gelangte? Auf jeden Fall war er betrunken.

Geh nur hinein, tanz mit dem Brautpaar, forderte ein Mann ihn auf und machte den Eingang frei.

Im Vorraum des Gasthofs saßen und standen Leute, meist paarweise, sie blickten ihn kurz an, beachteten ihn aber nicht weiter. Oft hatte er in letzter Zeit Guaraní gehört, meist holprig und verkrampft, aus politischer Überzeugung gesprochen. Nicht so hier, fließend und leicht, voller Freude, sprudelte die Muttersprache aus allen Mündern. Neugierig blickte Kutzenberger in den Festsaal, aus dem laut Musik nach außen drang, und sah die Tanzfläche, auf der Alt und Jung ausgelassen herumsprangen. Erst jetzt fiel ihm auf, wie lange er keine Musik gehört hatte. Außer der *Kunst der Fuge* im Autoradio von Simón und Inés war da in Costaguana nichts gewesen. Das Lied endete, auf der Tanzfläche standen die Tänzer hechelnd außer Atem und warteten auf den nächsten Song. Und da kam er schon, der DJ hatte etwas Langsames gewählt, doch statt zu tanzen, erhoben alle die Arme, auch die Festgäste, die wie Kutzenberger an den Wänden lehnten. Mit Beginn der Strophe setzte der ganze Saal auf ein geheimes Zeichen hin zu singen an, er hörte die Originalstimme der Aufnahme gar nicht, sondern nur den vielstimmigen Chor der begeisterten Hochzeitsgemeinschaft. Er war der Einzige, der nicht mitsang, der Einzige, der das Lied nicht kannte, der Einzige, der den Text nicht verstand, das einzige Ich in einem Meer des Wir. Das gesamte Gebäude wurde von einer tragenden Melodie erfüllt, die keinen echten Refrain erkennen ließ, sondern sich wie ein mächtiger, träger Fluss majestätisch durch Raum und Zeit wälzte, unaufhaltsam, ohne Wiederholungen, immer weiter, manchmal verziert mit kleinen Windungen und Stromschnellen, aber niemals zweifelnd, niemals die Richtung verlierend, die Richtung, aus der es kein Zurück gab. Alles, was sich im Festsaal befand, wurde in Schwingung versetzt, auch die filigranen Saiten der Seele des österreichischen Flüchtlings, die Schallwellen schlugen einen Akkord in Kutzenbergers Innerem an, der sich wiederum ohne Berührung, wie die Gitarrensaite, die plötzlich zu vibrieren beginnt, wenn ihr ein Ton im Raum gar zu verwandt erscheint, auf verschüttet geglaubte Gefühle übertrug. Das vielstimmig und inbrünstig mitgesungene Lied aus den Kehlen der ergriffenen Hochzeitsgäste erreichte also auf dem Weg der Induktion sein Empfinden und rüttelte dort an einem versteinerten Damm, der durch die Vibration des Klangs in sich zusammenfiel wie einst die Mauern von Jericho, auch wenn die biblische Stadtmauer ja nicht den sieben Trompeten, Widderhörnern oder Posaunen zum Opfer gefallen war, je nach Überlieferung, sondern dem tausendstimmigen Kriegsgeheul der Bevölkerung, die in der Fanfare nur das Signal erkannt hatte, sich endlich gegen die Besatzer auflehnen zu können. Als man damals aber in jener mythischen Stadt das Zimmer der Witwe öffnete, war dieses leer, und der Arzt sagte dem erstaunten Nachbarn, der die Posaunisten eingeladen hatte, dass man ihm gar nicht erlaubt hätte, diesen Krach zu orchestrieren, wenn die Witwe anwesend gewesen wäre, denn das wäre ja fast schon einem Mord gleichgekommen, und Mord sei doch kein Streich, sondern eine Todsünde. Bei uns geht es allerdings ohnehin nicht um Posaunen, sondern um Stimmen, um einen ganzen Saal voller ergriffener Stimmen, die Kutzenberger erfassten und hinaufzogen, wie von einer Bergbahn wurde er mitgenommen auf dem Weg nach oben, den er zuvor schon einmal gegangen war, auch mit einem keuchenden Zug, immer weiter hinauf, im Sog des

Liedes, damals ein Bob-Dylan-Song und nun die unendliche Guaraní-Melodie, die ihn in den Waggon eines Schnellzugs über den Atlantik verfrachtete, in Richtung seiner Heimat, bis über die sanften Hügel des Wienerwalds. Er öffnete ein Fenster und glitt hinaus, so wie er vor nicht allzu langer Zeit aus dem Hundekäfig geglitten war, mit weiten Schwüngen in die kräftige Luft greifend, den Hall des fahrenden Zuges erhaschend, der ja nur der Schall der vollen Kehlen war, und als der Zugführer den Scheitelpunkt der höchsten Erhebung erreicht hatte, ließ er die Wagen einfach rollen, und er, Kutzenberger, glitt wieder hinein zum Fenster, denn so zügig konnte er doch noch nicht fliegen, da war er zu ungeübt, da war es besser, vom Waggon aus zu beobachten, wie es immer schneller nach unten ging, bergab *alla breve*, das war die Taktart, ein komplizierter Zwölfachteltakt, die Hände in der Höhe, die Füße auf dem Tanzboden, das hallte, das eilte, jetzt musste auch er die Arme heben, denn wozu lebten wir denn, wenn wir nicht wenigstens im Finale frei wurden? Der Zug lehnte sich in die Kurven, mal rechts, mal links, es quietschte und kreischte, funkte Feuer und spritzte Gold, die Leute johlten, fielen einander um den Hals, Tränen flossen, und Kutzenbergers Gesicht war nass, denn der Damm, der seine Gefühle zurückgehalten hatte, der ihm verboten hatte, an die Familie in Europa zu denken, der ihm verboten hatte, zu weinen, war durch den hundertstimmigen Chor, an dem er nicht teilhaben durfte, in sich zusammengestürzt. Kaum waren die letzten Töne des Lieds verklungen, begann sich dieser Schutzwall, freilich schon wieder von selbst zu errichten. Vergessen von allen anderen, blickte Kutzenberger vom Eingang des Festsaals auf die Tanzfläche, wo bereits das nächste Lied begonnen hatte. Disco, Baby, Disco, die Lichtanlage zuckte und blitzte, und er wandte sich ab und lächelte, sollte die Jugend ruhig ausgelassen auf und ab springen, sollte das Brautpaar bis in alle Ewigkeit glücklich sein, sollte es die Liebe, sollte es obendrein den Himmel geben, auch wenn sein Platz die Verbannung war. Als er wieder an die frische Luft trat, die kühle Abendbrise seine Lungen füllte, sein Gesicht trocknete, seinen Rausch verblies, da war er von einer so weichen Sentimentalität erfasst, von einer so rührseligen Nostalgie, dass diese dem Glücksgefühl sehr nahekam, denn was war schon Glück, wenn nicht das Wissen, wohin man gehörte? Selbst wenn dies nur in einem imaginierten Schnellzug über den Atlantik bis nach Paris, Purkersdorf und Weidlingau war.

Auf der Straße wurde er von der Gruppe mit der Schnapsflasche lautstark begrüßt. Sie waren selbst ihre besten Kunden gewesen und schon fast blind von dem Fusel, aber trotzdem noch bester Dinge.

Wohin willst du denn jetzt schon gehen?, lallten sie.

Ich muss weiter, es ist spät, sagte Kutzenberger.

Ja, deshalb, es ist doch viel zu spät, um wohin zu gehen!

Ich muss die Pizza abliefern, improvisierte er und zeigte auf die Tüte in seiner Hand.

Alle lachten. Du bist Pizzabote?

Ja, richtig, das war er doch, eine Pizza für Camilla, dachte er sich und sagte laut: Ja, ich bin Pizzabote!

Die Hochzeitsgäste zwangen ihn, ein weiteres Gläschen Zuckerrohrschnaps zu trinken, lehrten ihn ein paar Sätze Guaraní, die er begierig aufsog, und ließen ihn schließlich weiterziehen.

Als er eine Stunde später in die Straße einbog, auf die er in den ersten Nächten vom obersten Stockwerk des Hauses seinen Urin aus großen Biergläsern nach unten geschüttet hatte, war sein Plan fertig geschmiedet.

DAS AUFEINANDERTREFFEN

Viereinhalb Jahre nach meiner Flucht aus Österreich, fast vier Jahre nachdem ich mit Jorge die Liebe, mein Glück und den Job als Koch gefunden hatte, tauchte er, Kutzenberger, mit einer Frau bei mir in der Bar auf, und ich erkannte ihn auf den ersten Blick. Trotz seiner langen und strapaziösen Reise oder Flucht, trotz des Bauchschusses, Kriegsgefangenenlagers und langer Verhöre, war er eindeutig derselbe wie der Mann auf dem Autorenfoto, das ich kannte. Er und seine Begleitung setzten sich an den Tisch unter dem großen Fenster, durch das man den Fluss vorbeiziehen sah. Wie immer stand ich hinter der offenen Küche der Bar und überblickte mein Lokal. Durch eine Absonderlichkeit der Akustik konnte ich die Unterhaltungen an fast allen Tischen verstehen, nur die Plätze vor den Fenstern waren zu weit entfernt. Es war mein neues, überraschend vergnügliches Hobby geworden, den Gesprächen der Gäste zu lauschen. Für sie war ich nur der Koch, ein Ausländer, vor dem man keine Geheimnisse haben musste, da er eine Funktion hatte, aber keine Person war. So lernte ich nach und nach Geschichten aus den Leben unserer Stammgäste kennen, die manchmal amüsant, manchmal schmerzlich, manchmal gut erzählt und manchmal dröge waren wie die leicht nach faulen Eiern riechende Luft des Flussufers an manch heißem Sommertag. *km 0,025*

Jorge begrüßte Kutzenbergers Begleitung, eine Dame, die ich hier noch nie zuvor gesehen hatte, mit einem Küsschen. Dann wechselte er ein paar Worte mit den beiden, nahm die Bestellung auf und kam zu mir.

Ein *Omelet del Río*, einen Joghurt mit Früchten, einen Kaffee, einen Mangosaft, sagte er.

Wer ist das?, wollte ich wissen.

Marta, eine alte Bekannte aus der Schulzeit. Ab und zu laufen wir uns über den Weg und freuen uns dann darüber. Sie war oft im Ausland, ist eine berühmte Schriftstellerin geworden.

Also auch Schriftstellerin, knurrte ich.

Wieso *auch*?, fragte Jorge.

Und der andere?, ignorierte ich seine Frage.

Keine Ahnung, ihr Begleiter halt. Marta sieht man nie ohne einen schönen Mann an ihrer Seite.

Der ist doch nicht schön, fauchte ich etwas zu schnell und aggressiv, doch Jorge lachte nur.

Sei doch nicht so eifersüchtig, sagte er, der schaut doch ganz gut aus, drahtig, großer Mund, große Nase, braun gebrannt und blaue Augen, als hätte er zu lang aufs Meer geschaut.

Was sagst du da für Blödsinn? Bist du plötzlich ein Poet geworden?

Jorge lachte. Nein, was hast du denn? Das ist nur eine Zeile aus einem Gedicht, das wir in der Schule lernen mussten. Und da es in Santa María nur selten Leute mit tiefblauen Augen gibt, habe ich sie erst jetzt richtig verstanden.

Ich sehe nur einen alten Mann mit Glatze, sagte ich störrisch.

Hoher Haaransatz vielleicht, entgegnete mir Jorge und fügte, mich spielerisch neckend, hinzu: Aber mir gefällt seine wilde Mähne.

Dann ging er zum nächsten Tisch, und ich schlug die Eier für Kutzenbergers Omelett auf, denn meistens war das *Omelet del Río* für den Mann und der Joghurt mit Früchten für die Frau. Normalerweise liebte ich Jorges unbekümmerte Fröhlichkeit, mit der er allen Leuten positiv entgegentrat, immer das Schöne in einer Person sehen konnte und nie jemanden vorverurteilte. Doch dass ihm Kutzenberger gefiel, ging mir gegen den Strich. So sehr, dass ich erst jetzt den Schreck wahrnahm, der mich sofort hätte durchfahren sollen, als er die Bar betreten hatte. Wie konnte es sein, dass Kutzenberger von allen Plätzen der Welt genau in diesem gottvergessenen Winkel Uruguays auftauchte? Dass er gerade in mein Lokal ging? Nun, Letzteres war eigentlich weniger verwunderlich, da unsere Bar eine der schönsten der Stadt war. Aber was tat er hier? Warum war er nicht in Österreich? Schriftsteller konnten doch schon lange nicht mehr aus-

oder einreisen, wie zum Teufel hatte er das geschafft? All diese Fragen surrten mir durch den Kopf, während ich die Zwiebel anschwitzen ließ und die drei Eier mit Käse, Speck, Paprika, Tomaten und Chili verrührte. Kaum mehr hatte ich an ihn gedacht, seitdem ich Jorge kennengelernt hatte. Und wenn, dann als eine Anekdote am Horizont. Er hatte im Zuge der Recherchen für seinen Romanerstling *Friedinger* herausgefunden, dass ich meinen Assistenten mit einer vergifteten Omega-3-Tablette ermordet hatte, weil dieser aller Welt erzählen wollte, dass in meinem Schlafzimmer das als verbrannt geltende Hauptwerk Gustav Klimts, die *Jurisprudenz*, prangte. Dass Tariq, mein Assistent, ohnehin schwer krank war und nur noch wenige Monate zu leben gehabt hätte, entlastete zwar mein Gewissen, war aber leider juristisch bedeutungslos und interessierte Kutzenberger kein bisschen. Und nun war er da, dieser Schriftsteller, in Santa María, in meiner Bar, nur eine halbe Raumlänge von mir entfernt.

Er schien sich prächtig mit Marta zu unterhalten. Während das Omelett auf dem Gasherd langsam garte, bereitete ich den Joghurt mit Früchten, den Kaffee und den Mangosaft zu. Dann kam schon Jorge, nahm alles entgegen und brachte es zum Tisch am Fenster. Das Omelett und der Kaffee waren für Marta, Joghurt und Mangosaft für Kutzenberger, weil das gut für seine Schussverletzung im Darm war, wie ich später erfahren sollte.

Jorge redete mit ihm, und beide lachten. Marta schaltete sich ins Gespräch ein, doch es schien, als ob die Männer kaum Augen für sie hätten. Dann drehte sich Jorge um und kam zurück zu mir.

Du musst den Freund von Marta kennenlernen, verkündete er überschwänglich. Er kommt aus Europa, wie du! Ich schaute zum Fenster, und Marta winkte mich freundlich heran. Einen Augenblick lang tat ich noch so, als müsste ich unbedingt den Herd reinigen, und fuhr mit dem Topflappen über ein paar Tropfen Öl, doch dann gab ich auf. Wenn es so sein sollte, würde ich mich dem Schicksal stellen, das mir Kutzenberger hierher nach Santa María gebracht hatte. Gerade ihn von allen Menschen aus meiner alten Heimat. Was sollte schon passieren, redete ich mir ein, er kannte mich ja nicht, wir hatten uns damals nie getroffen, seine ganze Recherche für den Roman beruhte auf einem Gespräch mit meinem alten Schulfreund Friedinger, der ihm in seiner tollpatschigen Art irgendwie angedeutet oder es gar ausgesprochen hatte, dass ich in den Tod des Pakistanis involviert war. Darüber hat Kutzenberger dann geschrieben, aber wahrscheinlich ohne jemals ein Foto von mir gesehen zu haben, und bestimmt musste er hier in der Bar nicht an den Mörder in seinem Debütroman denken.

Ich legte den Lappen zur Seite und folgte Jorge zum Fenstertisch. Zum ersten Mal standen wir uns also gegenüber. Kutzenberger wirkte nicht wie jemand, der nur noch kurze Zeit zu leben hatte, wobei das natürlich immer der Fall ist. Misstrauisch betrachtete ich ihn, während er mir ironisch lächelnd, fast herausfordernd mit seinen blauen Augen ins Gesicht schaute. Obwohl es absurd erscheint, war ich mir in diesem Moment sicher, dass er das alles erfunden hatte, diese ganze Geschichte. Doch schon mit dem nächsten Atemzug war das schwindelerregende, unheimliche Gefühl des Blicks in den Abgrund wieder verschwunden.

Hola, sagte er artig auf Spanisch, ich hörte, Sie sind auch Europäer? Wir sind hier ja eine seltene Spezies, woher kommen Sie?

Ich bin Holländer, sagte ich, was nur stimmig war, denn selbst Jorge nannte mich in letzter Zeit nur noch *el holandés.*

Goedemorgen, sagte Kutzenberger, und es war, als hätte er mir einen Schlag in den Magen versetzt.

Ich konnte mich erinnern, dass er in *Friedinger* beschrieb, wie sich seine Großeltern auf der Flucht vor Hitler in den Niederlanden kennengelernt hatten. Sprach er also tatsächlich Niederländisch? Ich konnte ihm immer noch die Wahrheit sagen, dass mich die Leute hier den Holländer nannten, auch wenn ich Österreicher war, weil sie diese exotischen europäischen Länder einfach immer durcheinanderbekamen. Es war ja auch wirklich zu schwierig. Da ich aber nichts antwortete, lachte Kutzenberger etwas beschämt auf und sagte: Das ist auch schon alles, was ich kann.

Ich lächelte und fragte auf Spanisch: Und was bringt Sie hierher?

Ein UNESCO-Schriftstellerstipendium. Ich war in einem Partnerprogramm mit Marta.

Ich blickte auf die Frau an seiner Seite, die sich höflich vorstellte: Marta Ferreira.

Die mit der Rezension, wegen der der Krieg ausgebrochen ist?, entfuhr es mir spontan und wenig taktvoll.

Doch Marta lachte nur und fegte meine Aussage mit einer Handbewegung zur Seite, als hätte sie nichts zu bedeuten. Ich kann doch nichts dafür, wie meine Texte gelesen werden, meinte sie, und das war alles, mehr hatte sie zu den dreitausend Toten, die ihre Buchbesprechung auf dem Gewissen hatte, nicht zu sagen.

Sie sind also Schriftsteller?, fragte ich Kutzenberger nach einer kurzen, peinlichen Pause heuchlerisch.

Ja, oder besser, ich war einmal einer. Komischerweise habe ich auf meiner Flucht hierher jedes Interesse verloren, jemals noch eine Geschichte zu erzählen. Vielleicht habe ich zu deutlich vor Augen geführt bekommen, dass die Wirklichkeit immer noch eine Steigerung parat hat. So wild kann man gar nicht schreiben, dass einen das Leben nicht trotzdem übertrumpft.

Ich glaube nicht, dass es damit zu tun hat, sagte Marta unvermittelt, und überrascht schaute ich auf sie. Ich spüre auch eine Fiktionsmüdigkeit in mir, fuhr sie fort, und ich habe nichts von dem erleben müssen, was du durchgemacht hast auf dem Weg hierher. Wahrscheinlich ist es ein Zeichen des Älterwerdens.

Wirklich, du willst auch aufhören zu schreiben?, fragte Kutzenberger erstaunt.

Nein, nicht aufhören, das nicht, antwortete Marta, aber mittlerweile sehe ich mich außerstande, eine andere zu sein, verstehst du? Ich bringe einfach nicht mehr die Willenskraft auf, eine andere sein zu wollen. Vielleicht bin ich auch nur bei mir selbst angekommen, was ja nicht schlecht ist. Aber eine Geschichte mit vielen verschiedenen Figuren kann ich so nicht mehr erzählen.

Als europäischer Schriftsteller hatten Sie sicher eine schwere Zeit auf Ihrer Reise hierher, wandte ich mich nun direkt an Kutzenberger, plötzlich im Bestreben, ihn reden zu hören.

In der Zwischenzeit haben sich die Dinge ja etwas beruhigt, antwortete Marta statt ihm, ich glaube, dass die Grenzen bald wieder offen sein werden und diese perverse, völlig sinnlose und vor allem künstliche Spaltung zwischen *R* und *F* ein Ende haben wird.

Ich stimmte ihr zu und sagte: Ich habe nie verstanden, warum sich hier plötzlich alle gegen die europäischen Schriftsteller gewandt haben. Die sind oft sogar aus Solidarität mit den Lateinamerikanern ausgewandert, und plötzlich wurden sie verfolgt!

Europäische Schriftsteller haben zu wenig Fantasie, erklärte Marta, so war zumindest die offizielle Argumentation.

Und alle lateinamerikanischen Schriftsteller haben eine überbordende Fantasie?, wollte ich ehrlich interessiert wissen, denn diesen ganzen Konflikt hatte ich, gefangen in der Blase meines Liebesglücks mit Jorge, nur sehr am Rande mitverfolgt.

Marta lachte laut und derb auf. Nein, natürlich nicht, grunzte sie vergnügt, natürlich nicht, das ist ja das Absurde. Es war alles nur Politik, hatte nichts mit Schriftstellern und Schriftstellerinnen zu tun, nichts mit Fantasie oder Realismus, es war alles nur Politik, wie immer. Die Politik hat etwas gesucht, um die Leute zu teilen, diesmal war es eben die Literatur, ein *F* oder *R*, aber es ist völlig egal, was es ist, ein bisschen Propaganda, und schon spielen alle mit, schlagen sich auf eine der beiden Seiten und bekriegen die andere, so einfach geht das.

Als ich meinen ersten Roman veröffentlicht habe, hat es zwei Jahre gedauert, bis ich es über die Lippen brachte, mich selbst als Schriftsteller zu bezeichnen, schaltete sich nun Kutzenberger, wie aus weit entfernten Gedanken aufsteigend, wieder in das Gespräch ein. Als es dann während meiner Reise zu Marta plötzlich lebensgefährlich wurde, einer zu sein, habe ich es mir nicht mehr abgewöhnen können, war stolz darauf, *Schriftsteller* zu sagen, wenn man das wissen wollte. Und nun, wo ich alle Verfolgungen überlebt habe, wo es wieder ein Privileg wäre, sich so zu nennen, genieße ich den Gedanken, genieße ihn wirklich sehr, dass ich kein Schriftsteller mehr bin.

Vielleicht entstand just in diesem Moment, genau mit diesem Satz, in dem Kutzenberger beteuerte, kein Schriftsteller mehr zu sein, der Wunsch in mir, einer zu werden. Plötzlich fühlte ich das Verlangen, über diesen nicht nachvollziehbaren Zufall, dass Kutzenberger hier am Ende der Welt in meinem Lokal aufgetaucht war, zu schreiben.

Wir waren uns als Europäer vorgestellt worden, und da ich ihn ja offiziell noch nicht kannte, hätte ich ihn nun fragen sollen, woher er denn kam. Doch dann beschloss ich, dass solche Spielchen keine Bedeutung mehr hatten, und kehrte zurück an meinen Platz hinter der Bar.

DIE ROMANE

km Durch die gläserne Front des Wohnhauses sah Kutzenberger den
459 Concierge hinter seinem massiven Empfangstisch auf einen kleinen Bildschirm starren. Es war genau der Portier, der ihn damals verraten hatte, natürlich. Kurz zögerte Kutzenberger, ob er sein gewagtes Unternehmen nicht doch verwerfen sollte. Doch dann gab er sich einen Ruck, öffnete die Eingangstür, ein elektrisches Bimmeln erklang, und der Verräter blickte gelangweilt auf. Anstatt ihn, den Europäer, den er vor ein paar Wochen aus der Wohnung der schönen Dänin hatte abführen lassen, sah er einen abgezehrten, sonnenverbrannten Pizzaboten.

Mba'eichapa pe nde ka'aru, grüßte ihn dieser und sagte dann irgendetwas von einer Essenslieferung.

Ob es tatsächlich notwendig war, bald Guaraní zu lernen? Politisch war er ja dafür, aber anstrengend waren diese Sprachkurse schon sehr. Ja, ja, weiter nur, sagte er und deutete auf den Lift.

Wie damals in seiner Zeit hier in diesem Haus, stand Kutzenberger mit Lebensmitteln in der Hand hinter der Portierloge und schaute auf den Countdown der Zahlen über der Lifttür. Hatte er normalerweise immer den hasserfüllten Blick des Concierge in seinem Rücken gespürt, so fühlte er sich heute, als Flüchtling und Eindringling, sicherer. Es würde ihm nichts passieren. Mit einem kleinen Klingeln öffnete sich die Schiebetür, und wie gewohnt fuhr er in den obersten Stock. Er wusste, die Chance, dass Camilla noch hier wohnte, war verschwindend klein. Aber irgendwo musste er ja beginnen, und vielleicht wusste die Person, die er in der Wohnung antraf, was aus ihr geworden oder, zumindest, was mit ihren Büchern geschehen war. Er brauchte seine Bücher. Wenn diese beweisen konnten, dass er eine Romanfigur, dass er fiktiv war, hätte er gewonnen. Mit einem *F* auf dem

Einreisepapier könnte er nach Santa María kommen, und so weiter.

Schon war er oben und klingelte. Nur wenige Sekunden später öffnete sich die Tür, und er stand einer Frau in Uniform gegenüber, die nicht den Eindruck erweckte, dass er sie aus dem Schlaf gerissen hatte. Wortlos starrten sie einander an. Gleichzeitig erkannten beide, dass sie sich kannten. Einen Augenblick später kam die Erkenntnis: Das war Kutzenberger – das war die Zollbeamtin.

Was machen *Sie* denn hier?, fragte sie als Erste.

Ist Camilla da?, fragte Kutzenberger.

Nein, kommen Sie schnell herein, sagte die Zollbeamtin, vergewisserte sich mit einem Blick auf den Gang, dass niemand ihren Überraschungsgast gesehen hatte, und schloss die Tür. Sie können doch nicht einfach so auftauchen, Sie bringen die Leute hier in Gefahr!

Entschuldigung, sagte Kutzenberger verlegen.

Was wollen Sie?, fragte die Frau, deren Namen ich habe herausfinden können, obwohl Kutzenberger diesen entweder vergessen, nie erfahren oder vor Marta verschwiegen hatte, denn diese sprach ausschließlich von einer *Zollbeamtin*. Während meines Rechercheaufenthalts in Novilla – nur kurze Zeit nach Kutzenbergers Tod waren Grenzübertritte wieder möglich – habe ich herausgefunden, dass es sich bei dieser so wichtigen Zeugin für Kutzenbergers letzte Lebenswochen um Frau Dr. Amalfitano handelte, die einzige Literaturwissenschaftlerin in Kutzenbergers Alter, die als Beamtin der Grenzpolizei registriert war. Ihre Dissertation hatte sie zum Thema des versteckten Kastenwesens in der Literatur Indiens geschrieben, sich dann aber vor allem auf die Kultur und Sozialgeschichte Südostasiens spezialisiert. Dass sie also den Weg der *Volendam* bis in den indonesischen Befreiungskrieg kannte, hatte nichts mit der Schulbildung in Costaguana zu tun, sondern mit ihrer wissenschaftlichen Karriere. Kein Mensch hier kannte Thomas Mann, und in der Schule kam Literatur nur ganz am Rande vor, Onettis Bücher waren genauso ein Minderheitenprogramm wie bei uns. Da hatte sie Kutzenberger also ziemlich reingelegt!

Ich suche Camilla, wiederholte er.

Sie wurde am selben Tag wie Sie abgeführt, das wissen Sie doch, sagte die Frau.

Er nickte, ja, das wusste er, eigentlich, doch hatte er auf ein Wunder gehofft. Und wo ist sie jetzt?, fragte er, obwohl er die Antwort bereits wusste oder zumindest ahnte.

Sie ist ins Aufnahmelager gebracht worden, wie alle Europäer, und dann ist alles den korrekten Weg gegangen. Alle Fälle werden individuell behandelt, alle Fälle werden ernst genommen, niemand wird fälschlich verurteilt, da können Sie ganz beruhigt sein. Nach einer kaum merklichen Pause fügte sie hinzu: Sind Sie geflüchtet?

Kutzenberger wusste nicht, was sie alles wusste, und ging nicht darauf ein. Wissen Sie zufällig, was aus Camillas Büchern geworden ist?, fragte er stattdessen.

Ja, die stehen noch im Regal. Die meisten in Sprachen, die ich nicht verstehe.

Darf ich sie kurz ansehen?

Frau Dr. Amalfitano nickte und ließ Kutzenberger, der noch immer vor der Eingangstür stand, an ihr vorbeigehen. Die Wohnung sah noch genauso aus wie damals. Die Bücher standen vorne beim Fenster neben dem Schreibtisch in einem schmalen Regal.

Einer der frühen Romane, die Kutzenberger als Student beharrlich für die Schublade geschrieben hatte, handelte von einem jungen Mann, der die Topfpflanzen in der Wohnung einer Frau, die er nie gesehen hatte, gießen musste, um sie dann nach und nach durch ihre Bücher kennen- und lieben zu lernen. Und nun stand er, am anderen Ende der Welt und seines literarischen Lebens, vor Camillas bescheidenem Bücherregal, hatte aber keine Zeit, um sich in die einzelnen Titel zu vertiefen. Mit einem Blick sah er, wie Fremdkörper aufleuchtend, seine beiden Romane, deren Rücken ihm so vertraut waren und die hier in Novilla doch wie eine Illusion auf ihn wirkten: der eine hellblau, mit den großen dunkelblauen Lettern *FRIEDINGER*, daneben, etwas dicker und in neongrüner Schrift auf grauem Hintergrund: *JOKERMAN*. Wie sehr hätte es ihn früher erheitert, seine Romane in einem fremden Regal auf einem anderen Kontinent zu finden, doch das hier zählte nicht, er war es ja selbst gewesen, der die beiden Bände hergebracht hatte. Sie waren nun seine letzte Hoffnung. Ursprünglich hatte er einen dritten Band der Reise in die Fiktion geplant, doch wie so oft war die Literatur von der Realität eingeholt worden. Statt die Trilogie, der er den Titel *Alle Schritte des Lebens* hatte geben wollen, zu vervollständigen, hatten ihn ebendiese Schritte zu einem Krieg am Ende der Welt geführt, aus dessen Fängen er sich nun mit letzter Kraft zu befreien versuchte. Wir wissen, dass ihm das gelungen ist, auch wenn er sein Leben damit nur unwesentlich verlängern konnte. In gnädigem Unwissen all dessen, hatte Kutzenberger damals in der Wohnung der Zollbeamtin, 433 Kilometer und 24 Tage von seinem Ende entfernt, die beiden Bände aus dem Regal gezogen. Reflexartig schlug er *Jokerman* auf. *Camilla Smørtræ* stand auf der ersten Seite in kugeligen Buchstaben, die ihn, trotz der exotischen Sonderzeichen, an die Schrift seiner Freundin erinnerten, mit der er damals in Santa María gewesen war, nicht jedoch an die Visitenkarte des Mannes, den er vor gar nicht so langer Zeit, auch wenn es sich wie in einem anderen Leben anfühlte, in der Bordbibliothek der *Volendam* getroffen hatte. Frau Dr. Amalfitano stand in der Zimmertür und räusperte sich.

Kutzenberger schreckte hoch. Darf ich die mitnehmen?, fragte er und deutete auf die beiden Bücher.

Sie nickte.

Glauben Sie, die Romane können mir helfen zu beweisen, dass ich fiktiv bin?, fragte er.

Sie zuckte mit den Schultern und wiederholte: Jeder Fall wird ernst genommen, jede Quelle berücksichtigt. Wenn Sie ein reines Gewissen haben, kann Ihnen nichts passieren.

Kutzenberger steckte die beiden Bände also in die Tüte zum Pizzakarton. Sein Besuch war erfolgreicher verlaufen, als er es sich hätte wünschen können. Nun musste er überlegen, was als Nächstes zu tun war.

Darf ich mir noch schnell die Hände waschen?, fragte er, um nicht sogleich wieder hinaus auf die Straße zu müssen.

Amalfitano nickte.

Im kleinen Bad schaute er in den Spiegel und erschrak, so lange hatte er sich nicht gesehen. Gleichzeitig war er aber auch angenehm überrascht. Wenn ihm jemand als Student gesagt hätte, er würde im Alter von fünfzig so aussehen, hätte er das zufrieden akzeptiert. Ein zäher, braun gebrannter, hagerer Mann, mit langen, kaum ergrauten Haaren und schütterem, schon etwas weiß meliertem Bart sah ihm entgegen. Er wusch sich die Hände mit der nach dunklen Hölzern duftenden Cremeseife der Zollbeamtin, wusch sich auch gleich das Gesicht und trocknete sich schamlos mit ihrem großen und flauschigen Badetuch ab. Dann pinkelte er in die Kloschüssel, nur wenige Zentimeter vom Bett auf der anderen Seite der Wand entfernt. Er ließ die Spülung laufen und ging wieder ins Schlafzimmer, wo Amalfitano nicht mehr zu sehen war. Und nun konnte er seinem alten Instinkt, nicht an einem Bücherregal vorbeigehen zu können, ohne dieses genauer zu untersuchen, nicht mehr widerstehen. Mit ein paar Schritten war er am Schreibtisch und ließ seinen Blick über skandinavische Krimis auf Dänisch, zerlesene Liebesromane, die an der Algarve spielten, und dicke Fachliteratur zu Trainingsplänen und Strategien im Handball schweifen. Ganz oben lag ein kleiner Stapel von fünf schmalen, bunten Bänden, *Schweblin, Melchor, Nettel, Glantz, Beltrán*, konnte er auf den Buchrücken entziffern. Die Namen kamen ihm bekannt vor, und dann erinnerte er sich: Das waren die fünf Schriftstellerinnen, die Kingfisher in seiner Rede damals aufgezählt hatte, was von Gabino so sehr kritisiert worden war! Wie konnte es sein, dass genau diese fünf Namen nun hier wiederauftauchten?

Jetzt haben Sie es also herausgefunden, sagte eine Stimme hinter ihm.

Erschrocken drehte Kutzenberger sich um. Amalfitano stand mit verschränkten Armen an den Türrahmen gelehnt und blickte ihn durchdringend an.

Was?, stammelte er.

Stellen Sie sich nicht dümmer, als Sie sind, sagte sie scharf.

Doch er war tatsächlich so dumm. Das wollte er so aber auch wieder nicht zugeben und schwieg.

Ja, ich bin Kingfishers Lebensgefährtin, sagte Amalfitano, die

Zollbeamtin. Arthur hat genau diese Bände hier auf meinem Schreibtisch im Hotel in Wien gesehen und in letzter Sekunde noch in seinen so peinlichen Vortrag hineingeschrieben, um zumindest irgendwelche Schriftstellerinnen erwähnt zu haben. Ich hatte mich geweigert, ihm auch noch diese Rede zu schreiben, dieses Tandem-Programm zwischen den Geschlechtern war schließlich seine Idee gewesen. Als dann Marta ihren Artikel schrieb, in dem sie festhielt, dass Europa literarisch ausgedient habe, und kurz danach die große Krise ausbrach, war für mich klar, auf welcher Seite ich stand, also flog ich heim nach Novilla, um zu helfen, die Invasion der Realen einzudämmen. Schauen Sie nicht so schockiert! In jedem Krieg gehen Fronten auch mal mitten durch Familien. Arthur blieb in Europa und macht dort Stimmung gegen die Fiktiven. Ich wurde aber Grenzbeamtin, und als ausgerechnet Sie vor mir auftauchten, musste ich lachen. Einer aus Arthurs Programm in meinen Händen! Ich wusste nicht recht, was ich mit Ihnen machen sollte, das haben Sie ja wahrscheinlich bemerkt. Das UNESCO-Programm war mir total zuwider, und ich bin wirklich mit jeder Faser meines Körpers überzeugt davon, dass die europäische, besonders die deutsche Literatur, bekämpft gehört. Als Partner Martas hatten Sie aber meine Sympathie, Marta mochte Sie, als Mensch, denke ich, nicht als Schriftsteller. Sie sollte wie eine Heilige verehrt werden, Marta, denn ohne sie wären wir immer mehr von den Realen unterwandert worden, und bald hätte die Fiktion ausgedient gehabt. Weil ich also verwirrt war, habe ich Sie hierher zu Camilla gebracht statt zurück ins Lager. Nun gibt es aber keine Extrawürste mehr, sagte sie.

Und es läutete an der Tür.

DIE UNSTERBLICHKEIT

km 0,025 Als Marta und Kutzenberger Omelett und Joghurt aufgegessen hatten und um die Rechnung baten, blieb Jorge lange bei ihnen stehen. Es schien, als ob vor allem Marta sprach und die beiden Männer ihr lauschten. Ich wurde neugierig und verließ meinen geschützten Platz hinter der Theke wieder. Jorge machte einen Schritt zur Seite hin zu Kutzenberger, sodass ich mich zwischen ihn und Marta stellen konnte.

Diese nickte mir zu und sagte: Wir sprechen gerade über Politik, wie dumm es ist, dass diese immer das Einfarbige will statt das Bunte, dabei ist doch das Durcheinander das Wesen der Natur. Die Natur muss Grenzen überschreiten, sonst wird es gefährlich, wie damals, als es nur mehr aufs Meer regnete, du erinnerst dich doch, Jorge?, fragte sie.

Und er nickte, denn wie sollte er vergessen haben, dass es den Großteil seiner Kindheit, sieben Jahre lang, keinen Tropfen geregnet hatte. Alles verdorrte, der Strom wurde zum Fluss wurde zum Bach wurde zum Rinnsal und schließlich zu einer *vereda*, einem ausgetrockneten Flussbett. Währenddessen regnete es nur eine Autostunde stromabwärts unentwegt ins Meer hinein, Millionen und Abermillionen Fässer Regenwasser lösten sich nutzlos im Salz des Ozeans auf. Du erinnerst dich?, fragte Marta nochmals, und Jorge musste an einen Schulausflug denken, sie waren ans Meer gefahren, mit einem Bus die staubige Landstraße entlang bis zur Küste, und von Weitem schon sahen sie die dunklen Regenwolken am Horizont. Gemeinsam mit anderen Schulklassen waren sie auf ein großes Schiff gestiegen, eine alte Fähre, die mit den aufgeregten Ausflüglern an Bord ein paar Kilometer in den Ozean hineinstampfte, der Regenwand entgegen. Und plötzlich waren sie mittendrin, der Kapitän ließ anhalten, und sie durften das erste Mal in ihrem Leben Regentropfen spüren, platsch, platsch auf Haut und Haar und auf die Leibchen und Hosen, sodass das weiße T-Shirt der Lehrerin ganz durchsichtig wurde und die Schüler hinstarrten und tuschelten und kicherten, bis sie es endlich auch bemerkte und erst schimpfte, dann aber ebenfalls lachte und daraufhin unter Deck verschwand. Die Klassenkollegen Jorges sollten noch jahrelang von den Brüsten der schönen Lehrerin schwärmen, als hätten sich diese in ihre Gehirne gebrannt, sie konnten an nichts anderes mehr denken, während Jorge erkannte, dass ihn das Bild gänzlich kaltließ. Er hatte sich mit den Mädchen an Bord des Schiffes jauchzend im Regen gedreht und war tanzend in die Lachen gesprungen. Zum Abschluss bekam jeder einen großen Becher in die Hand, sie mussten ihn nur hinstrecken, und schon füllte sich dieser mit reinstem Trinkwasser. Später fuhren sie zurück in den Hafen, vollständig durchnässt und aufgeweicht, doch überwältigt und außer sich, als hätten sie ein Wunder erlebt. Am Hafen sahen sie die großen Frachtschiffe, die mit offenen Fässern in den Regen gefahren waren und mit Frischwasser zurückkamen. Lastwagen brachten die wertvolle Fracht nach Santa María und Santana, wo es für die Trinkwasserversorgung der Zwillingsstädte reichte, auch für die Bewässerung der Gärten der reichen Leute, nicht aber für die öffentlichen Parkanlagen und noch viel weniger für die umliegenden Wälder. Die Vögel kapierten das als Erste und hörten auf, im Wald zu singen, bald verließen auch die wilden Tiere ihre Unterschlüpfe, und selbst die Winde fürchteten sich schließlich zu blasen. Ganz sich selbst überlassen war der Wald in seinem schreienden Tod. Dem Baum widerstrebt es, zu sterben. Sosehr der Tod Teil unseres Lebens ist, so fremd ist er dem Baum und viel mehr noch dem Wald. Ein brutales, heulendes, schleppendes, brüllendes, kaum auszuhaltendes, aber unaufhaltsames unnatürliches Sterben begann, doch erst eine Feuersbrunst nach dem fünften Jahr machte dem Wald den Garaus. Wochenlang waren Santana und Santa María von goldenen Flammen umgeben, dann von roter Glut und schließlich von schwarzer Kohle und weißer Asche, wie der Spieß des Spanferkels nach dem Fest. In den folgenden Jahrzehnten hatten sich die Parks der Stadt zwar erholt und erfreuten wieder die Menschen mit ihrem saftigen Grün. Die Wälder aber blieben verschwunden, das Umland um Santa María eine dunkle Steppe, und nichts erinnerte mehr daran, dass hier einst dichtes, kühlendes Holz gestanden hatte.

Das geschieht, wenn es Grenzen gibt, sagte Marta. Es soll manchmal hier regnen und manchmal dort, alles andere ist doch widersinnig.

Nach sieben Jahren war der Spuk damals vorbei gewesen, plötzlich hatte es zu regnen begonnen, zaghaftes Grün begann daraufhin zu sprießen, Blumen blühten, der Fluss sollte bald wieder fließen. Die Leute fragten einander nach dem Warum, weil sie nie einsahen, dass es kein Warum gab, dass die Dinge einfach geschahen, ohne Grund, auch damals, und trotzdem hatte man dringend nach einer Erklärung gesucht, warum es so lange nicht geregnet hatte, und sie in der Hexe gefunden.

Du kannst dich doch erinnern, Jorge, nicht?, sagte Marta. An die Hexe, die draußen im Schilf wohnte und die uns Kindern die Warzen weggebetet hat. Diese Hexe haben nach sieben Jahre Dürre, kurz nachdem es wieder zu regnen begann, ein paar gelangweilte Jugendliche erschlagen.

Als Marta das sagte, begann es, mir in den Fingern und in meinem Herzen zu kitzeln. Ich konnte das Gefühl überhaupt nicht zuordnen, da ich es nie zuvor gespürt hatte, bis ich mit einem Mal erkannte, dass ich über eine Hexe schreiben wollte, eine Hexe, die von Jugendlichen erschlagen wurde.

Und weil die Menschen Erklärungen lieben, fuhr Marta fort, liebten sie die Idee, dass es einen Zusammenhang zwischen dem Tod der bemitleidenswerten Frau, dem Mord an ihr, und dem wiedergekommenen Regen gab, auch wenn dieser dem anderen vorausgegangen war. Die Jungs wurden wie Helden gefeiert, statt wie Verbrecher abgeführt. Die Hexe hatte aber Glück, sagte Marta, denn ich bin mir sicher, dass sie als Schwein wiedergeboren wurde. Und es ist immer schön, wenn jemand als Schwein wiedergeboren wird.

Diese so trocken hingeworfene Behauptung Martas beeindruckte mich ungeheuerlich. Niemals in meinem Leben habe ich an Reinkarnation geglaubt, nie auch nur im Geringsten die Möglichkeit einer Wiedergeburt in Erwägung gezogen, aber Marta tat so, als ob diese eine unumstößliche Tatsache wäre. Und ihre Gewissheit löste etwas aus in mir, ich konnte anfangs nicht zuordnen, was es war, bis ich erkannte, dass mich in diesem Moment das Bedürfnis gepackt hatte, über jemanden zu schreiben, der eine Reinkarnation als Schwein findet. Von allen Möglichkeiten des unendlichen Universums suchte sich die Muse just die Wiedergeburt als Thema aus – wo ich doch die Idee eines sich drehenden Lebensrads immer als lächerlich erachtet hatte, als einen etwas gar zu offensichtlichen Trostglauben, und mir bis wenige Minuten zuvor das Gefühl, plötzlich über etwas schreiben zu müssen, völlig unbekannt gewesen war. Als ich zurück hinter die Bar ging, war ich ein anderer geworden, einer, der lebte, um zu berichten, der, im Zeugenstand stehend, gestehen müsste, nur erzählt zu haben. In der Früh war ich noch ein glücklich verliebter Barkeeper gewesen, als Kutzenberger mittags die Bar betrat, hatte ich Angst, meine Vergangenheit könnte mich einholen, und nun war ich mit einem Schlag unsterblich geworden. Denn solange man eine Geschichte erzählt, ist man unsterblich. Das wissen alle.

DAS VERHÖR

km 456 Wie zu Beginn seiner Reise durch Costaguana war Kutzenberger wieder im Auffanglager gelandet. Er lag allein in seiner diesmal verriegelten Zelle mit zwei Stockbetten und schien der einzige Insasse zu sein, der keiner geregelten Arbeit nachging. Im Speisesaal ließ er seinen Blick auf der Suche nach Camilla streifen, doch konnte er sie nicht ausmachen. Am zweiten Tag wurde er frühmorgens von einem Wachsoldaten abgeholt und zum Bürotrakt gebracht, wo er in dem Gang, in dem er einst den Polen Janek kennengelernt hatte, auf seine erste Befragung wartete. Es öffnete ihm dieselbe asiatische Dame die Tür, bei der er auch damals gewesen war, er wusste gar nicht mehr, warum. Herein, sagte sie.

Als er Platz genommen hatte, erkannte er, dass es diesmal kein Geplänkel, keinen Papierkram und keine Bürokratie geben würde, sondern direkt zur Sache ging.

Sind Sie real oder fiktiv?, fragte die Frau und starrte Kutzenberger ausdruckslos an.

Die Frage war also nicht, ob er sich den Realisten oder Fiktionalen zugehörig fühlte, sondern ob er selbst real oder fiktiv war. Er verstand den Unterschied und zog sofort seinen größten Trumpf. Ich bin fiktiv, sagte er.

Können Sie das beweisen?

Ja.

Ich bitte darum.

In meinem Zimmer liegen zwei Romane, in denen ich als Hauptfigur vorkomme. Deshalb muss ich fiktiv sein.

Die Frau schien beeindruckt und nickte. Dann drückte sie auf einen Knopf der Gegensprechanlage auf ihrem Schreibtisch und sagte: Man bringe die zwei Romane aus der Zelle Dros! Daraufhin schwieg sie und schaute ihn ausdrucksarm an.

Er blickte nervös im Büro herum, in dem es wenig zu sehen gab. Hinter dem Schreibtisch war ein kleines Bücherregal, das aber nur wenige Bände beheimatete, und davon schienen der Großteil Gesetzestexte zu sein. Auf der Wand rechts von ihm hing ein offizielles Porträt eines Politikers oder Staatstragenden. Ein hagerer, asketisch wirkender Mann blickte streng aus dem Bild. Er hatte weißes Haar, einen schütteren, weißen Knebelbart und wirkte eher uncharismatisch auf Kutzenberger, der den eingravierten Namen am unteren Bildrahmen zu entziffern versuchte.

John Maxwell, der Gründer unserer schönen Stadt, sagte die Frau.

Er nickte.

Die Beamtin begann, in der Akte zu blättern, und sein Blick glitt zurück auf das Bild. John Maxwell erinnerte ihn nun entfernt an Don Quijote, eine gewisse leidenschaftliche, fanatische Aura schien ihn zu umgeben, ihn, der zuvor noch nichtssagend und langweilig gewirkt hatte. Nach ein paar endlos zähen Minuten klopfte es endlich an der Tür, und ein Soldat überreichte der Beamtin die beiden Bücher.

Als sie wieder allein waren, nahm sie den dickeren der Romane in die Hand. Stefan Kutzenberger, las sie laut die erste Zeile auf dem Umschlag. Sie öffnete das Buch und blickte auf das Autorenfoto auf der hinteren Umschlagklappe. Das sind Sie, sagte sie. Und dann: Warum steht da nicht Ihr Name?

Stefan Kutzenberger ist mein Name, sagte er.

Nein, Sie heißen Mago Dro.

Ich weiß, entgegnete er, so nennt man mich hier. Schuld daran ist ein Scanfehler, der bei der Einreise passierte. Ich heiße aber Stefan Kutzenberger. Die Frau schaute noch einmal auf das Foto, dann auf ihn. Daraufhin schloss sie das Buch und schob es auf der Tischplatte an den Rand, sodass es parallel mit der Kante zu liegen kam. Mit einem plötzlich viel weicheren Blick als zuvor sagte sie vorsichtig, fast als hätte sie Angst, sie könnte ihn verletzen: Lieber Señor Dro, man kann nicht bestimmen, wie man genannt wird, das ist ja das Wesen des Benennens. Als er nicht antwortete, fuhr sie fort: Man *wird* benannt, man nennt sich nicht selbst. Verstehen Sie? Sie stockte und schien zu überlegen, ob sie weiterreden sollte. Dann sagte sie: Glauben Sie, dass es mir Freude bereitet, dass man mich hier La Ponja nennt? Nach dem Schimpfwort oder der Koseform für eine Japanerin. Obwohl meine Großeltern aus China eingewandert sind. Aber soll ich mich dagegen auflehnen? Wie denn? Wenn man mich so nennt, dann heiße ich so, daran gibt es nichts zu rütteln. Wieder stockte sie, dann sagte sie gedankenverloren auf das Buch vor ihr schauend: Mein Sohn Antoñito wollte, als er Soldat wurde, nur noch Antonio genannt werden. Doch so leicht geht das nicht. Eine Mutter kann ihren Sohn nicht plötzlich anders rufen. Er muss sich damit abfinden, Antoñito zu sein, denn auch seine Kollegen, die ihn zuvor gar nicht gekannt haben, nennen ihn so. Da kann man nichts machen, Señor Dro, Sie können nicht plötzlich sagen, Sie heißen – und sie öffnete wieder das Buch und las den Namen unter dem Foto ab – Stefan Kutzenberger.

Aber das war ja mein Name, bevor ich hier in Mago Dro umbenannt worden bin!, protestierte Kutzenberger.

Die Frau schüttelte nur mitleidig und zerstreut den Kopf. Dann schloss sie das Buch und sagte: Außerdem ist Stefan Kutzenberger der Autor des Buchs, und wenn das Sie sind, dann ist das kein Beweis, dass Sie fiktiv sind.

Doch, widersprach er, ich bin nicht der Kutzenberger auf dem Cover, sondern derjenige, über den im Buch geschrieben steht.

Sie ignorierte seine spitzfindige Aussage und zeigte mit dem Finger auf ein weiteres Wort auf dem Buchumschlag. Roman, sagte sie.

Kutzenberger nickte, sagte aber nichts.

Sie öffnete das Buch, blätterte zum Textbeginn vor und überflog die erste Seite. Mit spitzem Bleistift kringelte sie in Windeseile drei Worte ein. Daraufhin drehte sie das Buch zu Kutzenberger und deutete mit dem Stift auf ihre Markierungen. Es war drei Mal das Wort *Roman*. Sie war gut, schneller hätte das ein Scanner auch nicht geschafft.

Roman, ist das die Hauptfigur in Ihrem Buch?, fragte sie.

Nein, nein, antwortete Kutzenberger, und er musste ein kleines Lächeln unterdrücken, dass tatsächlich jemand auf dieses alte Wortspiel hereingefallen war. *Roman* heißt *novela* auf Deutsch.

Stefan Kutzenberger, novela, also.

Ja, sagte er und fügte hinzu: Der Titel steht hier in den großen grünen Buchstaben am Rand: JOKERMAN.

Sie achtete aber nicht auf ihn und blätterte konzentriert weiter. Ihr Bleistift fuhr den Buchrand entlang und brauchte nur zwei Sekunden pro Seite. Auf Seite 14 stutzte sie kurz und kringelte das Wort *Stefan* an. Elf Seiten später war dann das Wort *Kutzenberger* an der Reihe. Sie kommen also tatsächlich in Ihrem Buch vor, wenngleich es auf den ersten Blick nicht so aussieht, als ob Sie die Hauptfigur sind.

Kurz überlegte Kutzenberger, ob er ihr erklären sollte, dass, wenn man in Ich-Form schreibt, der Name eben eher selten vorkommt. Er entschied sich aber zu schweigen.

Nun denn, ein schwieriger Fall, sagte die Frau schließlich und nahm das andere Buch in die Hand. Roman, Friedinger, Stefan Kutzenberger, las sie die drei Zeilen vom Umschlag. Wieder ein Roman, sagte sie, und Kutzenberger nickte. Sie begann, hoch konzentriert das Buch mit ihrem Blick zu scannen, und wurde auf Seite 33 schließlich fündig. *Stefan Kutzenberger* stand da. Sie kringelte die Worte ein und schlug das Buch zu. Dann legte sie die beiden in verschiedenen Verlagen erschienenen, jedoch exakt gleich großen Bände übereinander, schob sie pedantisch in die Ecke ihres leeren Schreibtischs und wiederholte: Ein schwerer Fall. Wir werden Teile der Bücher übersetzen lassen und uns beraten. Dann drückte sie erneut auf den Knopf der Gegensprechanlage, sagte: Abholen, und ein Soldat öffnete, ohne anzuklopfen, die Tür und brachte Kutzenberger zurück in seine Zelle.

DER GAST

km 0,025 Ironischerweise wird ab dem Zeitpunkt, an dem Kutzenberger Santa María erreicht hat und mir so nah gekommen ist, die Faktenlage immer dünner. Ramon habe ich niemals gebeichtet, dass mein Reisebericht nicht in Costaguana haltmachte, sondern bis vor die Haustür reichte. Deshalb bekam ich keine Buchtipps mehr von ihm, die mir das Schreiben erleichterten. Marta wollte ich nicht über die letzten drei Wochen von Kutzenberger ausfragen, um mich nicht unnötig verdächtig zu machen. Sie hatte mir schon genug über ihre gemeinsam verbrachte Zeit in Wien und Wels erzählt und so den Einstieg in diese Geschichte maßgeblich mitbestimmt. Über seine Zeit in Costaguana bekam ich nur nebenbei ein paar dürre Fakten von ihr, die allerdings reichten, um meine Recherchen in Novilla zu beginnen. Es war schließlich gar nicht so schwierig, dort im zuständigen Ministerium Kutzenbergers Akte ausheben zu lassen, Ämter funktionieren auf der ganzen Welt nach demselben Prinzip, dass man nämlich in der Hierarchie ganz oben beginnen sollte, wenn man eine Dienstleistung bekommen möchte.

Kutzenbergers Akte bestand aus ein paar kopierten Zetteln mit einer genauen Auflistung seiner offiziellen, staatlichen Stationen im Land: Auffanglager, Transport in den Norden, Verhaftung auf der Obstplantage, Kriegsgefangenenlager, Aufgriff im Wohnhaus von Frau Dr. Amalfitano, Rückeinweisung ins Auffanglager und schließlich das Abschlussverhör. Als Anlage I fand ich eine einzelne, handgeschriebene Seite, offensichtlich das Blatt eines ursprünglich mehrseitigen Briefs. Auch wenn es anzunehmen ist, dass sich dieser Brief nur versehentlich in Kutzenbergers Akte geschlichen hat, möchte ich ihn der Vollständigkeit halber transkribieren:

... wenn Sie eine Möglichkeit finden, in den Norden zu fahren,

in die Stadt, in der Uruguay und Brasilien eine Grenze bilden, erinnern Sie ihn, der dort wohnt, an uns. Er war einst der Held unserer Kindheit, ist es vielleicht immer noch. Wenn Sie im Sommer dorthin kommen, wird die Luft vor Hitze flirren. Schauen Sie bitte, ob er einen Hut aufhat, um sich vor der Sonne zu schützen. Früher hat er uns immer einen auf den Kopf gesetzt. Schauen Sie bitte auch, ob er noch immer seine Haare lang trägt, lang und lockig auf der Seite, die Stirn sehr hoch in der Mitte. So erinnern wir uns an ihn am besten. Wir fragen uns, ob er oft an uns denkt. Ob er sich überhaupt noch an uns erinnert? So oft haben wir gebetet, in der Dunkelheit der Nacht, am helllichten Tag. Falls Sie also eine Möglichkeit finden, in den Norden zu fahren, bitten wir Sie …

Dieses Brieffragment war Kutzenbergers Akte wahrscheinlich deswegen zugeteilt worden, weil es auf Deutsch verfasst ist. Mit den Zeilen konnte ich nichts anfangen, umso wichtiger war mir dafür die behördliche Auflistung der Stationen seiner Reise quer durch Costaguana. Die Wegstrecken dazwischen waren weiße Flecken auf der Landkarte und konnten in einem offiziellen Dossier nicht einfach ergänzt werden. Dank Ramon weiß ich aber: in einem Roman sehr wohl. Und mich an seinen Buchtipps orientierend, tat ich genau das, ich füllte die Leerstellen von Kutzenbergers Flucht, immer mutiger und selbstbewusster erlaubte ich der Erzählung ein Eigenleben, auf dass sie selbst den richtigen Weg zwischen den fixierten Punkten aus seiner Akte finden würde, so wie die Wurzel das Wasser findet, die Pflanze das Licht.

Das galt aber nur für seine Zeit in Costaguana. Hier, in Santa María, war es mir zu riskant, über sein Leben zu spekulieren. Ich berichte deshalb nur das, was ich selbst gesehen habe, die nackten Fakten eines Augenzeugen, ohne jede fantasievolle Ausschmückung. Wem das zu dürftig erscheint, der möge die Leerstellen dazwischen selbst auffüllen.

Nur wenige Tage nach ihrem ersten Besuch in unserer Bar tauchte Marta mit Kutzenberger im Schlepptau wieder auf. Die beiden setzten sich fast schon selbstverständlich an ihren Tisch beim Fenster, der Mensch war ein Gewohnheitstier. Jorge begrüßte sie, und es entspann sich ein längeres Gespräch. Daraufhin kam er zu mir hinter die Bar und sagte: Gib mir bitte den Schlüssel für Zimmer Nummer 42.

Ich schaute ihn fragend an.

Kutzenberger wird ein paar Wochen hier wohnen, bis er einen Job gefunden hat und sich selbst eine kleine Wohnung leisten kann.

Wohnt er denn nicht bei Marta?, fragte ich.

Jorge lachte. Ja, bis jetzt hat er das, aber ihre Wohnung ist zu klein, da kann er nicht ewig bleiben.

Wird er uns zumindest zahlen?

Mit was denn, er hat ja kaum Geld, ein paar Guaranís hat man ihm bei der Ausreise von Costaguana gegeben, und Marta ist sicher auch großzügig, aber ich will ihn hier nicht ausnehmen. Das 42er steht doch ohnehin immer leer, keiner will dieses kleine Loch, jetzt tu doch nicht so, ist doch schön, jemandem helfen zu können, nicht? Noch dazu einem Landsmann, fügte er hinzu.

Und ich griff zum Schlüssel, um nicht unnötig Aufmerksamkeit darauf zu lenken, dass ich ein Problem mit Kutzenberger hatte. Obwohl die Probleme mit diesem Tag erst begannen.

Stundenlang saß er von nun an bei uns im Lokal, las, schaute hinaus auf den Fluss, beobachtete die Leute, las wieder. Jorge stellte ihm ab und zu ein Gratisgetränk auf das Tischchen, unterhielt sich mit ihm, lachte öfter als normalerweise, setzte sich sogar mal, wenn wenig los war, zu ihm, so wie er sich damals, an unserem ersten Abend, auch zu mir und Andrade gesetzt hatte, was er sonst Gästen gegenüber aber nie tat.

Er gefällt dir wohl, der Kutzenberger, bemerkte ich einmal wie nebenbei.

Wie kommst du denn darauf? Er tut mir leid, und ja, ich finde ihn sympathisch, und ganz schlecht schaut er auch nicht aus, das muss ich schon zugeben.

Du willst also … begann ich einen Satz, doch brachte ich es nicht fertig, ihn zu vollenden.

Jorge schaute mich zärtlich an, strich mir über die Wange und sagte: Was redest du da? Natürlich nicht! Nie würde ich das, was wir haben, wegen irgendjemand anderem riskieren. Und du erkennst schon, wie Kutzenberger die Mädchen anschaut, oder? Der hat keine Augen für mich, nicht in hundert Jahren!

Ich stutzte. So weit hatte ich gar nicht gedacht. Für mich war es unvorstellbar gewesen, sich nicht sofort in Jorge zu verlieben. Ich blieb also aufmerksam und hatte den Eindruck, dass sich die beiden öfter als notwendig ansahen, dass sie öfter als notwendig miteinander lachten und dass Kutzenberger auch öfter als notwendig bei uns unten im Lokal seine Zeit verbrachte.

Nur ein einziges Mal sah ich ihn außerhalb der Bar. Ich war gerade bei Ramon in der Buchhandlung, der mich einmal mehr mit Lesestoff versorgt hatte, noch bevor er zum unschätzbaren Berater meines geheimen Buchprojekts geworden war. Wir waren so etwas wie Freunde geworden, wie oft hatte ich bei ihm im Hinterzimmer gestanden, während er von seinem unendlichen Romanwerk erzählte. Ein Schriftsteller ist so sehr mit seinem Werk verwachsen, dass er, selbst wenn ihm plötzlich der Kopf abgeschlagen wird, in der Lage ist, sein Manuskript zu vollenden, sagte der Buchhändler. So große Entschlossenheit zeigt der Schriftsteller, dass er nicht stirbt, auch wenn ihm der Kopf abgehackt wird, wiederholte er, und ich sah, dass er es ernst meinte, dass er an die Unsterblichkeit der schreibenden Seele glaubte. Da bimmelte es an der Tür, und ich sah durch den Spalt, dass Kutzenberger in den Laden eingetreten war. Ramon ging nach vorn in den chaotischen Verkaufsraum und fragte, ob er helfen könne.

Ich suche die Erzählungen von Juan Carlos Onetti, sagte Kutzenberger.

Sehr gut, sehr gut, brummelte Ramon und hatte mit einem Griff einen dicken Band in der Hand. Die Romane kennen Sie schon?

Ja, ja, ich habe sie vor dreißig Jahren in Montevideo gekauft, habe sie zurück nach Europa gebracht, bin mehrmals mit ihnen umgezogen, habe ein Porträt von Onetti auf meinem Schreibtisch stehen gehabt, habe einige Male begeistert mit *Das kurze Leben* begonnen, dann aber doch weder diesen noch die anderen Romane je fertig gelesen.

Das gibt es, natürlich, so was kann passieren, sagte Ramon, man ist sich sympathisch, aber der Zeitpunkt ist schlecht. Das

Gefühl trügt allerdings nie, irgendwann einmal passt es, und dann ist es umso schöner.

Richtig, genau das war der Fall. Ich habe mir letzte Woche Martas Exemplar von *Das kurze Leben* ausgeborgt, und es war magisch, hier in Santa María von der Gründung Santa Marías lesen zu dürfen. Endlich habe ich wieder wie als junger Student gelesen, richtig gelesen, stundenlang, konzentriert, auf jede Kleinigkeit achtend, vor den Möglichkeiten der Literatur erschauernd. Ich bin noch immer ganz erschüttert.

Ramon lächelte, drückte ihm den Band mit den gesammelten Erzählungen in die Hand und sagte: Hier, ein Geschenk, willkommen in Santa María.

Als Kutzenberger gegangen war, kam Ramon wieder ins Hinterzimmer zurück und reichte auch mir einen Band von Onetti, für den er aber Geld verlangte, nicht viel zwar, aber der Unterschied in der Behandlung war mir freilich aufgefallen. Ramon wohl auch, denn er fragte später nie nach, was ich von dem Buch hielt, vermutlich weil er spürte, dass ich es nie geöffnet hatte.

DIE FALLE

Zum Mittag- und zum Abendessen öffnete sich Kutzenbergers *km 456* Zellentür, und er wurde in den Speisesaal geleitet, wo er sich setzen durfte, wohin er wollte. Er hätte die Gelegenheit nutzen können, um mit den anderen Insassen ins Gespräch zu kommen, Informationen zu erhalten, doch wusste er nicht, nach was er hätte fragen sollen, und blieb stumm. Wieder zurück in seiner versperrten Zelle lag er da, spürte Platzangst in sich aufsteigen, aber nie ausbrechen, selbst seine alte Begleiterin, die Klaustrophobie, hatte ihre Kraft verloren. Völlig ermattet starrte er auf den Lattenrost des Betts über ihm und konnte nicht fassen, wie sinnlos alles war. Warum mussten Menschen andere Menschen einsperren? Er wusste, dass das schon immer so passiert war und dass die Buchstaben *R* und *F* als Grund dafür auch nicht schlechter waren als die Unterscheidungsmerkmale vergangener Kriege, doch war ihm das Wissen, damit in einer langen Tradition zu stehen, keine Hilfe. Anstatt Hass auf seine Peiniger spürte er große Traurigkeit über den Zustand der Menschheit. Diese Traurigkeit schlug in Müdigkeit um, sodass er die Tage dösend verbrachte, nur unterbrochen durch die drei trostlosen Mahlzeiten.

Bis mit einem Schlag plötzlich die Zellentür aufging, zwei Wachsoldaten hereinstürmten und fröhlich riefen: Sie sind frei! Die Kommission hat getagt, Sie bekommen ein *F* und können gehen, wohin Sie wollen.

Kutzenberger wusste nicht, wie ihm geschah, und konnte es nicht fassen. Er war frei? Wirklich frei? Konnte er also tatsächlich nach Santa María reisen, Marta treffen, ein neues Leben beginnen und versuchen, in Ruhe herauszufinden, was passiert war? Umständlich stand er auf und war fürs Erste sprachlos.

Einer der Männer legte ihm frische Kleidung auf den Tisch, Kutzenberger sah blaue Jeans, ein weißes T-Shirt, ein weißes

Hemd, Socken und Unterhosen. Der andere zeigte auf ein neues Paar Lederschuhe, das er neben die Eingangstür gestellt hatte. Und dann legte der Soldat das heiß ersehnte Dokument neben den Stoß Wäsche auf den Tisch. Es war unmissverständlich: Kutzenberger sah das große *F* direkt neben seinem Namen prangen.

Die beiden Männer gaben ihm förmlich die Hand. Willkommen in Novilla, sagten sie, als ob er all die Tage und Wochen zuvor im Niemandsland hätte ausharren müssen. Daraufhin überreichten sie ihm einen kleinen Beutel mit Toilettenartikeln, wie man sie einst auf Langstreckenflügen in der Businessclass bekommen hatte.

Rasieren Sie sich, machen Sie sich frisch und ziehen Sie die neuen Sachen an. Im Namen von Costaguana möchten wir Sie dann auf ein Willkommensgetränk in die Bar einladen.

Kutzenberger nickte, nach wie vor ungläubig, die Soldaten winkten ihm zu, verschwanden um die Ecke und ließen die Zellentür weit offen stehen.

Auch wenn er ein paar Minuten zuvor noch darüber sinniert hatte, wie verkehrt es war, Menschen in Kategorien einzuteilen, so freute er sich nun doch, in der richtigen gelandet zu sein. Er konnte also einfach hinaustreten, in den Badetrakt gehen, ausgiebig duschen, sich waschen, rasieren, in die frischen Klamotten schlüpfen und dann in der besagten Bar auftauchen, um seinen Welcome-Drink zu genießen. Warum auch nicht? Er tat wie geheißen, und seit sehr Langem geschahen die Dinge endlich so, wie er sie sich vorgenommen hatte.

Zuletzt erkundigte er sich bei einem der Wachsoldaten, wo denn die Bar war, in die man ihn bestellt hatte. Der Uniformierte wusste Bescheid und führte ihn am Speisesaal vorbei in Richtung des Bürotrakts, weiter zur Bibliothek, um dort das Auffanglager durch eine Hintertür zu verlassen. Hier draußen standen noch die Baustellenbaracken, wenngleich Kräne, Lastwagen und Presslufthämmer verschwunden waren und keinerlei Baufortschritt zu erkennen war. Vor allem aber sah er ein blaues Holzgebäude mit der Aufschrift *BAR* in großen, roten Lettern. Von drinnen war Musik zu hören.

Wir sind da, sagte der Mann. Trinken Sie, so viel Sie wollen, alles geht auf unsere Rechnung, es ist uns eine Freude, Sie einladen zu dürfen. Wie einen auswendig gelernten Spruch hatte er das aufgesagt. Kutzenberger freute sich trotzdem. Ein kühles Bier, das war genau das, was er jetzt brauchte, um in Ruhe zu überlegen, wie er die nächsten Schritte setzen würde. Der Soldat öffnete die Tür, und gemeinsam betraten sie die Bar.

Das Lokal war klein, ein paar Leute standen am Tresen und sprachen miteinander, an einem Tisch an der hinteren Wand saßen zwei Männer und eine jüngere Frau. Aus den Lautsprechern dröhnte, zu laut für den Raum, der engagierte Gesang eines spanischsprachigen Liedermachers, begleitet von einer virtuos gespielten Gitarre. Der Soldat neigte sich über den Tresen hinweg dem Kellner zu und rief ihm etwas ins Ohr. Dieser nickte und zapfte sogleich zwei große Bier. Mit diesen prosteten sich Kutzenberger und der Mann zu, und sie beide tranken ihr Glas in gierigen Schlucken fast leer.

Daraufhin sagte der Uniformierte etwas, doch die Musik war so laut, dass Kutzenberger ihn nicht verstand. Er zuckte mit den Schultern und zeigte entschuldigend auf seine Ohren, woraufhin der andere dem Kellner deutete, die Musik leiser zu stellen.

Die drei da drüben feiern auch gerade ihr *F*, sagte der Soldat nun und deutete auf den Tisch an der Wand. Wenn du willst, mache ich euch miteinander bekannt.

Kutzenberger hatte nichts dagegen, und schon waren sie bei dem Tischchen.

Darf ich euch Mago Dro vorstellen, sagte der Mann, er hat gerade ebenfalls seinen *F*-Bescheid bekommen.

Die junge Frau deutete mit einer einladenden Geste auf den leeren Platz an ihrer Seite. Kutzenberger nahm Platz und prostete mit seinem kaum noch gefüllten Glas den Leuten am Tisch zu, die ihm mit Longdrinkgläsern antworteten.

Ich verabschiede mich dann, sagte der Soldat, viel Spaß noch, trinkt, so viel ihr wollt, alles geht aufs Haus, wiederholte er, leerte sein Glas in einem letzten großen Zug und verschwand durch die Tür.

Dann haben wir es also geschafft, sagte Kutzenberger in Richtung der beiden Männer am Tisch. Wie seid ihr hierhergekommen?

Wir sind von der Universität Valencia, begann der eine, ein kleiner, stämmiger Mann mit schmalem Oberlippenbart, der auf den ersten Blick wie ein Polizist oder Unteroffizier wirkte, doch offensichtlich Professor war: Wir waren auf einer Literaturkonferenz in Novilla, als man plötzlich alle Realisten internierte, erklärte er. Wir Europäer wurden automatisch dazugezählt, wie Ihnen sicher auch aufgefallen ist, selbst wenn wir uns in unseren Forschungen immer für die Realität der Fiktion starkgemacht hatten, von der Gesinnung her also eigentlich Fiktionale waren.

Kutzenberger nickte. Europäische Leidensgenossen! Vielleicht konnten sie ihm helfen, die Situation hier besser zu verstehen. Auch wenn ihm das, mit dem *F* in der Tasche, auf einmal gar nicht mehr so wichtig erschien. Was war das Thema Ihrer Konferenz?, fragte er höflich.

Es ging um Fiktionen, sagte nun der ältere und behäbigere der beiden Männer, wahrscheinlich der Institutsvorstand und Vorgesetzte der beiden anderen. Kutzenberger konnte keinen spanischen Akzent ausmachen, aber er achtete auch nicht weiter darauf.

Mein Vortrag ging über die Beziehung der Fantasie zur Welt, schaltete sich nun die Frau neben ihm ein.

Das interessiert mich, sagte Kutzenberger, obwohl, wenn er genauer darüber nachdachte, die Vergangenheitsform korrekter gewesen wäre. Was war denn Ihre These?, fragte er gut erzogen trotzdem.

Die Frau lächelte, sie erschien ihm mehr wie eine Studentin. Wir sollten uns duzen, oder? Schließlich feiern wir alle unser *F*!, sagte sie.

Stefan, sagte er und hob sein Glas, was niemanden verwunderte, auch wenn er gerade von dem Soldaten noch als Mago Dro vorgestellt worden war.

Angélica, sagte die Frau.

Die beiden Männer hoben ebenfalls die Gläser, blieben ihre Namen jedoch schuldig.

Also, worüber genau hast du bei der Konferenz gesprochen?, wiederholte Kutzenberger nun schon sehr viel entspannter.

Die These meines Vortrags war, dass es eine sehr dürftige Auffassung von Fantasie ist, wenn man sie von der Wirklichkeit abgekoppelt versteht.

Das interessierte Kutzenberger jetzt wirklich. War es der alte Literaturwissenschaftler, der da in ihm zum Vorschein kam, oder doch der Schriftsteller? Vielleicht war es auch der Leser, wer konnte das schon so genau unterscheiden? Die lateinamerikanische Fantastik, sagte er, ist ja das beste Beispiel dafür, dass man die Grenzen zwischen der Welt der Fantasie und der sogenannten Wirklichkeit nur fließend begreifen kann.

Genau meine Rede!, erwiderte Angélica begeistert. Ich würde die Fantasie sogar so definieren: Sie ist etwas, das mit der Wirklichkeit verwechselt werden kann, nicht etwas, das ihr entgegensteht. Nur durch die Fantasie bekommt die Wirklichkeit ihren Wert, denn ohne sie könnten wir mit ihr gar nicht in Kontakt treten.

So ganz konnte Kutzenberger ihr nicht folgen, aber es klang gut und aus dem Mund der enthusiastischen jungen Frau absolut überzeugend.

Ich glaube, die junge Dame will sagen, dass wir, wenn wir Fantasiegebilde betrachten, durchaus mit dem Wirklichen in Kontakt treten, weil Wahrnehmung selbst etwas Wirkliches ist, ließ der alte Professor nun vernehmen. Jeder Wahrnehmung wohnt ein Element der Illusion bei, erklärte er, und obwohl es doch das Thema von Angélicas Vortrag gewesen war, war es nun er, der zusammenfasste: Deshalb kann man zwischen der Wahrnehmung der vermeintlichen Wirklichkeit und der Fantasie nicht unterscheiden. Seine Worte wurden allerdings durch ein klirrendes Gitarrenriff übertönt, das durch den Raum schallte.

Los Rodríguez!, rief Angélica begeistert und schien in keiner Weise irritiert davon zu sein, dass der Mann ihr das Wort entzogen hatte.

Erstaunlicherweise kannte Kutzenberger das Lied noch von seinem Studienaufenthalt in Buenos Aires Mitte der 90er-Jahre, und er sang die erste Zeile mit: Ich möchte der Einzige sein, der in deinen Mund beißt.

Angélica lächelte ihn zum Anbeißen verführerisch an und antwortete mit der nächsten Zeile: Ich möchte wissen, dass das Leben mit dir nie endet.

Gleichzeitig erkannten beide, dass der Text zu intim war für die Situation, in der sie sich befanden, also lösten sich ihre Blicke verschämt voneinander, während die Gitarre ein Solo begann.

Kutzenberger winkte dem Mann hinter der Bar, ihm ein neues Bier zu bringen, trinkt, so viel ihr wollt, hatte es schließlich geheißen. Der Professor schloss sich ihm sogleich an und bestellte eine weitere Runde Gin Tonic.

Und was hat dich hierhergebracht?, fragte Angélica schließlich wieder etwas distanzierter.

Ein Literaturstipendium, genauer gesagt ein UNESCO-Literaturstipendium, sagte Kutzenberger.

Du bist Schriftsteller?

Ja, so kann man sagen.

Ein europäischer Schriftsteller. Das war sicher nicht leicht für dich. Angélica hatte ihn noch gar nicht gefragt, woher er kam oder warum er Spanisch sprach, doch war das auch nicht notwendig.

Nein, sagte er trocken und freute sich, dass sein Bier und die drei großen Gläser mit Gin Tonic für die anderen kamen, denn er wollte die traumatischen Erfahrungen der letzten Wochen nicht wiederholen, sondern vielmehr auf die Zukunft anstoßen.

Prost, auf das, was kommen wird!, sagte er also, ohne zu ahnen, dass diese Zukunft nur noch wenig mehr als zwanzig Sonnenaufgänge für ihn bereithielt.

Erzähl von deinen Büchern, forderte ihn Angélica auf, und sie gefiel Kutzenberger immer besser, erinnerte ihn an irgendjemanden aus seiner Vergangenheit. Erzähl von deinen Büchern, wiederholte sie und rückte näher, um besser zu hören.

In meinen Romanen trägt der Protagonist sonderbarerweise immer meinen Namen, sagte er, ich bin also der Held meiner eigenen Bücher.

Und ist es echt oder erfunden, was du erzählst?

Ich habe mir fest vorgenommen, diese Frage nie zu beantworten. Die schwankende Bewegung, zwischen Fakt und Fiktion zu unterscheiden, sollen die Lesenden machen, nicht ich, denke ich. Und es ist immer lustig zu sehen, auf welche Ergebnisse die Leute kommen. Eine Journalistin hat einmal gesagt, meinem Helden würden so viele peinliche Sachen passieren, dass alles nur wahr sein kann, denn so was könne man nicht erfinden.

Und? Stimmt das?

Natürlich nicht, sagte Kutzenberger und musste lachen. Oder doch? Wer weiß, ich will die Frage ja nicht beantworten.

Also erzähl, was passiert denn so Peinliches in deinen Büchern?

In meinem ersten ist der Protagonist auf Ferien an der Südküste von Kreta.

Also Stefan Kutzenberger.

Ja, Stefan Kutzenberger, woher kennst du meinen vollen Namen?

Haben wir uns nicht gerade gegenseitig vorgestellt? Oder hat der Soldat ihn erwähnt? Oder du? Ich weiß gar nicht mehr. Erzähl weiter, sagte Angélica eilig. Kutzenberger stutzte, doch wie so oft dachte er den Gedanken nicht zu Ende und fuhr stattdessen fort, über seinen vor vielen Jahren geschriebenen ersten Roman zu reden.

Kutzenberger lernt da also eine wunderschöne, junge Französin am Strand von Kreta kennen. Dir nicht ganz unähnlich, fügte er schelmisch hinzu und griff nach Angélicas Hand, die neben seinem Bier auf dem Tisch lag. Und warum auch nicht, sollte sie diese doch wegziehen, wenn sie die Berührung nicht wollte, in allen Bars der Welt wurde unentwegt nach irgendjemandes Hand gegriffen, nur er hatte das noch nie getan, aus Respekt vor den Frauen, aus einem völlig falsch verstandenen Feminismus. Nun aber hatte er zugeschnappt, eine Hand in die seine genommen, eine schöne, entzückende, süße Frauenhand, und diese junge, liebreizende Studentin oder Professorin oder was auch immer sie sein mochte zog ihre schlanken, gepflegten Finger nicht weg. Allerdings reagierte sie auch nicht weiter darauf, sodass er die weiche Frauenhand etwas unschlüssig festhielt und sie schließlich zu streicheln begann und nicht wusste, ob das nun übergriffig war. Aber hej, er war in einer Bar in einem neuen Land, ohne Verpflichtungen, ohne Bindungen, die Zukunft plötzlich wieder offen und frei, warum sollte es nicht okay sein, nach einer Hand zu greifen, die verführerisch neben der seinen auf dem Bartischchen gelegen hatte, da waren schon sehr viel schlimmere Dinge geschehen zwischen Männern und Frauen, zwischen Menschen, die einander kaum kannten, aber doch gefielen. Da er sich aber auch nicht sicher sein konnte, ob er ihr ebenfalls gefiel, ließ er die Hand nun doch wieder los, griff nach seinem Bierglas und trank daraus, und sie tat es ihm nach mit dem Gin Tonic, in dem die Eiswürfel über den Musikteppich der Bar hinweg klingelten. Und besorgt beobachtete er aus den Augenwinkeln, ob sie die Hand danach in Sicherheit brachte oder sich ihm doch noch eine weitere Möglichkeit bot, danach zu greifen. Und genau das passierte, das Longdrinkglas landete wieder auf dem Tisch und die Hand verlockend daneben, sodass auch er sein Bier abstellte und seine Finger ganz knapp daneben platzierte, ihr die Gelegenheit gebend, danach zu greifen oder sie wie zufällig zu berühren. Doch nichts, wie schlappe Handschuhe im Schaufenster lagen ihrer beider Hände da, es war nichts zu machen, eine Bewegung musste her, also drehte er die Handfläche nach oben, eine offensichtliche Einladung, die aber nicht verstanden wurde, vielleicht auch nur nicht gesehen.

Erzähl, sagte die Besitzerin der Hand, erzähl von deinem Buch, von den erotischen Stellen darin.

Erotik, dachte er, also doch, im Wort, nicht in der Tat. Immerhin aber die Bekräftigung, aktiv zu werden. Wagemutig griff er also wieder nach der Hand, zog sie vom Tisch auf seinen Oberschenkel, wo er sie hinlegte und zu streicheln begann, mit seinen Fingern zärtlich die ihren nachzeichnete, das Handgelenk hinauf bis zur weichen, glatten Haut des Unterarms, dann wieder retour zu den Fingerspitzen, und bei alldem blieb ihre Hand unbewegt. Aber das war ja auch beim ersten Händchenhalten seines Lebens so gewesen, damals Mitte der 80er-Jahre in der Religionsstunde, in der sie, statt von den Wundern Jesu oder vom heiligen Petrus an der Himmelspforte zu hören, in den Meditationsraum gegangen waren, der bis kurz davor das Raucherzimmer gewesen war und nun noch immer statt nach Räucherstäbchen nach kalter Asche roch und wo sie von ihrem Religionslehrer in die Grundzüge der Meditation eingeführt wurden, auch wenn dieser kein indischer Mönch, sondern ein römisch-katholischer Pfarrer war, der kurz danach seinen Job verlieren sollte, da er sich verliebt hatte und diese Liebe lautstark der Welt mitteilen wollte, was der die Liebe predigende Bischof, Kardinal oder Papst ihm allerdings verwehrte, sodass er aufhören musste, Religionslehrer zu sein, doch nun war der Religionslehrer noch Religionslehrer und saß mit Kutzenbergers Klasse, der 4 B, im neu geschaffenen Meditationssaal und gab Unterweisung in das Wesen der Meditation, die vor allem darin zu bestehen schien, still zu sein und an möglichst wenig zu denken, was Kutzenberger unmöglich war, da er neben dem schönsten Mädchen der Klasse saß, beide nicht im Lotussitz, sondern leger an die Wand gelehnt, die Hände nur wenige Zentimeter voneinander entfernt, und der Religionslehrer forderte alle auf, die Augen zu schließen und tief ein- und auszuatmen, was Kutzenberger auch tat, doch statt das Universum zu erspüren, fühlte er nur die Hand neben der seinen, als würde sie strahlen wie das glühende Eisen der Vereinigten Österreichischen Eisen- und Stahlwerke, nur wenige Kilometer entfernt, der größte Arbeitgeber der Region, aber nicht der seines Vaters, der Beamter der Landesregierung war, und auch nicht der des ihrigen, der tatsächlich als Donaudampfschifffahrtsgesellschaftskapitän arbeitete, was ihn, Kutzenberger, faszinierte, weil es doch kaum schönere deutsche Worte gab, auch wenn man es damals, vor der Rechtschreibreform von 1999, noch Donaudampfschiffahrtsgesellschaftskapitän schrieb, nur mit zwei F, da nach dem Doppelkonsonanten ein Vokal kam, so die Regel dazu, und Kutzenberger ja nicht wissen konnte, wie wichtig ein fehlendes F gegen Ende seines Lebens noch einmal werden würde, vor allem, da er damals ja erst ganz am Anfang stand und seine Hand auf dem nach Asche stinkenden Spannteppich des alten Raucherzimmers millimeterweise in die Richtung seiner Sitznachbarin wanderte, bis sich die kleinen Finger plötzlich zart berührten und nichts weiter geschah. Wenn Meditation das Ausblenden aller störenden Gedanken bedeutet, wenn Meditation die Konzentration auf das Kleinste in uns ist, dann war Kutzenberger der Einzige seiner Klasse, dem die Meditationsübung in diesem vergessenen Zimmer der Schule damals gelang, denn nie sonst hat ein meditierender Mensch die Aufmerksamkeit seines gesamten Geistes so stark auf die Außenhaut des linken kleinen Fingers lenken können, die Hoffnung der Zukunft der Welt in den Nerven rund um den *Phalanx media V* gesucht, so die korrekte Bezeichnung für das Mittelglied des kleinen Fingers, das er sich nur Stunden später beim Basketballspielen brechen würde, so sehr war es mit Energie vollgesogen, dass es fast von allein zersprang, weshalb er drei Wochen lang keinen Sport machen durfte, statt Leibesübungen jeweils eine Freistunde hatte und in dieser, nur wenige Tage nach dem Abenteuer im Meditationsraum, mit dem hübschesten Mädchen der Klasse ein Stangeneis kaufen ging, das sie dann in einem angrenzenden Maisfeld schleckten, als ob sie sich in einem österreichischen Heimatfilm der 50er-Jahre befanden statt in der Stahlstadt der 80er, aber auch diese ließ Romantik zu und erste Küsse hinter der Schule, und nie hatte Kutzenberger gefragt, ob sie damals im Meditationsraum seine Hand an der ihren gespürt hatte oder nicht. Unmöglich war es dagegen, dass Angélica nicht spüren sollte, wie ihre Finger auf Kutzenbergers Oberschenkel liebkost wurden, mit all seiner Kunst gestreichelt, massiert und umworben, wie es andere nur unter Aufbringung des ganzen Körpers schafften, so hatte es zumindest Sharon Stone einmal behauptet, neben der Kutzenberger durch ein Missverständnis wegen der schlechten Englischkenntnisse der Securitykräfte am Kinoeingang zur Spanien-Premiere eines ihrer Filme in einem Kino in Madrid zu sitzen gekommen war, und da sie ihren Film naturgemäß schon kannte und das anfängliche Amüsement darüber, sich selbst Spanisch reden zu hören, bald verflogen war, wurde der Schauspielerin langweilig, sodass sie begann, den jungen Mann zu ihrer Linken zu betrachten, und er bemerkte, dass sie ihn anschaute, drehte sich zu ihr und gestand, dass ihm etwas langweilig war, da er kein Wort verstand, weil er erst vor wenigen Tagen mit seinem Spanischkurs begonnen hatte, was zwar korrekt war, aber trotzdem nicht stimmte, da der Film in den ersten Szenen eher auf der nonverbalen Ebene funktionierte, Sprachkenntnisse also eigentlich egal waren, und ihm nicht entgangen sein konnte, dass die Schauspielerin an seiner Seite von umwerfender Schönheit war und im Film vor allem nackt, und tatsächlich war es das, woran Kutzenberger in Wirklichkeit gedacht hatte, nämlich, dass es eigenartig war, mit einer unbekannten Frau zu reden, deren Busen man bereits so klar vor sich gesehen hatte. Es war allerdings die richtige Strategie gewesen damals im dunklen Kino von Madrid, seiner Sitznachbarin Langeweile vorzugaukeln, denn Sharon Stone lachte, sagte: Mir ist auch langweilig, griff nach seiner Hand und zog sie auf ihren nackten Oberschenkel. Statt nun diesen weiter Richtung Norden zu erkunden, was sehr leicht möglich gewesen wäre, da sie nur ein kurzes Röckchen trug und wir nun nie erfahren werden, ob ein Höschen darunter saß oder nicht, widmete sich Kutzenberger allein der schönen, gepflegten Schauspielerinnenhand und streichelte, umgarnte und liebkoste diese die nächsten hundertelf Minuten, spielte mit ihr und erkundete die letzten Glieder, Knöchelchen, Hautfältchen, die Form jedes einzelnen Nagels, die Qualität des Nagellacks, begeisterte sich an der seidenen, warmen, erregenden Haut und zeigte sich darin so wissbegierig, virtuos, entdeckungsfreudig und erfindungsreich, dass es nur eine kurze Zeit lang dauerte, bis Sharon Stone auf Kutzenbergers Zärtlichkeit einging und die Finger ihrer Hand zu antworten begannen, zurückkneteten und streichelten, bis schließlich das Liebesspiel auf der Leinwand nur mehr wie ein schaler Abklatsch der versteckten Affäre im Dunkeln des Saals wirkte, was die Schauspielerin bemerkte und auch honorierte, denn als das Saallicht anging, standen die beiden etwas zerknautscht auf, und sie sagte zu Kutzenberger: Dein Händchenhalten ist ja intensiver als der Sex mit den meisten anderen, und mit diesem größten Kompliment einer Liebesgöttin ließ sie ihn im sich leerenden Kinosaal zurück, verschwand auf der Premierenparty, und Kutzenberger hatte nie herausfinden können, ob und wie und warum ihm das geschehen war. Was er aber gelernt hatte, damals bei der *Basic Instinct*-Premiere in Madrid, war, dass er gut war im Händchenhalten, falls das eine Disziplin war, und deshalb wusste er nun, dass es nicht sein konnte, dass Angélica nichts spürte. Sie könnte doch jederzeit ihre Hand zurückziehen, wenn es ihr unangenehm war, aber besser wäre es natürlich, wenn sie endlich beginnen würde, zurückzustreicheln, um auf diese Art die Erlangung des *F*-Status zu feiern, nur toter Fisch zu spielen, war doch keine Lösung! Also machte er unverdrossen weiter, wollte das goldene Abzeichen, das er von Sharon Stone erhalten hatte, nicht kampflos aufgeben, umfasste Angélicas Hand, faltete sie zusammen zu einer kleinen Faust und nahm diese in die seine, größere, wie die Plazenta den Embryo, auch wenn sich dieses Bild gänzlich verkehrt anfühlte, vor allem da Angélica noch immer nicht die geringste Regung zeigte, diese so intimen Berührungen, denn was gab es Intimeres als das Spiel der Finger, wahrzunehmen. Frustrierend einseitig war dieses Händchenhalten, das wörtlich genommen wurde: Er hielt ihr Händchen, also ließ er die Faust wieder frei, um gleich darauf ihre Handfläche zu streicheln, all das, während er versuchte, an eine erotische Szene aus seinen Romanen zu denken, und erkennen musste, dass es darin eigentlich keine gab, denn immer war etwas dazwischengekommen, bevor etwas passierte, und dass dieses einseitige Händchenhalten der Gegenwart, würde es irgendwo in seinen Romanen vorkommen, wahrscheinlich das Erotischste wäre, das er je geschrieben hätte. Das konnte er Angélica natürlich schwer sagen, vor allem deshalb, weil er ja so tun musste, als ob er gar nicht wüsste, was seine Hand tat, da ja auch sie nicht zugab, von ihm berührt zu werden, und so erzählte er nun doch aus seinem ersten Roman, von der jungen Französin darin, die dem Protagonisten, der eigenartigerweise seinen Namen trug, in ihrer jugendlichen und unbekümmerten Schönheit den Kopf verdrehte, und wie er dieser begehrenswerten Frau plötzlich an einem Strand in Süd-Kreta nackt gegenübergestanden und ihre Schönheit ihn überwältigt hatte.

Doch nichts ist passiert, schloss Kutzenberger seine Ausführungen.

Nichts ist passiert?, fragte Angélica neben ihm.

Und er spürte, wie ihre Hand sich plötzlich etwas bewegte,

hatte sie gar die seine gedrückt? Erstmals hatte sie eine Reaktion gezeigt, und so drückte er hoffnungsvoll ihre Hand, doch blieb die ihre wieder unbeweglich, es war wohl ein Irrtum gewesen, und er antwortete: Nichts, nichts ist passiert.

Warum nicht?, ließ sie nicht locker.

Und was sollte er schon sagen, wusste es ja selbst kaum mehr, war es, weil eine Ziege gekommen war und die beiden einander auf diesem griechischen Felsen nackt gegenüberstehenden Menschen gestört hatte oder weil ihm ihre Schönheit so gewaltig vorgekommen war, dass er gar nicht wusste, was damit anfangen, und vor allem seine Männlichkeit das nicht wusste und genauso unbeteiligt dalag wie nun die Hand Angélicas in der seinen. Das sagte er natürlich nicht, das mit der Hand, denn sie ignorierte ja, dass er sie berührte, das andere sagte er aber sehr wohl, das mit der unbeteiligten Männlichkeit, vielleicht sogar etwas selbstgefällig in seiner Offenheit über alle Facetten der Sexualität, auch die gescheiterte, oder auch stolz auf seine Fähigkeit als Schriftsteller, peinliche Situationen zu kreieren.

Plötzlich zog sie ihre Hand aus der seinen. Ich bin zu weit gegangen, dachte er, doch Angélica stand nicht auf und ging, sondern beugte sich zu ihm und begann, ihn zu küssen, fordernd, feucht und leidenschaftlich. Kutzenberger reagierte anfangs gar nicht, war so überrumpelt und passiv wie zuvor ihre Hand in der seinen, doch dann ging es ihm ähnlich wie mit dem Bier, das ihm vor gar nicht so langer Zeit auf der Baustelle des Lagers angeboten worden war, nur wenige Meter von hier entfernt, auch dort hätte es ja eine Falle sein können, ein Test, etwas potenziell Gefährliches, aber in der damaligen Situation ein Bier angeboten zu bekommen, hatte er doch nicht ablehnen können. Und in seiner Position von einer begehrenswerten, schönen Frau umarmt und geküsst zu werden, noch viel weniger. Also beschloss er, einfach zu schmusen, so wie in längst vergangenen, unbeschwerten Zeiten und Welten, weil ohnehin viel mehr geschmust werden sollte, nicht nur in Zeiten des Krieges und der Cholera, sondern überhaupt.

Rumpelnd standen sie auf, die Stühle ließen sie achtlos nach hinten kippen, um einander immer gieriger umarmen zu können, ihre Hände fuhren dem anderen durch die Haare, sie pressten die Körper aneinander, begannen, sich die Rücken zu streicheln, die Pos zu befühlen, die Münder dabei immerfort aneinandergedockt wie im Paarungsritus einer unentdeckten Tiefseefischspezies, die Zungen wirbelnd und entdeckungslustig ausgelassen spielend.

Plötzlich machte die Frau einen Schritt nach hinten, riss sich los, ließ ihn völlig überrascht mit wirrer Frisur und heraushängendem Hemd Luft statt Lippen einsaugen, während ihre Hand schon wieder ganz woanders war, nämlich in seinem Schritt. In einer kurzen, exakten Bewegung berührte sie seine Körpermitte, ein Griff, der das Gegenteil von erotisch oder sexuell war, vielmehr medizinisch oder vielleicht sogar bürokratisch, wie das gründliche, doch gelangweilte Abtasten am Flughafen.

Passt, sagte sie mit lauter Stimme, und der Mann ihnen gegenüber, der Professor, den Kutzenberger völlig vergessen hatte, schaute sie gespannt an und fragte: Ja? Und mit einem sicheren Kopfnicken wiederholte sie: Passt.

Die Musik ging aus, das Licht an, die Bar wirkte plötzlich wie die Kulisse eines Filmstudios und war wohl auch etwas Ähnliches. Kutzenberger stand reglos da und hatte keine Ahnung, was hier soeben geschehen war.

Also *F*?, fragte der Mann.

Nein, das wollte ich nicht sagen. *Passt* meint, dass ich etwas gespürt habe, was das bedeutet, kann aber nicht ich entscheiden.

Was meinst du, das kann doch nicht so schwer sein. In seinem Roman heißt es, dass er keine Erektion bekomme, wenn er mit einer schönen Frau schmuse. Wenn das der Fall ist, dann ist er tatsächlich der Mann im Buch und also *F*, wenn aber nicht, ist er jemand anderes und *R*.

In seinem zweiten Buch schreibt er aber wiederum, dass er eine schmerzhaft harte Erektion bekommen habe, als er mit einer Frau in der Kiste gelandet ist, sagte Angélica.

Ist er hier aber nicht, sondern mit dir in einer Bar, also sag schon, was hast du gespürt?

Eine halbe Erektion. Mehr als nichts, aber weniger als wirklich hart.

Und was machen wir jetzt damit?, fragte der Mann, der sich als Literaturprofessor aus Valencia vorgestellt hatte.

Angélica griff Kutzenberger noch einmal mit festem Griff kurz in den Schritt und sagte nun, spürbar verdutzt: Weg.

So geht das nicht, schaltete sich Kutzenberger endlich in dieses unwürdige Schauspiel ein.

Das entscheiden noch immer wir, sagte jetzt der ältere Mann am Tisch, und natürlich, genau so geht das, wie sonst sollen wir testen, ob Sie der Mann im Buch sind oder nur sein Autor?

Schreibt er in seinem Buch nicht auch, dass er nie den ersten Schritt macht, nie zu einer Frau hinübergreift?, fragte der falsche Professor. Er hat deutlich für uns alle sichtbar nach Stornis Hand gegriffen. Was sagst du dazu?, fragte er und sah der Frau ins Gesicht.

Richtig, er hat nach meiner Hand gegriffen, obwohl im Buch steht, dass er so was niemals macht.

Also doch *R*?

Ich weiß nicht, das ist ja das Komische. Sein Händchenhalten war so tollpatschig und naiv, dass ich ihm fast abnehmen würde, dass es das erste Mal in seinem Leben war, dass er so forsch vorging. Ein schwerer Fall, ich schlage vor, wir schicken ihn zum Chef.

Chefsache also, auch okay. Der ältere Professor zog ein Formular aus seiner Aktentasche, schrieb ein paar Zeilen darauf, kreuzte einige Kästchen an und überreichte das Papier dem anderen Mann, der sofort dienstfertig aufstand und, ohne den Befehl dafür bekommen zu haben, zur Tür hinausstürmte. Der Professor sagte zu der Frau: Bring du ihn bitte rüber, ich habe hier noch zu tun.

Den Gin austrinken?, fragte sie und lachte. Und auch der Mann lachte und prostete ihr zu.

DIE ZIMMERNUMMERN

km 0

Als ich Kutzenberger traf, war ich bereits über vier Jahre Küchenmeister der *Bar del Río* und Rezeptionist der dazugehörigen Pension. Ich hatte am Anfang mit den Gerichten begonnen, die auf den alten, speckigen Speisekarten gestanden hatten. Jorges Mutter hatte keine Rezepte hinterlassen, doch die Bezeichnungen im Menü waren selbsterklärend: *Salat El Río* (Blattsalat, Apfel, Mozzarella und Mango), *Salat Santana* (Blattsalat, gegrilltes Hühnchen, Gorgonzolasoße, Kürbis, Sonnenblumenkerne und geröstetes Brot), *Salat Bergziege* (Blattsalat, Ziegenkäse, Erdbeermarmelade, Walnüsse und Minzöl). Ähnlich sah es bei den verschiedenen Burgervariationen aus: *Classic Burger* (Fleischlaibchen aus Kalbfleisch, Salatherzen, Tomaten, Zwiebeln aus Brasilien), *Bacon Burger* (Hamburger aus Kalbfleisch, Käse, Speck, Salatherzen), *El Río Burger* (Doppelter Hamburger aus Kalbfleisch, doppelter Käse, Aioli, Tomaten, gebratene Zwiebelringe) und so weiter. Es gab *Chivitos*, verschiedene Sandwiches mit kleinen uruguayischen oder brasilianischen Steakvariationen, der Spezialität des Hauses, aber auch Quiches und kalte Gerichte wie eine Wurstplatte, eine Käseplatte oder Anchovis mit Rosmarin und Tomaten auf einem dünnen, flachen, knusprigen Brot, das einzige Fischgericht. Die Quiches buk ich immer vormittags, die anderen Speisen wurden erst auf Bestellung frisch zubereitet, was stressig werden konnte, doch hatte ich von Anfang an alles im Griff, und bald bekam ich von den Gästen Komplimente an die Küche ausgerichtet. Das steigerte mein Selbstbewusstsein, und ich begann, einen Tagesteller anzubieten, der meist österreichisch geprägt war: Kalbsgulasch mit Nockerln, Wiener Schnitzel vom Kalb oder Schwein, Zwiebelrostbraten. Vor allem aber wurde ich zu einem Missionar der Wiener Süßspeisenküche: Marillenknödel mit Bröseln, Grießschmarrn mit Kirschkompott, Kaiserschmarrn mit Zwetschgenröster und, wenn ich ganz verwegen war, sogar Salzburger Nockerl. Auf die ständige Speisekarte schafften es nur die Desserts: Sachertorte, Apfelstrudel, Topfenstrudel mit Vanillesoße, Linzer Torte. Samstag war mein freier Tag, denn da gab es Spanferkel, das schon im Ganzen und fertig gegrillt von einem Fleischer aus Santana geliefert wurde. Jorge nahm sich samstags auch frei, ließ sich von zwei Kellnern vertreten, und der Tag gehörte nur uns. Oft verbrachten wir ihn einfach im Bett unserer schönen, hellen Wohnung im obersten Stockwerk des Hauses, oder wir fuhren an den Lago do Batuva in Santana. Hier war nach der verheerenden, sieben Jahre dauernden Trockenheit wieder aufgeforstet worden, was erstaunlicherweise in Brasilien besser funktioniert hatte als auf der uruguayischen Seite. Wir saßen auf der Terrasse des tollen Hacienda-Hotels, blickten auf die mit frischem Jungwald überzogenen Hügel, und nichts wies darauf hin, dass man nur ein paar Autominuten von der Zwillingsstadt entfernt war. Manchmal machten wir größere Ausflüge ins Hinterland, und einmal im Jahr fuhren wir die fünf Stunden nach Rio Grande an den nächsten brasilianischen Strand und machten ein paar Tage Urlaub. Das war mein Leben, und darauf war ich stolz.

Weniger stolz war ich auf die Pension. Die war noch immer so heruntergekommen wie damals, als ich dort meine ersten Nächte in Santa María verbracht hatte. Seit vielen, vielen Jahren war nichts erneuert worden, die Zimmer genauso schmierig wie die Gäste, doch Jorge weigerte sich, in das Hostal zu investieren, da wir ja auch so fast immer voll belegt waren, wie er sagte. Die meisten Besucher kamen nur für einen Tag, eigentlich eher einen Nachmittag, oder gar für noch kürzer. Um es geradeheraus zu sagen: Die Pension war wahrscheinlich eher ein Stundenhotel, auch wenn das so deutlich nie ausgesprochen wurde. Und von diesen fleckigen Zimmern bewohnte Kutzenberger die Nummer 42, den kleinsten und einzig fensterlosen Raum unseres Hauses. Er blieb immer freundlich und höflich, bedankte sich täglich, hier Gast sein zu dürfen, und trotzdem wollte ich ihn so schnell wie möglich loswerden.

Eines Tags saß er besonders lange im Lokal an seinem Tischchen beim Fenster, las konzentriert im dicken Band der gesammelten Erzählungen Juan Carlos Onettis, bis ihn Jorge auf einen Kaffee samt Linzer Torte einlud, sich dazusetzte und eine geschlagene Stunde mit ihm scherzte und schäkerte. Erst als sich das Lokal immer mehr füllte, machte sich Jorge wieder an die Arbeit. Kutzenberger kam zu mir an die Bar, machte mir ein Kompliment für die herrliche Linzer Torte und fragte, warum ich als Holländer so gute österreichische Mehlspeisen backen konnte. Ich stammelte etwas von einer österreichischen Großmutter, was ja nicht ganz falsch war. Lügen ist etwas für Anfänger, meist reicht ein Ausschnitt der Wahrheit. Er ging nicht weiter auf meine österreichische Verwandtschaft ein. Ein überhebliches, anmaßendes, unverschämtes Lächeln spielte um seinen Mund, so vermeinte ich, es zumindest zu erkennen, und spürte Hass und Wut in mir aufsteigen. Er gab mir keine Chance, noch etwas hinzuzufügen, denn er drehte sich um und ging nach oben in sein Zimmer. Fast zeitgleich kam einer der fragwürdigsten unserer Stammkunden herein, und zwar kein Geringerer als der Bürgermeister von Santa María. Völlig unverfroren traf er sich hier bei uns mehrmals die Woche mit verschiedenen jungen Frauen und Männern, das Geschlecht war ihm völlig egal, Hauptsache, er wurde begehrt oder es wurde ihm zumindest vorgetäuscht, begehrt zu werden. Er betrat das Lokal wie eine Bühne, warf einen Blick in die Runde, checkte, ob jemand da war, der es wert wäre, begrüßt zu werden, machte die paar Schritte zu mir an den Tresen, grinste selbstgefällig und verlangte wie immer ein Zimmer, um sich kurz zurückziehen zu können, wie er zu sagen pflegte. Und falls jemand nach ihm fragen sollte, könnte ich die Person ruhig gleich zu ihm hinaufschicken. Ich gab ihm das Zimmer 24, wie Weihnachten, eines unserer besten, mit einem großen Doppelbett und schönem Ausblick auf den Fluss. Jorge hatte mir klargemacht, dass wir uns mit dem Bürgermeister gut stellen mussten, selbst wenn er das korrupteste Schwein war, das ich je getroffen hatte, sogar meine vierzig Jahre im Wiener Justizministerium miteingerechnet. Er war auch der Grund, warum die Millionen und Abermillionen Pesos, die im Anschluss an die verheerende Dürre für die Wiederaufforstung von Montevideo nach Santa María geschickt worden waren, nicht dem Wald, sondern nur seinem Kontostand beim Wachsen geholfen hatten. Alle wussten es, und niemand tat etwas dagegen. Die Straßen in Santa María bestanden mehr aus Schlaglöchern denn aus Fahrbahn, da er regelmäßig kurz vor der Wahl zwar alles neu asphaltieren ließ, dabei aber die Hälfte vom Asphalt abzweigte, weil es ihm egal war, wie die Straßen bereits ein Jahr später wieder ausschauten. Wahl um Wahl gewann er so als Sanierer der maroden Infrastruktur. Und vor der letzten *elección* schenkte er den analphabetischen Bauern und Viehhirten im Umland jeweils einen Schuh und versprach ihnen den anderen, wenn sie ihn wählen würden. Als man ihn schließlich als Bürgermeister bestätigte, war niemals mehr vom zweiten Schuh die Rede. Warum so ein Typ nicht längst auf offener Straße erschossen oder zumindest verprügelt worden war, blieb mir ein Rätsel. Und genau als ich das dachte, erblickte ich zwei junge Männer am Tisch an der Wand. Sie hatten nervös mitverfolgt, wie ich zuerst mit Kutzenberger und dann mit dem Bürgermeister geredet hatte und wie diese kurz nacheinander im Stiegenhaus verschwunden waren. Dank der einzigartigen Akustik unseres Schankraums konnte ich jedes Wort verstehen, das die beiden wechselten.

Das war er, sagte der eine.

Ja, ich glaube auch, oder doch der andere?

Nein, ich glaube nicht, dass der hiesige Bürgermeister lange Haare hat.

Glauben reicht nicht, ich will nicht den Falschen erschießen.

Keine Sorge, ich bin mir sicher. Sollen wir's gleich erledigen?

Nein, ich würde sagen, wir warten noch einen Moment.

Sie nahmen jeder einen Schluck Bier und blickten sich nervös um. Dann nickten sie einander zu, standen auf und kamen zu mir an den Tresen.

Der Bürgermeister hat gesagt, dass wir zu ihm kommen sollen, sagte der Jüngere der beiden.

Hätte ich ihr Gespräch nicht mitverfolgt, wäre das gut möglich gewesen. Zwei junge, etwas hart wirkende, aber durchaus attraktive Typen, das entsprach dem Geschmack des Bürgermeisters. Ich wäre nicht stutzig geworden.

Welche Zimmernummer hat er?, fragte der andere.

Die Zweiundvierzig, sagte ich, als hätte ich es lange vorbereitet.

Vielleicht war es auch ein einfacher Zahlensturz. 24 und 42 kann man doch auf die Schnelle mal verwechseln. Gerade für die Zahlen verwendet das Gehirn immer die Muttersprache, da ist beim Übertragen in die Fremdsprache eine Vertauschung geradezu prädestiniert, vor allem, wenn man im Moment emotional ganz woanders ist und einem der Sinn nicht nach Mathematik steht. Die beiden nickten und verschwanden. Der Geschirrspüler stieß einen kurzen elektrischen Pfiff aus, ich öffnete die Klappe, eine Dampfwolke stob mir entgegen, ich ließ sie an mir vorbeiziehen und räumte die frisch gewaschenen, heißen Gläser ins Regal.

Exakt als ich damit fertig war, hörte ich von oben zwei Schüsse. Deutlich, doch leise genug, um die anderen Gäste und auch Jorge nicht sofort aufhorchen zu lassen. Das Zimmer 42 war zu weit entfernt. Ich blickte zum Ausgang und sah nur wenige Augenblicke später zwei Gestalten durch die Tür hinaushuschen. In der Bar ging das Leben weiter, als wäre nichts passiert. Sollte ich auch so tun?

Da kamen zwei weitere junge Männer herein, schauten sich etwas verunsichert um und traten dann zu mir an den Tresen vor.

Der Bürgermeister hat gesagt, dass wir zu ihm kommen sollen. Welche Zimmernummer hat er?

Zweiundvierzig, sagte ich wieder, zerstreut und unter Schock, während ich mir ein Glas Zuckerrohrschnaps einschenkte. Kein Schnapsglas, sondern ein Wasserglas. Als ich in kleinen Schlucken die Hälfte hinuntergewürgt hatte, hörte ich von oben Schreie. Ich schüttete den Rest in den Abwasch, wischte mit einem Tuch reflexartig über ein paar Spritzer, die sich auf der Ablagefläche gebildet hatten, und machte Jorge ein Zeichen, dass ich kurz nach oben musste.

Zitternd stieg ich die Treppen hinauf. Im zweiten Stock kamen mir die jungen Männer bereits entgegen.

Ein Toter, ein Toter!, riefen sie sichtbar schockiert.

Eine Tür ging auf, und der Bürgermeister stand, nur mit Unterhose bekleidet, im Gang. Da seid ihr ja endlich, rief er leutselig und zwinkerte mir zu.

Da liegt ein Toter, stammelte einer der beiden, kalkweiß im Gesicht.

Ich sagte kein Wort und stieg die Treppen weiter nach oben, der Bürgermeister und seine beiden Lustjungen folgten mir. Oben angekommen, öffnete ich die Tür mit der Nummer 42, die wieder zugefallen sein musste, und drückte den Lichtschalter. Blinkend und surrend ging eine Leuchtstoffröhre an der Zimmerdecke an und beleuchtete unangenehm blendend und doch merkwürdig düster den kargen, fensterlosen Raum. Ein großer Rucksack stand am Boden, Kleidungsstücke lagen achtlos herum. Bis auf Gesichtshöhe waren die Wände mit dunkelblauem Lack angemalt, darüber in schmutzigem Weiß. In einer Ecke stand ein Ventilator, sonst gab es nur noch einen Sessel und ein kleines Tischchen, auf dem eine Flasche Mineralwasser der Marke *Salutaris* stand, eine Packung Kekse und Bücher daneben. Kutzenberger lag an das Gitter des Kopfendes seines Bettes gelehnt. In der Hand hielt er den geöffneten Band der gesammelten Erzählungen Onettis. Ich dachte daran, später nachzusehen, welche Kurzgeschichte er gerade gelesen hatte, was die letzten Sätze gewesen sein könnten, die durch seinen Kopf gegangen waren, vergaß es aber sofort wieder. Erst jetzt schaute ich auf die Leiche. Ein Schuss hatte ihn in den Bauch getroffen, aus einer großen Wunde rann Blut. Der zweite Schuss hatte ihn mittig in der Stirn erwischt, wie ein drittes Auge starrte mich das Einschussloch an. Hinter dem Gitter des Kopfendes waren auf der Wand erstaunlich wenig Blut, etwas Hirnmasse, ein paar Knochensplitter und die Kugel zu erkennen, die im alten Verputz stecken geblieben war.

Die Knie wurden mir weich, ich wankte zum Tisch, konnte mich gerade noch vor dem Umfallen retten, und sank mit letzter Kraft in den Sessel. In diesem Moment erschien Jorge in der Tür, und ich wusste, dass alles gut werden würde. Wenn Jorge da war, konnte es nicht schlecht ausgehen. Und genau so war es auch.

Die Bürokratie war relativ schnell erledigt, der Fall klar, ein politisch motivierter Auftragsmord mit tragischer Verwechslung, an der ich Schuld hatte oder, besser, meine noch nicht ganz sattelfesten Spanischkenntnisse, ein Ziffernsturz. Der Bürgermeister liebte mich von da an, weil ich ihm das Leben gerettet hatte. Er erließ uns bis zu seiner Wiederwahl alle Steuern und versprach, Mago Dro, wie Kutzenberger noch immer laut seinen Papieren hieß, auf Kosten der Stadt ein Begräbnis in allen Ehren auszurichten. Dieses Versprechen war eines der wenigen, die der Bürgermeister in all den Jahren seiner langen Amtszeit nicht gebrochen hat.

DER SPAZIERER

km 456

Als Angélica nach der Fingeraffäre in der Bar die Formalitäten mit ihrem Kollegen erledigt hatte – Kutzenberger stand solange wortlos daneben und wurde von allen ignoriert –, bedeutete sie dem überrumpelten armen Wicht mit einem Wink, ihr zu folgen. In einem weiten Bogen gingen sie um das Auffanglager herum zum einzigen zweistöckigen Gebäude neben dem Haupteingang. Dort stiegen sie die knarrenden Holztreppen hinauf, wo sie ein großer Vorraum mit dickem, dunkelblauem Teppich erwartete, der ihnen das Gefühl gab, auf Samt zu gehen.

Angélica lehnte sich an die Wand, und eine Weile warteten sie wortlos nebeneinanderstehend. Schließlich hörte man ein kleines Summen, und ohne zu klopfen, öffnete sie die Tür und forderte Kutzenberger auf, hineinzugehen. Sie selbst blieb draußen, und kaum, dass er eingetreten war, schloss sie hinter ihm ab.

Da stand er nun, Kutzenberger, und sah sich um. Am anderen Ende des Raums saß ein Mann an einem großen Schreibtisch, umgeben von Papierstapeln, unter einem grün leuchtenden Lampenschirm. Er schaute nicht auf, als die Tür ins Schloss fiel. Kutzenberger überlegte, ob er grüßen sollte. Der harte Schlag seines Herzens klang ihm dumpf in den Ohren. Das ist es jetzt, dachte er, jetzt wird sich alles entscheiden. Nach den langen Wochen in Baracken und Käfigen wirkte dieses geräumige, mit schweren Möbeln ausgestattete Büro erschreckend einschüchternd. Der Mann am Schreibtisch hielt die Seite eines Dokuments zwischen den Fingern und schien es intensiv zu studieren. Sein Kopf war konzentriert nach unten gerichtet, sodass Kutzenberger nur das schüttere, weiße Haupthaar des Mannes erblickte. Einige Atemzüge lang bewegte sich nichts im Raum. Dann schaute der Mann auf und sagte: Kutzenberger.

Und dieser erkannte ihn sofort. Es war Janek, der Pole, sein einstiger Verbündeter hier in diesem Lager! Janek, du?, fragte er erstaunt und erleichtert.

Ja, ich. Ich sagte dir doch, ich weiß, wie so ein Scheiß-Regime funktioniert. Da ist es nicht schwer, bis an die Spitze zu kommen. Obwohl das hier ja nicht einmal ein Regime ist, nur ein paar empathiefreie junge Männer, die dachten, sie könnten sich die Welt machen, wie sie ihnen gefällt. Bald ist der Spuk wieder vorbei.

Etwas umständlich stand er von seinem Chefsessel auf und kam Kutzenberger geräuschlos auf dem dicken Flor entgegen. Obwohl die offizielle Atmosphäre sich verflüchtigt hatte, schien sein Ausdruck gedrückter als damals, als ob es ihm missfiel, gestört worden zu sein.

Die Angst, die Kutzenberger verspürt hatte, wich plötzlich der Scham. Er hatte einen fürchterlichen Fehler begangen, fühlte er, wusste aber nicht genau, wann und wo. Janek stand ihm nun gegenüber, der Blick seines erratischen Auges schoss im Raum herum, während das andere Kutzenberger streng fixierte. Der Ausdruck des Polen war schwer zu entziffern, es schien, als würde er erwarten, dass Kutzenberger zu sprechen begann, doch worüber?

Keiner sagte etwas, der Raum schluckte das kleinste Geräusch, sie standen in unheimlicher Stille. Unter großer Schwierigkeit konzentrierte sich Kutzenberger auf Janeks gesundes Auge. Dann begann dessen ernste Miene, sich endlich etwas zu lösen, und zeigte ein unterdrücktes Lächeln. Mit einer jovialen Handbewegung wies er auf das Sofa in der Mitte des Raums. Setz dich doch, sagte er.

Kutzenberger versank tief in den weichen Polstern des Möbels und konnte ein zufriedenes Seufzen nicht unterdrücken.

Mach es dir ruhig bequem, ich hol uns was zu trinken, sagte Janek und öffnete im dekorativ im Raum platzierten Bücherregal ein Kästchen. Ein Lämpchen ging an und beleuchtete zahlreiche Flaschen. Er kam zurück mit einem Tablett, auf dem zwei Gläser und eine Flasche Johnnie Walker standen. Meine Lieblingsmarke, wir sind Namensvetter, sagte Janek scherzend, während er das Tablett vorsichtig auf dem Beistelltischchen vor dem

Sofa absetzte. Johnnie Walker, erklärte er dann, weil Kutzenberger ihn weiter fragend ansah, Janek Spacerowicz, Hans Spazierer, Juanito Caminante, verstehst du, alles Namenvetter. Das da ist übrigens ein Blue Label Ghost, ich weiß nicht, ob du dich mit Whisky auskennst, aber was Besseres wirst du in ganz Südamerika nicht finden. Er wurde aus Whiskys von lange geschlossenen Destillerien hergestellt, deshalb *Ghost*, ein Geist, der uns wie das Licht einer längst erloschenen Sonne doch noch erreicht. Auf alle Hans Spazierer dieser Erde also, sagte er, erhob sein Glas, das er fast zur Hälfte gefüllt hatte, und nahm einen gierigen Schluck.

Auch Kutzenberger trank, doch kam ihm der teure Tropfen schärfer vor als der billige Zuckerrohrschnaps bei der Hochzeit, es war, als würde er ihm direkt ins Hirn fahren.

Weißt du, was *Namensvetter* auf Spanisch heißt?, fragte Janek.

Tocayo, sagte Kutzenberger.

Sehr gut, es ist eins meiner Lieblingswörter. *Imiennik* auf Polnisch. Was für eine Schande, dass es auf Deutsch kein eigenes Wort dafür gibt, nur dieses zusammengestoppelte Ding aus Name und Verwandtschaftsgrad. Auch die Engländer haben nichts Anständiges, die sagen *namesake*. Nun aber zu dir, wurde Janek ernst, und sein Auge fixierte wieder Kutzenberger, während das andere den wertvollen Whisky im Blick behielt. Wie zum Teufel konntest du nur hinübergreifen, du Vollidiot?

Zu Angélica?

Ja, zu wem auch immer, so was tust du doch sonst nie, so steht es geschrieben!

Aber alle anderen greifen auch immer hinüber, auf der ganzen Welt wird ständig hinübergegriffen, nur ich Trottel sitze immer da mit meinen beiden Händen im Schoß, da wollte ich auch einmal mitmachen im großen Spiel des Hinübergreifens, verteidigte sich Kutzenberger ungewöhnlich leidenschaftlich.

Aber doch nicht in der Bar, wie soll ich dich denn jetzt da rausholen? Und überhaupt, weißt du, wie alt Storni ist?

Keine Ahnung, nicht ganz so blutjung, vielleicht dreißig?

Ja, genau, dreißig ist sie – und wie alt bist du?

Fünfzig.

Richtig, wenn du nicht gar so langsam wärst mit allem, könnte sie leicht deine Tochter sein. Lass deine Hände also gefälligst, wo sie sind, so wie du das in deinen Büchern beschrieben hast. Es ist schon richtig von dir gewesen, immer zu warten, bis die Dame den ersten Schritt macht.

Was bedeutet das jetzt?, fragte Kutzenberger verunsichert und nahm noch einen Schluck Whisky, dessen Nachgeschmack sich raffiniert und verführerisch in seinem Mund weiterentwickelt hatte.

Nichts bedeutet das, weil ohnehin nichts etwas bedeutet. Ich stemple ein großes *F* auf dein Dokument, und damit bist du frei. Gott sei Dank hast du dich bei dieser Händchenhalt-Attacke so unbeholfen angestellt, dass Storni den Eindruck hatte, es wäre dein erstes Mal gewesen. So können wir das also verargumentieren, und keiner wird dir dein *F* nehmen können.

Und dann?

Dann gebe ich dir Geld für Bus und Fähre nach Santa María, du nimmst mich in dein Abendgebet auf und dankst Gott dem Herrn, seiner Mutter Maria und auch noch der Großmutter Anna, dass du mich kennengelernt hast, und das war es dann, du hast diesen Krieg, der ohnehin bald vorüber sein wird, überlebt und kannst in Santa María neu beginnen.

Der Krieg ist bald vorüber?

Ja, alles ist bald vorüber, nicht einmal für einen richtigen Krieg reicht mehr die Aufmerksamkeitsspanne der Menschen.

Um was ging es denn nun wirklich, ich habe es bis heute nicht verstanden, sagte Kutzenberger.

Um nichts, natürlich, um nichts ging es. Es geht nie um etwas Bedeutendes, immer nur um die Oberfläche. Das Ziel der Verfolgung ist die Verfolgung. Das Ziel der Folter ist die Folter. Das Ziel der Macht ist die Macht.

Aber das hier ist nun bald vorüber, sagst du?

Dieser Schwachsinn hier ist bald vorbei, ja. Sie werden aber sicher binnen Kurzem eine neue Ausrede finden, um die Leute zu spalten, und dann geht der große Kampf zwischen den zwei Gruppen weiter.

Welchen zwei Gruppen?

Die fünfzig Prozent auf der einen und die fünfzig Prozent auf der anderen Seite. Es ist immer so. Jede Seite glaubt, sie hat recht, und jede Seite hört nicht auf die andere. Doch es kann doch nicht sein, dass die Hälfte der Menschheit ständig falschliegt! Es muss sich um ein ewiges Missverständnis handeln.

Ein Missverständnis?, fragte Kutzenberger mechanisch.

Ja, ein Missverständnis. Versuche, es zu klären, wenn du in Santa María bist. Denn es ist immer die Aufgabe der Literatur zu klären, was missverstanden wurde, sprach Janek Spacerowicz und drückte auf einen Knopf unter dem Beistelltisch, worauf sich die Tür öffnete und Kutzenberger, mit seinem wertvollen Dokument in Händen, in die Freiheit entlassen war.

Das Kapitel über die Seele des Christen

km
∞

Als sich die zarten Saiten, die Kutzenbergers Körper mit seiner Seele verbanden, lösten, stieg diese zu den Wolken auf und kam vor dem Himmelstor zu stehen. Ein groß gewachsener, hagerer Mann mit gestutztem weißem Haar und ebensolchem Bart erwartete ihn in einem prächtigen gelben Umhang. Er hielt zwei massive, mit einer groben Schnur aneinandergebundene Schlüssel in der einen Hand und deutete mit der anderen vage auf Kutzenberger, ohne ihn direkt anzusehen.

Ich?, fragte dieser.

Du, ja, ja, du, sagte der heilige Petrus etwas verwirrt und zaghaft, was so gar nicht zur Würde des Augenblicks passen wollte, und senkte seinen Blick barmherzig, getaucht in eine unendliche Wolke der Melancholie.

Lässt du mich ein?, fragte Kutzenberger und schaute erst auf das Tor und dann auf die Schlüssel.

Noch nicht, sagte Petrus.

Bin ich im Purgatorium?

Das gibt es nicht. Jeden Moment aber wird Er kommen, um deine letzten Fragen zu klären. Dann darfst du eintreten.

Wie ist es da drinnen?

Ich weiß es nicht, war noch nie dort.

Obwohl du heilig bist?

Beschämt warf Petrus einen Blick auf Kutzenberger. Dann sagte er, verlegen auf das Nebelmeer zu seinen Füßen schauend, mit leiser, brüchiger Stimme: Ich habe damals auf Erden, in diesem Vorort von Jerusalem, bevor der Hahn krähte, meinen Herrn drei Mal verleugnet. Das kann ich mir nicht verzeihen. Der Herr schon, ich nicht. Bevor mir nicht eingefallen ist, wie ich das wiedergutmachen kann, weigere ich mich, das Paradies zu betreten, und bleibe hier auf der anderen Seite der Himmelspforte stehen.

In diesem Moment lichtete sich der dunkle und helle, in allen Farben schillernde Nebel, der den Apostel umgab, und Petrus löste sich auf, wurde zu einer Wolke und machte Platz für den Herrn, der, begleitet von einer blond gelockten Engelschar, aus einer rotsamtenen Falte des Himmelszelts hinabglitt, trotz seines massiven Körpers anmutig schwebend, Arme wie ein Schmied, Beine wie ein Holzknecht, der Rest verhüllt von einem leicht rosa verfärbten, etwas zu kurzen, ursprünglich einmal weißen Nachthemd. Lange, graue Haare und ein gewitterwolkengleicher Rauschebart rahmten sein braun gebranntes, adlergleich auf Kutzenberger gerichtetes Gesicht. Einige der vergnügt herumflatternden Engelchen flogen tollpatschig durch die Luft taumelnd zu ihm, dem Neuankömmling, schwirrten um ihn herum, umkreisten ihn wie Planeten die Sonne oder Moskitos die Menschen, junge, süße, verspielte, nordeuropäische Babys mit kleinen, weißen Friedenstaubenflügeln.

Grüß Gott, soufflierte ihm eines der Engelchen.

Grüß Gott, hauchte Kutzenberger verschüchtert.

Ich grüße, antwortete der Herr und ließ sich mit seinen nackten Füßen langsam, Zehe für mächtige Zehe, wie ein Paarhufer, auf eine weiße Wolke nieder. Die Engelschar verließ die beiden, und so waren sie allein.

Willkommen. Ich habe die Antwort auf deine letzten Fragen, sagte Gott allgewaltig und routiniert.

Damit hatte Kutzenberger nicht gerechnet. Er wusste, dass er viele Fragen gehabt hatte, nicht nur am Ende seines Lebens, sondern immer schon, so vieles war ihm unklar gewesen, so oft hatte er das Gefühl gehabt, nicht zu verstehen, was gerade passierte, doch nun fiel ihm keine einzige Frage ein.

Das war aber auch nicht notwendig, denn Gott sprach: Du willst die Anzahl deiner Schritte auf Erden wissen.

Wollte er das? Es war zwar überraschend, aber nicht ganz falsch. Kutzenberger erinnerte sich an einen langweiligen Tag in einer der endlosen Sommerferien seiner Kindheit. Wie besessen war er in seinem Zimmer im Kreis gelaufen, da er dachte, dass ihm Gott am Ende seines Lebens die Zahl der gegangenen Schritte verraten würde, und er wollte ihn beeindrucken.

Gott nannte ihm eine Zahl, doch wie alle Zahlen verlor sie sich augenblicklich in der Unendlichkeit. Erwartungsvoll schaute ihn der Herr an, erfreut, ihm diesen aus der Langeweile eines Siebenjährigen entstandenen Wunsch erfüllt zu haben.

Danke, stammelte Kutzenberger. Daraufhin erschien auf einer Wolke eine nicht nachvollziehbare Figur, die entfernt an ein Wollknäuel erinnerte, mit dem mehrere Katzen gespielt hatten.

Dies ist die Linie, die deine Schritte auf Erden zeichneten, sagte Gott.

Ich verstehe diese Figur nicht, sagte Kutzenberger.

Für mich ist sie so einfach zu lesen wie für dich ein Dreieck, sagte der Herr.

Früher hätte Kutzenberger dies als arrogant empfunden, doch nun gab es diese Gefühle und Regungen nicht mehr. Er hatte Probleme, sich zu konzentrieren, immer wieder wanderte sein Blick zu dem verführerisch vielfarbigen Licht, das sich hinter Gott breitgemacht hatte.

Du wirst dich freuen, nun deine Liebsten wiedersehen zu können, sagte der Herr.

Aber daran hatte Kutzenberger noch gar nicht gedacht, und nur mühsam zwang er sich, es nun zu tun, auch wenn ihm im ersten Moment kein einziger Toter einfiel, da doch alle noch am Leben waren. Nur seine Großväter und Onkel Sepp vom Bauernhof in Stefansdorf waren ihm vorausgegangen, und noch vor kurzer Zeit wäre er natürlich gerne mit diesen zusammengetroffen, doch nun erkannte er, dass es ihm egal war. Wollte er sie wiedersehen? Wie denn? Wie würden sie aussehen dort, hinter dem Himmelstor, wo sich ein wohlig warmes Licht verströmte, in das er sich auflösen wollte, anstatt hier noch Formalitäten erledigen zu müssen. Mit großer Willensanstrengung riss er seinen Blick los von diesem Glanz, der alles vereinte, auch seine Großväter und Onkel Sepp, das spürte er, und zu dem er mit ganzer Seele strebte und zu dem er sich zugehörig fühlte, wortwörtlich, denn ohne ihn war das Scheinen des Himmels nicht vollständig, glaubte er zu wissen. Er schaute wieder auf Gott, der noch immer auf Fragen von ihm wartete, der ihm die Freude machen wollte, alles zu erklären, wo doch bereits alles geklärt war.

Habe ich ein gutes Leben geführt?, fragte Kutzenberger mehr pflichtbewusst als wirklich neugierig.

Ja, ja, wie du Frank Smørtræ *Hundert Jahre Einsamkeit* empfohlen hast, das war schon gut.

Wer ist Frank Smørtræ?, fragte Kutzenberger.

Er war auf dem Schiff mit dir und ist nach Novilla gefahren, um dort seine Schwester zu suchen. Schließlich war es aber sie, die ihn in einem Auffanglager hat finden können. Gemeinsam werden sie nach vielen Umwegen bald wieder zurück in ihre Heimat Dänemark oder Turkmenistan gelangen.

Es ist aber ein großer Unterschied zwischen Dänemark und Turkmenistan, sagte Kutzenberger etwas respektlos.

All diese Länder und Fahnen haben doch keine Bedeutung.

Auf Erden schon.

Grenzen sind nicht gottgegeben, sagte Gott.

Weil ich jemandem, von dem ich noch nie gehört habe, angeblich einmal einen Buchtipp gegeben habe, war mein Leben ein gutes?, wollte Kutzenberger nun doch noch mehr wissen.

Ja, gute Buchtipps zu geben, das ist doch gut, antwortete Gott. Aber es geht ohnehin nicht darum, Gutes zu tun, fügte er schließlich hinzu.

Verwirrt blickte ihn Kutzenberger an. Worum geht es denn dann?

Andererseits: Sollte ihn das tatsächlich noch interessieren? Er fühlte sich wie ein Schüler, der, statt einem Vortrag lauschen zu müssen, lieber schon in die Ferien entlassen werden wollte.

Jede führt ein gutes Leben, jede gibt ihr Bestes, alle haben Erklärungen, warum sie so handeln, wie sie handeln. Ich habe noch nie eine getroffen, die gesagt hat: Ich wollte ein böses Leben führen. Und das ist das Problem, weil alle ein gutes Leben führen wollen, entstehen Streit und Krieg.

Kutzenberger dachte angestrengt nach, doch konnte er kaum folgen, zu verführerisch strahlten weiter die Regenbogenfarben des Paradieses hinter dem Himmelstor herüber.

Worum geht es dann?, fragte er endlich.

Man muss sich in die andere hineinfühlen. Wer auch nur einen Moment lang dasselbe fühlt wie die andere, wird in diesem

Moment zu ebendieser. Das ist der einzige Weg, man muss, zumindest einen Atemzug lang, zur anderen werden. Nur so kann man Streit und Krieg verhindern. Ein guter Mensch zu sein, bringt leider gar nichts. Deshalb lautet das Gebot ja: Fühle deine Nächste wie dich selbst.

Das haben wir aber anders gelernt, widersprach Kutzenberger reflexartig.

Es gibt so viele Missverständnisse, sagte Gott und schüttelte betrübt den Kopf, sodass sein Rauschebart von einer Seite zur anderen pendelte wie der Schlägel einer Kirchenglocke. Dein Leben war aber schon in Ordnung, sagte er dann, du hast viel gelesen, warst teilweise sogar ein hervorragender Leser, das war schon gut, denn Leserinnen machen es immer richtig, sie fühlen sich in die andere hinein, sehen auch die andere Seite.

Die Leserinnen?, fragte Kutzenberger mechanisch.

Ja, die Leserinnen, sagte Gott, doch Kutzenberger wurde abgelenkt von einer Bewegung vor dem Tor zum Garten Eden, wo er eine erstaunliche Prozession zur Himmelspforte ziehen sah, ohne dass ein einziger Ton zu ihm vordrang, obwohl nun enorme Schiffe mit tätowierten Segeln direkt an ihm vorbeizogen, Petrus entgegen, der wiederaufgetaucht war und das Tor weit geöffnet hatte, um Aladin und seiner Lampe Einlass zu gebieten, der, geführt von einer verrosteten Kompassnadel mit mehreren Einsiedlermönchen aus Utopia, im Damensattel auf dem Goldenen Kalb saß und, ohne zu lachen, dem Paradies entgegenschwankte, während nun doch mit einem Mal Geräusche ihn, Kutzenberger, erreichten und ihn hören ließen, wie ein Prinz und eine Prinzessin in Aladins Gefolge darüber debattierten, was wahr war und was nicht, ohne zu wissen, dass das ein paar Schritte später keinerlei Bedeutung mehr haben würde, da man außerhalb des Himmelstors nur eine Wahrheit stammeln konnte, die es innen gar nicht gab. Mit Gewalt riss Kutzenberger seinen Blick von diesem abenteuerlichen Umzug los und schaute wieder auf Gott.

Die Leserinnen also, sagte er, ohne mehr zu wissen, worauf sich das bezog.

Die männliche Form, und alle, die sich dazwischen fühlen, natürlich immer mitgedacht, stellte Gott klar.

Wenige Augenblicke oder mehrere Jahrhunderte standen sich Gott und Kutzenberger schweigend gegenüber.

Ich habe keine Fragen mehr, sagte er schließlich.

Das sehe ich, sagte Gott, du bist bereit.

Ich bin bereit, wiederholte Kutzenberger, denn er spürte, dass er es war, auch wenn er nicht wusste, wofür. Und gerade als er dachte, nun tatsächlich alle leidige Endlichkeit hinter sich lassen zu können, empfand er ein letztes Mal den kleinen Stachel der Neugier oder der Zeit in sich und konnte nicht umhin, zu fragen: Aber sind das nicht alle?

Gott schüttelte den Kopf. Nein, leider sind nicht alle bereit. Manche konnten ihre Bestimmung auf Erden nicht erfüllen.

Aber ich habe meine Bestimmung erfüllt?, fragte Kutzenberger nun doch wieder deutlich mit einem Fuß im eitlen Zeitlichen.

Ja, sagte Gott, du hattest deine Bestimmung in dem Moment erfüllt, als du die Wohnung in der Schleifmühlgasse an den Informatikstudenten weitervermietet hast.

Und nun hatte die Endlichkeit Kutzenberger mit einem Mal wieder vollständig erfasst, das wollte er jetzt doch noch genauer wissen, bevor er in das Reich hinüberglitt, das ihn da so betörend anstrahlte, das verheißungsvolle Reich, in dem dann nichts mehr wichtig sein würde.

Ich hatte kein Untermietsrecht, stammelte Kutzenberger und musste an den heiligen Petrus denken, der seit zweitausend Jahren an einem schlechten Gewissen litt, stand auch ihm das jetzt bevor?

Umso besser, dass du die Wohnung trotzdem an den Informatikstudenten weitervermietet hast, bevor du zum Sprachkurs nach Ecuador geflogen bist, sagte der Herr. Und da Gott allwissend war, wusste er, dass Kutzenberger nun gerne die ganze Geschichte erfahren wollte, und begann zu erzählen:

Eine Woche nachdem Kutzenberger am 22. Februar 1992 am Flughafen Wien-Schwechat seine Südamerikareise begonnen hatte, feierten seine ehemaligen Wohnungskollegen in der Schleifmühlgasse eine große Faschingsparty. Bassam, der palästinensische Informatikstudent, der Kutzenbergers Zimmernachfolge angetreten hatte, kannte noch kaum jemanden in Wien und stand etwas verloren in der Tür zu seinem Zimmer. Da stellte ihm einer der Mitbewohner die Freundin der Schwester eines Freundes vor, die auch Israelin sei. Ich bin bei Gott kein Israeli, sagte Bassam, doch weder Gott noch sein Wohnungskollege verstanden ihn. Die Israelin dagegen sehr wohl, sie lachte und begrüßte ihn auf Hebräisch. Typisch, sie erwartet von mir, dass ich Hebräisch kann, dachte Bassam, doch da er, bevor er nach Wien gekommen war, ein Jahr lang in Tel Aviv bei einem Programmierer gearbeitet hatte, konnte er es tatsächlich. Er grüßte zurück, und sie schien sich so darüber zu freuen, dass sie einen Schritt näher kam, ihn auf die Wange küsste und lachte, weil ihre Lippen einen Abdruck hinterlassen hatten, den sie geschwind mit einem kurz in ihrem Mund befeuchteten Daumen abwischte. Eine überwältigende Erregung überkam den armen Studenten, der in diesem Moment Politik, Ideologie, Religion und Grenzen vergaß und nur wollte, dass sie ihn nochmals berührte. Trotz der Welle der Begierde, die ihn erfasst hatte, schaffte er es, sich zu artikulieren und die Israelin zu fragen, ob sie ein Glas Wein wolle. Sie nickte, folgte ihm in die enge, mit Flaschen vollgestellte Küche und erzählte, dass sie sehr gut einen großen Schluck Alkohol vertragen könne, sie komme gerade von einer aufreibenden Probe einer aufwendigen Tanzproduktion für die Wiener Festwochen und müsse jetzt erst mal runterkommen von dem ganzen Wahnsinn dort. Noch nie hatte er mit Kunst zu tun gehabt, geschweige denn mit modernem Tanz, doch plötzlich erschien ihm das die faszinierendste Sache der Welt. Und er hatte Glück, seine nerdig-unbeholfene Leidenschaft sprach die Tänzerin an, so sehr, dass schon auf diesem Fest die Funken dermaßen stoben, dass Kutzenbergers WG-Bett entjungfert wurde, was mit ihm selbst als Untermieter noch jahrelang nicht geschehen wäre, so Gott. Die Tänzerin war in jener Nacht schwanger geworden, die beiden freuten sich und blieben ein Paar. Am 10. Dezember 1992 kam im Wiener Spital des Göttlichen Heilands ein gesundes Mädchen zur Welt, dem sie den Namen Lilah gaben. Nachdem Bassam sein Studium an der TU beendet hatte, zogen sie zurück nach Israel, wo Lilah in Tel Aviv aufwuchs. Ihre Eltern waren in ihren jeweiligen Berufen sehr erfolgreich, begannen, sich daneben aber immer mehr politisch zu engagieren, und gründeten schließlich eine Friedensorganisation, in der ihre eigene Tochter als bosnisch-serbisches Kind zum Symbol für das friedliche Zusammenleben der beiden Völker wurde.

Bosnisch-serbisch?, fiel Kutzenberger Gott ins Wort.

Indisch-pakistanisch, korrigierte sich dieser.

Eher israelisch-palästinensisch, oder?, meinte Kutzenberger etwas schnippisch vor dem Allwissenden.

Ich tue mich mit diesen Unterschieden wirklich schwer, sagte Gott, vor mir sind alle Menschen gleich.

Wie ging die Geschichte weiter?, fragte Kutzenberger, vor Gott immer legerer werdend.

Dieses Kind zweier Menschen, die auf der jeweils anderen Seite einer Grenze geboren worden waren, entwickelte sich zu einer großartigen Leserin. Und wie jede großartige Leserin schaffte sie es, die Literatur – und damit das Leben – zu verändern. Sie starb so jung wie du, hatte aber eine große Botschaft hinterlassen, nämlich den Aufruf, ein Buch zu schreiben, das Frieden bringen wird. Ein Schriftsteller verstand diesen Aufruf und befolgte ihn. Er schrieb einen Roman über das kurze Leben Lilahs, über ihre Eltern, die einander in Wien kennengelernt hatten, über dich, der du die Wohnung illegal und zu einem überteuerten Mietzins weitervermietet hattest.

So gehe ich in die Geschichte ein?, regten sich in Kutzenberger plötzlich wieder weltliche Gefühle.

Gott lachte brummend, und sein Rauschebart pendelte fröhlich hin und her.

Du hast der Welt damit einen großen Gefallen getan, Stefan, sagte er. Das Buch von Eshkol, dem Schriftsteller, griff Gott den Faden wieder auf, ist von nachhaltiger Schönheit, gibt ein herzergreifendes Bild vom Leiden an diesem Konflikt, sodass man mit beiden Seiten mitleidet, beide Seiten versteht und sieht, dass die Gemeinsamkeiten größer sind als die Unterschiede. Der Roman spricht die so einfache Lösung des Konflikts aus: keine Mauer, keine Grenze, Freundschaft, die Anerkennung einer gemeinsamen Erfahrung, Liebe. In den Zeitungen wird stehen, dass das Buch leicht rührselig, geschmacklos, ausbeuterisch oder banal hätte werden können. Stattdessen ist Eshkol ein Meisterwerk gelungen, ein Roman, der die Welt verändern wird. Und du, lieber Stefan, hast das ermöglicht!

Das war ein schönes Resümee von Gott, das Kutzenberger gerne hörte, auch wenn seine Konzentration schon wieder abdriftete.

So viel hast du in dieser Version deines Lebens zum Frieden beigetragen, Stefan, sagte Gott. Wenn du willst, kannst du aber selbstverständlich noch andere Möglichkeiten durchspielen, gerade Menschen, die jung sterben, tun das oft ganz gern. Denn nur, weil etwas geschehen ist, heißt das doch noch lange nicht, dass es wahrer ist als die unzähligen ungeschehenen Möglichkeiten. Für mich sind alle Versionen gültig, für die Menschen aber meist nur diejenige, die sie Wirklichkeit nennen.

Kutzenberger wollte zwar eigentlich schon zur Himmelspforte vorgelassen werden, fühlte aber zugleich, dass er seiner alten Existenz doch noch nicht ganz entbunden war.

Nimm dir ruhig Zeit, sagte Gott, so viel du willst, die Unendlichkeit wartet geduldig.

Und so stand Kutzenberger nun Gott gegenüber, der ihn nachsichtig anschaute, während er begann, Möglichkeiten seines Lebens zu erproben. Schon beim ersten Versuch gelang es ihm, den Käfer auf der Straße zu halten, und statt in der Schlucht endete die Fahrt mit seinen Freundinnen an einem Strand von Guayaquil, wo sie im glitzernden Meer badeten und auf die Horizontlinie zwischen der dunkelblauen Fläche des Pazifiks und der hellblauen Fläche des Himmels schauten. Wieder daheim in Wien beendete er sein Literaturwissenschaftsstudium, verführte die Frau, die er so liebte, und bekam mit ihr die zauberhaftesten Töchter, die ihrerseits erfüllte Leben voller Liebe führten. Den Lebensabend verbrachte das alte Ehepaar mit engen Freunden und der Großfamilie auf einem idyllischen Landgut außerhalb von Rom, fast täglich musizierte man, kochte gemeinsam, lachte, spielte, sang, allein die den Flughafen Fiumicino anfliegenden Maschinen erinnerten an die Welt außerhalb. Je ernster die Klimaerwärmung wurde, desto seltener flogen die Flugzeuge, doch war es zu spät, die Erde stand vor dem Kollaps, auch wenn er die ärgsten Auswirkungen der großen Krise nicht mehr erfahren musste, eine Gnade des Schicksals, die seinen Töchtern nicht vergönnt war. Dafür wurde die Generationenfolge perfekt eingehalten. Kutzenberger versuchte sich in zahllosen Variationen dieses Lebens, die sich oft nur in minimalen Kleinigkeiten, in der Auswahl eines Songs, der Lektüre eines Buchs oder der Anzahl seiner Schritte, unterschieden. Dann traute er sich größere Veränderungen zu und tauschte seine perfekte Familie gegen seinen alten Traum ein, Schriftsteller zu werden. Genau darüber schrieb er einen Roman, nämlich Schriftsteller werden zu wollen, das Buch wurde von der Kritik gelobt und ermöglichte den nächsten Roman, diesmal über eine Weltverschwörung, der ein Achtungserfolg wurde und zum nächsten Buch führte, das von seinem Weg in die Fiktion handelte und von der selbstzerstörenden Tendenz der Gegenwart, Kleinigkeiten eskalieren zu lassen. Dieses Buch wurde ein großer Erfolg, führte dazu, dass seine drei Romane gemeinsam als Trilogie veröffentlicht und als ein mutiger Schritt in die Zukunft der Literatur gepriesen wurden. Es folgten Übersetzungen, Verfilmungen, Preise, Ruhm und Geld, ein Ende im Überfluss. Nach einigen Versionen dieses triumphalen Lebens wagte Kutzenberger sich auch an eines mit dunkleren Vorzeichen, Verlust, Krankheit, Krieg, Verfolgung und Tod. Und schließlich suchte er nach einer Möglichkeit, all das zu verbinden, Familie, Schriftstellerei, Triumph und Tragik. Er ersann ein Leben, in welchem er im Schoß seiner wundervollen, zufriedenen Familie einen Roman schrieb, in dem er selbst, Kutzenberger, als Hauptfigur alles verliert, Familie, Freunde, Heimat. In diesem Buch bekriegt ein Teilbereich der Literatur einen anderen, nicht nur Gott verstand die Grenzen nicht mehr genau, aber wie so oft brachten die kleinsten Unterschiede die größten Differenzen zutage. Satz für Satz begann Kutzenberger, diesen Roman zu komponieren, in all seinen Versionen, mit allen verworfenen Sätzen, Fehlern, Sackgassen, Überarbeitung für Überarbeitung, Schilderung für Schilderung, Seite für Seite, Kapitel für Kapitel. Immer wieder kam ihm sein echtes Ende dazwischen, das nämlich, welches ihn in der sogenannten Wirklichkeit eingeholt hatte, und schließlich ließ er es einfach Eingang nehmen in seinen Roman, warum sollte der Protagonist nicht wissen, dass eine Version seiner selbst einst mit einem orangen VW-Käfer in eine Schlucht gestürzt war?

Ein letztes Mal ging er diesen Roman von vorne bis hinten durch, änderte Kleinigkeiten, wusste, dass er trotzdem nicht perfekt war, aber gleichzeitig, dass es Perfektion nicht geben konnte in einem so vielstimmigen Ungeheuer, wie es ein Roman nun einmal ist, und dass es nichts mehr bringen würde, noch ein weiteres Mal alles, vom ersten Wort *Stefan* bis zum letzten Wort *auflöste*, durchzugehen. Ruhig und zufrieden blickte er nun auf sein Werk und spürte, dass es fertig war.

Ich bin am Schluss angelangt, sagte er.

Gott schmunzelte warmherzig und sagte: Das weiß ich doch.

Neben Kutzenberger tauchte schemenhaft Petrus auf, dem der Herr kaum merklich zunickte. Der Himmelspförtner schaute Stefan schüchtern, vielleicht auch stolz, in die Augen und bedeutete, ihm zu folgen. Langsam schritten sie schweigend zum stattlichen Tor. Als sie davorstanden, erschauerte Kutzenberger ehrfurchtsvoll, und Petrus schob leichterhand die schöne Pforte ein schmales Stück auf, ohne seinen Schlüssel ins schmiedeeiserne Schloss gesteckt zu haben. Das Himmelstor war unversperrt! Bescheiden trat der Apostel einen Schritt nach hinten. Den letzten schicksalsträchtigen Gang, den er, Petrus, sich selbst verwehrte, durfte Kutzenberger nun allein machen. Stefan streifte schaudernd seinen schwach und starr gewordenen Leib ab und schlüpfte schnell wie ein Windstoß durch den Spalt in das schillernde Licht, wo er sich im selben Moment schon in den Strahlen des unendlichen Scheins auflöste.

∞

INHALT